Uta von Kardorff

König Meyer

Roman

Rowohlt

Umschlag- und Einbandgestaltung Manfred Waller
unter Verwendung einer Zinnfigur, General Meyer darstellend,
aus der Serie «König Ernst August und sein Gefolge»
der Offizin von J. E. du Bois, Hannover, 1845

*Die Verfasserin dankt Herrn Henning von Jeinsen dafür,
daß er ihr das bisher für die Öffentlichkeit
nicht zugängliche Linsingsche Familienarchiv
zur Verfügung gestellt hat.*

1. Auflage April 1986

Satz Garamond (Linotron 202)
Gesamtherstellung Clausen & Bosse, Leck
Printed in Germany
ISBN 3 498 03449 9

König Meyer

Erster Teil

Inhalt

1

Hannover, 26. November 1851

Es war ein schöner, sonniger Spätherbsttag. Seit zehn Uhr morgens läuteten die Glocken aller Kirchen der Stadt in drei Pulsen. Von elf bis zwölf Uhr, während des feierlichen Leichenbegängnisses Seiner Majestät, des Hochseligen Königs Ernst August von Hannover, im Mausoleum zu Herrenhausen wurden außerdem Kanonen in Intervallen von einer Minute abgefeuert.

Die Garnison sowie eine Abordnung der auswärtigen Garderegimenter hatten vor dem Portal des königlichen Schlosses zu Herrenhausen in doppelter Reihe längs der neugepflanzten Ulmenallee auf dem Weg zum Mausoleum Aufstellung genommen.

Alle Offiziere trugen den großen Paradeanzug. Von den Helmen der zu besonderen Diensten kommandierten Generäle, Stabsoffiziere und Offiziere wehte der Trauerflor, der in zwei Streifen an der rechten Seite nach vorn bis auf Kniehöhe herabfiel.

Die hannoverschen Hausgensd'armes versahen zu Pferde den Dienst vor dem Mausoleum. Sämtliche Musikcorps der Garnison waren versammelt und spielten unter der Leitung des Armee-Musikdirektors Choräle. Der Schloßhof und der königliche Berggarten waren durch Infanterie abgesperrt. Immer noch standen die Menschen dichtgedrängt zu beiden Seiten der entlaubten Lindenallee, die zum Schloß führte und auf der die Wagen der Gäste rollten, die an der Trauerfeier teilnahmen. Ein kleiner Tumult entstand unter ihnen, weil jemand glaubte, den Tischlermeister Stechan erkannt zu haben, den hitzigsten Führer der Demokraten, der aus dem Gefängnis im Rathaus entkommen war.

Noch stand der Sarg des Königs, von vier Stabsoffizieren und zehn Offizieren des Gardekürassierregiments und der Gardeducorps bewacht, in der Halle der königlichen Sommerresidenz auf einer von silbernen Kandelabern umgebenen Estrade. Aus dem Stadtschloß in der Leinestraße war er in der Nacht unter dem Geleit von fünfhundert fackeltragenden Bürgern hierhergebracht worden. Das Licht der Fackeln, der Rauch, der von ihnen aufstieg, rahmten den sich in völliger Dunkelheit bewegenden Leichenzug. Dichter Dunst verdeckte wie ein dunkler Schleier, wie ein schwarzer Flor den Himmel, Wolkenballen schwammen unsichtbar darüber hin.

In den Gefühlen der Hannoveraner fand nichts anderes Platz, als der tote alte König und die feierliche Zeremonie seiner Beisetzung. Nicht einmal die erste große Weltausstellung, die zur Zeit in London die Gemüter erregte, verdiente nach ihrer Ansicht größeres öffentliches Aufsehen als der Tod ihres Königs, von dem sie in den Vormittags- und Nachmittagsstunden der vergangenen Tage bei der feierlichen Ausstellung der Leiche im Stadtschloß Abschied genommen hatten. Mehr als dreißigtausend Menschen aus allen Ständen hatten sich gemessen in Dreier- und Viererreihen auf einem mit schwarzem Tuch belegten Weg zum Thronsaal bewegt, durch Türen, die mit Doppelposten von der hannoverschen Gardeducorps besetzt waren.

Der Saal selbst war durch den großen Kronleuchter und viele Kandelaber mit Wachskerzen strahlend hell erleuchtet. Die Züge des Verstorbenen trugen noch ganz den ernsten, festen Ausdruck, der dem König im Leben eigen gewesen war. Er war der sechste in der Reihe der Hannoverschen Könige, nachdem der erste im Jahr 1713 als deutscher Kurfürst in der Nachfolge der Stuart-Könige den englischen Thron bestiegen hatte. Jedoch war er der erste, der nur noch in Hannover regierte, seitdem in England Victoria herrschte, die Tochter seines älteren Bruders, des Herzogs von Kent. Da die weibliche Erbfolge in Hannover ausgeschlossen war, hatte damit die Personalunion der Königreiche England und Hannover ihr Ende gefunden.

Der verstorbene König hatte nach seinem Regierungsantritt zunächst ein illiberales Regiment geführt, hatte in Göttingen sieben berühmte Professoren entlassen und die Verfassung des Landes suspendiert. Er war ein unbequemer Mann gewesen und wenig beliebt. Heute jedoch herrschte in Hannover die Meinung vor, daß das Land durch den Tod des Königs Ernst August einen großen Mann verloren habe, den letzten deutschen Fürsten, der absolutistisch geherrscht, aber dennoch notwendige Reformen durchgeführt, die Gesetze verbessert und unbillige, um nicht zu sagen ungerechte Privilegien des Adels eingeschränkt hatte.

Zur Rechten des toten Monarchen lagen auf einem Taburett Colpac und Säbel. Auf einem mit einer roten Samtdecke behangenen Postament waren auf einem roten Kissen die hannoversche Krone und das Zepter, zu beiden Seiten auf vier silbernen, samtbezogenen Taburetts der englische Feldmarschallstab, das königliche Ordensschwert, die Ketten des Hosenbandordens und des St. Georgskreuzes zur Schau gestellt.

Am Sarg standen die Generaladjutanten, zwei Flügeladjutanten, vier Stabsoffiziere, zwei königliche Pagen und acht Leibgensd'armes. Vor der mit schwarzem Samt beschlagenen Barriere hielten der Hoffourier, zwei Leibkammerdiener und zwei Leibjäger Wache.

Daß die Bewohner der Residenz von ihrem König Abschied nehmen konnten, hatte er selbst in allen Einzelheiten bestimmt.

«Ich habe nichts dagegen, daß mein Leib dem Anblick meiner getreuen Untertanen ausgestellt wird, damit sie den letzten Blick auf mich werfen können, der ich keinen anderen Zweck oder Wunsch vor Augen gehabt habe, als zu ihrer Wohlfahrt und zu ihrem Glück beizutragen, der ich niemals eigenes Interesse im Auge gehabt habe, sondern dem Mißbrauch und den Mängeln abhelfen wollte, welche während der Zeit von einhundertfünfzig Jahren, während derer der Landesherr nicht hier, sondern in England residiert hat, sich eingeschlichen hatten.»

Der Tote, dieser hagere, große alte Herr, nun jenseits der unbeeinflußbaren Wechselfälle des dynastischen Geschehens und der Zufälligkeiten von Geburt oder Tod, der wie ein alter Löwe gestorben war, hatte sich im letzten, wichtigsten Abschnitt seines Lebens gänzlich verändert. Niemals mehr war von den Prassereien und Liebschaften seiner Jugend die Rede, von dem Zeter und Mordio, das es in seiner Familie gegeben hatte, als er während seiner Studienzeit in Göttingen die Tochter eines reichen Juden verführt und leichtsinnig Schulden gemacht hatte.

Hier in Hannover hatte er sich als ein Mann gezeigt, der keine hochtrabenden Redensarten im Munde führte, Gefühlsergüsse nicht schätzte und an dessen Aufrichtigkeit niemand zweifelte.

Stets hatte er ein Beispiel an Charakterstärke gegeben, und die Ereignisse des Jahres 1848, als alle Throne schwankten, waren noch so nah, daß der Mut, mit dem der alte König von Hannover dem Sturm begegnete, der über alle Staaten hereinbrach, in ehrenvollem Gedächtnis geblieben war.

Er hatte seinen Untertanen Zugeständnisse gemacht, aber noch zur rechten Zeit, mit fürstlichem Anstand, «aus eigener Bewegung», und gleichzeitig erklärt:

«So weit gehe ich, aber keinen Schritt weiter. Wenn das nicht ausreicht, dann packe ich alles zusammen und verlasse sofort das Königreich. Den Kronprinzen nehme ich mit und gehe nach England. In welche Klauen ihr fallt, wißt ihr wohl. Wenn ihr diesen Ort unhaltbar für den König macht, müßt ihr euer Fortbestehen selbst meistern oder euch demütig den Preußen unterwerfen. Ihr habt die Wahl. Seine Majestät gibt euch vierundzwanzig Stunden, darüber nachzudenken.»

Seitdem war das lächerliche Gerede, das einen Ehrenmann zum Lumpen, einen geistreichen Kopf zum Dummkopf und einen ehrlichen Menschen zum Halunken macht, verstummt. Den König hatte jedermann täglich bei seinen Ausritten sehen können, und man wußte, daß er sein Leben niemals nach Lob und Tadel gerichtet hatte. Seine Frau war tot. Sein einziger Sohn war blind.

Man hatte dem Toten auf seinen Wunsch die alte englische Feldmarschallsuniform angezogen, in der er vor sechsunddreißig Jahren mit seiner vor zehn Jahren verstorbenen Frau, der Königin Friederike, getraut worden war.

Der sechsjährige Kronprinz, dem erlaubt worden war, seinen Großvater noch einmal zu sehen, weinte laut und streichelte immer wieder den leblosen Arm und die Hand, an der er sich oft festgehalten hatte.

Ehe der Oberhofmarschall von Malortie den Sarg schloß, mußte der Leibarzt, Dr. Baring, des Königs Befehl ausführen und ihm die Schlagader am Hals öffnen. Seinem Kammerdiener hatte er aufgetragen, ihm ein Miniaturporträt der Königin unter dem Dolman auf das Herz zu legen.

In Herrenhausen hatten sich unterdessen die höchsten Herrschaften in den Räumen Ihrer Majestät, der Königin, neben dem Thronsaal versammelt, ebenso die Deputierten aus anderen Staaten und die Chefs der Gesandtschaften.

Etwas verspätet wegen eines Radbruchs traf der greise Abt zu Loccum ein, der höchste Würdenträger der evangelischen Kirche. Die eigenen Krankheiten, die Kälte und Finsternis des Alters traten ihm entgegen in der Person des ältesten persönlichen Freundes des Königs, des pensionierten Generals der Kavallerie und Generaladjutanten Ernst von Linsingen. Nun geht es bergab, dachte der Abt beim Anblick dieses Mannes, der sein Leben lang ein Günstling des englischen Hofes gewesen war und der dem letzten König von England und Hannover, William IV., fast wie ein Bruder nahegestanden hatte. Linsingen war nun sechsundsiebzig Jahre alt. Er mußte sich, nach einem Schlaganfall, auf einen Stock stützen. Die Last der vielen Orden aus der Zeit der Kriege gegen die französischen Revolutionsarmeen, in denen der König und er als Jünglinge gekämpft hatten, aus den Feldzügen als Angehöriger der *King's German Legion* gegen Napoleon und aus der Schlacht von Waterloo, schien ihn zu erdrücken; er hatte seinem Herrscherhaus sechzig Jahre als Offizier gedient. Drei Diener hatten dem weißhaarigen Veteranen in seiner alten Husarenuniform aus dem Wagen geholfen und ihn bei dem Gang durch den eisigen Wind stützen wollen, doch wehrte er jede weitere Hilfe ab. Sein Alter, seine Gebrechlichkeit, schien er vergessen zu haben.

Auf ein Zeichen des Oberhofmarschalls begann jetzt die Prozession.

Die im Schloßhof und an den Schloßtoren aufgestellten Truppen präsentierten. Die Kommandoworte klangen leiser als sonst. Das Spiel wurde beim Präsentieren nicht gerührt. Die Trommeln und Fahnen waren mit Flor behangen.

Den Viererreihen des berittenen Kommandos der Gardeducorps folgten die Geistlichkeit der Residenz, der Hoffourier, die Stallmeister, die Hof- und Stallivree-Dienerschaft, die Hofoffizianten, das Personal des Oberjagddepartements, die Beamten der königlichen Hofbehörden und die zwölf königlichen Pagen.

Hinter dem Grafen Gustav von Platen-Hallermund, einem der sieben als Trauermarschälle fungierenden Flügeladjutanten, gingen der Leibarzt des Königs, Dr. Baring, dessen tägliche Eintragungen in sein Tagebuch über den Verlauf der Krankheit seines hohen Patienten nun plötzlich abgerissen waren, sowie der zweite Arzt und die Wirklichen

Hofärzte. Dann die Kavaliere der verschiedenen Hofämter. Der Oberhofmarschall von Malortie, der starr vor Kummer fast dem langen Stab glich, den er in der rechten Hand hielt, schritt der Gruppe voran, die die königlichen Insignien trug.

Zuerst ging der Oberkammerherr Georg Wilhelm Graf von Platen-Hallermund, die Krone auf einem schwarzen Samtkissen vor sich her tragend. Dann der Oberhofmeister der verstorbenen Königin Friederike, Friedrich von Linsingen, mit dem Zepter. Er war einige Jahre jünger als sein Vetter, der Generaladjutant Ernst von Linsingen, doch auch sein Gesicht bedeckten schmale Runzeln, und auf Wangen und Lippen war gelegentlich ein leichtes Zucken zu bemerken. Die Kette des St. Georgs-Ordens trug der Oberjägermeister Graf von Hardenberg. Mit dem großen Staatssiegel ging der Minister des königlichen Hauses, Freiherr von Münchhausen. Das königliche Ordensschwert hielt General Halkett. Er war von Geburt Ire und einer der letzten Helden aus der *Königlich Deutsch-Englischen Legion*, in der hannoversche Offiziere und Soldaten von 1803 an in Spanien gegen die Franzosen gekämpft hatten, während ganz Europa dem großen Korsen Napoleon wehrlos zu Füßen lag.

Hinter dem Trauermarschall Major von Hedemann erschien der königliche Leichenwagen, vor den acht der berühmten weißgeborenen Hengste aus dem Hannoveraner Marstall gepannt waren. Die prachtvollen Tiere von deutscher, englischer, spanischer, arabischer und berberischer Herkunft, die auf eine Ahnenreihe von zweihundertzweiundsechzig Jahren zurückblickten, lenkten wie stets die Blicke vieler Beobachter auf sich. Man wußte, was auch immer für sie geboten wurde – sie waren unverkäuflich.

Dicht hinter dem Leichenwagen folgte Ibrahim, das Lieblingspferd Seiner Hochseligen Majestät. Es wurde von dem Stallmeister und Leiter des Königlichen Marstalles, Oberstleutnant Johann Georg Meyer geführt. Das stattliche

Pferd schüttelte den Kopf, schnaubte und tänzelte. Der Grauschimmel, dessen Fell wie Silber glänzte, aber nicht wie altes, sondern wie neues mit einem dunklen Schein, wieherte leise, als verstünde er genau, was der Oberstleutnant ihm zuflüsterte, senkte die hochmütigen schwarzen Augen und schritt nun ruhig dahin. Der Oberbereiter Premierleutnant Schweppe und der Leibsatteldiener Schnupphase sowie ein königlicher Reitknecht folgten den beiden mit finsterem, kummervollem Ausdruck auf den in langen Dienstjahren bei der Kavallerie ziegelfarben gewordenen Gesichtern.

Oberstleutnant Meyer war neunundfünfzig Jahre alt. Sein Wuchs, seine Kraft und sein Blick waren imponierend. Die Grazie seiner Bewegungen, die Art, wie er neben dem unruhigen Tier in diesem Zug dahinschritt, die ganze Haltung dieses Offiziers waren unübertrefflich; sein Anblick schien die Zuschauer auf besondere Weise zu berühren. Der König, den man nie ohne den Oberstleutnant in seiner Begleitung gesehen hatte, war der vierte Monarch gewesen, dem Johann Georg Meyer gedient hatte. Dem fünften hatte er nun den Treueid zu schwören. Viel Wasser war die Leine hinabgeflossen, seitdem er auf der Welt war. Er bekleidete zwei hohe militärische Ämter, das des Armeebereiters und das des Leiters der Militärakademie.

Heute schienen sich die Blicke der Schaulustigen mehr als sonst auf ihn zu richten. Man tuschelte. War dieser hohe Offizier, den der König vor allen anderen begünstigt hatte und der über Einnahmen verfügte, die über der Besoldung gleichrangiger Offiziere lagen, nicht aus jüdischem Hause? Er galt als der bedeutendste lebende Hippologe. Die hannoversche Kavallerie verdankte seiner jahrzehntelangen Tätigkeit, daß Fachleute aus aller Welt in ihren Ländern mit Staunen und Bewunderung über den Stand der hannoverschen Reitkunst berichteten. Die Ruhe, Sicherheit und Anmut, mit der Oberstleutnant Meyer als der derzeit beste Reiter Deutschlands die Hohe Schule ritt, galt als unnachahmlich.

Heute trug er, jeder Zoll ein Edelmann und doch kein Edelmann, die große blaue Paradeuniform des Generalstabs und den zweispitzigen Hut mit Federbusch. Die Schärpe, das Portepee und die Epauletten waren in schwarzen Flor eingeschlagen, dazu kam der Trauerflor um den linken Arm.

Die Fremden unter den Zuschauern hätten gern gewußt, warum der Oberstleutnant eine solche Neugier erregte. Sein Rang konnte nicht dermaßen beeindrucken. Schon eher die Leistung, daß er den Schimmelhengst Ido, den er selbst zugeritten hatte, die ganze Länge der Reitbahn wie mühelos auf den Hinterbeinen zurücklegen lassen konnte, so daß das Pferd das Wappentier der Welfen im Sprung darstellte. Es war beinahe peinlich, all die Bemerkungen über den Oberstleutnant anzuhören. Immer wieder kam das Gespräch auf ihn. Seine Nase, glich sie nicht der des verstorbenen Königs? Und die Ähnlichkeit überhaupt! Irgendwo rief jemand: «Vivat König Meyer!»

Der kleinen Gruppe um den Oberstleutnant folgte in einigem Abstand der neue König, Georg V., am Arm seines Vetters, des Königs von Preußen. Am rechten Arm führte Friedrich Wilhelm IV. die Königin, die den Kronprinzen an der Hand hielt.

Georg V. war blind. Er war sicher der sonderbarste unter allen Monarchen dieses an absonderlichen Figuren nicht armen Fürstengeschlechtes der Welfen. Völlig selbstverständlich nahm er an Paraden teil, wohnte Revuen bei, ließ stundenlang die Truppen an sich vorüberziehen, die Haltung derselben von Zeit zu Zeit lobend. Er liebte es auch, Kunstausstellungen zu besuchen und seine Meinung über Bilder zu äußern. Und er redete nicht nur bei Hofe und bei Festlichkeiten die Menschen an, als würde er sie sehen. Doch wurden an den auswärtigen Höfen längst Stimmen laut, ob ein blinder König überhaupt regierungsfähig sei.

Die Tränen, die heute vielen kamen, galten nicht nur dem toten König, sondern auch ihrem neuen, dem im Kondukt seines Vaters nun zahlreiche Fürstlichkeiten folgten, die Gesandten von Preußen, Österreich und Bayern, von England, Rußland, Braunschweig und Frankreich. Die Deputierten fremder Länder, die vornehmen Fremden und die Deputierten des Landes bildeten den Schluß.

Endlich hatte der Leichenzug das Mausoleum erreicht. Konsistorialrat Niemann hielt die Trauerrede. Er warf die Arme wie ein Schwimmer auseinander und schlug sie fast dem englischen Hauskaplan, Reverend Wilkinson, um die Nase. Wilkinson sollte nach ihm eine Liturgie nach englischem Ritus abhalten. Pathetisch, mit einer Art Aufschrei, begann der deutsche Geistliche, laut genug, um alle Spinnen aus ihren Höhlen zu jagen. Seine leidenschaftliche Ansprache dauerte lange und versetzte die Zuhörer in spürbare Unruhe. Am Ende der Zeremonie richtete denn auch der König von Preußen das Wort nicht an den deutschen Schloßprediger, sondern sprach statt dessen Mr. Wilkinson seine Anerkennung über die einfache und feierliche britische Liturgie aus.

Dann wurde der Sarg im Gewölbe beigesetzt, das Fußende dem Schlosse zugekehrt. So ruhte nun der König zwischen der das Land durchschneidenden neuen Eisenbahn und dem nach dem Vorbild von Versailles angelegten großen Barockgarten von Herrenhausen.

Der Oberhofmarschall verschloß das Mausoleum und übergab den Schlüssel dem neuen König.

Der Zug begab sich in der früheren Ordnung zum Schloß zurück. König Georg V. hatte die Trauergäste dort zu einem Essen geladen. Die leeren, verblühten Gärten, die geometrisch angeordneten Beete, Hecken und Wasserbecken lagen in mattem Licht. In der Ferne bellten Hunde, und die Befehle der Unteroffiziere an die rotbackigen Soldaten klangen nicht mehr ganz so gedämpft.

Die Schüsseln wurden herumgereicht. Den blinden König bediente sein Leibpage so geschickt, daß es den Anschein hatte, als könne er Gläser, Teller und Bestecke sehen und auch die auf ihn gerichteten zweifelnden Blicke. Es hatte sich herumgesprochen, daß die blinde Majestät große Ideen hatte und herrliche, trostreiche Worte sprach wie: Vaterland, Freiheit, Ruhm ...

Der König, der es zu einer besonderen Virtuosität darin gebracht hatte, bei Tische genau zu wissen, wo jeder Gast seinen Platz hatte, wandte sich plötzlich an Oberstleutnant Meyer und fragte sehr laut über die Länge der Tafel hinweg: «Haben Sie das Geschmier von der Marstallwand entfernen lassen?»

Die Erinnerung an das, was an diesem Morgen auf einer der Außenmauern des Marstalls gestanden hatte, löste peinliches Schweigen aus. Mancher griff verlegen nach der Menükarte für das Trauerdiner. Aller Welt sichtbar waren in großen schwarzen Buchstaben auf der Mauer nur drei Wörter zu lesen gewesen:

«Vivat König Meyer!»

Glich das der Schrift, die der König von Babylon als Unsinn verspottet hatte, als die unsichtbare Hand ihm seinen Tod kündete, auf der weißen Wand? War es der grobe Köder, auf den die vielköpfige Bestie, die Menschenmenge, noch immer ebenso leicht hereinfiel wie schon zu Anbeginn der Geschichte?

Eine halblaute Unterhaltung kam auf und schleppte sich hin, als habe jedermann an der Tafel die Erkenntnis gewonnen, daß das Leben, zu dem man von der Beisetzung des Königs hierher zurückgekehrt war, seicht, klein, langweilig und provinziell war und daß dieses feine, köstlich zubereitete Diner daher niemandem recht schmecken konnte. Alles schien seinen Zauber verloren zu haben. Nun ja, bis auf dieses mysteriöse: «Vivat König Meyer!»

Neben dem alten General von Linsingen saß der Generalmajor Clamor von Witzleben, der im Gefolge des Herzogs von Mecklenburg aus Neustrelitz hierhergekommen war. Der Greis hatte seinen immer noch durchdringenden Blick auf den Stallmeister Meyer geheftet, als gäbe es nur an ihm etwas Neues zu entdecken in dem düsteren Bild der um die Tafel versammelten Menschen. Witzleben richtete das Wort an den alten Herrn, um sich zu erkundigen, ob die besagte Inschrift in einer Verbindung zu dem Stallmeister und Armeebereiter Meyer zu sehen sei, doch erhielt er keine Antwort.

Der Landesrabbiner Dr. Meyer, zwischen dem Abt zu Loccum und dem Senior Bödecker sitzend, hob die Hände: «Nein, ich bin nicht der Vetter von Oberstleutnant Meyer, leider. Nicht verwandt, gewissermaßen verbunden, könnte man sagen.»

Generalmajor von Witzleben glaubte, daß das Geheimnis, um das es hier ging, ihm nicht verborgen bleiben werde. Vielleicht konnte er eine Möglichkeit finden, es der Vergänglichkeit, dem Vermodern, dem Verfall, wenn auch nur für einen Augenblick, zu entreißen. Von der Marstallwand mochte die Inschrift schon abgewaschen sein, so daß es heißen würde: «König Meyer war da, aber nur für ein paar Stunden. Wie es vor Zeiten im Morgenlande einen Kalifen für eine Stunde gegeben hatte.»

Clamor von Witzleben begriff mehr oder weniger verworren die Bedeutung dieser Sache und fühlte sich berufen zu ... ja, wozu? Als er in seinen Wagen steigen wollte, um in sein Quartier zu fahren, trat gleich hinter ihm der Oberstleutnant Meyer auf die Rampe der Vorfahrt. Wieder vernahm man aus verschiedenen Ecken den Ruf: «Vivat König Meyer!»

Der, dem dieser Zuruf galt, schien die Bedeutung, wie sie Witzleben begriff, nicht zu verstehen, sondern erwartete inmitten anderer Gäste gelassen seinen Wagen.

Der Landesrabbiner, auf den man beim besten Willen – so dachte Witzleben – die Bezeichnung «König» nicht anwenden konnte, sah sich lächelnd nach allen Seiten um und sagte zu den Nächststehenden: «Es scheint, das Meyersche Zeitalter ist angebrochen.»

Witzleben blickte dem Oberstleutnant nach und fragte

sich insgeheim, welche Kronen und Kränze diesem Mann erstrebenswert erscheinen mochten; machte er doch den Eindruck, als ob ihm weder Lorbeer noch Dornen etwas bedeuteten.

An diesem Tag versuchte Clamor von Witzleben immer wieder, mit dem einen oder anderen Offizier oder Zivilisten eine Unterhaltung über den Oberstleutnant anzuknüpfen. Er erkundigte sich nach der Schreibweise des Namens Meyer.

«Haben Sie denn die Familie des Bankiers Meyer in Göttingen gekannt?» fragte ihn beim Abendessen im Billardklub der Oberst Poten.

«Welchen Bankier?»

«Welchen? Nun, Ruben Meyer, den Juden, und Rösgen, seine Frau, eine berühmte Schönheit übrigens, die Tochter des jüdischen Hoffaktors Gumprecht ... und auch ...» Poten verstummte und senkte den Blick.

Plötzlich tauchte eine Erinnerung in dem Generalmajor auf. In seinem Besitz befand sich wohlverwahrt, verschnürt und versiegelt ein Paket hinterlassener Papiere seines Vaters, des Generals August von Witzleben, der unter dem Pseudonym Tromlitz viele erfolgreiche Bücher und Theaterstücke, Gedichte und Zeitungsartikel geschrieben hatte. Auf dem Deckblatt stand die Jahreszahl 1832 und der rot unterstrichene Vermerk:

> Von meinen Erben nach dem Tod des derzeit Hannoverschen Rittmeisters und Leiters des Königlichen Marstalles Johannes Georg Meyer zu öffnen und der Arnoldischen Buchhandlung in Leipzig zur Veröffentlichung zu übergeben.

Es war ihm nie klargewesen, warum der Vater diese Anordnung getroffen hatte, und er hatte sich kaum Gedanken darüber gemacht. Erst jetzt in Hannover war seine Neugier hellwach geworden, und er glaubte, daß aus dem, was er erlebt hatte, eine Berechtigung entstanden war, das Paket vor der Zeit zu öffnen. Ihm schien, daß diese Manuskripte auf bedeutendere Ereignisse hinwiesen als auf familieninterne Angelegenheiten, wie der Generalleutnant bisher geglaubt hatte, denn seine frühverstorbene Mutter war eine geborene Freiin von Heine aus dem Hannoverschen und eine Großnichte des Ministers August von Stralenheim gewesen.

Witzleben wollte hier niemanden weiter ausfragen. Aber er suchte sein Nachtlager bereits mit dem festen Vorsatz auf, das Paket zu öffnen, sobald er wieder in Neustrelitz angekommen war, und dann zu entscheiden, was zu tun sei, wenn er den Inhalt kannte. Schon halb im Schlaf ahnte er, daß er es mit jener stummen Macht zu tun bekommen werde, die sich nicht aufhalten läßt, die nur vorwärts schreitet und alles verschlingt. Was bedeutet das alles? fragte er sich, die Augen noch einmal öffnend. Die Vermutungen, die ihm unerwartet in den Kopf stiegen, waren so neu und sonderbar, daß er nicht wagte, sich ihnen länger zu überlassen. Es war schon Mitternacht vorüber. Der Himmel erstrahlte im Licht eines Sternenheeres, die riesige Wolkenwand war verschwunden.

2

Neustrelitz, 28. November 1851

Die Uhr hatte halb zwölf geschlagen. Der Generalmajor Clamor von Witzleben befand sich allein in seinem geräumigen Schreibzimmer in einem Nebengebäude des Neustrelitzer Schlosses. Er saß grübelnd am Tisch. Seine Frau und seinen Schwager Hector de Barbenés, der ein Weingut in Burgund besaß und zu einem längeren Besuch hier war, hatte er den täglichen Spaziergang allein machen lassen. Der Tag war kalt und grau. Die Luft roch nach Schnee. Der Neustrelitzer See verschmolz bleifarben mit Himmel und Horizont. Er schellte und befahl dem eintretenden Diener, das Feuer im Kamin anzuzünden.

Clamor von Witzleben gähnte und schlug dabei seiner Gewohnheit entsprechend auf seine Tabaksdose. Was ist nur in mich gefahren, dachte er und legte die Feder, die er hatte eintauchen wollen, wieder hin. Das Vorwort für die Neuauflage seines Buches: *Darstellung des russisch-türkischen Feldzuges 1828–1829* war über die ersten Worte: «Der Typ des neuen Soldaten ...» nicht hinausgekommen.

Der Generalmajor, mit seinen einundfünfzig Jahren immer noch ein sehr gut aussehender Mann von hohem, schlankem Wuchs, war erst am vergangenen Abend mit dem Großherzog aus Hannover von den Begräbnisfeierlichkeiten für den König Ernst August zurückgekommen. Nach dem Nachtessen hatte er noch einiges die Wirtschaftsangelegenheiten betreffende mit seiner Frau besprochen und sich dann gleich zurückgezogen, um die vielfachen Siegel zu erbrechen, mit denen sein Vater die Verschnürungen des dicken Paketes der Aufzeichnungen über den DERZEIT HANNOVERSCHEN RITTMEISTER UND LEITER DES KÖNIGLICHEN MARSTALLES JOHANNES GEORG MEYER gesichert hatte. Der Entschluß, sie zu lesen, hatte ihn nicht mehr losgelassen, seit er den Oberstleutnant Meyer hinter dem Sarg des Königs hatte gehen sehen, dem Augenschein nach unberührt von dem Geraune und Gemunkel und dem Hofklatsch um seine Person.

Anstatt sich nach der langen Reise ins Bett zu begeben, hatte er die ganze Nacht gelesen und dabei kaltgewordenen Tee getrunken. Gelegentlich blickte er zu dem Bild seines Vaters auf, das an der Wand gegenüber dem Schreibtisch hing. Es zeigte den General August von Witzleben in der grünen Uniform des IV. Westfälischen Husarenregiments, dessen Kommandeur er gewesen war, als er unter Napoleon in Spanien gekämpft hatte. Er war ein Soldat und Edelmann der alten Schule gewesen. Nach dreißig Jahren in deutschen, französischen und russischen Diensten hatte er sich 1815 auf sein Gut zurückgezogen und als ein hochgebildeter Mann und kluger Kopf eine so gewandte Feder geführt, daß er sich mit seinen Büchern den Ruf eines deutschen Walter Scott erwarb; auch er hatte sich vor allem mit historischen Themen befaßt. Auf Tromlitz, dessen Namen er sich zum Pseudonym wählte, hatte er bis zu seinem Tode im Jahre 1839 gelebt.

Clamor fielen bei der Lektüre der Papiere manchmal die Augen zu. Halb träumend sah er sich am Bett des kranken Vaters sitzen, von wo aus der Blick auf einen großen Teich fiel, den ein langer, mit Silberpappeln besetzter Damm abschloß.

Sein Vater fühlte sich an jenem heißen Mittag im Jahre 1837 besonders gut und hatte ihn gebeten, eine Partie Dame mit ihm zu spielen. Da kam der Diener mit der Zeitung, die er auf einem silbernen Tablett seinem Herrn reichte. Der blickte hinein und richtete sich in seinen Kissen auf:

«König William ist gestorben und wird am achten Juli beerdigt. Der letzte Herrscher über England und Hannover. Mein Gott, das wäre jetzt der Moment ...» Er brach ab und verfiel in einen so zerstreuten Zustand, daß er gar nicht mehr daran dachte, das Spiel zu Ende zu spielen.

Clamor hatte damals das sonderbare Benehmen seines Vaters nicht begreifen können. Nun ja, König William IV. war ohne legitimen Erben gestorben und seine achtzehnjährige Nichte Victoria hatte den Thron von England bestiegen. Und weil für Hannover die weibliche Erbfolge nicht galt, endete die Personalunion der Erblande des Welfenhauses mit Großbritannien, und Prinz Ernst August, der Bruder Williams IV., wurde der neue Herrscher über Hannover. Auf diese Nachricht hatte der Kranke mit einer Betroffenheit reagiert, die zu der Unwichtigkeit dieses Ereignisses für ihn als sächsischen Großgrundbesitzer in keinem Verhältnis stand. Zwar hatte August von Witzleben durch seine erste Frau, Clamors Mutter, die eine Nichte des Kurators der Universität Göttingen gewesen war, eine gewisse Verbindung zu Hannover gehabt, aber malte sich deshalb so etwas wie Verzweiflung auf den Zügen des alten Mannes? Es war schwül im Zimmer gewesen, und so hatte Clamor die Erregung des Vaters auf die schleichende, lästige Hitze geschoben, die ihn auf seinem Federbett umfing. Der Sohn war aufgestanden und hatte das Fenster geöffnet. Der Kranke hatte mit Gier die nicht viel frischere Luft von draußen eingeatmet. Jedes Wort, das der Vater dann gesagt hatte, war dem Sohn unvergeßlich geblieben.

«Mir ist das Schwierigste auferlegt, was einem Menschen auferlegt werden kann. Unter Unwissenden bin ich wissend und muß miterleben, wie ein historischer Prozeß sich in die falsche Richtung bewegt. Ich erkenne den unausweichlichen Ausgang mit aller Deutlichkeit, aber mir sind die Hände gebunden. Ich kann nichts tun. Nun, die Zeit des

Irrtums, der falschen Hoffnungen, der blind begangenen Fehler wird für mich nicht mehr lang sein.» In der Wehmut, mit der er dies gesagt hatte, war ein Aufruf zum Widerstehen verborgen gewesen. An wen? Und gegen was?

Er hatte gefragt: «Was sagen Sie, Vater?» Doch der Kranke war verstummt und hatte die Augen geschlossen. Clamor war zu dem Entschluß gekommen, besser nicht mehr daran zu rühren. Wenn es die Ruhe des Vaters schon gestört hatte, daß es jetzt eine Königin von England und einen König von Hannover gab anstelle der bisherigen Personalunion, so war sein Befinden offenbar schlechter gewesen, als man wahrhaben wollte.

Der Generalmajor hatte die Aufzeichnungen seines Vaters in Ordnung gebracht und die schon vergilbten Kanzleibogen wieder zusammengelegt. Nun genug damit, dachte er, sich aufrichtend. Aber was kann man machen? Da haben wir die Lage, die er vorausgesehen hat. Vor Clamor von Witzlebens Augen begannen die großen Buchstaben, in denen sein Vater die Worte JOHANNES GEORG MEYER geschrieben hatte, eine Art Polka zu tanzen.

Was er gelesen hatte, war von so umstürzlerischer Kraft wie eine Revolution. Die Aufzeichnungen belegten, daß in London die ‹falsche› Königin, in Hannover der ‹falsche› König herrschten. Beide Kronen gebührten einem Dritten, unter dessen Herrschaft die Gewichte auf dem Kontinent anders verteilt gewesen wären.

Ich bin nur ein Zuschauer, sagte sich der Generalmajor, aber der Mann, der dem toten König in Hannover mit dem Pferd am Zügel folgte, hätte ihm als Herrscher vorangehen müssen. Vivat König Meyer – ja, das hatte wohl seine Berechtigung gehabt. Doch die Zeit dafür war vorbei.

Clamor von Witzleben sah noch einmal den Trauerzug vorüberziehen, und es schien ihm, als wären alle, die daran teilnahmen, bereits tot, wie der Monarch, den sie zu Grabe trugen. Nur einer lebte, und das war ausgerechnet der Oberstleutnant Meyer, der doch bereits bei seiner Geburt, so erzählten die Dokumente des Vaters, für tot erklärt worden war. Das Bild des Trauerzuges, das ihn in Bann gehalten hatte, wurde abgelöst von der Vision eines pompösen Brautzuges, dessen Schilderung sein Vater an den Anfang seiner geheimgehaltenen Aufzeichnungen gestellt hatte. Der Sohn nahm die Papiere wieder zur Hand, als verspräche er sich von ihnen eine neue Erkenntnis. Er las, erschöpft von fieberhafter Schlaflosigkeit, und ihm schien, als ob das, was er las, wie in einem Traum an seinem Auge vorüberzog. Das Geschehen hatte vor mehr als einem halben Jahrhundert seinen Anfang genommen ...

Neustrelitz, 18. August 1761

Die Kronen der hohen Lindenbäume standen in hochsommerlichem Grün, auf dem See schwammen prachtvolle Schwäne, ihre langen Rücken glänzten weiß wie das Seidentuch der Prinzessin Charlotte von Mecklenburg-Strelitz, die winkend von dem großherzoglichen Schloß, ihren Verwandten und der Dienerschaft Abschied nahm. Als Braut König Georgs III. von England und Kurfürsten von Hannover begab sie sich inmitten eines stattlichen Brautzuges auf die Reise nach London zu den Hochzeitsfeierlichkeiten.

Vor wenigen Wochen erst hatte der Graf von Harcourt als bevollmächtigter Minister des englischen Königs förmlich um die Hand der Prinzessin angehalten, und bald darauf war der Ehevertrag von ihm im Namen des Monarchen, von der Prinzessin und vom regierenden Herzog, ihrem Bruder, unterzeichnet worden. Durch das Abfeuern schwerer Geschütze hatte man das Ereignis dem Volk bekanntgegeben. Die Landstände des Herzogtums und Abgeordnete des Magistrats hatten ihre Glückwünsche dargebracht. Das sich anschließende glänzende Souper hatte sogar die verwöhnten Engländer beeindruckt, die sich sonst keine Mühe gaben, ihre Herablassung zu verbergen. Vierzigtausend Leuchten hatten währenddessen die Gärten und die Umgebung des Schlosses erhellt; auch die Stadt war illuminiert und überall hingen Transparente mit den Namenszügen der Verlobten oder Porträts des Königs und seiner Braut. Bis zur Abfahrt am heutigen Morgen war ein Fest dem anderen gefolgt.

Mit der Prinzessin im Wagen saßen auf dem Rücksitz ihre Erzieherin, Frau Schwellenberg, eine gelegentlich etwas exaltierte, herzensgute und anhängliche Person, sowie der Kapitän Johann Wilhelm von Linsingen, der von seinem hannoverschen Regiment abkommandiert worden war als einer der Kavaliere, die die Braut über Stade nach Cuxhaven zu begleiten hatten, wo die königlich-britannische Yacht *Royal Charlotte* bereitlag, um sie, gefolgt von mehreren Kriegsschiffen, nach London zu dem unbekannten Bräutigam zu bringen. Sie kannte König Georg nur von der auf Elfenbein gemalten Miniatur, die er ihr geschickt hatte. Erst seit einem Jahr trug er die Krone Englands. Er war dreiundzwanzig Jahre alt und der erste der hannoverschen Könige, der in England geboren war und seine Heimat nicht kannte. Er fühle sich ganz als Engländer, hieß es, und er sei ein großer, gutgewachsener junger Mann von blühendem, gesundem Aussehen.

Das kleine Bild ihres zukünftigen Gemahls wies eine gewisse Ähnlichkeit mit den einnehmenden Zügen des Kapitäns von Linsingen auf. Die Prinzessin richtete den Blick auf ihn, der ihr kerzengerade gegenübersaß, und lächelte ihm zu, als wolle sie sagen: Ihr Gesicht gefällt mir, ich fühle es, daß wir Freunde sein werden. Und wie gefalle ich Ihnen?

Die Kaleschen, eine hinter der anderen, hatten sich in Bewegung gesetzt. Ganz hinten wurden noch die Tritte der bequemen Reisewagen hochgeklappt und die Türen zugeschlagen. Die Prinzessin beugte sich aus dem Fenster. Den Zug begleiteten Heiducken, Jäger in grünen Uniformen, berittene Militärs verschiedener Ränge, Lakaien und Hofbeamte, an der Spitze der regierende Großherzog selbst, der Bruder der Prinzessin, der in scharfem Trab die ganze Kolonne abritt, wobei er es unterließ, sein Pferd galoppieren zu lassen, solange man das holprige Pflaster der Residenzstadt nicht hinter sich hatte. Er ärgerte sich sichtlich darüber, daß sogar heute die Untertanen ihre zerrissene Wäsche in den Fenstern zum Trocknen aufgehängt hatten, was einen bedrückend armseligen Eindruck machte. Die Fensterscheiben waren klein und schmutzig. Einige Fenster hatten gar keine Scheiben und waren mit Ölpapier verklebt. Der Anblick war dem Herzog noch nie so nahegegangen wie heute. Kriegsfolgen bieten überall das gleiche Bild. Doch wenn seine Schwester als Königin von England künftig an ihn dachte, würde sie sich sagen müssen: Der Gute, er sitzt wirklich schlimm in der Patsche.

Die Prinzessin in der Kutsche fühlte Tränen aufsteigen. Der strenge und fast ärgerliche Ausdruck im vertrauten Gesicht des Bruders irritierte sie, und ihr wurde noch weher zumute bei dem eisigen Schweigen, das er bewahrte.

Bald werde ich vor dem Meer stehen, dachte sie, die nur den großen, heimatlichen See kannte, und fühlte ein geheimes Grausen bei dem Gedanken an die Wasserwüste, die sie durchqueren mußte.

Die Prinzessin Charlotte hatte in den letzten Nächten schlecht geschlafen. Sie sah blaß aus und empfand sich selbst als hausbacken. Sie war siebzehn Jahre alt. Sie glaubte, daß ihr Mund zu groß, ihre Nase nicht ausdrucksvoll genug sei, und sie befürchtete, von den Briten, deren Sprache sie nicht beherrschte, für unwitzig gehalten zu werden. Von sich selbst wußte sie, daß sie kaltblütig sein konnte und niemals, auch bei einem schlechten Empfang in dem fremden, fernen, nebligen Land nicht, um Nachsicht bitten würde. Doch mit zunehmender Entfernung von zu Hause wuchs der Abscheu vor dem Zweck und dem Ziel dieser Reise, die sie nicht aus eigenem Wunsch angetreten hatte und auf der sie sich behütet und bewacht wie eine kostbare Opfergabe an eine unbekannte Gottheit vorkam. Ihre Reisegefährten sahen ihr die Qualen, die sie ausstand, nicht an. Die Hitze nahm zu. Die Kavalkade hielt, einige Leute wurden zum

Wasserholen für die Pferde abkommandiert. Der fadendünne, lauwarme Wasserstrahl, der aus einer eisernen Röhre in ein leeres, ausgemauertes Becken rann, verstärkte sich auch durch kräftiges Pumpen nicht. Es dauerte lange, bis ein Eimer gefüllt war.

Der unverhofft lange Aufenthalt inmitten weiter Kornfelder brachte die überreizte Prinzessin auf phantastische Einfälle. Ob es nicht doch, ehe man die Küste erreichte, noch irgendeine Möglichkeit des Entrinnens gab? Ihr Herz klopfte wild. Aber sie wollte diesen Gedanken nicht Einhalt gebieten – sie fühlte sich wie neu belebt.

Madame Schwellenberg hatte, um sich die Beine zu vertreten, ihren Platz in der Kutsche verlassen und machte am Rand der Straße ein paar Schritte, gestützt auf das Kammermädchen der Prinzessin, das mit anderen Dienstboten im nächsten Wagen fuhr.

Prinzessin Charlotte blieb auf einige Augenblicke allein mit Johann Wilhelm von Linsingen, der bis Mirow, der mecklenburgischen Grenzstadt, seinen Platz in ihrem Wagen haben würde. Fast einen Monat lang hatte der Kapitän die Prinzessin täglich gesehen. Sie schien ihm heute ganz verändert. Aber er wäre in große Verlegenheit geraten, hätte man ihm abverlangt, zu erraten, was jetzt in ihr vorging nach der unruhigen, fieberhaften Zeit am Hof von Neustrelitz. Er wagte auch nicht, einen Blick in sich selbst zu tun. Er wagte nicht, sich Rechenschaft zu geben über seine widersprechenden Gefühle, Gedanken und Hoffnungen. Es hatte ihn nur gedrängt, die Tage bis zur Stunde des Schlafengehens so rasch wie möglich zu verleben. Ein gewisser Leichtsinn des Soldaten half ihm über diese Stimmungen hinweg. Es verlangte ihn auch nicht danach zu wissen, ob er der Prinzessin gefalle, und er mochte sich nicht eingestehen, daß es sicher nicht so war.

Die Prinzessin wich seinem Blick aus, während er eilfertig auch die Tür auf ihrer Seite öffnete, um etwas Durchzug zu schaffen. Unter Herzog Ferdinand von Braunschweig, dem berühmten Feldherren Friedrichs des Großen, hatte Johann Wilhelm von Linsingen gegen die Franzosen gekämpft und sich ausgezeichnet. Die Feldzüge hatten ihn eine gutmütige Geduld gelehrt, das Freisein von Selbstsucht und die Gewohnheit, für sich selbst zu handeln und aus jedem Vorkommnis das Beste zu machen.

Mit seinem von der frischen Luft geröteten Gesicht schien er ein Mann fern von Leidenschaft und Träumen, einer jener Offiziere – ob Engländer oder Hannoveraner –, mit denen Georg III. zufrieden sein durfte. Sie hatten alle eine ausgesprochene Ähnlichkeit miteinander und gehörten nicht zu jenen ungestümen Heißspornen, die jeden Morgen den Eindruck erweckten, als wenn sie als Entdecker unbekannter Kontinente fremde Ozeane überquerten. Er galt als der beste Schütze der Calenberger Ritterschaft und war ein passionierter Jäger. Er tanzte ausgezeichnet, ritt sehr elegant, und es hieß, daß er ein vortrefflicher Schwimmer sei. Selbst in Neustrelitz hatte er sich gelegentlich mit Tischlerarbeiten beschäftigt – das war seit der Zeit Zar Peters des Großen bei den Herren *à la mode*. Einmal im Jahr, am Ende der Badesaison, fuhr er nach Pyrmont, dem mondänsten Badeort Europas, wo sich der hohe Adel und die Prominenten aller Länder trafen.

In Pyrmont war es ihm seinerzeit gelungen, durch Fürsprache des Grafen Wallmoden-Gimborn beim Obersten von Freytag eine Offiziersstelle in dessen ruhmreichem Jägercorps zu erlangen und somit zu den Auserwählten zu gehören, die in diesem Regiment neben bewährten Forstleuten eingestellt wurden. Bereits zu Anfang des noch immer nicht beendeten Feldzuges erwies sich das Jägercorps als so nützlich, daß noch eine dritte und vierte Fußkompanie dazugenommen wurden. Das Kommando der vierten erhielt der neu ernannte Kapitän von Linsingen. Der Kommandeur, Herr von Freytag, empfahl ihn nach dem Sieg bei Minden im August 1759 dem Herzog von Braunschweig zur Auszeichnung für besondere Tapferkeit. Als er den Befehl erhielt, sich nach Neustrelitz zu begeben als einer der die Prinzessin nach London begleitenden Kavaliere, hatte er sich für diese Reise von Mecklenburg über Brandenburg und Hannover, besonders aber für England, vorgenommen, die neuen Methoden des Landbaus zu studieren, um sie sofort nach Friedensschluß auf den eigenen Gütern anzuwenden. Es ging darum, eine trotz der Kriege schnell anwachsende Bevölkerung zu ernähren, und überall wurden aus Bauern, die nach alter Väter Sitte den Boden bearbeiteten und nur sich selbst versorgten, mehr und mehr Landwirte, die für den Markt produzierten. Die altbewährten Methoden begannen sich zu ändern.

Anstatt nun aber aus dem Fenster der Kutsche zu schauen und die Felder zu betrachten, hatte er nur Augen für die Prinzessin. Alles an ihr wirkte wohltuend und anziehend auf ihn, ihre noch kindliche Figur, ihre Stimme, ganz besonders aber ihr kleines, feines Gesicht mit den ein wenig schwärmerischen Augen und dem freundlichen Lächeln auf den etwas zu blassen Lippen, und vor allem die ungewöhnliche Gleichmäßigkeit ihres Temperaments und die angenehme, zurückhaltende Freundlichkeit, die sie ausstrahlte. Sie schien mit allem zufrieden zu sein. Heute jedoch, seit dem Beginn der Reise, war sie in Nachdenken versunken und ganz verändert. Linsingen, den niemals etwas zum Enthusiasmus hinriß, den jedes Übermaß, sogar in guten Gefühlen, verletzte, weil es ihm undelikat erschien, kniff jetzt die Augen zusammen, was bei ihm ein Ausdruck von Teilnahme und Besorgtheit war, und der Prinzessin, die sich vorbeugte, um ihr Kleid glattzustreichen, schien es, als läge in seiner Miene mehr als Wohlwollen, ja sogar mehr als Ergebenheit.

Die Kutsche schwankte heftig, der Zug hatte sich inzwischen wieder in Bewegung gesetzt. Frau Schwellenberg fuhr auf und murmelte: *«Mon Dieu, il me semble que nous sommes sur un bateau.»*

Als sie den Irrtum bemerkte, lehnte sie sich wieder in die

Wagenpolster zurück, um weiterzuschlafen. Die Prinzessin wäre fast vom Sitz gerutscht, und der Kapitän hatte schon die Arme vorgestreckt, um sie festzuhalten, doch konnte sie noch nach der Schlaufe neben dem roten Fenstervorhang greifen. Ein neuer Stoß erschütterte das schwere Fuhrwerk, ein Steinbrocken lag in der Radspur der ungepflasterten Straße.

Mit Entzücken erinnerte sich der Kapitän ihrer ersten Begegnung. Er hatte sie am Eingang der Schloßgärtnerei beim Naschen von Monatserdbeeren ertappt, die in kleinen Körbchen, in grüne Blätter gepackt, auf einer Bank standen. Er hatte sich im Sattel umgewandt und ihr zugerufen:

«Sag, Kleine, geht es hier zum Schloß?»

Sie hatte ihre Röcke hochgenommen und ohne Strümpfe barfuß im Gras gestanden wie ein Bauernmädchen. Sie erschrak, nahm sich aber zusammen und antwortete, indem sie sich nach ihrem Sonnenschirm bückte: «Immer an der Mauer entlang bis zur Lindenallee», drehte sich um und rannte fort.

Er sah ihr nach im Gefühl eines unerwarteten Glücks. Sie war das erste hübsche junge Mädchen, das ihm aufgefallen war, seit er das Regiment verlassen hatte. Er wünschte sich, es wiederzusehen, das konnte er, schien ihm, vom Schicksal fordern, das ihn unverhofft hierher verschlagen hatte.

Als er am folgenden Tag beim Großherzog seinen Antrittsbesuch machte, überfiel ihn ein großer Schreck. Der Großherzog empfing ihn im Audienzzimmer in Gesellschaft seiner Schwester. Die Prinzessin reichte ihm so ruhig die Hand zum Kuß, als ob gar nichts vorgefallen wäre. Sie gab nicht zu erkennen, ob sie ihn wiedererkannte. Sie fragte ihn nur, ob er denn ohne Schwierigkeiten den Weg hierher gefunden habe. Der Kapitän verbarg seine Unruhe hinter der Maske von Ungezwungenheit.

Nachts kam er nicht zur Ruhe. Er gestand sich ein, daß ein lebendiges, starkes Gefühl von einem Augenblick zum anderen sein Leben ausfüllte. Mehrfach setzte er sich hin, um seinem Oberst zu schreiben, er möge ihn zum Regiment zurückbeordern, doch es fiel ihm keine Begründung ein. Der Kommandeur müßte ihn für verrückt halten.

Die Kutsche hatte eine bessere Wegstrecke erreicht. Ein leichter Windhauch machte die Hitze erträglicher; eins der im Kutschenschlag versenkten Fenster klirrte leise. Die Prinzessin bemerkte, daß der Kapitän in Nachdenken versunken war und fühlte sich vernachlässigt, nicht ahnend, daß er den Blick gesenkt hatte, weil er nicht wagte, ihr Haar zu bewundern, das ihn im wechselnden Licht von Sonne und Schatten der Chausseebäume an glänzende Seide erinnerte. Johann Wilhelm von Linsingen gelangte zu der Überzeugung, daß es das beste wäre, hier in dieser Kutsche, solange er in ihrer unmittelbaren Nähe war, Herr seiner Gefühle zu werden. Ihm gegenüber saß seine zukünftige Königin, die er im äußersten Fall betrachten durfte wie ein Kunstkenner eine Statue, die einem anderen gehört und die zu erwerben unmöglich ist. Als er wieder aufblickte, richtete sie das Wort an ihn.

«Wie schade, daß wir uns nicht in Pyrmont getroffen haben. Wir hätten auf der großen Allee zum Brunnen promenieren können. Mit Oberst Grame war es nicht lustig ...»

Oberst Grame war der Mann, den König Georg III. auf die Brautschau an deutschen Höfen ausgesandt hatten. Dieser schottische Offizier sollte nach auf einer Liste aufgeführten Grundsätzen die Auswahl treffen: vollkommener Wuchs, reines Blut, gesunde Konstitution, feine Bildung, Beherrschung eines Musikinstruments und eine sanfte, einnehmende Gemütsart. Daß er die mecklenburgische Prinzessin nach seiner Rückkehr nach London als erste der in Frage kommenden Bräute genannt hatte, hatte jedoch einen besonderen Grund. Es war jener Brief, den sie aus eigenem Entschluß an Friedrich den Großen geschrieben hatte, um ihn auf das Elend und die Kriegsverwüstungen in Mecklenburg aufmerksam zu machen. Damit hatte sie in den Augen vieler ungewollt ihr Talent für die Rolle der Königin von England bestätigt.

«In Pyrmont hätten wir uns besser unterhalten können», sagte Prinzessin Charlotte.

Was sollte er ihr antworten?

«In der Zeit der Winterquartiere, also dieses Jahr im Januar», begann er, «bin ich, während die Waffen ruhten, mit Oberst von Freytag in London gewesen. Der Herzog von Braunschweig nutzte die Ruhepausen, um unsere Armee zu ergänzen und wieder felddiensttauglich zu machen. Bei den englischen Truppen war dies wegen der Entfernung von der Heimat einigermaßen schwierig.»

Sie hatte etwas anderes erwartet und hörte ihm zerstreut zu.

«Am Tag unserer Ankunft in London, es war an einem Dienstag, wohnten wir einem Kinderschauspiel bei, in dem jedoch nicht nur Kinder auftraten. Zwei Damen wurden von Lady Sarah Lenox und Lady Susanna Strangeways dargestellt. Man gab das Trauerspiel *Jane Shore*. Es ist drüben sehr beliebt. Den Hastings spielte Carl Fox sehr überzeugend. Doch Lady Sarah übertraf alle. Von ihr ging ein unbeschreiblicher Zauber aus. Fox in der Rolle des Hastings fiel vor ihr auf die Knie, hob die Hände und beteuerte: ‹Grausame! Was Sie auch getan, wie Sie mich gequält haben mögen, ich werde Sie lieben bis ans Ende meiner Tage!› Die Arme auseinanderbreitend umschlang er ihre Knie und sich aufrichtend rief er: ‹Leben Sie wohl, leben Sie wohl.›»

Der Kapitän unterbrach sich. Er fühlte, daß von dieser Szene zu berichten jetzt nicht passend war.

«Ich bin nicht imstande, gut zu erzählen. Wie Lady Sarah beim Abschiedskuß in Tränen ausbrach, war so echt, als wäre sie gar nicht auf einer Bühne. Das Publikum betrachtete sie gierig. In ihrer Schüchternheit war sie reizend, sie verlieh der Schamhaftigkeit, die ihre Rolle vorschrieb, große Wahrhaftigkeit.»

Der Kapitän merkte, daß die Prinzessin ihm zwar zuhörte, doch ohne Verständnis für das Gesagte. Er unterbrach seine Erzählung, und in seiner Verlegenheit konzentrierte er sich ganz darauf, einen blauschimmernden Brummer zu fangen, der sich ins Wageninnere verirrt hatte. Es gelang ihm nicht, den Störenfried zu erwischen oder zu verscheuchen.

Die heraufbeschworenen Bilder wollten nicht verschwinden. Nach der Theateraufführung im Holland House hatte er mit seinem Oberst nach dem Ausgang suchend die falsche Richtung eingeschlagen. Der Gang war ziemlich dunkel, da der König aus Sparsamkeit nur die Aufenthaltsräume hell erleuchten ließ. Eine Dame, ganz in Weiß, das schwarze Haar in Locken am Hinterkopf zusammengesteckt, eilte direkt auf ihn zu. Erst im letzten Augenblick erkannte er Lady Sarah; ihr Gesicht hatte einen Ausdruck, der unbeschreiblich war. Unwillkürlich blickte er sich um und sah in einigem Abstand den König, der wie Linsingen selbst einen roten Uniformrock trug. Er und der Oberst traten zur Seite und gingen rasch an der erschrockenen Lady Sarah vorbei. Ein kurzer Augenblick hatte genügt, um ihn verstehen zu lassen, wem ihr Abschiedsschmerz und die Tränen auf der Bühne galten.

König Georg III. hatte seine Liebe zu Sarah Lenox nie verheimlicht. Er hatte seiner Mutter mitgeteilt, er gedenke Lady Sarah zu heiraten. Nach englischem Recht gab es für die Ehe des Königs mit einer Dame aus der englischen Aristokratie keinen Hinderungsgrund, wohl aber nach dem kontinentalen für regierende Häuser. Dort waren nur Verbindungen innerhalb regierender fürstlicher Familien zulässig. Inzwischen war es in London allerdings kein Geheimnis mehr, und die Marktfrauen und Hafenarbeiter klatschten darüber, daß der König seiner Mutter und ihrem Berater, dem Premierminister Lord Bute, die er beide verehrte, in der Heiratsangelegenheit keinen Widerstand mehr leistete. Die Leute waren gerührt, daß er gesagt haben sollte, ohne Lady Sarah läge ihm nichts mehr am Leben und es sei ihm völlig gleichgültig, welche europäische Prinzessin man ihm zu präsentieren gedenke.

Von all dem war nichts bis zur Prinzessin Charlotte gelangt. Vermutlich war sie die einzige, die keine Ahnung hatte. Johann Wilhelm von Linsingen war in seinen Andeutungen viel zu weit gegangen, eine unverzeihliche Dummheit.

Inzwischen hatte der aufgescheuchte Brummer Madame Schwellenberg aufgeweckt.

Es kam der Prinzessin auf einmal vor, als habe sie erraten, warum der Kapitän ihr diese Szene auf der Bühne des Holland House schilderte. Sie erinnerte sich an eine Geschichte, die sich vor siebenundsechzig Jahren am hannoverschen Hof zugetragen und über die sich ganz Europa erregt hatte. Auch damals hatte eine Theateraufführung eine wichtige Rolle gespielt. Hauptfiguren waren Sophie Dorothea, die Frau des Kurprinzen und späteren Georg I. von England und der junge schwedische General Graf Königsmarck gewesen. Kurz nach der Theateraufführung verließ Königsmarck Hannover, um in sächsische Dienste zu treten, kam aber noch einmal heimlich zurück, angeblich, weil er die Kurprinzessin entführen wollte. Ob das der Wahrheit entsprach oder ob es sich um eine politische Intrige handelte, die verhindern sollte, daß Sophie Dorothea Königin von England wurde, kam nie heraus. Es hieß, daß Königsmarck ermordet worden sei, doch konnte sein Leichnam nicht gefunden werden. Der Prinzessin wurde ein Prozeß gemacht, und auf Grund von Liebesbriefen, an deren Echtheit gewisse Zweifel laut wurden, kam es zu ihrer lebenslänglichen Verbannung auf das Schloß Ahlden an der Aller. Georg I. bestieg ohne seine Frau den englischen Thron und tröstete sich mit seinen beiden deutschen Mätressen.

Die Prinzessin blieb in tiefes Nachdenken versunken. Auf ihrem Gesicht erschien ein eigentümlicher Ausdruck; mit einemmal glaubte sie zu verstehen. Hatte ihr Gegenüber ihr mit der Andeutung einer Liebelei zwischen Lady Sarah Lenox und Mr. Fox ein Stichwort für seine eigenen Gefühle geben wollen? Ihre Wangen hatten sich gerötet.

Alles kam ihr plötzlich wie ein Traum vor, und doch war es alles andere als ein Traum.

Der Zug schleppte sich in der brütenden Hitze dahin, in der Mitte der Wagen der Prinzessin. Ihr Bruder, der Großherzog, noch immer zu Pferde, tauchte am Kutschenfenster auf und erkundigte sich nach ihrem Befinden.

«Es geht mir ausgezeichnet», antwortete sie.

Dabei glich ihre Nervosität dem Lampenfieber eines Schauspielers, der plötzlich verzweifelt erklärt, er könne nicht auftreten. Wie diesem beim Gedanken an den sich öffnenden Vorhang brach ihr jetzt der Angstschweiß aus. Für sie war der entscheidende Augenblick, wenn sie die Barkasse betreten mußte, die sie zur Yacht des Königs bringen würde. Dort würde sie am Fallreep der Kommandant Lord Anson begrüßen. Innerlich zitterte sie, wenn sie sich diese Szene vorstellte, in der alle ihre Ängste Gestalt annahmen. Plötzlich flüsterte sie dem sie sprachlos anblickenden Linsingen zu:

«Ich treffe Sie übermorgen nacht in Stade, im Park, wenn alle schlafen», und zu Frau Schwellenberg blickend, die sich in ihrer Ecke nicht rührte, setzte sie leise hinzu: «Sie wird alles arrangieren und Ihnen Bescheid geben.»

Wilhelm von Linsingen vermochte sich nicht zusammenzureimen, warum die Prinzessin ihm ein Stelldichein anbot. Daß er selbst dazu das Stichwort gegeben haben könnte, fiel ihm in seiner Verblüffung nicht ein. Aber er vermochte auch nicht, sich länger zu verstellen. War er nicht unverhofft ans Ziel seiner geheimsten Wünsche gelangt? Doch er wußte, daß es zu einem Rendezvous zwischen ihm und der Prinzessin nie und nimmer kommen durfte. Es war seine Pflicht, dafür zu sorgen, daß sie, die als Königin lange und glücklich leben sollte, nicht einer Augenblicksverwirrung wegen in Gefahr geriet. Niemals werde ich zulassen, daß ihr ein Härchen gekrümmt wird, schwor er sich.

Die Prinzessin mußte sich nicht anstrengen, um zu erkennen, daß außer Verwirrung eine plötzliche Zärtlichkeit seine

Züge veränderte. Sie schwiegen beide und lächelten. Die Prinzessin blickte zum Fenster hinaus.

Dann sagte sie, ohne ihre Haltung zu ändern: «Sind Sie mir etwa böse?» Und als er nicht antwortete, fuhr sie noch mehr errötend fort: «Haben Sie denn einen Grund, böse zu sein? Halten Sie mich für leichtfertig oder auch ...?»

Mit einem Blick sah sie zu Frau Schwellenberg hinüber, die immer noch fest zu schlafen schien.

«Euer Durchlaucht verstehen mich nicht», unterbrach er sie, «ich bin keineswegs meinetwegen böse auf Sie, wenn mein Schweigen diesen falschen Eindruck erweckt haben sollte.»

«Weswegen denn?»

«Um Ihrer selbst willen.»

Die Prinzessin wandte sich ihm zu und strahlte.

«Ah, ich verstehe», sagte sie. «Wissen Sie, Sie sind ein wunderbarer Mann. Sie denken nur an mich und gar nicht an sich selbst. Einen zweiten Mann wie Sie gibt es nicht auf der Welt. Das schlimme dabei ist: Ich bin Ihrer Teilnahme durchaus nicht wert.»

Die Prinzessin hatte fast ihre Unbefangenheit wiedergewonnen.

«Geben Sie mir ihre Hand!» sagte sie mit sanfter Stimme. Der Kapitän kämpfte mit sich.

«Geben Sie mir doch die Hand.» Sie streckte die ihre aus. «Ich habe gehört, daß Sie keine Furcht kennen.»

Es war ihm unmöglich, diesem sehr weiblichen Befehl nicht zu gehorchen. Er beugte sich vor und küßte ehrfurchtsvoll und zärtlich die kleine, feste Hand.

So küßt ein leichtsinniger Zögling die Hand seines ihm wohlwollenden Erziehers, dachte er erzürnt über seine Nachgiebigkeit.

«Sie werden Ihr Leben verscherzen», sagte er heftiger, als er beabsichtigte.

«Ich will mich jetzt nicht um die Zukunft sorgen. Blicken Sie um sich. Sehen Sie da draußen die Leute, die das Korn mähen, wie sie sich ihres Daseins freuen, wie sie alle jung und vergnügt sind? Und sind wir nicht auch jung?» Sie näherte ihr Gesicht dem seinen. Er wich ihr nicht aus, wandte ihr jedoch nicht den Kopf zu.

«So lächeln Sie doch wieder», fuhr sie fort, «mit Ihrem guten Lächeln, das mir so vertraut ist, seitdem Sie zu uns kamen. Sehen Sie mich nicht so streng an! Verzeihen Sie mir doch, daß ich einmal nicht an die Zukunft denken will.»

Die Prinzessin blickte Johann Wilhelm von Linsingen gerade in die Augen. «Also werden Sie kommen?» fragte sie nun im Flüsterton, da Frau Schwellenberg sich in ihrer Ecke bewegt hatte.

Der Kapitän, ebenfalls im Flüsterton und gegen seinen Willen, stieß hervor: «Gut, verlangen Sie, was Sie wollen. Befehlen Sie! Wollen Sie, daß ich in Ihrer Nähe in England bleibe? Daß ich den Dienst quittiere, meine Güter verkaufe? Ich würde alles tun, wenn ich wüßte, daß Sie zufrieden mit mir sind.»

Die Prinzessin warf wieder einen Blick auf ihn. «Sie versichern, daß Sie alles tun wollen, was ich möchte?»

«Freilich, wenn es nichts Unehrenhaftes ist.»

«Es ist gut. Ich verlasse mich darauf.»

Am frühen Abend des 20. August 1761 hielt der Brautzug unter dem Donner der Kanonen der Festung seinen Einzug in Stade. Nicht nur die Einwohner, sondern auch ein großer Zusammenlauf von Fremden empfingen ihn mit lautem Jubel. Die Bürger der Stadt standen unter Waffen und bildeten in den Straßen, durch welche die Prinzessin fuhr, zwei Linien. Die Stadt war illuminiert, und man hatte mehrere schön geschmückte Triumphbögen aufgestellt.

In einem hochrädrigen schwarzen Reisewagen mit einem englischen Herzogswappen auf dem Schlag, der Kutscher im roten Pelerinenmantel auf dem Bock und zwei rotberockte Lakaien stehend hinten auf der Kutsche, nahm der bevollmächtigte Minister Graf von Harcourt alles, was er sah, mit Befriedigung zur Kenntnis. Er würde dem Monarchen detailliert berichten, vor allem natürlich, wie tadellos das Benehmen der Prinzessin gewesen sei und wie stark ihre persönliche Wirkung auf das Volk. Er hatte sich schon ein paar Formulierungen zurechtgelegt. Eine lautete: «Sie scheint zum Herrschen nicht nur geboren, sondern vom ersten Tage an erzogen zu sein.»

Die Herzoginnen von Ancaster und Hamilton, die auch zu den Verlobungsfeierlichkeiten nach Neustrelitz gekommen waren und im Auftrag des Königs der Prinzessin Charlotte als Reisegesellschaft dienten, tranken vor dem Schlafengehen noch eine Tasse Tee miteinander. Die Herzogin von Ancaster war eine Cousine von Lady Sarahs Mutter, der Herzogin von Richmond; sie kannte den Abschiedsbrief, den der König an Sarah geschrieben hatte. Sie hatte empfohlen, den Brief zu vernichten, seines fürchterlichen Pathos wegen, worauf ihre verliebte Nichte einen Weinkrampf bekommen hatte.

Die Damen waren anfänglich davon überzeugt gewesen, daß der König, durch die Schönheit Lady Sarahs verwöhnt, von der deutschen Braut enttäuscht sein werde, denn natürlich war das Porträt geschmeichelt. Aber unter dem Eindruck der Begeisterung, die die Prinzessin nicht nur in Stade, sondern vorher schon in Preußen hervorgerufen hatte, begann sich ihre Meinung zu ändern.

Die Herzogin von Ancaster rührte gedankenverloren in dem kalten, farblosen Tee. «Ist sie nicht seit der Abreise völlig verändert? Strahlend, selbstbewußt? Glücklich? Ich glaubte, wir brächten dem König ein gerupftes Hühnchen, und statt dessen hat es sich schon fast, noch ehe es auf dem Wasser ist, in einen Schwan verwandelt.»

«Und das prophezeie ich Ihnen», fuhr die Herzogin fort und schob den Tee als ungenießbar beiseite, «der König wird mit Prinzessin Charlotte glücklich werden.»

Hätte jemand den beiden Damen berichtet, was sich im Park in ihrer unmittelbaren Nähe abspielte, dann wären

Welten für sie eingestürzt, und sie hätten sich von dem Schock sicher so bald nicht erholt. Denn es handelte sich um etwas, das man eigentlich Verrat am König und an England nennen mußte. In einem von Hecken umgebenen kleinen Geviert, einem Grasgarten mit einer leise plätschernden Fontäne in der Mitte, auf deren steinerner Ummauerung sie sich niedergelassen hatte, machte die Prinzessin nämlich dem vor ihr stehenden Linsingen, dessen Gesicht sie im Dunkeln kaum erkennen konnte, einen Vorschlag, der klang, als sei er ein Befehl.

«Ich möchte, daß Sie mich entführen ... jetzt ... heute noch.»

Der Kapitän schien sprachlos. «Charlotte», sagte er endlich, «ich bin kein Abenteurer. Sie wissen, wohin die Fahrt führt, auf der ich Sie begleite.» Er verstummte. Die Prinzessin wandte sich ab.

«Es waren also alles nur Worte, von denen keines zur Tat werden soll. Leben Sie wohl!» Sie wandte sich zum Gehen. Der Kapitän hielt sie zurück.

Ihr Ungemach mußte schrecklich sein, wenn sie es fertigbrachte zu verlangen, er solle desertieren. Wußte sie überhaupt, daß es nur jenseits der Ozeane, und auch dort nur sehr verborgen, Orte gab, wohin sie fliehen konnten? Sie hatte in einem einzigen Augenblick ihr Leben und ihr Schicksal in seine Hände gelegt. Wie sie einfach über ihn verfügte!

«Prinzessin Charlotte», begann er so fest wie möglich, «ich gehorche Ihnen in allem, nur ...»

Sie ergriff mit kalten Fingern seine Hand. «Gehorchen? Nennen Sie das so?» Sie seufzte tief und senkte den Kopf. Er nahm ihre beiden Hände in seine und setzte sich neben sie.

«Beruhigen Sie sich», bat er, «ich werde tun, was Sie wünschen. Aber haben Sie es gut überlegt?»

Die Tränen stürzten mit Macht aus ihren Augen, und ein heftiges, immer wieder hervorbrechendes Schluchzen brachte sein Herz fast zum Zerspringen. Er war bestürzt.

Das Los, das ihr beschieden war, erschien ihr zu schwer und erfüllte sie mit Angst. Doch hielt er sie für ein charakterstarkes, stolzes Mädchen, zu dem so verzweifelte Tränen keineswegs paßten.

«Entschuldigen Sie mich», sagte die Prinzessin endlich, nachdem sie sich, unwillig über sich selbst, die Augen getrocknet hatte, «es ist schon vorüber. Ich danke Ihnen. Ich habe nachgedacht, ich vertraue mich Ihnen an. Sie werden nie zu bereuen haben, was Sie für mich opfern. Ich werde nie aufhören, Sie zu lieben.» Ihr Händedruck schien zu bitten: Du hast alles verstanden und vorausgewußt, nicht wahr? Es ist auch dein Wunsch. Sprich es aus!

Er war verwirrt. Er fühlte, wie sie sich beruhigte und streichelte ihre Hände. Ein plötzlicher Windstoß rauschte durch die Bäume. Auch an diesen geschützten Platz drang ein kalter Luftzug. Er legte den Arm um ihre schmalen Schultern.

«Charlotte», sagte er endlich, um das gefährliche Schweigen zu brechen, «es wird alles gut. Ich verspreche es Ihnen.»

Sie blickte zu ihm auf: «Was sagen Sie da.» Sie faßte sich an den Kopf: «Was reden wir da? Wozu? Wie kommen wir von hier fort? Haben Sie Pferde? Sie müssen es mir sagen, ich verliere sonst den Verstand.»

Er fühlte, wie sie erstarrte und faßte einen Entschluß.

«Ich muß Ihnen etwas erzählen», fuhr er fort. «Und ich bitte Sie, mir genau zuzuhören, selbst wenn Sie finden, daß es nicht hierhergehört. Aber es läßt mich nicht los. Haben Sie einmal vom Schauteufellaufen zwischen den Weihnachtstagen und der Fastenzeit gehört? Sie kennen es sicher aus Neustrelitz. Seitdem ich hier im Park mit Ihnen zusammengetroffen bin, denke ich an eine Geschichte, die sich vor sehr langer Zeit zugetragen hat und die mir auf meinem Weg nach Mecklenburg zu Ihnen wie durch einen seltsamen Zufall wieder in Erinnerung gebracht worden ist. Bei Hildesheim nahm ich gegen meine Gewohnheit den Weg durch die Stadt. Auf dem Marktplatz befand ich mich plötzlich jenem

Stein gegenüber, den man das Schauteufelkreuz nennt, und ehe ich mich versah, hielt ich davor an und saß ab. Das Schauteufelkreuz hat die Form eines hohen Leichensteins. Es wurde für meinen Vorfahren, Johannis von Linsingen, errichtet, dessen Namen auch ich trage. Über dem Sockel des Kreuzes ist ein kniender Mann im Halbrelief abgebildet, der die gefalteten Hände auf unser Wappenschild stützt. Die darunter eingemeißelte Inschrift lautet: ‹Hier wurde Johannis erschlagen, Anno 1428 am 27. Dezember.› Er hat bei seinen Nachkommen einen zweifelhaften Ruf. Es hieß, daß er die Farben seiner vielfach geschlitzten Kleider übertrieb. Auch in seinem Wesen sei er *exagéré en tout* gewesen.

Ob es daran lag, daß ich aus dem Krieg kam? Mein Blick blieb auf dem Knienden haften, und als ich ihn ansah, war mir, als sähe ich ihn in seiner Teufelsmaske inmitten all der Verlarvten in der feierlichen Prozession einherschreiten. Ich stand wie angewurzelt in meinem weißen Jabot mit Manschetten, die bis zu den Fingern hinabreichten, und dem frisch überpuderten Haar, und mir grauste, als ob mir selbst ein Unglück bevorstände. Im Geiste sah ich die Teilnehmer der Prozession zurückkommen und in den Straßen, durch die sie liefen, allerhand Unsinn treiben. Die Teufel rannten einem langen Zug von Masken voraus und waren in ihrer schwarzen Vermummung mit Hörnern und blutroten Zungen ganz gräßlich anzusehen. Johannis durchlief mit seinem Haufen neckend und hier und da Ohrfeigen austeilend viele Gassen, bis er da ankam, wo heute das Schauteufelkreuz steht. Der Schreck bannte ihn an diesen Platz, ebenso erging es seinen Freunden, denn ihm entgegen, vom Markt her kommend, stürmte ein Zug von leibhaftigen Teufeln, allen voran der böse Feind selbst. Er versetzte seinem unglücklichen Nachäffer einen furchtbaren Schlag auf den Kopf. Johannis stürzte und starb auf der Stelle. Alles, was Beine hatte, flüchtete. Der höllische Spuk verschwand unter mächtigem Getöse und hinterließ einen starken Schwefelgeruch. Der Magistrat verbot für lange Zeit das Schauteufellaufen.»

Mit unruhigem Blick sah die Prinzessin ihn an.

«Was bedeutet diese fürchterliche Geschichte? Ich beschwöre Sie, hören Sie auf.»

Während er, ohne auf ihren Protest zu achten, zu reden fortfuhr, erschrak er über das, was er tat. Glich es nicht einer Teufelsaustreibung? Zauber bricht man durch Zauber. Er beeilte sich, zum Schluß zu kommen.

«Johannis von Linsingen, der erschlagen auf dem Marktplatz von Hildesheim lag, liebte die Tochter seines Fürsten. Sie erwartete ihn in der Maske des Teufels. Mit Hilfe der elf Kumpane sollte er sie in dieser Nacht entführen. Aber es gab einen Verräter, einen reichen Juden, der den Schutz des Fürsten genoß. Johannis hatte ihn einmal geprügelt, als sei er kein Mensch, und der Jude hatte es sich gefallen lassen müssen. Als Teufel verkleidet, gefolgt von Dienern des Fürsten, die sich einen Spaß versprachen, brachte er Johannis um. Der Herzog selbst hatte ihm die Masken ausgehändigt und den Mordauftrag gegeben.»

«Genug», sagte die Prinzessin und wandte sich ab. Sie begriff in ihrer Verwirrung mehr oder weniger, was er ihr hatte sagen wollen. Mußte sie sich wirklich auf den Weg dorthin machen, wo das Volk sich an einem Festtag wie Bauernkinder im Straßenstaub balgte oder sie mit offenen Mündern angaffte, wenn sie vorbeifuhr und ihm Münzen zuwarf? Sie hatte das Netz zerreißen wollen, um sich zu fühlen wie ein Vogel, der fliegt, wohin die Flügel ihn tragen. Es hatte nur eine Stunde gedauert. Aber die Sehnsucht nach dem Glanz dieser Stunde würde ihr bleiben.

«Ich bitte Sie, Charlotte», sagte Johann Wilhelm von Linsingen, «sich immer ganz und gar auf mich zu verlassen. Seien Sie überzeugt, daß ich Sie zärtlich lieben werde mein Leben lang.»

Er wurde verlegen. Sie hatte etwas anderes erwartet, ein anderes Schlußwort. Er begann, ihr Worte des Dankes zu sagen für ihre Güte, ihre Liebe und das große Vertrauen, das sie ihm bewiesen habe.

«Nein, ich bitte Sie», unterbrach sie ihn, «sprechen Sie nicht so mit mir.»

Sie schritten schweigend zurück zum Haus, wo alles schlief bis auf Madame Schwellenberg, die im Vorzimmer der Prinzessin ausharrte und dort jede halbe Stunde eine Lampe ins Fenster stellte, wenn die Wache um die Hausecke verschwunden war.

Als die Prinzessin am nächsten Tag in Cuxhaven an Bord der *Royal Charlotte* ging und das Geschwader der Kriegsschiffe, die zu beiden Seiten der Yacht ankerten, mit Geschützdonner salutierte, setzte sie alle Anwesenden durch ihr sicheres, würdevolles Benehmen in Erstaunen.

Die Flotte lichtete am 28. August die Anker und legte am 6. September in Harwich an. Die Überfahrt verlief stürmisch, doch die Prinzessin schien großes Vergnügen darin zu finden, daß die Wellen hoch gingen und das Schiff rollte. Die Ergebenheit Linsingens ihr gegenüber wurde mit jedem Tag größer; sie selbst wußte nicht mehr, welches Gefühl er eigentlich in ihr erweckt hatte. Sie bildete sich ein, ihn ganz und gar verstanden zu haben, und daher schenkte sie ihm Vertrauen wie zuvor keinem anderen. Sie blieb nie mehr allein mit ihm zusammen, aber seine Anwesenheit erleichterte sie und stimmte sie so heiter, als stünde ihnen keine Trennung bevor. Wenn er Scherze machte, lachte sie und blickte ihm in die Augen.

Kaum hatte die Prinzessin englischen Boden betreten, strömten die Menschen herbei, um ihre neue Königin vorbeiziehen zu sehen, und je näher der Brautzug London kam, desto zahlreicher drängten sich die Schaulustigen am Straßenrand. Der König erwartete seine Braut im Garten des St. James Palastes. Sein Bruder, der Herzog von York, der ihr aus der Kutsche geholfen hatte, führte sie zu ihm.

Die beiden Herzoginnen von Ancaster und Hamilton

hatten auf der Fahrt einige doppeldeutige Bemerkungen fallenlassen, einige Anspielungen gemacht sowie freundschaftliche Ratschläge gegeben, so daß die Prinzessin über den König und Lady Sarah nun im Bilde war. Aber diese schonenden Vorbereitungen erwiesen sich als unnötig. Die Veränderung, die während der Reise mit der Prinzessin vorgegangen war, bemerkten alle, die sie begleitet hatten.

Die Prinzessin stellte ohne Verwirrung fest, daß der König sie beobachtete. Beide schwiegen. Sie verneigte sich tief vor ihm. Als er sie aufhob und umarmte und sie sich bemühte, ihn nichts von ihrer Erregung merken zu lassen, faßte er in tiefem Erstaunen ihre Aufregung als offensichtliches Anzeichen von Zuneigung und Vertrautheit auf, so, als wären sie sich keineswegs fremd.

Die Prinzessin bewahrte bis auf die Begrüßungsworte: *«Votre Majesté, je me trouve enchantée d'être enfin près de Vous»*, die sie einstudiert hatte, hartnäckiges Schweigen. Bis sie der englischen Sprache mächtig war, würden sie sich auf französisch verständigen müssen. Der König hatte vorgehabt, herzliche gute Absicht zu zeigen, jedoch kaum Wärme. Und jetzt erschien ihm nichts liebreizender als seine mecklenburgische Braut. Sie hatte offensichtlich die ganze Nacht nicht geschlafen. Flecken leichter Röte zeichneten sich auf ihrem blassen Gesicht ab. Ihre Haltung war aufrecht, ein unbewußtes Lächeln wich nicht von ihren Lippen. Ihre Augen strahlten, während er sie in den Palast führte, um sie seiner Mutter und den übrigen Mitgliedern der königlichen Familie vorzustellen. Bei dieser ganzen Zeremonie bewaffnete sich die Prinzessin *jusqu'aux dents*, wie es in Frankreich heißt, und gab sich keine Blöße. Ein Essen im kleinsten Kreis folgte, bei dem sie, da sie seit dem Frühstück um sechs Uhr früh nichts gegessen hatte, hungrig blieb, denn es wurde in großer Eile serviert.

Sie sollte so schnell wie möglich umgekleidet werden, um ihren Platz im Brautzug, der bereits aufgestellt wartete, einzunehmen. Der Weg in die königliche Kapelle war kurz. Er führte nur gerade über die Straße. Die Herzöge von Gloucester und Kent geleiteten die Braut. Als sie die ersten Schritte im schweren Brautstaat gemacht hatte, schwankte sie plötzlich ein wenig.

«Nur Mut, Prinzessin Charlotte, nur Mut», flüsterte ihr der Herzog von Gloucester zu.

Obwohl es bei Hofe tausend Augen gibt, die alles sehen und hören, bemerkte niemand, daß die Blicke des Kapitäns von Linsingen und der Prinzessin Charlotte sich für einen Augenblick getroffen hatten.

Die Trauung wurde um neun Uhr abends vollzogen. Der Erzbischof von Canterbury segnete die Ehe ein, der Herzog von Cumberland übergab die Braut seinem königlichen Bruder. Sofort danach begaben sich König Georg III. an der Seite der Königin Charlotte in den Festsaal des Schlosses, wo die Gäste bereits versammelt waren. Ehe das Hochzeitsdiner serviert wurde, trug die neue Königin eine eigene kleine Komposition auf der Harfe vor. Ihre Finger bewegten sich geübt und sicher. Der König verstand und liebte die Musik und begann ein Gespräch über das Cembalospiel, in dem er sich selbst hervortat. Die Königin spielte dann noch gewandt einige Variationen über ein Thema von Henry Purcell. Der König hörte aufmerksam zu, und als sie sich nach ihm umwandte, drückte sein Gesicht eine so ungeheuchelte Bewunderung aus, daß sie errötete. Der König rührte sich nicht vom Platz, ohne sich um die Ungeduld der Hofgesellschaft zu kümmern.

Erst zwischen zwei und drei Uhr in der Frühe zogen sich die Neuvermählten von den Festlichkeiten zurück. Gegen neun Uhr morgens wohnten sie einem großen Empfang bei; der Königin wurde eine Anzahl wichtiger Persönlichkeiten vorgestellt. Jedem Würdenträger reichte sie so freundlich und voller Anteilnahme die Hand, daß dem abgebrühtesten Höfling das Herz höher schlug. Als sie sich schließlich auf dem abendlichen Ball als eine unermüdliche und ausgezeichnete Tänzerin erwies, hatte sie die Herzen gewonnen.

Schon flüsterte man sich innerhalb der Hofgesellschaft zu, der König und die Königin wären dabei, sich allen gegenteiligen Vorhersagen zum Trotz ineinander zu verlieben, und es wurden bereits Wetten darüber abgeschlossen, daß diese Heirat ein einzigartiger Erfolg zu werden verspreche.

Drei Wochen nach den Hochzeitsfeierlichkeiten war Johann Wilhelm von Linsingen auf den persönlichen Wunsch des Königs hin noch immer in London. Die Königin hatte ihrem Mann davon erzählt, was für ein guter, zartfühlender Mensch der Kapitän sei und wie vorbildlich er sich während der Reise betragen habe, *«parce qu'il a de la délicatesse»*.

«Ich werde ihn nie vergessen», beteuerte sie, wobei sie den König glücklich lächelnd anblickte. Sie versicherte, daß er ein Mann sei, der es verdiene, des Königs Gunst zu genießen, ein so guter, kluger, heiterer und liebenswürdiger Mann, ein Mensch, wie man ihn selten zu Gesicht bekomme und der ... Als sie an diesen Punkt kam, wurde die Königin ein wenig verwirrt und zögerte, «... der anscheinend, so kommt es mir jedenfalls vor, Ihnen, *mon ami*, in manchem ähnlich ist.» Impulsiv reichte sie dem König beide Hände. Er ergriff sie voller Wärme.

«Comme vous êtes adorable, Charlotte», murmelte er.

Einige Tage darauf erhielt der Kapitän Johann Wilhelm von Linsingen ein huldvolles Schreiben des Königs, in welchem er ihm eine gute Reise wünschte. Wenig später war der Offizier wieder bei seinem Regiment. Nach dem Waffenstillstand heiratete er im Jahre 1766 Louise Antonie von Schrader.

3

Göttingen, 27. Mai 1804

Am Sonntag, dem 27. Mai 1804, an einem schon hochsommerlich warmen Abend, gab der reiche Bankier Ruben Meyer, Hoffaktor und Schutzjude, in Göttingen eine Soiree in seinem Stadthaus, das unweit der Universitäts-Reitbahn in der Weender Straße lag.

Nichts fehlte an den Ingredienzen eines vornehmen gesellschaftlichen Vergnügens. Viel Licht, um die Toiletten der Damen zur Geltung kommen zu lassen, geschliffene Spiegel aus Murano, in denen sich die Herrschaften betrachten konnten, genug Menschen, um jene prickelnde Stimmung zu erzeugen, die nur in einem festlichen Gedränge entsteht, und zahlreiche Diener, in weißen Kniehosen und prächtigen blauen und grünen Livreen, die Champagner anboten. Auf dem Treppenpodest in der Eingangshalle saßen vier Musiker. Frau Meyer liebte italienische Serenaden, wie sie beim Eintreffen der Gäste erklungen waren. Jetzt hatte sie sich selbst ans Klavier drängen lassen, um Variationen von Haydn vorzutragen. Im Saal hielt man den Atem an, dann ertönte stürmischer Beifall.

In einem Prinzeßhängerchen aus gelber Seide über einem Unterkleid aus erbsengrünem Rips, garniert mit Ranken und Buketts aus cremefarbenen Spitzen, bahnte sich ein etwa dreizehnjähriges Mädchen, gefolgt von einem anscheinend gleichaltrigen, auffallend großen Jungen, einen Weg durch die gedrängt stehenden Gäste zur Mutter hin, die sich, leicht auf das Instrument gestützt, nach allen Seiten lächelnd verneigte. Die Kleine rief aufgeregt:

«Mama, Onkel Jakob ist angekommen.»

Da setzte die Musik zum ersten Tanz ein. Die Herren verbeugten sich vor den bereits engagierten Damen. Im Saal waren auch einige französische Besatzungsoffiziere vom 2. und 4. Husarenregiment sowie von den in Hannover stationierten Cheveaux-Legers.

An diesem Tag war zum erstenmal nach dem Gottesdienst anstelle des *Domine salvam fa republicam* das *Domine salvum fac imperatorem Napoleon* zweimal wiederholt worden.

Napoleon Bonaparte war der neue erbliche Kaiser der Franzosen; das gewaltige Schauspiel der Französischen Revolution war zu Ende.

Rösgen Meyer konnte unmöglich sofort zu ihrem Bruder gehen, den niemand heute erwartet hatte. Den ersten Tanz hatte sie General Nansouti versprochen, der die französische Kavallerie kommandierte und der das prächtige Haus des emigrierten Grafen Schwiecheldt für sich requiriert hatte. Wenigstens ebenso wichtig war der auf ihrer Tanzkarte eingetragene zweite Herr, General Schinner, der neue Stadtkommandant von Hannover. Er saß mit seiner gesamten Verwaltung im Stadtpalais des Grafen Wallmoden Gimborn, der bis zur Kapitulation vor einem Jahr Oberbefehlshaber der hannoverschen Armee gewesen war.

So blieb dem Bruder Rösgen Meyers, den man in den Salon geführt hatte, wo schon die Spieltische aufgestellt waren, Zeit, über die Veränderung nachzudenken, die nicht nur in seiner Vaterstadt Göttingen, sondern auch im Hause seines Schwagers stattgefunden hatte.

Jakob Moses Gumprecht war ein noch jung wirkender Mann. Er war nach der neuesten Mode gekleidet, trug eine weiße Kamelie am Aufschlag seines dunkelgrünen Rockes, und seine Lackstiefel waren von feinster englischer Maßarbeit. Die weißen Glacéhandschuhe hatte er neben ein Blumenarrangement auf eine Marmorkonsole geworfen. Mit großen Schritten ging er in dem Raum auf und ab, der ihm in seiner Neugestaltung völlig fremd war. Als erstes waren ihm die großen, ungebrochenen Wandflächen mit den mageren Profilen und geraden Linien aufgefallen. Auf die frühere Farbenpracht hatte man zugunsten von Weiß und Gold verzichtet, das machte den Gesamteindruck wohl so ernst und feierlich, ja sogar etwas frostig.

Er war mit der Post von Hildesheim gekommen, wohin einige seiner einstigen hannoverschen Bekannten vor dem Einmarsch der Franzosen mit ihren wertvollsten Besitztümern geflohen waren, furchtsame Leute, darunter viele Damen, da man sich auf preußischem Boden sicherer fühlte. Für die Juden war Hildesheim von jeher ein Refugium gewesen. Jakob Moses Gumprecht hatte von dort seine Ankunft gemeldet, die sich hinauszögerte, weil er hohes Fieber bekommen und es vergeblich mit Chinin bekämpft hatte. Er sah sein Gesicht im Spiegel, bleich von der Krankheit, angespannt von innerer Unruhe.

Eine Stimme ließ ihn herumfahren. Es war Ruben Meyers Sohn Joseph, der mit seiner Schwester Dorette ins Zimmer kam.

«Guten Tag, Onkel Jakob, die Eltern kommen gleich.»

Jakob konnte mit Kindern nicht viel anfangen. Und diese beiden, für das Fest wie Fürstenkinder herausgeputzt und in strahlender Laune, verdarben ihm endgültig die Stimmung.

Der Junge sagte zutraulich: «Die Mama läßt Ihnen ausrichten, lieber Onkel, daß sie sofort nach dem zweiten Tanz kommen wird und der Papa auch.»

«Wie heißt du?» fragte Jakob, bemüht, freundlich auszusehen. Das Kind war erstaunt, daß der Bruder seiner Mutter so wenig Bescheid wußte.

«Ich bin Joseph.» Er richtete den Blick fest auf den Onkel, der ihn nicht zu mögen schien. Er begriff es nicht, denn Joseph war daran gewöhnt, von allen geliebt zu werden, treu und ehrlich, wie es sich eben für wohlgeratene Kinder gehört.

«Dies hier ist Dorette», fuhr er ohne weitere Erläuterungen fort. «Erinnern Sie sich nicht an mich? Die Mama hat mir erzählt, daß ich in Frankfurt geboren wurde und Sie uns hierherbrachten.»

«Uns? Wen meinst du damit?» Jakob Gumprecht wischte sich mit einem Tuch aus feinem weißen Batist die Stirn und das plötzlich schweißnasse Gesicht.

«Nun, die Mama und mich, natürlich, und die Amme.»

«Richtig, mein Kind. Sicher. Du warst ein besonders großer und gesunder Junge. Manchmal hielt ich dich während der Fahrt auf dem Schoß, wenn die Amme und die Zofe müde waren. Ich entsinne mich sehr genau. Du warst ... aber was rede ich. Ich habe ein wenig Fieber, wißt ihr.»

Der Junge lächelte nun, da er eine Erklärung für das sonderbare Verhalten des Onkels erhalten hatte, und fragte: «Soll man Ihnen etwas bringen, bis die Mama kommt? Wünschen Sie, daß ich bei Ihnen bleibe?»

«Nein, nein», sagte Jakob. «Geh nur wieder zu den Gästen, mein Kind, ich ruhe mich hier noch ein bißchen von der Reise aus, bis man ein Zimmer für mich zurechtgemacht hat.»

Der Junge wandte sich zum Gehen. Da hielt der Onkel ihn zurück.

«Sag einmal, Joseph, glaubst du, daß unter euren Gästen noch alte Bekannte von mir sind?» Und als er das unschlüssige Gesicht des Neffen sah, fügte er hinzu: «Zum Beispiel der Herr Minister von Stralenheim? Der früher Kurator der Universität war?»

«Er ist aus Göttingen fort», antwortete der Junge. «Aber seine Tochter ist heute abend hier, die Baronesse Henriette.»

«Sie hat das schönste Kleid an», sagte Dorette.

Schweigend wandte Jakob sich ab. Er bemerkte gar nicht, daß die Kinder aus dem Zimmer gingen.

Seit er Göttingen hatte verlassen müssen, fühlte er sich zum erstenmal wieder als freier Mann. Jetzt wollte er abrechnen mit allen, die ihn ins Unglück gebracht hatten. Seit Napoleons Gesetze für die Juden auch in Göttingen galten, durfte er, Jakob Gumprecht, sich wieder frei in seiner Heimatstadt bewegen, als der unbescholtene Mann, der er einst gewesen war. Bis man ihn, um hochgestellte Personen zu decken, zu Unrecht der Wechselfälschung angeklagt und in Hannover ins Gefängnis geworfen hatte. Alle, die damit zu tun gehabt hatten, waren entweder gestorben wie der General Johann Wilhelm von Linsingen, oder vor den Franzosen geflohen wie sein ärgster Widersacher Major Karl von Linsingen. Auch der General von Freytag, der Hofmarschall von Löw und Herr von Malortie waren außer Landes, in England oder bei der *Deutsch-Englischen Legion* unter den Fahnen ihres Königs.

In den letzten Jahren hatte er nur darauf gehofft, daß die Franzosen in Deutschland einmarschierten. Ihnen verdankte Gumprecht nach zermürbendem Warten in der Fremde, daß er jetzt hier in Göttingen im Hause seines Schwagers sein durfte, und zufällig traf er am Abend eines Balles ein, der das Fallen aller Schranken der alten gesellschaftlichen Ordnung sichtbar machte. Denn das Jahr 1803 hatte alle bestehenden Verhältnisse über den Haufen geworfen und Ruhe und Wohlstand in Stadt und Land vernichtet. Der Krieg zwischen England und Frankreich war neu ausgebrochen. Am 5. Juni waren die französischen Truppen in Hannover eingezogen.

«Ich bin gerettet», sagte er leise vor sich hin. Die Unruhe, die sein Gesicht beim Eintritt der Kinder entstellt hatte, war verschwunden, seit er wußte, daß Henriette von Stralenheim unter den Gästen war.

Einst hatte er in Göttingen unter den Studenten aus den vornehmsten Häusern Europas als einer der elegantesten jungen Männer gegolten. Er hatte den Ruf eines ausgezeichneten Fechters gehabt. Er war ein leidenschaftlicher

Mensch, begabt mit großer Willenskraft, berechnend, ausdauernd und waghalsig, verschlossen bis zum Äußersten. Er war sehr ehrgeizig, ohne es zu zeigen, und besessen vom Gedanken an Unabhängigkeit. Gleichzeitig war er von bezaubernder, verführerischer Liebenswürdigkeit. Er brauchte nur zu lächeln und dabei leicht die Augenbrauen zu heben, und es war schwer, ihm zu widerstehen.

Länger als zehn Jahre war er fortgewesen und kehrte als brillanter und erfolgreicher Geschäftsmann in seine Heimatstadt zurück. Sein Vater, Moses Gumprecht, war während seiner Abwesenheit gestorben, am Kummer, hieß es.

«Ich bin gerettet», wiederholte er. In einem plötzlichen Anfall von besserer Laune spazierte er durch das Zimmer. Im Geist schloß er eine Wette mit sich selbst – oder mit dem Teufel in sich? Wenn das einzige wahre Gefühl, das ich noch spüre und das sich mit ganzer Kraft entfaltet hat, wenn der unbändige Haß auf den Major von Linsingen und seine Brüder von der Liebe verdrängt wird ... Nein, mit dem Wort Liebe will ich nicht scherzen. Wenn es mir nur gelingt, mir Henriette geneigt zu machen, sie vielleicht am Ende zu erobern ... dann will ich vergessen, daß ich geschworen habe, mich an der Familie Linsingen zu rächen.

Daß er auch nur daran denken konnte, den sorgfältig erdachten Racheplan aufzugeben, verwirrte ihn. Er war in dieses Haus gekommen mit dem einen Gedanken: Nie kann ungeschehen gemacht werden, was hier vorgegangen ist.

Er stand jetzt steif und unbeweglich da und hatte seine Fassung immer noch nicht wiedergewonnen, als Ruben Meyer und seine Frau eintraten.

Ruben war groß und stattlich, zuvorkommend, hatte eine leise, etwas heisere Stimme, achtete auf ausgewählte Kleidung und feinste Wäsche, trug hohe Kragen, üppige Jabots und lange, sehr taillierte Röcke. Sein ganzes Betragen verriet die vornehme Herkunft aus dem Stamme Levi; niemand hätte etwas anderes in ihm gesehen als einen Edelmann. Er hatte für die Neueinrichtung seines Hauses ein Vermögen bezahlt, doch obwohl der reiche Bankier als Lebemann galt, war Geld in diesem Haus nicht das Ziel aller Wünsche.

Im Alter von gut zwanzig Jahren hatte er Rösgen Gumprecht geheiratet, die er kannte, so lange er denken konnte, ein reiches, sehr gebildetes, blühendes Mädchen, das in einem liebevollen und kultivierten Elternhaus aufgewachsen war. Sie spielte meisterhaft Klavier, sprach ohne Akzent Französisch und Englisch, war stets heiter und kannte keine Melancholien. Er hatte sie nur einmal weinen sehen, als der alte Gumprecht von seiner Tochter verlangt hatte, ein fremdes Kind bei sich aufzunehmen und es als eigenes auszugeben ...

«Jakob», rief Rösgen aus, «bist du es wirklich?» Sie umarmte ihn stürmisch.

«Ich bin es, bin endlich gekommen, will mir ansehen, wie es hier weitergegangen ist, wie es euch geht und auch mich selber zeigen.» Er lachte. «Kommt, ich will tanzen.»

Der Saal, in dem getanzt wurde, ging auf den Garten hinaus. Auch er war neu eingerichtet, die Ausstattung folgte dem Einfall, die vier Jahreszeiten als die vier Lebensalter darzustellen. Die in Paris in Auftrag gegebenen Tapeten zeigten mythologische Schäferszenen. Beim Eintreten bemerkte Jakob, daß dort, wo einst das Bild des Königs gehangen hatte, jetzt eine überlebensgroße vergoldete Bronzestatue auf einem Sockel stand, Victoria auf der Weltkugel.

Dem ersten Eindruck nach war die Gesellschaft recht bunt zusammengewürfelt. Französische Uniformen, deutsche Bratenröcke, gewagte Dekolletés und wippende bunte Straußenfedern. Man tanzte einen der neuen Walzer. Jakob staunte darüber, mit welchem Respekt sein Schwager Ruben Meyer von den Anwesenden behandelt wurde. In der Rolle des vornehmen Hausherrn wirkte er ein wenig zu feierlich.

Für ihn selbst konnte der Ball nur den einen Sinn haben, Henriette wiederzubegegnen. Als er sie endlich entdeckte, blieb er in einiger Entfernung stehen und versenkte sich ganz in ihren Anblick. Ihr Teint wies, wie bei einer Statue, die eine Weile im Regen gestanden hat, ganz leichte Flecken auf. Hat sie etwa die Pocken gehabt? fragte er sich, und ich wußte gar nichts davon? Sie trug ein weißes Atlaskleid und Perlenarmbänder. Bei ihr waren drei ältere, sehr farbig herausgeputzte und diamantbehangene Damen, mit denen sie ins Gespräch vertieft schien.

Die hier Versammelten hatten den Krieg anscheinend schon vergessen und auch, daß die Franzosen Feinde gewesen waren. Die hannoversche Armee hatte kampflos die Waffen gestreckt. Der Regent, der Herzog von Cambridge, einer der Söhne des Königs, war nach England abgereist. Aus dem königlichen Schloß in Hannover waren außer einigen kostbaren Gemälden die Kammerkasse und das Silberzeug fortgeschickt worden. Leutnant Hartmann, der letzte im Dienst anwesende hannoversche Offizier, hatte Schwierigkeiten gehabt, mit seinen Fuhrwerken aus der Stadt zu kommen. Die Bürgerwache, an deren Spitze der sehr aufgeregte Hutmacher Weinrich stand, hatte den Ausgang verweigert und den Leutnant gezwungen, umzukehren. Zum Cleverthor war er schließlich doch noch rechtzeitig hinausgelangt. Die Soldaten und Offiziere der französischen Truppen unter General Mortier hatten sich bald eingelebt. Es war, als befänden sich die Hannoveraner und die Franzosen im Bann einer einzigen Realität: Napoleon. Bis auf einige unbeugsame Patrioten beteuerten alle, Anhänger der neuen Epoche zu sein. Man konnte hier in Göttingen fast meinen, man befände sich in einem fremden, neuen Land, in welchem die Minister so kindisch waren zu glauben, daß sie den Zorn des Kaisers der Franzosen durch freiwillige Selbstentwaffnung besänftigt hätten.

Madame Nansouti wandte sich Henriette von Stralenheim zu, die es vermieden hatte, Jakob Gumprecht anzusehen.

«Baronesse, ich sehe einen jungen Herrn, der offensichtlich große Lust hat, mit Ihnen zu tanzen. Er wird böse mit uns sein, wenn wir die hübscheste junge Dame in diesem Ballsaal noch länger mit Beschlag belegen.» Sie sprach mit überlauter Stimme.

Der Appellationsrat Basilius von Ramdohr vom Oberlandesgericht in Celle beobachtete seit einiger Zeit amüsiert, wie das Fräulein von Stralenheim sich der nicht enden wollenden Höflichkeiten erwehren mußte. Er fragte sich, was der Mann mit der Kamelie im Knopfloch, in dem er zu seinem Erstaunen Jakob Moses Gumprecht wiedererkannte, nun tun werde.

Das etwas hausbackene Orchester geigte, blies und flötete auf der Galerie. Ramdohr, der nicht tanzte, trat zu seinem Amtskollegen Georg von Scheele, von dem es hieß, daß er seinen Posten in Celle bald mit einem Ministeramt vertauschen werde. Er galt als hochfahrender egoistischer Parteipolitiker, dem Standesvorurteile wichtiger waren als das Wohl des Landes. Die Kontribution an die Sieger hatte seine Güter mit so hohen Schulden belastet, daß er nun zum erstenmal in seinem Leben bei einem jüdischen Bankier Geld aufnehmen mußte; nur deshalb hatte er die Einladung zu diesem Fest angenommen.

Scheele machte sich über die neue englische Mode lustig. Er war in London gewesen, als die beliebte Herzogin von York in andere Umstände kam und es bei jungen Mädchen und Frauen mit einem Schlag modern wurde, vorn unter dem Gürtel gestopfte Haarkissen zu tragen.

«Solche *ventres postiches* zwingen zum Abschied von den kleidsamen langen Taillen und zur Anschaffung einer neuen Garderobe.» Er sah über die Länge des Ballsaals zu seiner Frau hinüber. «Dabei wissen die Damen nicht, wie sehr sie Kropftauben, Schwänen oder Gänsen gleichen, wenn sie so ausgestopft über das Parkett segeln. Sie rechtfertigen den Unsinn nicht einmal dadurch, daß sie unbemerkt Babies bekommen!»

Er wippte auf den Fußspitzen, um sein Mißfallen zu unterstreichen. «Das Korsett ist fort und die Unterröcke sind es. Sogar das Hemd gibt es nicht mehr. Anstelle von Strümpfen –» er wies auf ein paar schlanke, nackte Fesseln, die gerade im Polkatakt vorbeihüpften – «tragen sie Ringe und Ketten ums Bein.»

Die Tänzer waren meist junge französische Offiziere, die deutschen Herren hielten sich zurück. Die Straußenfedern auf den Köpfen der Damen wippten, auf mancher Frisur konnte man mehr als zehn zählen. Henriette von Stralenheims Schleppe hatte die vorgeschriebene Länge von vierzehn Ellen, sie mußte sie sich mehrfach um den Körper wickeln, um den äußersten Zipfel in der Hand halten zu können. Die Spitzen an ihrer Robe hatte eine gewisse Mademoiselle Lange aus Paris geliefert, sie war die Maitresse – dieses Wort wurde jetzt allgemein kokett auf der ersten Silbe betont – eines einflußreichen Mannes und hatte den riesigen Spitzenvorrat der einstigen Königin Marie Antoinette an sich gebracht. Ramdohr sah, daß es Jakob Moses Gumprecht gelungen war, die Baronesse Stralenheim in ein Gespräch zu ziehen.

Professor Ayrer, der Leiter der Universitätsreitschule, der auch Vorlesungen über Philosophie und Mathematik hielt, hatte mit dem Gastgeber über das Reittalent des kleinen Joseph gesprochen und im Bewußtsein, daß dies für einen Juden eine Auszeichnung war, vorgeschlagen, daß er ihn in Zukunft selbst unterrichten werde. Nun trat er auf Ramdohr und Scheele zu, eben als sich auch Abraham Gotthelf Kestner zur Gruppe gesellte.

Ayrer sah Kestner mit verschmitzten Blicken an. Dann begann er unvermittelt aus dessen Gedicht «Die reisenden Deutschen» zu zitieren.

«Der deutsche Edelmann, der reiche Kaufmannssohn» – hier sah er bedeutungsvoll in die Richtung Jakob Gumprechts –

«Spielt in Paris den Grafen, den Baron.
Lernt da sein Geld mit Artigkeit verzehren.
Und Frankreich leckt den deutschen Bären.»

«Nicht so laut», warf Herr von Scheele ein, «man könnte Sie hören.» Doch Ayrer ließ sich nicht den Wind aus den Segeln nehmen.

«Bärinnen reisen nicht. Welch grausames Verbot!
Doch Frankreichs Höflichkeit hilft ihnen aus der Not.
Ein Heer von seinen Heldensöhnen
Geht über'n Rhein, und leckt die deutschen Schönen.»

Die Herren lachten, Scheele etwas betreten. Die Tänzer begannen zu springen, mit den Absätzen aufzustampfen und mit den epaulettengeschmückten Schultern zu wippen. Ramdohr betrachtete die durcheinanderwogenden Paare, doch kehrte sein Blick immer wieder zu Jakob Gumprecht zurück. Gumprecht überreichte der Baronesse gerade seine Kamelie, mit einer Geste, die aller gesellschaftlichen Förmlichkeit entrückt zu sein schien, während sie mit ihm sprach, als bemerke sie gar nicht, was er sagte.

«Was sagen Sie dazu, daß ich wieder da bin, Mademoiselle Henriette?»

Gleichgültig kam die Antwort: «Eine Zeitlang hieß es, Sie wären tot ...»

«Würde Ihr Herr Papa mich heute als Gast in Ihrem Hause empfangen?» Die Frage kam hastig.

«Vielleicht. Aber er ist fort, wie die meisten, die zum König halten.»

Fast flüsternd erkundigte er sich: «Haben Sie den gelehrigen Pudel noch, den Sie Jakob nannten?»

Gumprecht, der nur Augen für Henriette hatte, entging es, daß er das Mißfallen der Deutschen erregte. Er machte einer Person den Hof, die den in ihrem Haus in Hannover einquartierten Offizier schon am Abend nach dem Einmarsch der Franzosen auf der Friedrichstraße spazierengeführt hatte, zur Entrüstung der Bürger.

«Ich habe ihn verschenkt.»

Ein französischer Oberst trat hinzu, von hübschem Aussehen, mit ausdrucksvollen Augen und blendendweißen Zähnen.

«Sie haben vermutlich vergessen, Mademoiselle», begann er, «daß Sie mir diese Mazurka zugesagt hatten?»

Henriette spielte die Verwirrte, doch Gumprecht, der rot vor Zorn wurde, bildete sich ein, daß sie in Wirklichkeit erleichtert war.

«Ach, zu dumm. Sie müssen mir verzeihen, lieber Gumprecht, ich bin ein wenig zerstreut. Wirklich ...» Falls es so ausgesehen hatte, als wolle sie mit Gumprecht tanzen, so war das jetzt vorbei. Der Oberst stand vis-à-vis. Sie flatterte ihm entgegen.

Gumprecht ging durch den Saal, dann in den Salon. Neben einem Mohren aus schwarzem Alabaster blieb er stehen. Auf einmal fühlte er, wie jemand seinen Ärmel berührte. Er drehte sich um. Vor ihm stand Ramdohr.

«Warum tanzen Sie nicht?»

«Ich habe keine Freude mehr daran.»

«Sie sind ein sonderbarer Mensch geworden. Was hat Sie so verändert, seit wir uns das letzte Mal sahen?»

Gumprecht zuckte mit den Achseln. Das letzte Mal ... Das letzte Mal hatten sie sich in Hannover gesehen. Ramdohr war zu ihm in die Zelle gekommen. Jakob, unschuldig der Wechselfälschung angeklagt, war zu zwölf Jahren Gefängnis verurteilt worden, und Basilius von Ramdohr, Jurist am Oberappellationsgericht in Celle, ein im Leben und in der Konversation erfahrener Mann, hatte ihn damals vom guten Willen der Obrigkeit überzeugen wollen. Durch die Festnahme Gumprechts war ein Skandal vermieden worden. Sie kannten beide die Namen der Schuldigen: Prinz Ernst von England, der Bereiter Schweppe von der Universitätsreitbahn, der Schwiegersohn Professor Ayrers und der Sohn des Ministers von Stralenheim. Die drei jüngeren Söhne Georgs III. von England studierten in Göttingen, und der Erzieher der Prinzen, der Major Karl von Linsingen, hatte den Einfall gehabt, die Schuld Jakob Moses Gumprecht aufzubürden, damit der königliche Vater in London nichts von den Geldmanipulationen seines Sohnes erfuhr. Jakob war in besinnungslosen Zorn geraten, vor dem Ramdohr eilig flüchtete. Aber er hatte dem Gefangenen noch sagen können, an welchem Gefängnistor in dieser Nacht keine Wache stehen werde und daß er nach seiner Flucht unverzüglich das Land zu verlassen habe. Und er hatte ein Paket, das eine Strickleiter enthielt, in der Zelle zurückgelassen.

Ramdohr betrachtete das verschlossene Gesicht seines Gegenübers. Was gab es für einen Juden, und sei er noch so reich, Besseres, als sich mit dem abzufinden, was das Schicksal ihm beschieden hatte?

«Erlauben Sie mir die Bemerkung», sagte er, «daß Sie dabei sind, sich Unannehmlichkeiten zu bereiten ... und nicht nur sich selbst. Denken Sie daran, daß ich Ihnen einmal geholfen habe ... und sagen Sie mir, ob Sie der Mann sind, der in Celle einen Zuchthauswärter bestochen hat, um den derzeitigen Aufenthaltsort von Sophie Charlotte von Linsingen zu erfahren?»

«Das würde ich nicht tun. Wofür halten Sie mich?»

«In diesem Fall möchte ich wissen, ob Sie mit dem französischen Hauptmann Jean d'Ormesson in Verbindung stehen?» Ramdohr versuchte kaltblütig zu wirken. Er sah Gumprecht ins Gesicht. Ich habe kein Mittel, ihn zu fangen, dachte er.

«Ich bin Ihnen keine Rechenschaft über meine Bekannten schuldig, Herr von Ramdohr», sagte Gumprecht laut. Und sich höflich verneigend verließ er den Salon. Ramdohr blieb noch eine Weile bei dem Alabastermohren stehen. Ob einer der französischen Offiziere, die heute abend hier waren, etwas über d'Ormesson wußte? Er wollte sich unauffällig umhören.

Der Ball dauerte an. Ein junger, flinker Mann dirigierte jetzt die Tänze. Man sagte ihm nach, er sei ein perfekter Kenner aller Feinheiten der Sitten und Gesetze der höheren Welt, obgleich er, ehe er zum Offizier avancierte, Schreiber des Herzogs von Choiseul gewesen war. Durch Klatschen mit den Händen gab er den Musikern Zeichen und ließ seine Stimme erschallen: *grande chaine* oder *en avant deux*, und lief im Saal umher mit fiebrigem Blick. Nach seiner Ansicht mußte ein solches Fest bis weit nach Mitternacht dauern. Wie ein Schatten ging Gumprecht zwischen dem Saal und dem Salon hin und her, von Zeit zu Zeit tauschte er kühle Blicke mit seinem Gegner, dem Oberst, der keinen Tanz vorübergehen ließ. Eben jetzt engagierte er Henriette zu einer Quadrille.

Ruben Meyer entging die Mißstimmung, die er im Gesicht seines Schwagers las, nicht.

«Fühlst du dich nicht wohl, Jakob?»

«Ich? Ganz im Gegenteil. Warum glaubst du das?»

«Nun, seit du angekommen bist, hast du nicht ein einziges Mal gelächelt. Du hast dich sehr verändert, mein guter Jakob.» Und der Bankier stellte sich Jakob in seinen Jugendtagen vor, als er in Göttingen den Spitznamen ‹Baron Absatz› trug, der roten hohen Hacken wegen, die ein Privileg der Aristokraten waren.

Jakob sah seinen Schwager prüfend an. «Ich bemerke, daß sich hier alles verändert hat. Jetzt tanzen die großen Herren nach deiner Pfeife, in ihrer Geldnot. Du hast Macht und Einfluß gewonnen und dabei vergessen, daß diese Herren dich und unsern Vater ohne Schutzbrief aus der Stadt gejagt hätten, wenn du nicht ...»

In diesem Augenblick traten der französische Oberst und Henriette zu ihnen, um sich zu verabschieden.

«Nelke oder Kamelie?» fragte Gumprecht die Baronesse auf deutsch. Die Nelke galt als die Blume der Revolution.

«Nelke!» rief Henriette. «Ich mag die Kamelien nicht.»

Gumprecht verbeugte sich stumm. Sie entschwand mit dem Franzosen. Der Gedanke, daß er verloren hatte, versetzte Jakob Gumprecht in eine plötzliche Erregung der Nerven. Sein Blick war hoffnungslos.

Am Morgen nach dem Ball war die ganze Familie Meyer zum Frühstück versammelt. Am Tisch saßen Ruben und Rösgen, alle Kinder, Jakob Moses Gumprecht, das verarmte Fräulein von Pawel-Ramingen, die Erzieherin, und der von den neuen Ideen eingenommene Hauslehrer Gans, der im stillen manchmal darüber erstaunt war, daß Frau Meyer Joseph manches gestattete, was den Geschwistern nicht erlaubt war.

Gumprecht schien an Joseph ein besonderes Gefallen zu finden. Ruben Meyer hatte gerade erwähnt, daß Professor Ayrer gestern abend die Reitkünste seines neuen Zöglings gelobt und ihm eine glänzende Zukunft im Sattel prophezeit habe.

«Ich will einmal Rabbiner werden», sagte Joseph.

Jakob brach in ein Lachen aus. «Himmel, das wird etwas geben! Ein Rabbi hoch zu Roß?» Er konnte seine Fassung nur mit Mühe wiedergewinnen. Obwohl er bei den Gesprächen im Familienkreis einen scherzenden Ton angeschlagen hatte, war ihm schwer zumute, so schwer und bitter, daß er seinen inneren Zustand kaum hätte schildern können.

«Ich reise morgen ab», sagte er unvermittelt.

«Wohin?» fragte seine Schwester befremdet. Sie hatte geglaubt, daß er den verwaisten Platz seines Vaters im Hause Gumprecht einnehmen werde.

«Nach Harburg. Ich habe da Geschäfte und werde mich dort vermutlich niederlassen.»

«Aber aus welchem Grund? Ich staune über einen Bruder, der am Abend mit Plänen für die Zukunft hierherkommt und am nächsten Morgen schon wieder abreisen will.»

Jakob war vom Tisch aufgestanden, hatte sich ans Fenster gestellt, starrte hinaus und antwortete nicht. Seine Familie hatte aus ihrem Gedächtnis gestrichen, was man den Gumprechts und Meyers angetan hatte, als sie noch Schutzjuden und Hoffaktoren des Königs gewesen waren und ihr

Schicksal von der Erneuerung des Schutzbriefes abhing. Henriette von Stralenheim schenkte ihre Gunst einem Besatzungsoffizier. Das brachte ihr die Verachtung aller Patrioten ein, die sie aber offensichtlich leichter auf sich nahm als den Makel, einen Juden zu lieben. Wie haßte er doch diese Göttinger Provinzler, und wie sehr beneidete er sie zugleich.

Er blickte auf die Weender Straße hinab. Die Bürger hatten ihre Ziegen, Kühe und Kälber herausgelassen, und der Hirte trieb sie, seine Schelle schwingend, vor das Tor auf die Bürgerweide. Genau wie früher saßen die Hühner auf den Türschwellen der Häuser. In den Tornischen schliefen struppige Köter, auf die der Hundefänger, einen großen Sack in der Hand, Jagd machte. Es war staubig und laut.

Jakob Gumprecht zuckte die Achseln und sagte: «Es wird nun aus meinen Plänen, hierzubleiben, nichts werden.»

Alle Bemühungen seiner Verwandten, ihn umzustimmen, fruchteten nichts. Er entschuldigte seine Einsilbigkeit mit Kopfschmerzen, bat, daß der Kutscher ihn morgen nach Northeim brachte, wo er die Post nach Harburg nehmen wollte. Und fragte Joseph, ob er Lust habe, ihn nach Northeim zu begleiten und dann in der Meyerschen Kutsche wieder zurückzukehren, vorausgesetzt, die Eltern hätten nichts dagegen. Ruben Meyer schüttelte zwar den Kopf, mochte dem Schwager diese Bitte jedoch nicht abschlagen. Joseph erhielt die Erlaubnis, mitzufahren.

Am Tag der Abreise trug Jakob Moses Gumprecht einen pflaumenfarbenen bestickten Rock und eine weiße Weste, dazu schwarze Beinkleider und schwarze Strümpfe. Seit der bürgerlichen Gleichstellung der Juden und der mit den siegreichen französischen Revolutionsarmeen sich in ganz Westeuropa ausbreitenden Judenemanzipation trug er keine roten Absätze mehr. Das überließen die Herren heute den Lakaien. Seine Haare waren ungepudert.

Mit hocherhobenem Kopf spazierte er, Joseph neben

sich, am frühen Morgen durch die Stadt. Nach wenigen Minuten standen sie vor dem Gumprechtschen Haus in der Prinzenstraße, wo sie der dunkelblaue offene, hochrädrige Meyersche Wagen erwartete, mit vier Pferden bespannt, zwei Schimmeln und zwei Braunen.

Im Haus war noch alles still. Bis Moses Gumprecht, ein Jahr nach dem Tod seiner Frau, im Jahre 1802 im Alter von fünfundachtzig Jahren gestorben war, hatten die Angestellten des Comptoirs bereits um sieben Uhr früh an ihren Schreibpulten gestanden. Eine Viertelstunde später war Moses Gumprecht in seinem Büro erschienen. Er hatte als Armeelieferant dem König Remontepferde und Montierungen für die Regimenter geliefert.

Jakob Gumprecht ging mit Joseph durch die verschlungenen Korridore. Das Haus hatte drei Stockwerke, im Hof waren noch einige Gebäude, es gab Dutzende von Zimmern und Kammern, vier Küchen, drei Kellergewölbe, eine Wagenremise und Ställe für zehn Pferde. Der Weg zum großen Salon im ersten Stock führte durch ein kleines Kabinett. Darin saß Jakobs jüngste Schwägerin und kämmte sich vor einem Spiegel das Haar. Frauen, die ihr Haupt entblößten, waren für Jakob Gumprecht immer noch Wesen, die sich der Vorschrift der Religion widersetzten. Mit ausgestreckten Armen begrüßte sie Schwager und Neffen und verließ das Zimmer, um ihren Mann und die anderen Hausbewohner zu holen, die alle Abschied nehmen wollten.

Der Alkoven in der *belle étage*, in dem Jakob und Joseph zurückblieben, war verglast und gab den Blick frei auf die Häuser der Nachbarschaft und das dunkle Buckelpflaster. Außer Jakobs beiden jüngeren Brüdern und ihren Frauen hauste unter dem steilen Dach das Gesinde sowie ein unbestimmbarer und wechselnder Anhang von Buchhaltern und Comptoirgehilfen, der dem Hause Gumprecht treu ergeben war.

Jakob Moses Gumprecht richtete sein Lorgnon auf das

Ende der Straße, von wo eine elegante Karosse mit zwei Vorreitern und einer Eskorte heranrollte.

«Das ist General Schinner», sagte Joseph, «er läßt eine Polizeitruppe aufstellen, die für Ordnung sorgen soll.»

Jakob betrachtete seinen Neffen. Was für ein eigenwilliges, verwöhntes Kind, dachte er. Wahrhaftig, ein Fürstensöhnchen. Er starrte auf die Fenster des gegenüberliegenden Hauses, die geschlossen waren. Auf einer Bank vor dem Haus, die von einem hohen Fliederstrauch überschattet war, saß ein junger Mann und las in einem Buch.

«Als ich noch in Göttingen war, haben dort drüben die drei englischen Prinzen gewohnt.» Jakob Gumprecht wies auf das Haus. «Ernst, Adolph und Augustus.»

«Haben Sie sie gekannt, Onkel?»

Jakob Gumprecht lachte, aber seine Augen lachten nicht mit. «Prinz Ernst war in meine Schwester Betty verliebt. Die jüngste. Hat man dir von ihr erzählt?»

«Ja, sie spielte Klavier und tanzte Mazurka, besser als ihre Schwestern. Sie war sehr hübsch und spielte im Theater mit.»

«So war es, bis man uns ins Unglück stürzte ... Eines Abends kam ich nach Hause und fragte nach meiner Schwester. Als ich durch den Saal ging, begegnete mir der Major von Linsingen, der Tutor der Prinzen. Er pflegte sich stundenlang mit meinem Vater über den Talmud und die Geschichte unseres Volkes zu unterhalten. Warum niemals Christen zum jüdischen Glauben übergetreten seien? Was unser Vater über eine Mischung christlichen Blutes mit dem israelitischen denke? Unter Aristokraten, natürlich. Ich weiß noch, daß unser Vater lächelte. Er halte gar nichts davon, sagte er. Wir amüsierten uns, als er fort war, über die Antwort des Majors: ‹Was gibt es in der hannoverschen Pferdezucht Edleres, als die Kreuzung mit arabischem Blut? Das verleiht höchste Rasse ...› Meine Schwester Rösgen war dazu ausersehen, die Prinzen englische und deutsche Konversation zu lehren. Und der Major hatte einen Tag vereinbart, an dem Betty den Prinzen Ernst auf dem Klavier zur Flöte begleiten sollte, noch dazu drüben im Prinzenhaus. An jenem Abend beeilte ich mich, in den Salon zu kommen. In dem Zimmer nebenan, in dem deine Tante sich vorhin die Haare kämmte, sah ich mich um. Da stand am Fenster, mir den Rücken zuwendend, Betty in einem hellen Kleid. Im Haus gegenüber lehnte Prinz Ernst weit über die Fensterbrüstung und machte ihr Zeichen. Ich hustete, um höflich zu sein und meine Anwesenheit anzukündigen. Betty wandte sich rasch um, so rasch, daß ihre Locken ihr auf das Gesicht schlugen, das mir röter als sonst erschien, und dann sagte sie: ‹Jakob, von den drei Prinzen gefällt mir Prinz Ernst am besten.› Und ich antwortete, ich weiß selbst nicht, wie es geschah: ‹Du hast recht, Betty ... auch ich liebe diesen Prinzen.› Damit begann, was ich später bei mir das große Spinnennetz nannte ...»

Jakob schwieg. Er schien die Anwesenheit des Jungen vergessen zu haben. Dann füllte sich der Salon rasch mit allen, die Adieu sagen wollten.

Die Gaststube der Poststation zu Northeim war an diesem frühen Vormittag nicht nur des herrlichen Wetters wegen leer. In dieser Zeit der Einquartierungen und der Teuerung waren die Straßen weniger bevölkert als vor der Besetzung durch die Franzosen. Die Besitzer der eleganten Sechsergespanne aus einheimischer Zucht waren mit ihren Lakaien und Kutschern bei der *Deutsch-Englischen Legion* in der Nähe von London und standen dort unter britischem Kommando. Sehr entgegen den Wünschen der Offiziere wurde die Legion nicht als selbständiger Truppenteil eingesetzt. Napoleon hatte im Jahr 1804 England als einzigen Gegner vor sich und traf gewaltige Vorbereitungen, um von Boulogne aus diesen gefährlichen Widersacher unschädlich zu machen. Der Kampf um die Weltherrschaft hatte begonnen. Fast alle bekannten hannoverschen Familiennamen waren in der Legion vertreten, meist durch mehrere Angehörige.

Den napoleonischen Spähern war die Wiedererstehung der kurhannoverschen Armee jenseits des Meeres nicht entgangen. Die *Frankfurter Allgemeine Zeitung* hatte im Winter 1804 eine Notiz über die Legion und die in ihr dienenden Offiziere gebracht. Für Oberst von Langwerth zum Beispiel hatte dies die Folge gehabt, daß seine linksrheinischen Güter kassiert wurden. Mit verschärfter Aufmerksamkeit wurden in der Heimat die Eltern, Frauen und Kinder ehemaliger hannoverscher Offiziere und Soldaten beobachtet. Mancher arme Schlucker, der sein elendes Wägelchen und sein müdes Pferd für ein Nachtlager im Heu in die Poststation gelenkt hatte, wurde heute von dem bäuerlichen Wirt und Posthalter abgewiesen, weil er ihn für einen von den Franzosen bezahlten Spitzel hielt. Im Hof gab es einen tiefen Brunnen mit knarrenden Rädern und Blecheimern an langen Ketten. Das Wasser war durch die Unachtsamkeit der französischen Soldaten verunreinigt, den Vorrat an bestem Hafer auf dem Speicher gab es nicht mehr. Das Hämmern in der nahen Schmiede war verstummt.

Als Jakob Gumprecht mit seinem Neffen fast drei Stunden vor Abgang der Eilpost hier ankam, saßen nur drei Franzosen in der Gaststube, zwei Graubärte und ein ganz junger Mensch von noch nicht zwanzig Jahren, der sehr schlank und bleich war und dessen Uniform weniger abgetragen aussah als die der Alten. Der eine erzählte gerade davon, wie er in Ägypten unter den Mauern von Alexandria seine ersten Schulterstücke erworben hatte, doch der junge Soldat starrte teilnahmslos vor sich hin. Auch der kleine Joseph, dem alle gesunde Farbe aus dem Gesicht gewichen war, hörte kaum, was sein Onkel zu ihm sagte oder was dieser mit dem Posthalter besprach, einem dicken, breitschultrigen Mann, dessen großer, runder Kopf mit dem struppigen, von übelriechender Pomade gebändigten Haar über einem von Arbeit gekrümmten Rücken schräg nach vorn direkt aus dem Rumpf zu wachsen schien. Seine kleinen blauen Augen schauten bei den Worten Gumprechts sonderbar drein, von unten her und zugleich unehrerbietig. Gelegentlich drehte er den Kopf zu den Franzosen hin und ballte unwillkürlich die Fäuste.

«Schick Er einen Boten zum Pastor Erytropel», befahl Gumprecht und drückte dem Mann fünfzehn Mariengroschen in die Hand, «und lasse Er mich für die nächste Stunde bei ihm anmelden.»

Die Lippen des Posthalters öffneten sich. Er war es nicht gewohnt, daß ein Jude wie ein vornehmer Herr mit ihm sprach. Mit mürrischem Unterton in der Stimme versicherte er, daß er dem Herren nur dasselbe sagen könne wie das vorige Mal. Der Herr Pfarrer sei immer noch mit seiner Frau in Thale wegen der Beisetzung und der Nachlaßregelung seines Schwiegervaters.

Die Tochter des Wirtes, ein hübsches zwanzigjähriges Mädchen, geschmeidig und wohlgebaut, mit nicht ganz regelmäßigen Zügen, frischer Hautfarbe und dichten braunen Haaren, brachte für Jakob Gumprecht und seinen Neffen zwei Krüge Einbecker Bier. Die lebhaften grauen Augen über einer kleinen runden Nase auf Joseph gerichtet, der mit den Tränen kämpfte und es zu verbergen suchte, indem er die verschlungenen eingekerbten Zeichen und Buchstaben auf dem Tisch mit dem Finger verfolgte, flüsterte das Mädchen ihm zu: «Dem dort drüben», sie wies mit einer Kopfbewegung auf den jungen französischen Soldaten, «geht es an den Kragen. Der hat Grund, traurig zu sein, trotzdem keine Wolke am Himmel steht. Sie eskortieren ihn nach Hannover vor das Kriegsgericht. Er soll mit andern Trainsoldaten bei Bovenden marodiert haben. Sie werden ihn erschießen, auf dem Sankt Nikolai-Friedhof, in Gegenwart der ganzen Garnison.»

Durch das Fenster konnte man ein grünes Coupé sehen, mit Grauschimmeln bespannt, das vor den Stufen des Eingangs hielt. Aus dem Wagen stieg Basilius von Ramdohr, und mit dem Ruf: «Wo ist der Posthalter?» betrat er die Gaststube.

Ramdohr war wie immer sehr sorgfältig gekleidet. Unter

dem braun- und graugestreiften Rock trug er eine zartgemusterte Weste mit Glasknöpfen, dazu graue Hosen mit hohen Stiefeln, alles nach neuester Mode. Ohne Gumprecht und seinem Neffen Beachtung zu schenken, sagte er zu dem sich mehrfach verbeugenden Posthalter, an dessen Seite jetzt auch die Tochter knickste: «Schicke Er rasch zu Pastor Erytropel und lasse Er mich dort melden. Ich habe keinen Diener mit, nur meinen Kutscher, der draußen ausspannt und die Pferde tränkt, und bin in großer Eile.»

Er erhielt die gleiche Auskunft wie Jakob Gumprecht, doch schien er nicht darauf gefaßt zu sein, daß Pastor Erytropel verreist war. Gumprecht blickte scharf und aufmerksam herüber. Der Posthalter bemerkte mit jetzt gedämpfter Stimme, daß der Herr Hoffaktor – er gab ihm einfach den Titel seines Vaters – auch zum Pastor wolle. Und kopfschüttelnd fügte er hinzu: «Da ist eine fremde junge Person neu im Haus. Nun ja.» Sein Gesicht verriet deutlich, daß er mehr wußte, als er sagte.

«Doch nicht etwa eine Spionin?» bemerkte Ramdohr lächelnd und mit leichtem Spott, denn das Mißtrauen des Wirts gegen jedermann war allgemein bekannt. Er hatte erwartet, Gumprecht hier zu treffen, war aber überrascht, Joseph bei ihm zu sehen. Wie sonderbar, fuhr es Ramdohr durch den Kopf, daß ich nicht schon eher daran gedacht habe. Er trat an den Tisch zu Jakob Gumprecht und dem Kind. Joseph schien erhitzt, und es war nicht zu übersehen, daß etwas geschehen sein mußte, das ihn verstört hatte.

«Hören Sie, Gumprecht», sagte er. «Sie haben vor, den Pastor zu besuchen. Angeblich ist er nicht da, und außerdem begebe ich mich selbst dorthin. Haben Sie also die Güte, zu warten, bis ich zurück bin.»

Das Lächeln in Gumprechts Gesicht erstarb. Er zog aus seiner Seitentasche ein Portefeuille hervor und klopfte mit der Hand darauf. «Ich bin im Besitz von Papieren, einen Fall betreffend, wie es in der Welt wohl keinen zweiten gibt», sagte er erregt. «Und ich gedenke, sie zu nutzen.»

Er hatte das Portefeuille geöffnet und zeigte Ramdohr zwei Briefe, die an eine Caroline von Linsingen adressiert waren und die Jahreszahl 1791 trugen. Ramdohr griff so rasch, daß Gumprecht ihn nicht zu hindern vermochte, nach einem der Briefe und überlas ihn in Eile.

Der Brief, in englischer Sprache geschrieben, atmete Zärtlichkeit und Hingebung. «*My dearest, beloved wife ...*» begann er und endete mit den Worten: «Habe Geduld wie bisher. Ich gehöre niemandem außer Dir.» Die Unterschrift lautete: William. Ramdohr begriff, daß Gumprecht das Geheimnis kannte. Dieser Brief von der Hand des Prinzen William, Herzog von Clarence, des dritten Sohnes des Königs von England und Kurfürsten von Hannover – wie war er in den Besitz des Juden gelangt? Mit einemmal verstand Ramdohr gewisse Zusammenhänge, verstand auch die merkwürdige Veränderung, die mit Joseph vor sich gegangen war. Der Junge nahm an allem, was um ihn herum vorging, keinen wirklichen Anteil. Er schien bedrückt und in Grübeleien versunken.

Also das ist es, dachte Ramdohr, so hast du es angefangen, dem Kind hast du die Augen geöffnet. Und weil Joseph an deiner Aufrichtigkeit und Ehrlichkeit zweifeln könnte, willst du mit ihm zum Pfarrhof gehen. Der Pastor ist nicht zu Hause, und die Frau, die dort unter dem Namen Frieda Grabbe Dienstmagd ist, wird nur zu bereit sein, dem Kind alles zu bestätigen.

Wie der junge Franzose am Nebentisch war Joseph aus allem, was bisher war, herausgerissen worden und befand sich gleich jenem auf dem Marsch zu einem unbekannten Gericht. Er wußte kaum, wie er in diese Wirtsstube gekommen war. Vier Worte gingen in seinem Kopf herum, unablässig, wie ein Mühlrad. «Es ist nicht wahr. Es ist nicht wahr.» Er wagte nicht, Jakob Gumprecht anzusehen. Auf der Fahrt, kaum daß der Wagen Göttingen hinter sich ließ, hatte der Onkel ihm eröffnet, daß er, Joseph, nicht der Sohn von Ruben und Rösgen Meyer sei. Es konnte nicht wahr sein. Joseph hatte nie den geringsten Argwohn gehegt, obwohl irgend etwas mit ihm anders zu sein schien als bei seinen Geschwistern. Erst kürzlich hatte er bemerkt, daß er nicht beschnitten war. Die Gouvernante hatte auf seine Frage eine wenig befriedigende Antwort gegeben. Aber in einer strenggläubigen Familie wie der seinen war es doch undenkbar, daß ein Sohn nicht beschnitten ist...

«Mein Gott, was haben Sie angerichtet», sagte Ramdohr und gab Gumprecht den Brief zurück. Dabei fiel sein Blick auf den Ring an Gumprechts rechter Hand. Der ovale Amethyst funkelte im Sonnenlicht. Deutlich war die eingravierte Fürstenkrone zu erkennen. Ramdohr kannte den Ring noch aus der Zeit, als Jakobs Vater, der angesehene Hoffaktor Moses Gumprecht, ihn trug, als das Erbe seines Vorfahren Gumperz Baruh, Herzog von Lonsada y Lonsada zu Granada, der zur Zeit der Mauren ein jüdisch-spanischer Grande gewesen war. Ramdohr begriff nur zu gut, was in Gumprecht vorging.

«Herr von Ramdohr!» vernahm er plötzlich Josephs Stimme. «Bitte, nehmen Sie mich mit.»

«Was fällt dir ein!» fuhr Gumprecht Joseph an. Die Lippen des Kindes begannen zu zittern. Leiser wiederholte es: «Bitte nehmen Sie mich von hier fort. Hier ist es nicht gut und nicht schön.»

Ramdohr legte ihm die Hand auf die Schulter.

«Es ist mir peinlich, das zu sagen, aber ich kann dieses Kind nicht in Ihrer Gesellschaft zurücklassen, nach allem, was Sie herausgefunden haben. Ich habe immer bedauert, wie man seinerzeit mit Ihnen verfahren ist und daß man Sie zum Sündenbock für andere gemacht hat. Sie schienen mir aufrichtig, und ich glaubte, Sie verstünden nicht zu klügeln und Ihre wahren Gefühle zu verbergen, und nun, verzeihen Sie, daß ich es ausspreche, rächen Sie sich an diesem unschuldigen Kind.»

«Ich verstehe Sie nicht.»

«Oh, Sie wissen, worum es sich handelt», sagte Ramdohr, sich zum Gehen wendend. «Wenn Sie erlauben, werde ich Ihnen einen Namen nennen: Major Karl von Linsingen.»

Eine Pause entstand. «Woher wissen Sie das?» fragte Gumprecht endlich.

Aus seiner Erinnerung tauchte mit einemmal jene Szene auf, an die er mit einem noch stärkeren Gefühl der Demütigung dachte als an seine Verurteilung und Flucht. Er sah das Gesicht des Mannes, den er am meisten auf der Welt haßte, bis in die kleinste Einzelheit vor sich. Er würde den Major Karl von Linsingen auch heute noch sofort wiedererkennen, an seinen scharfblickenden, sehr dunkel erscheinenden Augen und an seiner ruhigen und selbstvertrauenden Freundlichkeit. Er sah ihn wieder ohne Eile am vereinbarten Treffpunkt am Ende der Judengasse in Frankfurt auf sich zukommen. Dem Major war in respektvollem Abstand eine Frau, dem Anschein nach eine Bäuerin, gefolgt, die in jedem Arm einen Säugling trug. «Also, mein lieber Gumprecht, ist alles bereit? Es war nicht ganz leicht, Sie ausfindig zu machen.» Er hatte der Frau ein paar Worte zugeflüstert, sie hatte rasch aufgeblickt, und ihre listigen blauen Augen hatten Jakob mit einem seltsamen Blick gestreift. Dann knickste sie, so gut sie es mit ihrer Last konnte, und trat ein paar Schritte außer Hörweite. Der Major hatte gesagt: «Sie fahren, ohne Aufenthalt zu nehmen. Der Kutscher kennt die Stationen, an denen frische Pferde bereitstehen. Hier ist der Passierschein für Sie.» Jakob Moses Gumprecht hatte das Papier widerstrebend zu sich gesteckt. «Es liegt an Ihnen, daß Sie Göttingen unerkannt wieder verlassen, wenn Sie ihren Auftrag erfüllt haben. Ihr Vater erhält seinen Schutzbrief, und ebenso Ruben Meyer, sobald Sie den Blonden bei Ihrer Schwester Rösgen abgegeben haben und den kleinen Kahlkopf bei Rubens Bruder, dem Bankier Salomon Meyer in Hannover. Sollten Sie jemals Ihr Schweigen brechen, wird Ihre Familie darunter zu leiden haben ... Ist Ihre Schwester Betty schon abgereist?» Und der Major hatte sich zum Gehen gewandt, ohne ihm die Hand zu reichen. Seitdem waren fast dreizehn Jahre vergangen.

Ramdohrs Kutscher trat ein, um zu melden, daß er angespannt habe. Der Appellationsrat verließ, Joseph an der Hand, Jakob Gumprecht kurz mit einem förmlichen Kopfnicken grüßend, die Gaststube.

Sie fuhren, so rasch es auf dem holprigen Pflaster der Hauptstraße möglich war. Ramdohr hatte den Entschluß gefaßt, dem Jungen alles, was er über dessen Vater und Mutter wußte, zu sagen. Vielleicht würde er dadurch das Unheil, das Gumprecht in der Seele dieses Kindes angerichtet hatte, wieder vertreiben können. Er dachte an Caroline von Linsingen, der der Junge neben ihm im Wagen so ähnlich war.

In der letzten Zeit waren aus Berlin, wo Josephs Mutter als Flüchtling vor den Franzosen lebte, sehr unerfreuliche Nachrichten gekommen. Er hatte gehört, daß der Mann, den sie in zweiter Ehe geheiratet hatte, sich dem Wein und den Karten hingab, daß er fast ruiniert sei und sich nun als Lotterieeinnehmer durchbrachte. Von ihr selbst, von Caroline, wurde nur mit höchster Achtung gesprochen.

Es war, seit er sie zum letztenmal gesehen hatte, viel Zeit vergangen. Die Ereignisse, die vor der Kapitulation vor den Franzosen lagen und die die Gesellschaft aufs höchste erregt hatten, waren so gut wie vergessen. Und nun? Sollte wieder alles ans Licht treten? Womit sollte es enden? Ramdohr fühlte sich, je näher sie dem Ziel kamen, sehr unruhig werden. Wider Willen seufzte er. Nachdem der Wagen über eine holprige Brücke gefahren war, mußte der Kutscher anhalten. Eine Herde von Schweinen versperrte die Straße. Sie wühlten bis zu den Ohren im dunkelbraunen Schlamm und ließen sich auch durch den aufgeregt schreienden Hirten nicht stören. Auch die Meyersche Kutsche, die ihnen auf dem Fuß folgte, mußte stehenbleiben. Ramdohr beschloß, den Rest des Weges mit Joseph zu Fuß zurückzulegen.

Die Saaten standen schon hoch und dazwischen blühten roter Mohn und Kornblumen. Joseph, der einen gelben

Strohhut auf dem Kopf hatte, sah nichts von der Pracht der Felder. Er blickte starr vor sich hin und wich den Blicken des Appellationsrates aus. Er war sicher, daß sein Onkel Jakob nicht gelogen hatte. *Er* sollte also das Kind sein, das der General von Linsingen für tot hatte erklären lassen, obgleich es doch sein Enkel war? Warum hatten sie ihn als Neugeborenen nicht wirklich umgebracht? Warum brachte man ihn zum Bankier Meyer nach Göttingen? Er wollte weiter Ruben Meyers Sohn sein, der aus dem Stamme israelischer Könige war.

Deutlich tauchte aus Josephs Erinnerung das in bleigraue Schwaden von Tabaksrauch gehüllte Billardzimmer in seinem Elternhaus auf, und da war in Zivil der Major von Linsingen, der sich ungezwungen mit dem Vater und drei Edelleuten unterhielt, als wären sie nicht gekommen, um sich Geld zu leihen und frische Pferde zu kaufen; sie wollten noch in derselben Nacht aufbrechen, um nach England zu entkommen. Der Major in aufgeknöpftem Rock und einem feinen weißen Batistjabot spielte Billard. Er machte ein freundliches, doch etwas herablassendes Gesicht. Er spielte mit dem Sohn des Ministers von Stralenheim, der bekannt dafür war, daß er rauchte, trank und Karten spielte und alle Juden niederen Standes duzte. Der Major hatte Joseph angesehen und gesagt: «Der geborene Soldat, der Junge, wie geschaffen dafür, nun ja, schade.» Die anderen hatten gelacht.

Der Tag war sehr heiß. Das Licht flimmerte über den Feldern. Ein leichter Wind vertrieb, zerteilte die Hitze und die auf den Wegen als untrügliche Zeichen beständigen Wetters spazierenden hochgewehten Säulen aus Staub und Sand.

Vom Kuhstall des Pastorats her blökte ein Kalb, und eine lahme weiße Gans watschelte zur Seite, als Ramdohr und Joseph wieder zurückgingen, den Wagen entgegen, die erst jetzt auf dem von der Sonne grell beschienenen Weg herankamen.

Ramdohr gab seinem Kutscher Anweisungen. Der fuhr

daraufhin über den leeren Wirtschaftshof des Pastorats und hielt vor der Eingangstür in der Mitte des sauber verputzten Fachwerkhauses.

«Nun komm», sagte Ramdohr zu Joseph, «gehen wir noch ein Stück. Das wird uns guttun. Euer Kutscher wird uns folgen.»

Ramdohr fühlte sich durch das Schweigen des Kindes bedrückt. Sie erreichten einen Holzschlag, wo die Stämme frisch gefällter Birken und Eschen auf dem Boden lagen und das Gras und niederes Gebüsch niederdrückten. Bei manchen hingen noch grüne, aber schon tote Blätter an den starren Zweigen, an anderen waren sie bereits vertrocknet und zusammengeschrumpft. Ein Teil des Wäldchens stand noch. Aber alle Bäume trugen ein Kreidezeichen, auch ihr Schicksal war besiegelt.

Ramdohr setzte sich unter einen hohen Haselstrauch, über den ein schlanker junger Ahorn seine Zweige streckte. Joseph blieb vor Ramdohr stehen, der ihn sinnend betrachtete. Über ihnen bewegten sich leicht die Blätter, und ihre fließenden grünlichen Schatten glitten auf dem Strohhut des Jungen hin und her und huschten über sein hübsches Gesicht. In einiger Entfernung von ihnen war der Wagen stehengeblieben. Das Schnauben eines Pferdes war zu hören.

«Kennen Sie meinen Onkel Jakob, Herr von Ramdohr?» fragte Joseph mit seiner hellen Stimme. «Glauben Sie, daß das, was er sagt, die Wahrheit ist?» Der Junge kämpfte mit den Tränen. «Wenn es wahr ist, kann ich nicht mehr Rabbiner werden.»

Basilius von Ramdohr deutete auf eine gefällte Birke, und Joseph setzte sich ihm gegenüber.

«Dein Onkel Jakob Gumprecht verdient Mitgefühl. Er fürchtet nichts mehr, und er kann sich nicht mehr freuen. Es ist, als spüre er nichts mehr, als habe er kein lebendiges Blut. Das Blut», fuhr er nach kurzem Schweigen fort, «verbindet uns mit unseren Vorfahren. Es ist eine große Sünde, es zu verleugnen.»

Joseph blickte verwundert auf Ramdohr. Dieser fast fremde Mann, der zweite, mit dem er heute zusammentraf, war so ganz anders als Jakob Gumprecht. Auch seine Rede unterschied sich von der des Onkels und dessen unruhigen Gedankensprüngen. So wie Basilius Ramdohr hatte Joseph noch nie jemanden sprechen hören.

«Es ist das beste», sagte Ramdohr und schloß für eine kurze Weile die Augen, «wenn ich dir alles, was ich über dich weiß, erzähle. Du wurdest vor zwölf Jahren geboren, aber nicht in Frankfurt, wie du glaubst, sondern in Bad Driburg, und nicht am 25. März, an dem du deinen Geburtstag feierst, sondern am 25. Mai, um acht Uhr und sechs Minuten, am Abend. Dein Großvater, der General Johann Wilhelm von Linsingen, hoffte, daß du die Geburt nicht überleben würdest, denn gegen den Tod kann weder der Mensch noch irgendein anderes Geschöpf etwas ausrichten. Der Tod flieht nicht, und du kannst ihm nicht entfliehen. Aber helfen darf man ihm nicht, das war auch die Meinung des Generals. Er hätte das Kind seiner Tochter niemals getötet, Gott bewahre. Ich weiß, er hätte alles getan, um dich nicht zu quälen, um dich vor einem armseligen Leben zu bewahren, aber er wußte nicht, wie er es tun sollte. Das fiel seinem Bruder ein, dem Major Karl von Linsingen, deinem Onkel. Er war es, der dir die gute Erziehung verschaffte, die du gehabt hast, ihm verdankst du die liebevollen Eltern, die Erheiterung, die Freude. Dein Großvater besorgte einen Pfarrer, durch den du die Nottaufe bekamst, und ließ verbreiten, du wärest nicht lebensfähig. Du erhieltest die Namen Johannes Georg Wilhelm Heinrich. Kurz darauf gab der General deinen Tod bekannt, es war am Morgen des 26. Mai. Deine Mutter glaubte ihm nicht, aber er zeigte ihr den von einem ihm ergebenen Arzt unterschriebenen Totenschein. Deine Mutter heißt Caroline. Sie ist meine Cousine, aber fünfzehn Jahre jünger als ich, erst 34 Jahre alt. Sie lebt im Ausland.»

Ramdohr wurde verlegen, weil er die Frage fürchtete, wo

denn die Mutter sei, wie es ihr gehe, ob Joseph sie sehen dürfe. Joseph sagte jedoch nichts und starrte unverwandt in das Laubdickicht des Haselbusches. Ramdohr betrachtete ihn aufmerksam.

«Hat dir Gumprecht dasselbe erzählt?»

«Nein», antwortete Joseph mit tonloser Stimme. «Macht es etwas aus?»

«Ich glaube schon.» Ramdohr schaute ihn lächelnd an. In diesem Lächeln, in den drei Worten, die er zu Joseph gesagt hatte, im Ton seiner Stimme lag eine Zärtlichkeit, die nicht allein Joseph galt. Ramdohr lächelte von neuem, strich sich über das Gesicht und schüttelte ein paarmal den Kopf.

«Du bist wirklich ein lieber Junge, und ihr so ähnlich», sagte er.

«Dein Großvater war ein sehr begüterter Mann», setzte er seine Erzählung fort, «und ein Günstling des Königs, vor allem aber der Königin Charlotte. Seine Tochter Caroline war immer sein liebstes Kind gewesen. Es ging ein eigenartiger Zauber von ihr aus. Wenn ich sie betrachtete, schien es mir, als ob ihr Gesicht ein tiefes Entzücken ausdrückte. Ihre lächelnden Lippen, ihre schönen Augen schienen zu sagen: Wie herrlich ist es zu leben!

Dein Vater ist Prinz William Henry, Herzog von Clarence, der dritte Sohn unseres Königs. Man hatte ihn schon in jungen Jahren, als er etwa so alt war wie du heute, als Seekadett auf eine Fregatte geschickt. Er war mit Leib und Seele Offizier der Kriegsmarine.»

Ramdohr bemerkte, daß Joseph ruhiger wurde. Diesen aufmerksamen, kindlichen, aber schon männlichen Blick würde er niemals vergessen können.

«Sagen Sie mir bitte», fragte Joseph, «wie sieht der Herzog von Clarence aus? Ist er gut?»

Ramdohr antwortete ihm nicht gleich. «Prinz William?» begann er schließlich. «Ich erinnere mich an ihn als einen ziemlich großen, sehr gut aussehenden Mann. Seine rosigen Wangen strotzten vor Gesundheit. Er lachte hell und sorglos und kniff freundlich seine klaren grauen Augen – oder waren sie blau wie die deinen? – zusammen. Er kleidete sich sehr einfach, aber vorzüglich und mit Geschmack, und ließ sich französische Bücher und Zeitungen kommen. Die Damen waren von ihm entzückt. Alle lobten seine Manieren, obgleich er ziemlich grob werden konnte. Ich glaube, er war vorsichtig wie eine Katze. In seiner Gegenwart empfand ich immer eine gewisse Unruhe.»

Ramdohrs Beschreibung entsprach nicht gerade dem, was Joseph wissen wollte, doch konnte er die Abneigung, die er gegen den Prinzen empfunden hatte, nicht ganz verbergen. Er sah ihn noch vor sich, auf dem Ball auf Schloß Ricklingen, der zu Ehren der Ankunft der Prinzen William in Hannover gegeben worden war, wie er ihm mit einem gewinnenden Lächeln Caroline zu einem Kontertanz entführte. *«Pardon, mon cher»*, hatte der Prinz zu ihm gesagt und mit der Hand freundschaftlich seine Schulter berührt. «Prächtig, prächtig» hatte er, ohne Ramdohrs Antwort abzuwarten, hinzugefügt, «Ihr Theaterstück für den heutigen Abend. *C'était merveilleusement arrangé.*» Und er war mit Caroline einfach davongegangen, während Ramdohr peinlich berührt zurückblieb. So hatte alles angefangen.

Es war nicht mehr ganz so heiß. Die Luft war rein und durchsichtig, die Vögel zwitscherten geschäftig. Irgendwo rief ein Pirol. Joseph sah Ramdohr an. In seinem Kopf verwirrten sich die Dinge immer mehr. Er konnte nicht verstehen, wer er nun war, woher er wirklich stammte, wessen Sohn er sein sollte, wie er hieß, auf welche Weise er zu Joseph Meyer in Göttingen geworden war. Er versuchte verzweifelt, alle diese Fragen fortzuscheuchen wie ein Pferd einen Schwarm peinigender Bremsen.

Gumprecht, der stolz war auf seinen jüdischen Stammbaum, hatte ihn damit verhöhnt, daß er ein hergelaufenes Findelkind war, das von der eigenen Familie ausgesetzt wurde, und Ramdohr stellte Josephs Abkunft so dar, als ob sie ein großes Glück sei. Joseph dachte, er sei nun so einer wie der Kutscher Mandel, von dem unklar war, woher er stammte. Es hieß nur, daß er mit einer Levantinerin verwandt sei, die der Graf Platen aus dem letzten Feldzug in seinem Troß mitgebracht hatte. Selbst am Laubhüttentag, an dem das Gesinde beschenkt und bewirtet wurde, hielt sich Mandel stets etwas abseits, verbeugte sich nicht und wechselte mit niemandem den üblichen Festtagskuß. Er wohnte allein über dem Pferdestall. Er war eben ein abgetaner Mensch, der im Hause des reichen Bankiers untergekommen war. Viele Jahre hatte er als Stallknecht gedient und erst im Alter, nach dem Tod des alten Hoffaktors, hatte Ruben Meyer ihn zum Kutscher gemacht. Doch er bewegte sich immer noch, ohne ein Geräusch zu machen, sein Gesicht blieb klein und hart, die gelblichen Augen blickten ins Leere – Mandel saß auf dem Bock wie eine große Fledermaus, die das Tageslicht fürchtete.

Seine neue, unglaubliche und kaum zu verstehende Lage verwirrte Joseph, alle zusammenhängenden Gedanken schienen sich verflüchtigt zu haben. Bilder tauchten vor ihm auf. Er glaubte wieder mit Jakob Gumprecht in der Kutsche zu sitzen. Wieder schien der auf ihn einzureden, immer noch stand er im Bann von des Onkels Worten.

«Es gibt eben Menschen, die lieben Schoßhunde», hatte er gesagt und dazu den Kopf geneigt und gelächelt, «und andere, die möchten sie nicht geschenkt haben. Diejenigen, die sie lieben, das stelle ich mir in meinem simplen Verstand so vor, meinen, man müsse sie wegen der Vornehmheit halten. Mein werter Schwager Ruben, der von Haus aus kein Hundefreund ist, bekam eines Tages in einem Körbchen dich, mein Kind, wie einen jungen ausgesetzten Hund überreicht. Einen Hund mit einem vornehmen Stammbaum. Von nun an genoß er es, wenn die Leute sich versammelten, um das schöne Tierchen zu bewundern. Insgeheim nannte er es ‹Seine Königliche Hoheit›, und am liebsten hätte er wohl zum Kutscher Mandel gesagt: ‹Führ Seiner Königlichen Hoheit das Pony vor.› Wenn dann Königliche Hoheit belieben aufzusitzen, hilft er ihm in die Steigbügel und würde am liebsten sein Käppchen abnehmen. Bin ich da nicht zu guter Stunde ins Haus gekommen? Wer weiß, meinst du nicht? Eines Tages wäre aus dem Hündchen ein böser Hund geworden. Du hättest geruht, mit der Hetzpeitsche zu knallen und sie auf dem krummen Buckel des Juden, der dich ernährt hat, tanzen zu lassen. Ich höre schon das Geschrei. Und du sitzt hoch im Sattel, rotbackig, läßt deine Augen umherschweifen und lachst. Der alte dumme Jude amüsiert dich, denn die Achtung vor ihm, der sich einst dazu erniedrigen ließ, schweigend den fürstlichen Sprößling aufzuziehen, hast du längst verloren.»

Joseph sah Gumprechts Gesicht vor sich, hörte noch einmal die Stimme, die auf ihn eingeredet hatte.

«Man sagt, dein leiblicher Vater wisse zu leben, mein Junge. Er ist ein großer Herr. Mit einem blauen Ordensband sitzt er bei Tisch, läßt einen Juden holen und befiehlt: ‹Veitel –› so nennt er jeden Juden – ‹ich brauche bis morgen fünfhundert Taler, beschaffe sie, verstehst du mich?› Und der Jude sagt katzbuckelnd: ‹Zu Befehl, Euer Königliche Hoheit.› Das Geld braucht der Prinz für seine vielen Kinder und deren Mutter, die Schauspielerin Dora Jordan, und für den Haushalt in Bushy House, für Livreen, Perücken, Parfum aus Paris, Porzellan aus Sèvres und große Gemälde von Seeschlachten. Du mein Himmel! Er hält eine ganze Kapelle von Musikanten. Jede Nacht wird getanzt, und der Prinz betrinkt sich dabei mit Portwein.»

Ramdohr fühlte, wie es um seinen jungen Gefährten stand, sah dessen erhitztes Gesicht, das seinen gequälten Ausdruck nicht verlor. Ihnen gegenüber lag ein Roggenfeld, in dem sich keine Ähre rührte, so still stand die Luft. Die Pferde schlugen sich träge mit dem Schweif die Flanken, um Fliegen abzuwehren. Im Roggenfeld schnarrte ein Volk Wachteln. Ramdohr und der Junge saßen regungslos, niedergedrückt von der Hitze.

In die Stille hinein drangen das Geräusch eines heranrollenden Wagens und der dumpfe Schlag von Pferdehufen auf dem hartgewordenen, ausgedörrten Weg. Jetzt ertönte die Stimme eines Kutschers, der die Pferde zur Eile antrieb. Beim Anblick der Meyerschen Kutsche, die neben dem schmalen Weg stand, hielt das grüne Coupé an. Es war Ramdohrs Wagen. Die Gardinen der beiden Fenster waren trotz der Hitze geschlossen.

Ramdohr war aufgestanden und rief seinem Kutscher zu, er solle weiterfahren und im Pastorat von Bovenden auf ihn warten. Joseph, der keine Erklärung dafür erhalten hatte, warum Herr von Ramdohr mit ihm zusammen in der Meyerschen Kutsche fuhr, starrte das ganz mit Straßenstaub bedeckte Coupé an. Das Fenster öffnete sich und heraus schaute das blasse Gesicht einer jüngeren Frau mit kurzgeschnittenen rötlichen Haaren, die ein Kapotthut, wie ihn die Dienstboten trugen, wenn sie ausgingen, nicht verdecken konnte. Sie hob die Hand, winkte und rief etwas herüber. Doch die Pferde zogen an, und im Gerumpel des anfahrenden Wagens waren ihre Worte nicht zu verstehen. Er starrte dem in einer Staubwolke davonrollenden Coupé nach. Wer war diese Frau mit dem länglichen Gesicht, die aussah, als habe sie geweint? Etwa dieselbe, die Jakob Gumprecht im Pastorat zu Northeim mit ihm hatte besuchen wollen? Und von der er gesagt hatte, sie wäre Josephs Tante? Ramdohr war neben ihn getreten und faßte ihn am Arm. Joseph machte sich los und fragte, als der Wagen gerade um eine Wegbiegung verschwand: «Wer war das?»

«Du kennst die Dame nicht.»

«Ist sie meine Tante?»

«Ja, deine Tante. Sie ist aber auch meine Nichte.»

Joseph fand sich unter seinen neuen Verwandten noch nicht zurecht. Und mit den Seinen war er ja nicht mehr verwandt.

«Würden Sie mir sagen, wie sie heißt?»

«Sie heißt Sophie Charlotte von Linsingen. Sie ist eine

Tochter von Bernhard Thilo, dem Bruder deines Großvaters.»

«Und was tun Sie mit ihr?» rief Joseph.

«Ich bringe sie in Sicherheit.» Eine Verfolgte, dachte Ramdohr, denn d'Ormesson war womöglich wieder im Lande, als Besatzungsoffizier. Eine Brandstifterin, die das Haus ihres Vaters angezündet hat. Eine zum Tode Verurteilte, die rechtens im Zuchthaus zu Celle sitzen müßte. Und auch vor sich selbst bringe ich sie in Sicherheit. Doch wie dies erklären? Gumprecht hatte nur das Schmutzige aus der Vergangenheit hervorgekehrt. Die Erscheinung der unglücklichen Sophie Charlotte am Fenster des staubigen Wagens, die Worte, die sie dem Kind hinüberrief, das sie nicht verstehen konnte: Alles tauchte in Ramdohrs Erinnerung wieder auf. Schloß Söder und die Bildergalerie des Grafen Brabeck, in die er Caroline mitgenommen hatte, damit sie sich in Bildbeschreibungen übe, sein großer Bühnenerfolg mit dem Stück *Kaiser Otto I.*, in dem er Caroline verherrlicht und Goethes berühmte Lotte verspottet hatte, womit er den Olympier zu seinem Erzfeind machte, aber auch sein Einakter *Der Gott und die Bajadere* mit Caroline in der Hauptrolle und ihre Wirkung auf Prinz William. Empfindungen erwachten in ihm, die er lange entbehrt hatte, ein gewisses Beben und Entzücken. Vorboten der Entstehung eines neuen Theaterstückes und der entscheidenden, großartigen ersten Szene. Wie aus der Ferne hörte er Josephs Stimme.

«Ich bin ein Jude und will ein Jude bleiben. Onkel Jakob wollte mich lächerlich machen. Jeder soll in mir ein Ungeheuer sehen, hat er gesagt.» Seit er das Gesicht der Tante mit dem häßlichen Hut gesehen hatte, fühlte er sich wirklich aus seinem Elternhaus verstoßen.

Basilius schreckte aus seinen Erinnerungen auf. Trotz all seiner Lebenserfahrung verlieh ihm das Schicksal dieses Kindes die Gewißheit, daß es noch etwas gab, was er nicht erprobt hatte, und dieses ‹Etwas› mochte wohl das Wichtigste von allem sein. Was war dagegen das vielbändige Werk, dem er in den vergangenen Jahren seine ganze Schaffenskraft gewidmet hatte? JURISTISCHE ERFAHRUNGEN *oder* REPERTORIUM DER WICHTIGSTEN RECHTSMATERIEN IN ALPHABETISCHER ORDNUNG, *erläutert rücksichtlich auf* POSITIVES RECHT UND GESETZGEBUNG, *durch die merkwürdigsten, zum Teil noch ungedruckten Erkenntnisse des* OBERAPPELLATIONSGERICHTS ZU CELLE, *verglichen mit dem* CODE NAPOLEON, *dem* PROJET DE CODE CIVIL DE L'AN IV *und dem* PREUSSISCHEN LANDRECHT. Mein Gott! Und was hatte ihn aus seiner Schreibstube aufgescheucht? Die Nachricht, daß allem Anschein nach Jakob Moses Gumprecht den Aufenthaltsort von Sophie Charlotte von Linsingen ausfindig gemacht hatte. Und da hatte er noch nicht einmal gewußt, warum Gumprecht sie finden wollte. Aber er hatte sofort die Arbeit unterbrochen und war hierhergereist.

Er sah, daß auf Josephs Stirn Schweißperlen standen.

«Ich habe dir ziemlich wichtige Dinge mitzuteilen, liebes Kind. Willst du mir eine Weile geduldig zuhören? Laß uns dabei weitergehen, das ist angenehmer. Und wenn wir müde werden, setzen wir uns in den Wagen. Wenn ich aus längstvergangenen Zeiten erzähle, dann magst du dich fragen: Was geht mich das alles an? Aber du willst doch auch wissen, woher du kommst und was aus dir werden soll, nicht wahr?»

Im stillen hatte Ramdohr bereits beschlossen, alles, was diesen Jungen betraf und das doch so geheim bleiben mußte, dessen ungeachtet aufzuschreiben. Das würde ein Werk von einigem Aufsehen werden, wenn nicht heute, so doch in Zukunft, wenn Joseph einen Platz in der Welt einnahm. Aber welchen? Sollte dieser beiseite geschaffte Prinz ein Hofamt bekleiden? Gab es denn überhaupt urkundliche Nachweise über ihn im Archiv des Königshauses? Und würde sich jemals die Anerkennung der ehelichen Geburt Josephs erreichen lassen?

Der Weg, an dessen Rändern staubbedeckte Nesseln wuchsen, führte jetzt ein wenig bergauf, auf ein kleines, unbewohntes Haus zu. Bald erreichten sie den niedrigen Zaun. Dahinter erstreckte sich ein länglicher Grasplatz mit zugewachsenen Wegen und einem Beet in der Mitte, auf dem einmal Blumen gestanden hatten. Jetzt wucherte hier Löwenzahn. Verkrüppelte Apfelbäume ragten aus dem kniehohen Gras. Die Sonne warf schon längere Schatten. Wolken zogen von Zeit zu Zeit über sie hin, dann wurde es dunkler unter den Bäumen. Ein ferner Laut ertönte manchmal von den Feldern her.

Joseph blieb einen Augenblick vor diesem reglosen Garten stehen. Er starrte auf die drei zugenagelten Fenster des Hauses und die Tür, die längst keinen Anstrich mehr hatte. Sie setzten sich auf eine wurmstichige, wacklige Bank.

«Und mit Ihnen, Herr von Ramdohr, bin ich auch verwandt?» Joseph saß bei dieser Frage stocksteif da und war ganz blaß geworden.

«Ja, mein Junge. Aber möchtest du nicht noch etwas von deiner Mutter hören?»

Joseph nickte.

«Du bist ihr wie aus dem Gesicht geschnitten. Sie war ein schönes Mädchen. Nicht nur ich hatte einen Narren an ihr gefressen. Ich habe sie so vieles gelehrt. Die Malerei zum Beispiel, die verschiedenen Versformen. Wie leicht fiel ihr das Lernen! Als die Franzosen kamen und sie ins Ausland fliehen mußte – sie war kaum von einer schweren Erkrankung geheilt –, gab sie mir ihre Tagebücher und Aufzeichnungen, eine Sammlung von Gedichten und das fast fertige Manuskript *Über die Gynäkokratie der Frauen*. Aber das wird dir nichts sagen. Ich sehe sie immer noch vor mir, wie sie in der Galerie des Grafen Brabeck auf Schloß Söder saß und zeichnete. Damals war sie so glücklich.»

Mandel, der vom Bock gestiegen war, hatte aus dem Kasten unter seinem Sitz einen Eimer genommen und ging an ihnen vorbei zu einem etwas tiefer liegenden, mit Entengrütze bedeckten Teich, um Wasser zu holen.

Ramdohr blickte ihm nach, schüttelte den Kopf und sagte: «Der arme Teufel. Er scheint mir ein rechter Unglücksvogel.»

«Ja», erwiderte Joseph. «Er ist ein Findelkind. Er hat keine Mutter, und man weiß auch nicht, wer sein Vater gewesen ist. Aber er kann lesen und schreiben, und niemand kann besser mit Pferden umgehen als er.»

Er verstummte und lehnte sich an die warme Bretterwand des Hauses. Ramdohr trocknete sich mit einem Tuch die Stirn, er war innerlich nicht so ruhig, wie er sich den Anschein gab. Im Grunde seiner Seele regte sich ein Zweifel. Er hatte weit ausholen wollen. Aber als er in das junge Gesicht blickte, das jetzt wieder von dem lichten, ihm nur zu bekannten Lächeln belebt wurde, in diese klaren, klugen Augen schaute, gab er all seine Vorsätze auf.

«Joseph, willst du das Tagebuch deiner Mutter aus dieser glücklichen Zeit lesen? Es ist in meinem Reisegepäck», sagte er ohne jede Einleitung.

Joseph wurde feuerrot.

«Ich gebe es dir, wenn wir in Göttingen ankommen. Obwohl ich ihr versprochen habe, alles verschlossen aufzubewahren.»

«Ich … ich weiß nicht …» stotterte Joseph, mit den Händen die Kanten der Bank umklammernd.

Was ist mir nur eingefallen, dachte Ramdohr, als er kurz darauf mit Joseph wieder in der Kutsche saß, was ist mir da nur eingefallen, als ich ihm sagte, daß er Carolines Tagebuch lesen soll …

Mandel gab dem Schimmel, der die Ohren zu spitzen, zu schnauben und störrisch zu werden anfing, einen leichten Schlag mit der Peitsche. Das plötzliche Sonnenlicht, das hinter einem Weidengehölz auf den Weg fiel, hatte das Tier scheu gemacht.

4

Aus Caroline von Linsingens Tagebuch
Adenstedt, im November 1784

Diesen Morgen las ich zweimal in den Zeitungen Ramdohrs Namen. Vater hat das Podagra und ist sehr ungehalten über das Trauerspiel *Kaiser Otto I.* Es gefällt ihm von Anfang bis Ende überhaupt nicht. Dabei ist die historische Handlung, die Ramdohr dem Stück unterlegt, durchaus in seinem Sinn. Ein deutscher Kaiser, der die Römer unterwirft und sich zu deren Herrscher macht, paßt zu seiner Denkungsart. Nicht umsonst ist er General der Infanterie. Ich pflückte ihm einige späte Herbstblumen, vor allem Heliotropum, das ihn sonst immer erfreute, ehe Ramdohr mit mir Schloß Söder verließ. Herr Kuntze, der seine Arbeit dort beendet hatte, drückte mir noch Levkojen in die Hand. Eine Beschreibung der Brabeckschen Gemäldegalerie zu machen, ist für Ramdohr ein Freundschaftsdienst, für mich sehr viel mehr. Niemand im nördlichen Deutschland hat so viele und wichtige Gemälde in seinem Besitz. In England, Frankreich, Dänemark und den Niederlanden wie in unserem Vaterlande selbstverständlich auch sind in Zeitschriften und Fliegenden Blättern einzelne Stücke bekanntgemacht worden, aber noch nie gab es eine Gesamtdarstellung.

Nachdem ich die Madonna mit dem Kinde von Correggio beschrieben habe und es wohl gelungen ist, damit den Grafen Brabeck zu begeistern, soll ich nun auf Ramdohrs Vorschlag hin eine weitere Abhandlung verfassen: «Über die Kunst, das Schöne in den Gemälden der Niederländischen Schule zu sehen». Wird es mir gelingen?

Vater will indessen, daß ich ihm die *Reise nach Griechenland* von Gouffier vorlese. So sieht es wüst in meinem Kopf aus, und die Krankenpflege macht müde.

Was ist Besonderes an diesem Bild? Eine Mutter, die so schlichtweg ihr Kind auf dem Schoß hält, ein Kind, das so schlichtweg darauf sitzt, ohne bestimmte Handlung, ohne Ausdruck eines besonderen Anteils aneinander. Wer in aller Welt könnte glauben, daß dies ein interessantes Sujet für die Kunst sei? Und doch! Alle rundherum hängenden Meisterstücke der italienischen und niederländischen Schule habe ich mit Bewunderung betrachtet, und doch erscheint mir dieser einfältige Junge mit seiner einfachen Mutter, die ihn mit beiden Händen auf ihrem Schoß hält, das schönste. Wahrscheinlich betrübt mich dieses Bild, ja, das tut es sonderbarerweise seines eigentümlichen Ausdrucks wegen. Herr Kuntze hat von allen Hauptstücken der Galerie Kopien *en miniature* verfertigt, so daß Graf Brabeck sich auch auf Reisen nicht von seiner Sammlung zu trennen braucht, diese tragbare Galerie ist nun sein größter Stolz.

Es ist nicht möglich, mehr Kraft und Durchsichtigkeit in die Miniatur zu bringen, als es hier gelang. Herr Kuntze ist im Begriff, wieder nach England zu gehen, wo er den Herzog von Hamilton porträtieren soll. Eine seltene Ehre für einen deutschen Maler. Dies hat er einem Porträt des Prinzen William von Clarence zu verdanken, das angeblich das Lieblingsbild der Königin ist. Herr Kuntze zeigte mir eine Kopie. Ein gutaussehender Jüngling von blühender Gesichtsfarbe, mit blonden Haaren und angenehmen Zügen, in Seekadettenuniform. Ich stellte Herrn Kuntze einige Fragen über den Prinzen und die königliche Familie. Er erzählte mir die bekannten Dinge, das Zerwürfnis des Königs mit seinen älteren Söhnen, das sich verschärft hat, und der Widerwille, den er nun auch gegen Prinz William hegt. Vor vier Jahren war er auf diesen Sohn noch stolz, und die Nation jubelte bei seiner Heimkehr von Gibraltar, wo am 8. Januar 1780 Admiral Rodney über die spanischen Schiffe siegte. Der Prinz hatte teil an der Eroberung des feindlichen Flaggschiffes, das seinen Namen bekam. Admiral Digby meldete dem König, daß sein Sohn das Talent besäße, ein bedeutender Seeoffizier zu werden. Der junge Held wurde auserkoren, dem Vater die erbeuteten französischen und spanischen Flaggen zu übergeben. Der Prinz stand in höchster Gunst, und selbst bei uns hier war das Lobgedicht auf den ‹göttlichen Kadetten› in aller Munde:

Now last not least in love the Muse
Her William's name would fondly chuse
The British youth among.
Still may the sailors love thy name …

Ach, der Rest ist mir entfallen. Die kurze Zeit der Gunst ist vorbei. Herr Kuntze hat eine Szene miterlebt, die darauf schließen läßt, daß der Prinz ständig überwacht wird, als ob er unberechenbar sei und sehr kurzgehalten werden müsse. Als der Prinz ihm Modell saß, kam die Königin herein, um sich die Fortschritte an dem Bild anzusehen. Als sie zu sprechen begann, stand sie von ihrem Sohn abgekehrt, die Augen auf das fast fertige Porträt geheftet: «William, ich liebe Sie so sehr, daß der Gedanke mir unerträglich ist, Sie in Mittelmäßigkeit absinken zu sehen. Ihr ungezügeltes Temperament, Ihr Leichtsinn sind Ihr Unglück. Wann werden Sie lernen, sich selbst zu beherrschen. Es wird Ihnen nicht gelingen, Ihre Eltern zu hintergehen.»

Herrn Kuntze war das sehr peinlich. Der Grund zu diesem Auftritt liegt nach seiner Vermutung darin, daß Prinz William seine Bewunderung und Anhänglichkeit für den Prinzen von Wales nicht verheimlicht. Außerdem hatte er sich auf einem Ball zum erstenmal verliebt. Er tanzte stundenlang nur mit Julia Fortescue. In ihrer Erregung darüber sorgte die Königin dafür, daß derPrinz sofort für drei Monate von London entfernt wurde und eher als geplant auf ein Kriegsschiff kam.

Ehe Herr Kuntze diese unerfreuliche Geschichte erzählte, hatte ich mich daran gemacht, nach seiner Miniatur einen Scherenschnitt von dem Prinzen anzufertigen, um ihn der Königin mit meinem nächsten Brief zu schicken. Dazu fehlt mir nun der Mut. Kann es sein, daß ich mich – lange ist es her! – darauf gefreut habe, als Hofdame an den englischen Hof zu gehen? Wie Miss Barney, die ich bewunderte? Diese Absprache über meine Zukunft hat Vater mit der Königin getroffen, als ich noch sehr klein war. Von jeder Reise nach England brachte er mir ein entzückendes Geschenk von ihr mit. Gelegentlich bekomme ich einen Brief von ihr. Seit Mutters Tod redet sie mich darin mit «Mein liebes Töchterchen» an. Die Briefe schreibt sie auf deutsch, das sie nicht verlernt hat. Sie unterhält sich in ihrer Muttersprache regelmäßig mit der alten Frau Schwellenberg, ihrer einstigen Erzieherin am Hof von Neustrelitz, die heute die königliche Garderobe unter sich hat. Die Gunst, in der unsere Familie am englischen Hof steht, macht mich nicht mehr so glücklich wie bisher. Sie besteht, seit Vater von seinem Regiment abkommandiert worden war, um die Prinzessin von Mecklenburg-Strelitz, die zukünftige Königin, zur Hochzeit nach London zu begleiten. Ramdohr spricht, wenn er meine Zukunft in England erwähnt, von Fatum oder Vorherbestimmung des Schicksals. Ich gab der Sache eine weniger ernste Wendung und war mit allem zufrieden. Jetzt ist das nicht mehr so. Und warum? Die Angst, selbst ebenso rasch in Ungnade zu fallen wie die ältesten Prinzen, ist es nicht, aber ich gestehe, ich habe Angst, sehr große Angst.

Vater regt sich noch immer maßlos über Ramdohrs Trauerspiel *Kaiser Otto I.* auf, das wieder auf dem Theaterplan steht. Es läßt sich kaum beschreiben, was ihm in seiner Verdrossenheit alles dazu einfällt. «Ramdohr ist nicht mehr modern», ließ Vater heute beim Mittagessen verlauten, «manche machen sich über ihn lustig. Nun, ihr wißt ja, warum. Und was hat er aus dir gemacht, mein Kind?» wandte er sich an mich. Ich sah, wie die Gabel in seiner Hand zitterte, und wußte, wie unangenehm ihm das ist. Daher schwieg ich. Glücklicherweise wurden die Teller gewechselt, so daß er wegen der Dienstboten das Thema nicht fortsetzen konnte. Die Szene, die er vor einigen Tagen in Ramdohrs Gegenwart gemacht hat, steht mir noch deutlich vor Augen. Ernst war von seinem Regiment gekommen, ebenso Onkel Karl. Ernst setzt neuerdings in Gesellschaft eine düstere Miene auf und verhält sich reserviert. Er gibt sich, dem Beispiel der Kameraden bei der Kavallerie und Infanterie folgend, à la Ramdohr. Die jungen Leute, die immer wieder seine Theaterstücke besuchen, halten ihn für berühmter als Goethe und finden *Werther* philiströs. Da wundert es mich nicht, daß wir umgeben sind von jungen Helden «mit wilden Stürmen in der Seele und Flammen im Blut» wie Ramdohrs Kaiser Otto. Die Frauen himmeln diese Männer an. Vater, der das Posieren haßt, die Phrasen, die Schwermut der Leere, der befürchtet, daß sich heute edles Streben oft mit Unwissenheit und schlechter Erziehung verbindet und aristokratische Gewohnheiten mit Angeberei, gibt Basilius und seinesgleichen die Schuld daran. Er billigt ihm höchstens zu, daß er pünktlich sei und in der Juristerei sehr genau.

Wir saßen beim Tee. Vater hatte gerade in der Zeitung den neuen Theaterspielplan gelesen und das leidige Stück wieder an der Spitze der Aufführungen gesehen. Wir unterhielten uns und lachten. Da plötzlich ging das Donnerwetter los. Das Unglück hatte es gewollt, daß Basilius mir eine Teetasse brachte, sich zu meinen Füßen auf einem Bänkchen niederließ und deklamierte: «Hier will ich sterben ... holde Prinzessin!» Er war wohl der Meinung, daß niemand außer mir ihn hörte, und er zitierte den Kaiser Otto weiter: «Was haben Sie für Wünsche, Liebste?» Ich kam nicht zu einer Antwort. Vater fuhr aufs höchste gereizt dazwischen: «Ich hätte nie gedacht, Basilius, daß ich dich würde bitten müssen, deine Besuche in meinem Hause vorerst einzustellen. Es muß sein. Ich habe keine andere Wahl.» Ramdohrs Gesicht war völlig verändert: «Onkel, Sie belieben zu scherzen.» Vater unterbrach ihn mit einer Handbewegung: «Es ist kein Scherz. Adieu, Basilius! Ich bin es dem guten Ruf meiner Tochter schuldig.» Wir alle waren betroffen. Niemand wußte, was er sagen sollte. Basilius machte eine stumme Verbeugung und ging hinaus.

Ramdohrs Verhalten wirkt auf mich in jüngster Zeit unnatürlich, unnütz und unecht. Wie kann ein Mann in seinem Alter nur auf die Idee kommen, mir den Hof zu machen? Ich bin sechzehn und er wird bald zweiunddreißig. Agnes Stolberg, die größte Klatschbase der Gesellschaft, hat ein neues Bonmot erfunden. Anstelle von Goethes Lotte gäbe es jetzt Ramdohrs Caroline. Meine heimliche Passion für Basilius, die ich gar nicht leugnen will, ist jedenfalls zu Ende. Ich habe aufgehört, ein Kind zu sein, das Vergnügen daran hat, sich Schwärmereien hinzugeben.

Maman murmelte mit theatralischen Gesten und unter melodramatischem Kopfschütteln und Augenverdrehen etwas von «grenzenlosem Schmerz». Welch tiefe Wurzeln können falsche Betonungen und unnatürliche Manieren in einem Menschen schlagen! Wie sie sich anstellt, dachte ich. Ramdohr ist ihr vollkommen gleichgültig. Bald darauf erfuhr ich, daß sie Ramdohr einen sehr anteilnehmenden Brief geschrieben hat, worin sie ihn bat, Vaters Handlungsweise zu entschuldigen. Ich habe mir vorgenommen, mit meinem Urteil vorsichtiger zu sein und mich nicht immer von dem äußeren Eindruck, den unsere Stiefmutter auf mich macht, leiten zu lassen.

Hannover, eine Woche später

Die kurze Wagenfahrt über Hildesheim hierher hat Vater nicht zu sehr angestrengt. Professor Zimmermann, der die Behandlung schon aufgenommen hat, beruhigte ihn. Es ist nicht, wie Vater befürchtet hatte, der Brand, auch nicht die Rose, die sein rechtes Bein schmerzen läßt. Seine Angst, es zu verlieren, ist Gott sei Dank grundlos. Er hat die Gicht und soll Pyrmonter Wasser trinken.

Ramdohr hat mir Mamans Brief zu lesen gegeben. Vater ist nicht nur darüber empört, daß Ramdohr mich als Prinzessin Adelheid und sich als Kaiser Otto porträtiert hat. Vor allem erbost es ihn, daß er in der unglücklichen Römerin Stefania der Kestnern, mit der Basilius ein Liebesverhältnis hat oder hatte, ein sehr häßliches Denkmal setzt. Goethe hat Ramdohr deswegen in den *Horen* angegriffen und tut alles, um seinen Ruf zu vernichten. Die wahren Gründe dieser Kampagne des großen alten Mannes pfeifen die Spatzen von den Dächern: Goethe ist an der Kestnern von heute nichts mehr gelegen. Um so mehr aber an Werther und dessen Lotte, durch die er rasch zu Weltruhm gelangte. Der Herr Geheimrat in Weimar erträgt es nicht, daß ‹seine› Lotte im Werk eines anderen auftritt, das inzwischen noch dazu mehr Aufmerksamkeit erregt als der *Werther*, und sich in eine verwelkte Römerin verwandelt hat, die Kaiser Otto um Liebe anbettelt, obwohl er ihrer überdrüssig ist. Vater ist auch der Ausspruch Albert Kestners zu Ohren gekommen, daß man heute besser nicht heiratet, da die Frauen einem höchstens zwei Jahre treu bleiben. Ob Ramdohr die arme Kestner zuletzt wirklich in Werther-Tracht besucht hat – blauer Frack mit Messingknöpfen, gelbe Weste, gelbe Beinkleider, braune Stulpenstiefel, runder Filzhut –, habe ich ihn nicht zu fragen gewagt. Wie er die ganze Affäre beenden will, ist mir schleierhaft. Immerhin sind alle, die die Fortsetzung des

Werther in Hannover erleben – bösartige Klatschmäuler haben ihr den Titel *Lottes Leiden* gegeben – von Goethes Idealen kuriert.

Maman sitzt nebenan im Salon, legt Patiencen und läßt räuchern. Das Rezept dazu hat sie von ihrer Mutter. Ein Bündel getrockneter Krauseminze in einem Tiegel wird auf einem glühenden Ziegelstein durch die Räume getragen. Kein Diener führt es zu ihrer Zufriedenheit aus. Sie wirft ihnen vor, daß sie den Essig nicht eilfertig genug auf den Stein gießen. Sie verlangt mehr von dem aufwirbelnden weißen Dampf und behauptet, die Diener seien absichtlich nachlässig, weil sie in dem Dampf husten müssen. Diese Maman! Sie weiß, daß wir ihr fern stehen. Ich weiß nichts von ihren Leiden des Herzens und der Seele, während ich darüber verzweifle, was für eine Mutter ich verloren habe, die meine liebste Freundin war.

Maman versuchte, mich zu verwöhnen, zu trösten, ich wies sie ab. Sie hat mir die schönen Zimmer meiner Mutter abgetreten, im oberen Stock. Die Räume sind elegant möbliert. In meinem Schlafzimmer fand ich sogar neue blaue Gardinen, und vom Betthimmel, der mit goldenem Schnitzwerk verziert ist, wallen Vorhänge von der gleichen Farbe herab, mit feinen weißen Streifen. Die neue Ausstattung war mir einigermaßen verdächtig, sie war meiner Meinung nach dem Drang entsprungen, Vater zu beeindrucken. Maman ist im übrigen eine Frau, die daran festhält, daß die Bevorrechteten, die Aristokraten, dazu ausersehen sind, die übrige Menschheit am Gängelband zu führen. Sie ist eine Gegnerin von Voltaire, weil er gesagt hat: «Die Aristokraten haben noch nie nachweisen können, daß die einen mit Sätteln auf dem Rücken und sie selbst mit Sporen an den Füßen zur Welt gekommen sind.» Der einzige, der sie darin voll unterstützt, ist ihr Bruder, Onkel Spoercken.

Für meine Begriffe hat die Auseinandersetzung zwischen Vater und Ramdohr schon viel länger in der Luft gelegen. Er wirft Ramdohr ‹Schöngeisterei› vor. Er habe das ‹Schöne›, angefangen mit Klopstocks Oden, zum Mittelpunkt meines Lebens gemacht und nicht die Bibel. Im Kloster Fischbeck an der Weser, wo Vater uns Schwestern, Juliane und mich, vorsorglich eingekauft hat, falls wir nicht heiraten, haben die dortigen Damen, die uns unterrichteten, das nicht allzu ernst genommen. Mit dem, was sie mich lehrten, wäre ich nie weiter gekommen als alle unsere niedersächsischen Damen der ersten Kreise. Ohne Ramdohr wäre ich ohne Bildung geblieben. Er hat mich mit unserer sogenannten zweiten Gesellschaft bekannt gemacht, in deren Händen die Ausführung der Regierungsgeschäfte liegt und zu der auch die Kestners gehören, während die höchsten Ämter, von Aristokraten besetzt, nur der Repräsentation dienen.

Wenn es jetzt wieder nach einer Versöhnung mit Ramdohr aussieht, so ist das Maman zu verdanken. Wir bekommen sie seit zwei Tagen nicht zu Gesicht. Sie schützt Krankheit vor und will niemanden empfangen. Vater sitzt düster, rot im Gesicht und bis an den Hals zugeknöpft in seinem Kabinett. Er weiß, daß sie ihm seit dem Vorfall mit Ramdohr grollt und ihn jetzt zwingen will, Basilius zu empfangen.

Als ich heute zum Tee herunterkam, fand ich Frau von Beaulieu vor, die Vater einen Besuch machte. Wenn sie ihn unterhält, kommt die alte Fröhlichkeit über ihn, die seit Mutters Tod meist rasch wieder verschwindet. Ich betrachtete das schöne, energische und offene Gesicht meines Vaters, und wie früher fühlte ich mich zu ihm hingezogen. Als ich Frau von Beaulieu begrüßte, streichelte er mir flüchtig die Wange. Abends mußte ich ihm wie üblich Gouffier vorlesen, der das ‹innere Leben› preist.

Als ich fertig war und mich verabschieden wollte, sagte Vater zu mir, daß ich ihn an Stelle von Maman zum Diner beim Herzog von Mecklenburg im Schloß Montbrillant an der Herrenhäuser Allee begleiten solle. Dem Herzog sei ich sehr willkommen, da auch Prinz William in Begleitung des Generals von Freytag anwesend sei. Der Prinz ist von einer größeren Bildungsreise an die verschiedenen Höfe Europas zurückgekehrt.

«Du scheinst dir wenig aus der Einladung zu machen», meinte Vater, denn er sah, daß ich keine Begeisterung über die Ehre zeigte, die mir der Herzog von Mecklenburg erwies. Ich schwieg. Hätte ich ihm sagen sollen, daß fürstliche Titel wenig Wirkung auf mich ausüben? Ich lese zur Zeit Schillers *Räuber*! Auch den *Fiesco* mit Randbemerkungen von Dalberg hat Ramdohr mir in einer Abschrift ausgeliehen.

Das große Ereignis ist vorüber. Im Schloß Montbrillant traf sich alles, was in Hannover angesehen und vornehm ist. Es war ein gewaltiges Festmahl. Gegen zwei Uhr nachmittags erwarteten wir inmitten der etwa fünfzig schon Anwesenden im großen Salon die Ankunft des Ehrengastes, General Elliot, Gouverneur der Festung Gibraltar, der Held einer der merkwürdigsten Belagerungen, welche die ältere und neuere Geschichte kennt. Sie hat drei Jahre, sieben Monate und fünfundzwanzig Tage gedauert und beide Seiten, die Spanier und Franzosen wie auch England, ungeheure Summen gekostet. Ganz Hannover war starr vor Staunen über die Nachrichten von der Verteidigung Gibraltars gewesen. Es wurde über nichts anderes geredet als über den letzten fürchterlichen Angriff vor dem in Versailles geschlossenen Frieden. Hauptthema waren die neuen, schrecklichen Waffen, die glühenden Kugeln, welche die Belagerer auf die zu schwimmenden Artilleriebatterien umgebauten Schiffe abschossen.

Der General de la Motte und sein Oberadjutant Herr von Löw, der Oberst von Schleppegrell, der englische Oberst Faucitt, General von Freytag und einige andere, die dabei gewesen waren, führten das Wort. Vater zog es vor, zu schweigen. Ihm und dem Rest seiner beiden Bataillone ist bei der Heimkehr von Menorca kein glänzender Empfang bereitet worden wie ihren glücklicheren Waffenbrüdern.

Die Herren sprachen in klaren, bestimmten Ausdrücken. Jeder glaubte, inzwischen die Gründe für den kaum glaublichen Erfolg entdeckt zu haben, den niemand in ganz Europa für möglich gehalten hatte. Jetzt war es sonnenklar. Verschiedene Gründe wurden genannt. Das rechtzeitige Eintreffen des großen Seehelden Lord Howe mit Entsatz, das kriegerische Genie General Elliots, die Tapferkeit und das Benehmen des ganzen Détachements, der Offiziere, Seeleute und Soldaten. Ganz am Anfang aber stand das Durchbrechen der Blockade durch Admiral Rodney mit seiner vom spanischen Spithead ausgelaufenen Flotte. Wichtiger fast als die erfolgreiche Seeschlacht war dabei die Erscheinung des Prinzen William, der als einfacher *midshipman* den spanischen Admiral zu dem Ausspruch veranlaßte: «Großbritannien verdient mit Recht die Vorherrschaft auf See, da selbst in den niedersten Rängen ein Sohn des Königs dient und soviel Tapferkeit vor dem Feind zeigt.»

Die Ungeduld der Gäste, Prinz William und General Elliot eintreten zu sehen, steigerte sich. Vaters Gesicht verfinsterte sich hingegen, und er schien gar nicht hinzuhören, als ich ihn leise fragte, wie ich mich dem Prinzen gegenüber verhalten sollte, da der Herzog von Mecklenburg mich bei Tisch an seine linke Seite placiert hatte. Der Oberst Bussche trat auf uns zu, begleitet von seiner Frau. Ihr Anblick läßt ihr enges Verhältnis zum Herzog von York, Prinz Williams Bruder, kaum glaubhaft erscheinen – an der Grenze der Vierzig, weiß, frisch, wohlbeleibt, ihr Doppelkinn trägt sie mit Anmut. Sie ist Vaters leibliche Cousine, und so wird über dieses Thema bei uns nicht gesprochen. Der ‹alte Gibraltaner› Bussche traf ins Schwarze, als er ohne Umschweife zu Vater sagte: «Nun, Linsingen, du hast wohl deine eigene Meinung bei dieser Geschichte.» Er meinte die Schilderungen von der Landung des Prinzen auf Gibraltar, der sich alle Ehrenbezeugungen verbat, überall herumkletterte und kein Festungswerk ausließ. Mit dem Prinzen waren alle notwendigen Lebensmittel und Kriegsausrüstungen gekommen und außerdem das 73. Regiment Bergschotten, das ursprünglich für Menorca bestimmt war und Vater hoffen ließ, das Fort San Phillipp weiterhin verteidigen zu können. Er konnte es nicht verwinden, daß Gibraltar für wichtiger gehalten wurde.

Mit einemmal wurden die Flügeltüren aufgerissen, und die Stimme eines Dieners ertönte:

«Seine Königliche Hoheit Prinz William von Clarence.»

In den Jubelrufen «George» und «Victory» ging die Anmeldung des Gouverneurs fast unter. Alles drängte sich und trat zurück. In der freigewordenen Mitte erschienen der Prinz und der General ohne Hut und Degen. General Elliot trug eine enge rote Uniform mit vielen Orden auf der linken Brustseite. Der Prinz in einem blauen, goldbestickten Rock, ein blaues Band über der Weste, hatte den Hausorden angelegt. Der General blieb etwas hinter ihm zurück, um ihm den Vortritt zu lassen, was den Prinzen leicht verlegen machte. Der Herzog sagte ihm einige Worte des Willkommens, doch schien Prinz William nicht recht zuzuhören. Die Gäste drückten und drängten sich, jeder wollte in die Nähe des Prinzen gelangen. Den heldenhaften Gouverneur betrachtete man wie ein rares, wildes Tier.

Als die Türen zum Eßsaal geöffnet wurden, trat die Gräfin Agnes Stolberg herein, in der Hand ein gedrucktes Gedicht, das sie mit der von Goethe gerühmten Anmut sehr sicher zu deklamieren begann, obwohl sie sich in anderen Umständen befindet.

Prinz William lauschte mit aufmerksamer, ernster Miene, schien jedoch nicht bei der Sache zu sein. Im Eßsaal war man offensichtlich nicht von dem Vortrag unterrichtet, denn nach dem Vorbild des Herzogs von Braunschweig schmetterten die Trompeter der Stabstrompeter des Regiments «Königin». Mich plagte ein fürchterlicher Hunger und ich hatte schon gefürchtet, das Gedicht nähme kein Ende, da es über die griechischen zu den römischen Helden führte, aber die Trompeten übertönten jedes Wort. Agnes Stolberg versank in einen Hofknicks, das Papier in der Hand, und der Prinz setzte sich gefolgt vom General und dem Herzogspaar in Bewegung. Man hatte Prinz William den Ehrenplatz neben der Herzogin gegeben, auf deren anderer Seite der General Elliot saß. Alle waren nach Rang und Würden placiert. Kurz ehe wir in den Saal gingen, wurde ich dem Prinzen von der Herzogin vorgestellt als zukünftige Hofdame seiner Mutter. Der Prinz sagte einige nichtssagende Worte.

Durch einige Bemerkungen der Busschen war mir inzwischen klargeworden, daß ich nichts weiter war als ein willkommener Ersatz für die fünfzehnjährige Prinzessin Charlotte von Mecklenburg, die Tochter des Herzogs. Die Eltern hatten sie nach Pyrmont aufs Schloß geschickt, um sie von dem Prinzen fernzuhalten, der Feuer für seine Cousine gefangen zu haben scheint.

Das Menü von sechzehn Gängen war prachtvoll. Alles schien vorzüglich. Der Herzog lebt im allgemeinen sehr einfach, wie es heißt. Heute trugen immer neue Lakaien märchenhaft dekorierte Schüsseln und Platten herein. Zu meiner Linken saß der englische Major Gunn, der dabei gewesen war, als die Hannoveraner von Gibraltar kommend bei Geestendorf an der Wesermündung ausgeschifft worden waren und in die für Schiffe aus dem mittelländischen Meer vorgeschriebene Quarantäne gehen mußten. Er goß sich während der Geflügelcremesuppe aus der vor ihm stehenden Karaffe mehrfach Sherry ein und ließ sich über das gesunde, kräftige Aussehen der Soldaten lobend aus.

«Es werden heute vermutlich sehr viele Toasts ausgebracht werden. Nichts für junge Damen, wie? Das Essen wird dabei kalt.»

Er hatte recht. Nach dem Toast, den der Herzog stehend auf den König ausbrachte und bei dem alle sich ebenfalls erhoben, ging es so weiter. General Elliot brachte mit feuchten Augen ein Hoch auf die Verteidiger von Gibraltar und die Waffenbrüderschaft mit den Hannoveranern aus. Ein Hurra der Offiziere antwortete ihm, und ihre Stimmen klangen, als wären sie auf dem Schlachtfeld, wobei die Trompeten, die wieder zu blasen angefangen hatten, den Eindruck verstärkten. Wenn auch die Opfer dieses Schlachtfeldes nur Tarbutte, Schleien, Hechte, Lachse und Hummer, Rinder, Kälber, Schweine und Hammel, Truthähne, Wachteln, Perlhühner, Enten, Fasane und Tauben, Hasen, Rehe, Wildschweine und Hirsche waren, wirkte alles doch ziemlich roh und barbarisch. Bei jedem neuen Toast wurde das Hurra dröhnender.

Es war vorgesehen, daß das Essen mehrere Stunden dauern sollte. Gegenüber der Herzogin saß der österreichische Fürst Kaunitz. Er ist sehr alt und ungeheuer fett. Von dem Staatskanzler, dem großen Widersacher Friedrichs II., dem Mann der Staatsräson, dem Bewunderer der französischen Literatur und Philosophie, dem Förderer Glucks, ist nichts übriggeblieben als ein Bauch, der ihn zwingt, in einem gewissen Abstand vom Tisch zu sitzen.

Bei jedem neuen Toast stieg die Stimmung an der Tafel. Plötzlich erhob sich Prinz William, der noch kein Wort mit mir geredet hatte, und rief laut, als gelte es im Sturm auf der Kommandobrücke einen Befehl zu geben: «Auf den Erfinder der glühenden Kugeln, denen Gibraltar seine Rettung verdankt, Kanonier Schwependik, Hufschmied aus Hoya!»

Die Augen des Prinzen leuchteten. Er war nicht wiederzuerkennen. Er schrie: «Hurra!» Nur zögernd folgte man seinem Beispiel, bis der General Elliot der Peinlichkeit ein Ende machte, indem er aufstand und rief: «Ein Hoch auf unsere Artillerie, die wichtigste Waffe zukünftiger Kriege!» Er erhob sein Glas, und nun folgte ein endloses lautes Hoch- und Hurrarufen, das nicht verstummen wollte.

Prinz William aß rasch und trank viel. Während des ganzen Essens streiften die Blicke der Damen ihn, anteilnehmend und neugierig.

Nach der Etikette mußte ich warten, bis der Prinz das Wort an mich richtete. Daher brauchte ich mir keine Themen zurechtzulegen, die unverfänglich und passend waren, wie etwa: «Ist das *Intelligenzblatt Göckings Journal* vorzuziehen?» Oder: «Wie schade, daß es ausgerechnet in dem Augenblick schneite, als Seine Königliche Hoheit, der Herzog von York, vorige Woche das große Frühstück gaben und ankündigten, daß im Anschluß ein Ballon aufsteigen werde.»

Ich dachte daran, daß nicht nur Vater mir sein Mißvergnügen aussprechen würde, als ich, ohne noch einen Augenblick zu zögern, den Prinzen anredete.

«Verzeihung, Königliche Hoheit, was sind glühende Kugeln?» Den Ausdruck, den sein Gesicht vor Erstaunen über mein Benehmen annahm, kann ich nicht vergessen. Als habe ich ihn ohne Grund zum Duell gefordert! Bis mir einfiel, daß er wahrscheinlich von dem, was um ihn herum vorging, gar nichts sah. Vielleicht grübelte er über die Frage nach, wie er aus Hannover fortkommen könne.

Glücklicherweise schienen alle um uns herum jetzt sehr lustig zu sein. Der Fürst plauderte vergnügt mit Agnes Stolberg, während er ab und zu einen spöttischen Blick vis-à-vis auf den preußischen Gesandten richtete, der durch seine altmodische Lockenperücke auffiel. Ob er sich klarmacht, daß die Stolberg alles an Goethe weiterberichtet?

Jetzt wurde auf das Wohl des Kaisers von Österreich getrunken. Der Prinz vergaß fast, mit aufzustehen und nach seinem Glas zu greifen. General von Freytag blickte mit zornigen Augen herüber, als wäre ich an allem schuld. Als alle wieder saßen, wandte sich der Prinz mit einem gutmütigen Lächeln zu mir.

«Ich habe mich schlecht benommen», sagte er, «Sie hatten recht, mich daran zu erinnern, was man seiner Tischdame schuldet. Wir wollen jetzt – wie sagt man auf deutsch? – Konversation machen.»

Was für ein dummer Junge, dachte ich und erinnerte ihn an die glühenden Kugeln.

«Richtig. Jetzt aber erst auf das Wohl der einzigen schönen Frau weit und breit», sagte der Prinz und wandte sich mir mit ernster Miene, aber doch mit einem Lächeln in den Mundwinkeln, zu. «Auf Ihr Wohl und auf –», er zögerte einen Augenblick – «auf die Aussicht, daß ich bald wieder auf ein Schiff komme.» Er leerte sein Glas in einem Zug. «Sie interessieren sich für die glühenden Kugeln? Der erste Mensch, der auf dem Kontinent danach fragt, ist also ein Mädchen.» Er heftete seine hellen, vergnügten Augen auf mich und lächelte dabei, als wolle er sagen: «Jetzt fühle ich mich besser.»

Dann begann er zu reden, ohne Unterbrechung. Er war im Herbst auf seiner Studienreise über den Kontinent in Prag gewesen, wo ihn Kaiser Joseph empfing. «Die Stadt ist verdammt öde und langweilig», beklagte er sich. Noch schlimmer erging es ihm bei den endlosen Manövern in Berlin. Er sprach von Friedrich dem Großen, der seinen Offizieren, die um Patente für ihre Söhne baten, den Sohn des Königs von England als Beispiel hinstellte, der als *midshipman* zur See fuhr. Doch als Prinz William leibhaftig vor dem Alten Fritz stand, erlosch dessen Interesse auf der Stelle. Auf die Frage, ob er den *Candide* von Voltaire gelesen habe, mußte Prinz William leider mit Nein antworten. Hinzuzufügen, daß sein Vater in Voltaire die Wurzel aller Verderbnis sah, hätte alles nur noch schlimmer gemacht.

Endlich kam er auf die Kugeln, die allein den Untergang der Festung verhindert hatten. Die Idee war nicht neu, aber die Versuche waren bisher daran gescheitert, daß die Pulverladung der Kanone sich durch die glühende Kugel entzündete, mehrere Artilleristen waren dadurch getötet oder verwundet worden. Der Schmied Schwependik kam auf den Einfall, das Pulver von der Kugel durch frische Rasenstücke zu trennen. Außerdem fehlte noch eine Vorrichtung, mit der man mehrere Kugeln auf einmal glühend machen konnte. Schwependik hatte einen Ofen erfunden, der auch dieses Problem löste.

Der Prinz, nun ganz in seinem Element, war von dem Gedanken gefangengenommen, dieselbe Einrichtung auch auf Kriegsschiffe zu bringen, wobei der feuchte Rasen nur durch feuchtes Werg ersetzt zu werden brauche. Das Wertvollste auf der Welt sei die Phantasie, mit deren Hilfe das Unmögliche möglich gemacht werden könne ...

Je lebhafter er sprach und je länger ich ihm zuhörte, desto mehr richtete sich die Aufmerksamkeit aller auf den Prinzen und mich. Die Schwierigkeiten, in denen er steckt, sind kein Geheimnis. Alle, die an dieser Tafel saßen, kannten die neueste Karikatur, die ihn als Gazelle darstellt, die mit großen Sprüngen auf einer Mauer von einer Zinne zur anderen eilt. Die Zinnen haben weibliche Gesichter, die leider gut getroffen sind und keinen Zweifel darüber lassen, wer hier gemeint ist.

Ich glaube nicht, daß Prinz William mir besonders gut gefällt. Es ist etwas Ungewöhnliches an ihm, das ich entdeckte, als er den Toast auf den gemeinen Soldaten ausbrachte. Er ist weder taktlos noch dreist oder vulgär. Er gehört zu den wenigen Menschen, die den Mut zu einer eigenen Meinung haben und sie vertreten, ob es paßt oder nicht. Er ist auch nicht undiplomatisch, denn er verfolgt unerbittlich sein Ziel. Es stört ihn nicht, daß er sich in allen Gesellschaftskreisen unbeliebt gemacht hat. Wenn nicht die Tafel aufgehoben worden wäre und kurz darauf der allgemeine Aufbruch begonnen hätte, hätte ich die Katze aus dem Sack gelassen. «Königliche Hoheit, ich bewundere den Mut von Professor Michaelis in Göttingen, daß er anläßlich Ihres Besuches der Universität gewagt hat, über die Herrschaft des Volkes zu sprechen. Ihren Mut, Königliche Hoheit, Seiner Majestät, dem König, begeistert darüber zu berichten und vorzuschlagen, die Vorlesung ins Englische zu übersetzen, bewundere ich fast noch mehr. Es hat unseren größten Historiker seinen Lehrstuhl gekostet. Der Herzog von York hat den König gebeten, Ihren Aufenthalt in Hannover zu beenden, da die unerfreulichen Geschichten, die Sie verursachen, kein Ende nehmen, und er keine Verantwortung mehr für das übernehmen will, was noch kommt. Es bemerkt niemand, daß das Ihren Wünschen entspricht.»

Nein, das ist ein Streich meiner Phantasie. So weit wäre ich nicht gegangen.

Den restlichen Abend und den folgenden Morgen verbrachte ich in einem Zustand trüber Entmutigung. Ich versuchte, etwas zu arbeiten, ich nahm mir Klopstock vor, doch schweiften meine Blicke gedankenlos über die Zeilen. Zehnmal hintereinander las ich die Worte: «Auferstehen, ja auferstehen wirst du.» Ich verstand den Zusammenhang nicht mehr und lief in den Salon, wo Maman Schneerosen in einer Schale ordnete.

Sie blickte mich vorwurfsvoll an. «Nach wem gerätst du nur? Wie konntest du dich in Gegenwart des Prinzen so gehenlassen? Er ist ein unerzogener junger Mann, sagt Papa, und andere sagen Schlimmeres. *Ma pauvre fille*.»

Ich antwortete, ohne mich von der Stelle zu rühren. «Der Prinz ist von allen, die ich kenne, der Allertapferste. Und wie er an die einfachen Soldaten denkt! Niemanden vergißt er. Ich ...» Ich war ziemlich verwirrt über meine eigenen Worte, die ganz anders klangen als das, was ich dachte. Der Widerspruch der neuen Ideen, die Sehnsucht nach Natur und Vernunft waren seit der Begegnung mit dem Prinzen für mich fast unerträglich stark geworden. Die erstorbenen äußeren Formen, in denen das Leben sich fortschleppt, konnten unmöglich weiterbestehen. Auch der Prinz begreift den unaufhaltsamen Untergang von Zuständen, deren jahrhundertelanges Bestehen allein sie schon fragwürdig macht. Die Ideale des Rousseauschen Naturrechts. Ach! Der Prinz ist ein sehr junger Mann, noch nicht zwanzig Jahre alt, den niemand ernst nimmt und der sich in dieser Rolle gefällt. Er ist keineswegs naiv. Er nutzt die Rolle, das schwarze Schaf in der Familie zu sein, geschickt aus.

Maman blickte mich erstaunt an und schwieg. «Hat Prinz William Eindruck auf dich gemacht?» sagte sie dann. Ich schüttelte nur den Kopf. Die Verwunderung über die Frage war mir anzumerken. Ich sah, daß Maman meinte, mich gekränkt zu haben. Sie weiß, daß jedes weibliche Wesen, das der Prinz öfter als einmal ansieht, Alarm auslöst. Sofort ist Kapitän Merick, sein Begleiter, zur Stelle, um peinliche Folgen zu verhindern. Der arme Prinz. Was wird er mit sich anfangen?

Große Lust auf eine Wiederbegegnung verspüre ich nicht. Der Gedanke, demnächst am englischen Hof zu leben, ist mir jetzt verleidet. Kann nicht alles rückgängig gemacht werden? Aber wie? Aufschub läßt sich gewinnen, mehr nicht. Es sei denn, ich heirate. Aber das erscheint mir fast das größte Übel.

Vermutlich, um mir etwas Angenehmes mitzuteilen und von dem leidigen Thema wegzukommen, sagte Maman: «Vater hat endlich eingewilligt, Basilius wieder zu empfangen. Freust du dich?»

Auch das weiß ich nicht genau.

5

Plymouth, im Juli 1785

In den ersten Julitagen des Jahres 1785 lief die Fregatte *Pegasus* mit 28 Kanonen bestückt von Plymouth zur Überfahrt nach Amerika aus, unter dem Kommando des endlich zum Kapitän beförderten Prinzen William von Clarence. Es war ein herrlicher Tag. Vom frühen Morgen an war der Himmel klar. Die Morgenröte loderte nicht wie eine Feuersbrunst, sondern glühte in einer sanften Röte. Die Sonne stieg nicht feurig auf wie zur Zeiten sengender Dürre, nicht in düsterem Scharlachrot, wie vor einem Sturm, sondern hell und freundlich strahlend. Gerade als sie unter einer langen und schmalen Wolke hervorkam, deren Schatten über den Docks lag, erschien am Hafenkai eine hübsche junge Frau in einem rosaseidenen Kleid und blauem Hütchen mit kleinem Schleier. Sie blieb in einigem Abstand von der *Pegasus*, auf der alles drunter und drüber zu gehen schien. Der Wagen der Dame hielt oberhalb des Piers, wo auch andere Kaleschen standen. Neugierig verfolgten der Kutscher und eine Zofe, die einen Wachtelhund zu bändigen versuchte, der unbedingt seiner Herrin folgen wollte, die Szene. Die Dame, die fast über eine zusammengerollte Ankerkette gestolpert wäre, schloß gewaltsam die Augen, als wolle sie eine plötzliche Schwäche überwinden. In der rechten Hand hielt sie ein Blatt Papier, offenbar einen Brief.

An Deck der *Pegasus* kommandierte ein Mann, der einen ramponierten Zweispitz auf dem Kopf hatte, eine Schar von Leuten in der Takelage herum, inmitten des emsigen Treibens von Menschen, die Hühner und Schweine, Fleisch und Gemüse an Bord brachten. Die Männer in den Wanten waren Takler, Arbeiter vom Land, die die *Pegasus* zur Ausfahrt fertig machten. Einige von ihnen wuschen die Großmaststange. Obwohl der Mann im Zweispitz brüllend fluchte, klackerte das Wasser auf das Deck.

Jetzt kamen Träger mit Gepäck. Es waren die silberbeschlagenen Seekisten der Offiziere und große Körbe mit Wein und Tafelobst.

Die Dame blieb unschlüssig stehen. Sie überflog den Brief erneut, während es an Bord hieß: «Alle Mann klar zum Ankerhieven!»

Der Brief lautete: «Madam, ich habe Sie belogen. Ich bin nicht der Leutnant zur See William Digby. Ich war auch leider nie in Indien, wie ich behauptet habe. Die Geschichte vom Ganges und den Palmen am Ufer und den Bajaderen habe ich mir ausgedacht. Ich bin William von Clarence, den Sie kennenlernten, als er Leutnant auf der von den Franzosen eroberten Fregatte *Hebe* war.

Sie werden vielleicht eine kleine Träne vergießen, wenn dieser Brief Sie erreicht, der Sie über meine Person ins Bild setzt – und auch darüber, daß ich neulich in einer Hafenkneipe fast ermordet wurde, als ich versuchte, eine pokkennarbige Kellnerin zu umarmen. Ich bin, wie mein Vater sagt, ein unabgeführter Jagdhund, und man versucht vergebens, mir possierliche Kunststücke beizubringen. Ich werde mir, wenn wir auf offener See sind, Roastbeef bestellen und eine Flasche Portwein. Ich werde die Flasche auf Ihr Wohl austrinken! Sie hatten die Güte zu meinen, ich sei liebenswürdig. Ich bin es nicht. Sie können mich nicht geliebt haben. Ich bin ein ungehobelter Seemann und obendrein melancholisch. Mögen andere das Glück genießen, von Ihnen geliebt zu werden.»

Die Dame im rosa Kleid vermochte nicht mehr, ihre Tränen zurückzuhalten. Für sie war der Prinz, auch wenn er nach einigen Monaten gesund von der Überquerung des Atlantiks aus Amerika zurückkommen würde, verloren. Nie würde sie von seinen Erlebnissen erfahren. Sie sah, wie die Leinen losgeworfen wurden und wandte sich zum Gehen.

Derjenige, von dem hier die Rede ist, Prinz William von Clarence, betrat sein neues Schiff erst, als es den Hafenausgang erreicht hatte. Eine Barkasse brachte ihn in Begleitung seiner Offiziere dorthin.

Nun war nicht die Zeit, sich länger der Trübsal, die er nicht hatte abtun können, hinzugeben. Der erste Reisetag und die Aussicht, daß viele Wochen, möglicherweise Monate, vergehen mußten, bevor er wieder nach Hause kam, gaben seinen Gedanken eine neue Richtung. Er blickte zu den Masten empor, über denen sich goldgraue Wolken mit zarten weißen Rändern formten, und dann wieder in das durchsichtige Wasser von gleichmäßiger Bläue. Alles um ihn her war von Licht und Wärme erfüllt. Auf der Kommandobrücke stehend dachte er an das, was hinter ihm lag. Er war überzeugt, daß sein Vater nicht gut an ihm gehandelt hatte. Auf der Leiter des Avancements stand er immer noch auf der untersten Sprosse.

An Bord der *Pegasus* kursierten Gerüchte: daß der König seinen Sohn mit der Versetzung auf dieses Kriegsschiff aus den Armen der Tochter des Hafenkommandanten von Portsmouth, Miss Martin, hatte reißen wollen, nachdem er dem Vater gegenüber schon von Heirat gesprochen habe, daß es eine Strafmaßnahme gewesen sei, ihn vorzeitig vom Kontinent, wo er die traditionelle große Bildungsreise absolvierte, zurückzuholen, daß er bereits durch Ausschweifungen, verführt durch den Prinzen von Wales, ruiniert sei und daß sein Bruder, der Herzog von York, in Hannover über ihn Klage geführt habe und ihn dort hatte loswerden wollen. Man sprach immer noch von Williams verbotener Schlittenfahrt mit einer hannoverschen Kaufmannstochter oder davon, daß er der Gräfin Medem Nachtmützen besorgte, die Frauen im Zuchthaus von Celle genäht hatten. Der Gedanke, daß beim König für diese Reise eines Prinzen nach Amerika politische Gründe im Vordergrund standen, schien für die Gesellschaft in London und auch für die meisten Offiziere an Bord nicht zu existieren, niemand dachte an drohende Kriegsgefahren.

Der Prinz hatte den Schiffsgeistlichen, Reverend Lloyd, zu sich auf die Brücke bitten lassen. Es war die erste längere Reise des hochaufgeschossenen jungen Schotten. Langsam entschwand die heimatliche Küste ihren Blicken.

«Jetzt gibt es nur noch uns auf der Welt. Außerhalb dieser freundlichen Schiffsplanken herrschen nur Gefahr, Leere und Tod.»

Der Prinz lehnte sich über die hohe Bordwand und blickte in das Wasser.

«Man muß die See schon sehr lieben», sagte er mit Gefühl und gleichsam als Empfehlung für den Geistlichen. «Ich bin an sie durch lange Dienstjahre gewöhnt. Es ist nicht der Wind, der fast immer weht, nicht der Wellengang und nicht der Regen, der in Strömen herniederrauscht. Es ist das Chaos um uns herum, es sind seine blinden, weinenden Augen. Wir stehen hier ganz friedlich. Noch ist es um uns hell, warm und freundlich. Noch flattern die Möwen ums Schiff. Sie lächeln? Stellen Sie sich unsere Fregatte mit zerfetzten Segeln vor und vom Feind in Brand geschossen. Sie geht unter. Wir werden dann auf dem Meeresgrund liegen, unter den schweren, schwarzen Wellen. Niemand zu Hause wird wissen, daß wir da liegen.»

Mr. Lloyd wurde blaß und richtete sich auf. Sein Blick streifte den Prinzen und glitt dann zum Himmel hinauf.

«Es scheint mir unbedeutend», erwiderte er.

In einiger Entfernung kam ein heimkehrendes Schiff vorbei. Die Mannschaft starrte zur *Pegasus* hinüber und winkte mit den Hüten. Wie bin ich nur hierhergeraten, dachte Mr. Lloyd. Er hätte etwas darum gegeben, wenn dieses merkwürdige Kommando schon hinter ihm läge. Er war ziemlich hager, ein hübscher junger Mann mit gelocktem, rotblondem Haar und einem offenen, fröhlichen Gesicht. Die blauen Augen hatten meist einen übermütigen Ausdruck, sein Mund war gut geformt, das Kinn energisch. Besonders eindrucksvoll war die gebogene, kühne, feingeschnittene Nase. Mr. Lloyd hatte schon als Junge das weite Meer geliebt. Sein Vater war Seeoffizier gewesen, und alle die zahllosen Verrichtungen des Marinelebens waren ihm vertraut. Die See war ein überwältigendes Erlebnis, doch beschäftigte es ihn, daß er einen sehr jungen königlichen Prinzen als Kommandanten an Bord sah und daß er auf die weiteste Reise ging, die er jemals gemacht hatte. Vom Kommandanten hing nicht nur das Wohlbefinden aller auf dieser Überfahrt ab, man stand für diese Zeit nicht nur unter seinem Befehl, sondern war auch auf seine Gesellschaft angewiesen. Mr. Lloyd hatte den Prinzen auf der *Hebe* als einen geselligen, vernünftigen, gutgelaunten Mann kennengelernt, in dessen Gegenwart er sich stets wohl fühlte. Doch nun wußte er nicht mehr so recht, was er von ihm halten sollte. Er hatte von den verschiedensten Seiten so widersprüchliche Meinungen über ihn gehört, und der Hofmarschall hatte ihm überdies den Auftrag gegeben, in regelmäßigen Abständen einen Bericht über Prinz William abzuliefern.

«Mein Bruder», hatte ihm Prinz Ernst bei einem Abschiedsessen für Prinz William anvertraut, «wäre nie in die Sonntagsgottesdienste für uns Kinder gegangen, Reverend, wenn man es nicht von ihm verlangt hätte. Er flucht auch ganz schön, und er gebraucht Ausdrücke, die Ihnen vielleicht nicht gefallen werden.»

Prinz Ernst, der demnächst mit seinen Brüdern Adolph und Augustus nach Deutschland zum Studium an der Georgia-Augusta-Universität in Göttingen abreisen sollte, schien seinen älteren Bruder nicht sonderlich zu mögen. Er hatte Mr. Lloyd lauter gute Ratschläge gegeben, zum Beispiel, daß er einen eigenen Wasservorrat, auf Flaschen abgefüllt, mit auf die Reise nehmen sollte, er empfahl fernerhin Tee, gemahlenen Kaffee, Schokolade, sehr viel Wein von der Lieblingssorte, Apfelmost, getrocknete Trauben, Mandeln, Zucker, Sirup, Zitronen, reichlich Rum, in Öl eingelegte Eier, Bouillon zu Tafeln gepreßt und Zwieback. Prinz Ernst hatte auf den jungen Reverend einen umsichtigen und verständigen Eindruck gemacht, und aus seinen Worten konnte man schließen, daß er seinen Bruder vor einer Aufgabe glaubte, die dessen Befähigung überstieg.

Mr. Lloyd atmete die Seeluft und den feuchten Wind in tiefen Zügen und versuchte, seine Gedanken auf den Mann zu konzentrieren, den er beobachten sollte und mit dem er so lange zusammen sein würde. Weit, unendlich weit erstreckte sich der Atlantik vor ihnen, und das einzige, was man in der Ferne sah, war die Stelle, wo Himmel und Wasser zusammenstießen. Er konnte kaum glauben, daß dahinter irgendwo einmal Amerika auftauchen würde.

Ein frischer Wind kam auf, das Schiff arbeitete. Der Prinz schien aufzuleben. Er fragte den Reverend, ob er in seinem Logis eine Tasse Tee mit ihm trinken wolle, und sie begaben sich unter Deck.

«Nun, Mr. Lloyd, die tägliche Klage über den Jammer der Welt kann doch nur ein Narr singen. Wenn wir schon keine Helden sein dürfen, dann können wir uns immerhin noch betrinken.» Der Prinz füllte seine leere Tasse mit Rum wieder auf. «Geben Sie es zu, Mr. Lloyd, Sie sollen Tagebuch über mich führen. Ich kenne das.» Dabei sah er den Reverend, der puterrot wurde, von der Seite an.

«Was also werden Sie über mich aufschreiben? Daß ich Ihnen als Sonderling erscheine? Als Original, wie man sagt, oder vielleicht als etwas Schlimmeres? Denken Sie, daß ich den Sonderling nur spiele? Sehen Sie sich vor. Ich verstehe es, denen durch die Finger zu schlüpfen, die mich halten sollen. Wie vielen Zugriffen habe ich mich schon entwinden müssen!»

«Königliche Hoheit, ich versichere Ihnen ...» Mr. Lloyd senkte für einen Moment die Augen.

«Weshalb ich Sie sofort leiden mochte, weiß der Himmel.» Der Prinz seufzte. «Sie und ich sind beide ordentliche Menschen. Das heißt, wir sind Egoisten. An Land hätte ich kaum Bekanntschaft mit Ihnen geschlossen, aber hier ist es etwas anderes. Warum sollten wir nicht miteinander schwatzen, da ich weiß, daß man in der ersten Nacht einer langen Seereise nicht gut schlafen kann. Aber sagen Sie es offen, wenn Sie sich lieber zurückziehen möchten.»

«Im Gegenteil», erwiderte der Reverend hastig, «es ist mir eine Ehre, ein Vergnügen.»

«Amüsiere ich Sie? Um so besser. Ich kann Ihnen verraten, ich befinde mich in einer miserablen Lage.» Er wandte Mr. Lloyd sein Gesicht zu und wollte sich mit den Händen durchs Haar fahren, ließ die Arme aber rechtzeitig sinken, weil ihm einfiel, daß die Haare gepudert waren. «Sehen Sie, was nutzt es, daß ich keinen trägen Kopf habe, daß ich alles verstehe, ziemlich viel weiß, der einzige in meiner Familie bin, der mit der Zeit geht – wenn ich doch mit allen Mitteln daran gehindert werde, etwas Eigenes zu sein. Ich will meinen eigenen Geruch, meine eigene Witterung. Soll ich die Gesellschaft der Konservativen in England um ein weiteres Mitglied vermehren? Nein, das bereitet mir nicht die geringste Freude. Seit hundert Jahren regieren die Tories das Land, meine Eltern hängen an dieser Tradition und daher an Mr. Pitt. Mein Bruder, der Prince of Wales, ist ein offener Gegner des Vaters geworden. Sie wissen sicher Bescheid darüber, daß er sich mit der Frau, die er anbetet, mit Mrs. Fitzherbert, hat trauen lassen. Mrs. Fitzherbert ist Katholikin, und wenn sie auch nach altem englischen Recht ebenbürtig ist, verdirbt ihre Konfession alles! Und doch haben Mr. Fox und die Whigpartei meinem Bruder versprochen, daß sie diese Ehe anerkennen, falls sie nur endlich an die Macht kommen. Warum habe ich denn gegen alle Erwartungen doch dieses Kommando bekommen, was meinen

Sie? Damit ich dem konservativen Lager nicht verlorengehe.

Glauben Sie nicht, daß meine Ansprüche hoch sind. Gott bewahre, es gibt in der britischen Marine viele ausgezeichnete Offiziere. Wenn ich es zum Admiral brächte, nun, da wäre ich vollauf zufrieden. Sicher war ich zu jung, als ich von Gibraltar heimkam und völlig falsche Hoffnungen erweckte.» Er hielt einen Augenblick grübelnd inne. «Ich war selbst voller Achtung vor meiner Person, mit vierzehn Jahren, und diese hohe Meinung hatte ich noch eine ganze Weile von mir, während ich auf dem Kontinent reiste. Ich fand dort alles lächerlich. Den Kaiser in Wien, die Paraden in Berlin. Auch den großen Friedrich hatte ich mir weniger giftig und tabakbesudelt vorgestellt. Bis ich in Hannover begriff, daß ich von nichts eine Ahnung hatte. Am Ende bin ich mir wie die Nachahmung eines Prinzen vorgekommen.

Ich saß einmal bei einem Abendessen neben einem hübschen Mädchen, das gar nicht davon beeindruckt zu sein schien, daß ein Sohn ihres Königs neben ihr saß. Ich habe in ihren Augen gelesen, daß sie mich für einen trostlosen Wicht hielt. Das Mädchen hieß Caroline. Der Vater ist ein alter General, den meine Mutter, solange ich denken kann, in den Himmel hebt.»

Er wollte den blauen Rock aufknöpfen, besann sich aber anders.

«Wenn Sie wollen, werde ich Ihnen mein bisheriges Leben schildern», sagte er, «oder, besser gesagt, einige Begebenheiten, die mir wichtig genug erscheinen, um Sie nicht zu langweilen.»

«Es ist mir eine große Ehre, Königliche Hoheit», sagte der Reverend und verneigte sich auf seinem grüngestrichenen Stuhl.

«Ach nein, erst möchte ich Sie noch etwas fragen. Was halten Sie vom Heiraten, Mr. Lloyd? Die Heirat ist in meinen Augen die einzige Möglichkeit, nein, nicht wie Sie jetzt denken, zu einer besseren Apanage zu kommen, das auch, natürlich. Aber sehen Sie, das wäre doch die einzige, wichtige Prüfung, da stünde ich doch endlich meinem wahren Spiegelbild gegenüber. Sie verstehen mich nicht, sagen Sie es ruhig. Möchten Sie Ihre Pfeife anzünden?»

Es war dem Reverend anzusehen, daß er sich mühte, nicht allzu erstaunt zu wirken. Der Prinz hatte sich den Ruf erworben, ein wenig beispielhaftes Liebesleben zu führen.

William war recht aufgeregt und stand auf. Reverend Lloyd erkannte das ganze Dilemma und sagte sich: Er ist mit Sarah Martin noch einmal davongekommen, aber ich bin sicher, die nächste, der er begegnet und die er liebt, wird er heiraten wollen. Nun, das liegt noch Monate entfernt, es sei denn, in Amerika ... Andererseits – wie soll ein junger Mann mit einer solchen Erziehung sonst mit einem weiblichen Wesen ... nun, nähere Bekanntschaft machen?

«Königliche Hoheit, wie soll unsereiner das erfassen, was noch kein noch so Kluger niedergeschrieben hat? Mein Vater hat mir immer gesagt, ich müsse beim Leben unseres Volkes und bei andern Völkern, die ich als Schiffsgeistlicher kennenlerne, Unterricht nehmen, und das habe ich mir vorgenommen. Bisher bin ich zu keiner festen Meinung gekommen. Was die Kirche zur Heirat sagt, kann meiner Ansicht nach für einen Seemann, der nur so selten zu Hause ist, nicht ganz zutreffen.» Mr. Lloyd errötete wieder.

Der Prinz brach in dröhnendes Gelächter aus und klopfte ihm so mächtig auf die Schulter, daß es schmerzte.

«Mein Bester», brachte er schließlich heraus, «hören Sie sich meine Geschichte an und lernen Sie daraus, was ich bereits erfahren habe. Es schweigt, das Leben, mein Lieber. Oder ich war bisher unfähig, es zu verstehen. Etwas, das mir nutzen könnte, irgendein Ergebnis hat es mir jedenfalls nicht geliefert. Und noch eins, die Möwen an den Stränden und in den Häfen von Amerika kreischen genauso wie die von Portsmouth und Plymouth und gleichen ihnen aufs Haar.»

Der Prinz versank in Nachdenken.

«Bis ich Mr. Gorrissen auf der Brücke ablöse, ist noch eine Stunde Zeit. Sie sollen also erfahren, auf welche Weise ich bisher gelebt habe. Es wird Ihnen dann auch leichter fallen, über mich nach Hause zu berichten.» Er schnitt dem Reverend, der etwas zu dieser peinlichen Bemerkung erwidern wollte, das Wort ab. «Nein, hören Sie. Es kann nichts schaden, wenn ich Ihnen einen Brief meines Vaters vorlese, den er mir schrieb, als ich dreizehn Jahre alt war, und den ich bei mir habe.»

Er holte aus einer kleinen Schiffstruhe ein schon recht abgegriffenes Blatt hervor und las mit unbewegter Stimme.

«Du befindest Dich nun in einem neuen Lebenskreis, wo Du Deiner Familie entweder Ehre oder Schande machen wirst. Es würde der Liebe, die ich für meine Kinder hege, widersprechen, wenn ich Dir in diesem bedeutungsvollen Augenblick nicht einen Hinweis für Dein zukünftiges Verhalten geben wollte. Du wirst daraus erkennen, daß mir, als einem besorgten Vater, nichts mehr am Herzen liegt als das Wohlergehen meines Kindes und dessen Glück, an erster Stelle aber dessen Anerkennung durch Männer von Wert und tadellosem Ruf. Vergiß niemals, daß jeder Gedanke und jede Tat dem allmächtigen, weisen Lenker des Universums bekannt sind, und daß es keinen Trost und keine Zuflucht auf Erden gibt ohne den festen Glauben an seine Hilfe. Vor allem gelten solche Überlegungen auf See für Dich von nun an noch mehr als bisher und daher erwarte ich die regelmäßige Lektüre der Bibel, woraus Dein Vertrauen auf den Schöpfer aller Dinge sich festigen wird. Nichts anderes vermag den Seelenfrieden zu erhalten, den ein Mann benötigt, wenn er etwas wagen soll. Mach Dir klar, Du verläßt nun Dein Elternhaus, wo es die Aufgabe derer war, die über Dich gestellt worden sind, Deine Fehler zu korrigieren und sie, was das Wichtigste ist, vor den Blicken der Öffentlichkeit zu verbergen. Du wirst von nun an in einer Gemeinschaft von Männern leben, die jeden Deiner Schritte beobachten, darüber hinter Deinem Rücken ihre Bemerkungen machen und alles, was sie erfahren können, in der ganzen Flotte verbreiten werden. An Bord der *Prince George* wirst Du nichts weiter als ein Junge sein, der seinen Seemannsberuf zu erlernen hat. Der Prinz allerdings wird Dich unablässig, wie Dein Schatten, begleiten, so daß, was andere Jungen tun dürfen, Du nicht tun darfst. Du mußt mehr Gehorsam gegenüber Deinen Vorgesetzten zeigen als andere, mehr Höflichkeit gegenüber Deinesgleichen und mehr Freundlichkeit gegenüber Untergebenen, denn es mag sein, daß nicht jedem so deutlich vor Augen geführt worden ist, was die wirklichen Tugenden eines Gentleman sind.»

«Sie sehen», schloß der Prinz, «daß ich Ihnen von meiner Jugend berichten muß, sonst werden Sie nichts verstehen. Hätten Sie gern einen Brandy? Mir ist danach.»

«Ergebensten Dank, nein.»

«Auch gut. Hören Sie nur, wie Mr. Gorrissen über uns auf und ab marschiert, und ich wette, Mr. Butler, unser dikker Zahlmeister, schnarcht bereits in seinem Logis. Also, ich stamme von eigenartigen Eltern ab, finden Sie nicht? Meine Mutter, nun sie übertrifft in ihren Briefen derartige Predigten noch. Und was nützen all diese weisen Ratschläge? Wozu war es gut, daß ich auf See dreimal hintereinander die ersten sechs Bücher des Euklid durchpauken mußte? Daß ich keine Erholung zwischen den Dienststunden haben durfte, wie die anderen Seekadetten? Malen Sie sich aus, daß ich eine Kurzfassung der Geschichte Englands von der Reformation bis zur Revolution von 1688 und ganze Passagen aus Sullys Memoiren auswendig kann. Erstaunlicherweise war ich nämlich bemüht, die Anerkennung meines Vaters zu erwerben, und ich begriff nicht, warum er von mir derartig enttäuscht war.

Ich hielt ihn für einen bedeutenden Menschen. Im Schlafzimmer meiner Mutter hing sein Porträt; auf dem Bild trug er seinen roten Uniformrock mit dem zu hohen Kragen, bis an die Ohren. Als wir Kinder noch kleiner waren und manchmal mit ihr Schokolade trinken durften, pflegte sie auf das Bild zu zeigen und zu uns zu sagen: ‹Ihr müßt werden wie euer Vater.› Sie sagte das eindringlich, mit dem ganzen Eifer, der ihr eigen ist. Nun, auf See machte das keinen rechten Sinn, zumal mein Vater den Erziehungsplan für mich so aufgebaut hatte, daß ich ohne alle nautischen Kenntnisse blieb. Die Führung eines Schiffes, die Formation einer Schlachtordnung, den Kampf Bewaffneter gegeneinander auf See in seiner ganzen Eigentümlichkeit – denn alles ist hier ja anders als auf dem Lande – hätte ich nie erlernt, wenn ich mich nicht entschlossen hätte, mir meine Vorbilder anderswo zu suchen. Können Sie meinen Gedanken folgen?»

«Ganz gewiß. Und ich bin begierig, mehr zu erfahren.»

«Also schön. Ich war fünfzehn Jahre alt, als ich 1781 an einem windigen Augusttag in New York von Bord ging und sehr erstaunt darüber war, was für einen begeisterten Empfang man mir bereitete. Abordnungen aller Zweige des öffentlichen Lebens waren erschienen, um den ersten Prinzen der englischen Königsfamilie zu begrüßen, der den Boden der Neuen Welt betrat. Ich logierte beim Gouverneur, und niemand schien etwas dagegen zu haben, daß ich zum erstenmal in meinem Leben unbesorgt und vergnügt die Gegend durchstreifte auf der Suche nach unbekannten Abenteuern. Sie können sich denken, wie mir zumute war. Ich hatte keine Ahnung davon, daß ich dabei in ein wirkliches Abenteuer hineingeriet, das für mich und die Königsfamilie schwerwiegende Folgen hätte haben können. Keine Sorge, niemand wollte mich ermorden. Darum handelte es sich nicht. Nein, während ich mich ausgezeichnet amüsierte, beobachteten einige Offiziere der Revolutionsarmee mich genau und arbeiteten einen ziemlich waghalsigen Plan aus, nach welchem ich entführt werden sollte. Dazu müssen Sie wissen, daß New York an der Spitze einer weit in die Bucht hineinragenden Insel liegt. Ein schmaler Meeresarm, fälschlich East River genannt, trennt die Stadt auf der einen Seite von Nassau Island, und der Hudson trennt sie auf der anderen von New Jersey. Die britischen Truppen hielten New

York besetzt, es war fest in der Hand des Gouverneurs. Am anderen Ufer des Hudson, kaum zwei Meilen entfernt, hatte die Revolutionsarmee Quartier bezogen. Zu ihr gehörte Oberst Ogden, ein wegen seiner Tapferkeit hochangesehener Soldat. Er war der Kopf der ganzen Sache. Die Idee, mich zu entführen, stammte allerdings von George Washington, dem damals, ich gestehe es, meine jugendliche Schwärmerei galt.

Wenn ich mir unter der Rebellion der Kolonien überhaupt etwas vorstellen konnte, dann etwas Ähnliches wie die Auflehnung der Kinder Israels gegen Pharao. Ich war jung und hoffte im stillen auf das Pfeifen der Kugeln und das Flattern der Fahnen. Anstatt dessen sangen die Quaker *God Save the King*. In England verstand überhaupt niemand, warum die Kolonisten sich gegen uns auflehnten, und auch ich war nicht im geringsten auf das vorbereitet, was mich in Amerika erwartete.

Man hatte mir zwar einiges beigebracht, aber in Wirklichkeit ließ man mich und meine gleichaltrigen Kameraden, die ähnlich empfanden wie ich, unter dem Vorwand tugendhafter Bestrebungen und religiöser Ideale versauern. Wozu? Ich nehme an, um dem Erhabenen näherzukommen und so weiter. Das ist Ihr Feld, Reverend, und da will ich jetzt nicht streiten. Aber was wird aus einem jungen Menschen, den man so einengt? Auch sein Denken wird eng. Und dann die Banalität und die Langeweile, die das Kennzeichen des Lebens am Hofe sind und die niemand dort je beim Namen nennt. Man ersetzt vernünftige Unterhaltung durch Gerede, sorgt für oberflächlichen Zeitvertreib und hält den Sohn von jeder sinnvollen Arbeit fern. Und raubt ihm so alle Frische der Seele und Kraft der Jugend ...»

Er schwieg. Mr. Lloyd hatte ihm mit Erstaunen zugehört. War dieser offensichtlich kluge und freundliche junge Mann William von Clarence, der königliche Prinz mit dem notorisch schlechten Ruf?

«Ich bemerkte plötzlich, daß ich unter lauter Aufpassern

gelebt hatte. Sehen Sie, Mr. Lloyd, diese Worte sollten Sie sich merken, denn ich habe keine Lust, weiter in dem Käfig gehalten zu werden, in dem ich fast schon zugrunde gegangen bin ... Aber ich will Ihnen weiter von meiner ersten Amerika-Fahrt berichten. Die Stadt New York machte einen außerordentlich biederen Eindruck. Dieser gediegene holländische Stil der Häuser mit den Bäumen davor ließ das Bild recht dörflich erscheinen. Ich hatte mir die Straßen nicht so eng und so schlecht gepflastert und den Hafen größer vorgestellt. Außerdem besaßen die frommen Pioniere zu der Zeit nur eine Kirche, weil sie die anderen zu Lagerhallen und Magazinen umgebaut hatten. Die meisten Familien hielten ihren Gottesdienst zu Hause unter Leitung des Familienvaters ab. Dazu hieß es, man richte sich damit nach dem Vorbild des Königs in England.

Und jetzt will ich Ihnen erzählen, was George Washington mit Oberst Ogden ausgedacht hatte, um mich, wie man so schön sagt, zu schnappen. Der Oberst sollte in einer möglichst stürmischen Nacht mit wenigen ausgesuchten und entschlossenen Leuten unterhalb von New York landen, mit Walfängerbooten, weil die keinerlei Verdacht erregen würden; sie sollten mich und den Admiral Digby, der gleichfalls beim Gouverneur wohnte, gefangennehmen, uns zu den wartenden Booten bringen und sofort nach New Jersey übersetzen. George Washington war überzeugt, wenn er uns beide in seiner Gewalt hätte, würde England sich zur Verständigung mit den Kolonien bereitfinden.

Ich hatte am Tag der geplanten Entführung mit zwei Premierleutnants von den Vierzigern, die etwas begriffsstutzig und nicht sehr redegewandt waren, das Kaffeehaus besucht und die dort ausliegenden Zeitungen studiert. In einer, die erst knapp drei Tage alt war, las ich, daß in New York Verhaftungen vorgenommen würden, seitdem an dem voraufgegangenen Dienstag eine Schildwache am Hudson eine Gruppe flacher Boote ausgemacht hatte, die auf die Vororte zuhielt und einen verdächtigen Eindruck machte. Als ich mit dem Gouverneur, Sir Henry Clinton, zu Mittag aß, fragte ich ihn danach und wollte auch wissen, warum, wie ich beim Heimkommen bemerkt hatte, alle Wachen verstärkt worden seien. Er zuckte die Achseln und machte eine wegwerfende Handbewegung. Sir Henry Clintons Tochter, ein stämmiges Mädchen mit der gleichen Raubvogelnase wie der Vater, wildgelockten Haaren, wasserblauen Augen und rotgefrorenen Händen, warf mir heimliche Blicke zu und lachte, und ich bildete mir ein, verliebt in sie zu sein.

Der Regen prasselte an die Fensterscheiben. Der Hudson River dehnte sich vor den Blicken wie eine Wasserstraße ohne Ende. Die Schiffe, die mit der Flut herauftrieben, standen im peitschenden Wind fast still. Über den flachen Ufern war alles im Regendunst verschwunden, und von Westen her kam noch größere Düsternis auf. Ein duftender Kaffee wurde gerade gereicht, da erhielt der Gouverneur eine Nachricht und verließ den Raum. Ich hätte Dolly gern, wie schon manches Mal, heimlich die Hand gedrückt, aber sie schien mit ihren Gedanken anderswo zu sein und fragte recht unvermittelt, was ich denn von George Washington hielte. Heute weiß ich, warum. Ich bedauerte, ihn nicht sehen und nicht treffen zu können, denn ich hielt ihn, und das tue ich noch, für den größten Mann, der je gelebt hat. Als ich das äußerte, trat Sir Henry wieder ins Zimmer, und er ermahnte mich, so etwas nicht wieder verlauten zu lassen, sonst könnte ich in den Ruf geraten, ein Revolutionär zu sein. Ich sah nicht ein, warum dieser Mann mich abkanzelte wie einen Schüler, und erwiderte prompt: ‹In jedem Fall bin ich ein Patriot, Sir Henry, und das ist George Washington zweifellos auch.› In diesem Moment war ich soweit, daß ich am liebsten Reißaus genommen und mich auf den Weg zum Oberbefehlshaber der neuen amerikanischen Armee gemacht hätte. Ich wußte von ihm, daß er als konservativer Mann galt und als der Monarchie im Grunde treu ergeben. Wie konnte ich ahnen, daß in dieser Nacht mein Wunsch fast in Erfüllung gegangen wäre? Am Abend, zur gleichen

Stunde, als Oberst Ogden das Vorhaben abblies, von Washington gewarnt, daß es verraten sei, schrieb ich Verse, und nannte das entstandene Werk *Der Kaiser von Amerika*. Der Inhalt war wohl etwas verworren. Mit dem Titel meinte ich Washington, und habe viel später erfahren, daß dieser den Gedanken erwog, aus mir einen König von Amerika zu machen.»

Der Prinz senkte den Blick. Als er weitersprach, klang seine Stimme müde.

«Mr. Lloyd, ich muß die Wachen inspizieren. Wollen Sie mich begleiten?» Er öffnete die Tür seines Logis.

Der Himmel war von einem sanften Mondlicht erhellt. Eine Brise wehte von Backbord, es war angenehm warm und die *Pegasus* glitt leicht durch das schimmernde Wasser, wie ein großer Fisch. Bei dem stetigen Wind brauchte niemand aufzuentern oder umzubrassen, der erste Abend auf See meinte es gut mit der Besatzung.

«Als ich von der Reise nach Amerika zurückkam», fuhr der Prinz mit gesenkter Stimme fort, sich seinem Zuhörer wieder zuwendend, «stellte man in London eine erstaunliche Veränderung an mir fest. Ich brauche wohl kaum zu erwähnen, daß ich mich zu meinen Ungunsten verändert haben sollte. Es hieß, daß meine Erlebnisse auf den Westindischen Inseln, wohin unser Flottenverband von New York gesegelt war, und die Freundschaft mit Horatio Nelson, die ich dort geschlossen hatte, der Grund dafür seien. Müßig, hinzuzufügen, daß meine Eltern diese Freundschaft nicht billigten. Sie dürfen später selbst urteilen, Reverend, ob Sie diese Meinung teilen. Es kursierten Gerüchte ... Doch lassen wir dies erst einmal beiseite. Es gab genug Menschen, die mir zu verstehen gaben, ich sei ein ganz toller Kerl geworden. Mein Vater warf mir vor, daß ich mir weiß der Himmel was auf mich einbilde. Und es waren nicht etwa die Anhänger meiner Brüder, denen ich zu gefallen schien, weder der Kreis um den Prinzen von Wales noch die Freunde des Herzogs von York konnten mit mir etwas anfangen.

Und meine Brüder? Ich fürchte, sie fanden mich schlicht gesagt vulgär. Bei den Damen hatte ich es am leichtesten, ich erzählte einfach das Blaue vom Himmel herunter. Ich glaubte, ganz oben zu stehen, aber niemand wollte etwas von dem hören, was ich in der Admiralität anzubringen versuchte: die Überlegenheit der Franzosen in der Seekriegführung und die Gründe dafür. Eines Tages tauchte eine Klatschgeschichte über mich auf, die in Marinekreisen in Umlauf gesetzt worden war, und begann Schößlinge und Ausläufer zu treiben, wie der Huflattich in den Gärten von Kew. Es gelang mir nicht, mich aus den Verwicklungen, die daraus entstanden, zu befreien. Das lieferte den Anlaß, mich auf den Kontinent zu schicken.

Die See war das große Erlebnis in meinem Leben geworden. Die einsamen Augenblicke auf der Back hatte ich über alles geliebt, bei jedem Wetter. Das weite Meer war wie Balsam für mich, und der frische Wind linderte die Nervosität, die das Dasein selbst mir verursachte. Im stürmischen und dämmrigen Zwielicht das Meer, das Schiff ein hüpfender Schatten von tiefem Schwarz gegen die grauschwarze Wüste des Ozeans, und im Innern dieses dunklen, schwimmenden Gebildes Licht, Wärme, Leben. Die zahllosen Notwendigkeiten und Verrichtungen an Bord – diese Aufgabe hat niemals meine Kräfte überstiegen. Das Erlebnis des Meeres wirkte stärker auf mich ein als die Auseinandersetzung mit meinem Vater. Ein Riese an Arglist und Bosheit war er für mich gewesen. Die angedrohten Strafen, die ewige Inquisition, die strengen, verstiegenen Lehrpläne – die See milderte das alles zu Schrullen und Launen eines alten Mannes. Mein Vater lebte zwar noch, aber was mich betraf, so war er tot, und seine Macht gebrochen. Ich war freigekommen. Und in Amerika bin ich seinem abgehackten Kopf begegnet. Sehen Sie mich nicht so entsetzt an, ich will Ihnen gleich erklären, was es damit auf sich hatte.

Halten Sie es für keine weitere Abschweifung, wenn ich von Ereignissen spreche, die sich in den ersten Julitagen des

Jahres 1776 in New York zugetragen haben. Damals wälzte sich ein betrunkener Pöbelhaufen über das sogenannte *Bowling Green*, einen Platz, wo die Bürger sechs Jahre zuvor die Statue meines Vaters aufgestellt hatten, unter Reden über seine Gnade und Güte. Kaum war jedoch die Unabhängigkeitserklärung bekanntgeworden, als man sich auch schon über das Denkmal hermachte. Die Menge stürzte erst das bronzene Pferd vom Sockel, dann wurde dem König der Kopf mühselig abgehackt und am Ende die Salve einer Muskete hineingefeuert, die die Nase zertrümmerte und den Lorbeerkranz abriß. Unter den Tönen von Pfeifen und Trommeln, die den *Rogues March* intonierten, schleppte die Menge den übel zugerichteten Kopf mit sich. Der Körper wurde zerstückelt und nach Connecticut verschifft, wo patriotische Frauen daraus Gewehrmunition fertigen ließen, mit dem erstaunlichen Ergebnis von zweiundvierzigtausend Kugeln. Den Kopf hat mir Sir Henry Clinton gezeigt, es war ihm gelungen, ihn wiederzufinden, und er wollte ihn einem Künstler übergeben, der ihn wieder herrichten sollte. Sir Henry war sehr stolz auf diese Rettungstat. Er erwartete eine freudige Reaktion von mir und war verwundert, mich stumm zu sehen.

Bald darauf liefen wir aus. Sie werden es wohl nicht bedauern, wenn ich Ihnen Beschreibungen der Schönheit tropischer Landschaften und fremder Völker, von Jamaica und Havanna, erspare.»

«Wenn Königliche Hoheit meinen.» In Wirklichkeit wurde Mr. Lloyd erst jetzt wirklich neugierig. Ihn erstaunte die Art, wie der Prinz zu erzählen verstand. Außerdem gab es über seinen Aufenthalt in der Karibik so sagenhafte Behauptungen, daß er darüber gern mehr von Prinz William selbst gehört hätte. Dieser jedoch hatte nach einem Blick auf die Uhr Eile, fürs erste zu Ende zu kommen.

«Es ist auch besser, hier Schluß zu machen. Nur soviel: was man in England von den Ereignissen dort erfuhr, ist Unsinn. Offen gestanden habe ich mich in den Tropen bis auf einige besondere Begebenheiten so gelangweilt wie der Papagei meiner Mutter in seinem Käfig, obgleich mich gleichzeitig ein unklares Gefühl freudiger Erwartung ergriff.

Ich machte zu jener Zeit die Bekanntschaft des Kapitäns Horatio Nelson, der mir die Ehre seiner Freundschaft erwies. Ich hatte die Anerkennung eines trotz seiner Jugend bedeutenden Mannes gewonnen, wie mein Vater es wünschte, nur war sie ihm in diesem Fall nicht recht. Gleichzeitig bin ich den größten Halunken begegnet, die sich gegenseitig die Leitern zu Erfolg und Ämtern hielten, und einem bezaubernden Mädchen, der Tochter des spanischen Gouverneurs und Admirals Soleno auf Jamaica, Dona Maria Soleno. Ich pflegte sie die Bajadere zu nennen, wenn ich mit Nelson über sie sprach.»

Sie waren auf der Brücke angekommen. Mr. Gorrissen grüßte.

«Die Bajadere war das reizendste und beste Geschöpf. Sie war, um sie zu beschreiben, ein wirkliches Naturkind ...»

Der Erzähler unterbrach sich und nickte Mr. Lloyd zum Abschied zu. Seine Wache begann.

Mr. Lloyd ging in seine Kajüte und dachte daran, daß der nächste Hafen, den sie anliefen, St. John auf Neufundland war.

6

Schloß Ricklingen bei Hannover, Ende April 1791

Die Bühne befand sich am Ende des Großen Saales. Auf ihr waren die Palmen aus dem Treibhaus, das Bernhard Thilo von Linsingen im Park von Schloß Ricklingen hatte bauen lassen, so aufgestellt, daß der Eindruck eines Palmenhains entstand. Eben war noch ein letztes Mal geprobt worden. Caroline von Linsingen, in ihrem Mullkleid besonders schön, saß vor diesem Hain auf einer Rasenbank, sie schien die Verkörperung von Unschuld und Liebe. Sie blickte zu dem hochgewachsenen jungen Mann auf, der vor ihr stand und sich auf seinen Säbel stützte. Die Kulissen stellten ein Flußufer in den Tropen dar. Basilius von Ramdohr, eine Palette in der linken und den Pinsel in der rechten Hand, balancierte auf einer Leiter und malte kleine Wolken an den blauen Himmel.

Die Bälle und Theateraufführungen bei den Linsingens waren die beliebtesten in ganz Hannover; Hausherr und Hausfrau waren stolz auf den Ruf dieser Feste, die so viel Geld kosteten, daß bereits Land hatte verkauft werden müssen. Große Partien waren hier gestiftet worden, unter anderen die erste Ehe des Grafen Schwiecheldt, einer der reichsten Grundbesitzer. Der Salonklatsch wollte wissen, daß der Graf nach dem Tod seiner Frau wieder heiraten wollte und daß er ernste Absichten auf die jüngere der beiden Linsingschen Schwestern, Caroline, habe.

Für den heutigen Tag war Schloß Ricklingen eine große Ehre zuteil geworden. Hier sollte zum Empfang der beiden königlichen Prinzen, des Herzogs von York und des inzwischen zum Herzog von Clarence erhobenen Prinzen William, ein Theaterabend veranstaltet werden. Das Hofmarschallamt hatte mitgeteilt, daß die Prinzen inkognito erscheinen würden. Ein großes Zeremoniell zu ihrem Empfang würde daher nicht stattfinden.

Das Theaterstück hatte Basilius von Ramdohr eigens für diesen Abend geschrieben. Die Wahl des Sujets erschien nach anfänglicher Begeisterung nicht mehr unbedingt glücklich. Schauplatz der Handlung war Ostindien. Das ließ sich leicht auch als Anspielung auf Westindien verstehen, wo Prinz William sich mit der Flotte unter Lord Howe längere Zeit aufgehalten hatte. Aber dieses pikante Verwirrspiel mit der Geographie war nun der Grund zu plötzlicher Besorgnis. Zu spät war hier bekanntgeworden, daß gewisse Vorkommnisse in der Karibik, mit denen man Prinz William in Zusammenhang brachte, den König mehr als verstimmt hatten. Andererseits hatten gerade jetzt in Hannover neue Werbungen für Ostindien eingesetzt. Seit zehn Jahren waren die Truppen dort in barbarische Kämpfe verstrickt, während England zugleich immer mehr Soldaten brauchte, um mit den aufbegehrenden nordamerikanischen Kolonien einen erbitterten Krieg zu führen.

Viele junge Leute, die mit Ramdohr und den Linsingens in näherer Verbindung standen, hatten sich als Freiwillige nach Ostindien gemeldet, zum 14. Regiment in Madras. Die Theaterproben, die Lektüre des Textbuchs hatten sie begeistert, zum Kummer ihrer Familien, denn inzwischen war zuviel von der furchtbaren Wirklichkeit auf dem fernen Kriegsschauplatz bekanntgeworden. Ramdohr selbst war ahnungslos, welche Rolle er gespielt hatte. Für ihn bestand die Vollkommenheit eines Schauspiels darin, eine Handlung so genau nachzuahmen, daß der Zuschauer der Täuschung unterlag, dem Geschehen selbst und nicht seiner Darstellung beizuwohnen, und das verführerische, poetische Bild des fernen Landes hatte seine Wirkung nicht verfehlt. Nur Franz von Alten, der noch neben Caroline von Linsingen auf der Bühne stand, hatte im letzten Augenblick gezögert, zu unterschreiben. Seine Verliebtheit in die ‹Bajadere› hatte inzwischen einen Grad erreicht, daß er entschlossen war, seinen Kommandeur um den Heiratskonsens zu bitten, wenn er, wie er hoffte, am heutigen Abend bei seiner Auserkorenen ans Ziel seiner Wünsche gelangte.

Sophie Charlotte von Linsingen, die achtzehnjährige Tochter des Hausherrn, eilte aus dem Hintergrund herbei, stellte sich ungeniert neben Ramdohr und wies mit ausgestrecktem Zeigefinger auf das Paar unter den Palmen. Sie trug bereits die zu ihrem Kostüm gehörenden grüngeblümten, seidenen Pluderhosen. Laut und etwas affektiert zitierte sie den Anfang von *Der Gott und die Bajadere*.

«Versetzt euch in Gedanken auf die Insel Alkotola. Betrachtet alles, was dort vorfällt. Hört alles, was gesagt wird von dem Augenblick an, da Mahadöh vom Himmel herabsteigt und eine menschliche Gestalt annimmt, um die Freuden und Leiden der Sterblichen, nachdem er sie selbst empfunden hat, beurteilen zu können. Verliert kein Wort von dem, was Ihr hören werdet, und sagt hernach, ob die Illusion nicht vollständig ist. Mahadöh, der Herr der Erde, kommt herab zum sechstenmal, daß er unseresgleichen werde, mitzufühlen Freud und Qual. Er bequemt sich, hier zu wohnen, läßt sich alles selbst geschehen: Soll er strafen oder schonen, muß er Menschen menschlich sehen. Als er nun hinausgegangen, wo die letzten Häuser sind, sieht er mit gemalten Wangen ein verlornes schönes Kind.»

Beifallsgelächter unterbrach sie. Ernst von Linsingen, Carolines Bruder, und der Fähnrich von Schleppegrell klatschten in die Hände. Sophie Charlotte dankte mit Kußhänden, ein wenig zu kokett. Ramdohr hatte die bekannten Zeilen aus Goethes Gedicht für den Prolog gewählt als ein Zeichen von Generosität, als Antwort auf die Versuche des

Olympiers von Weimar, ihn herabzusetzen und lächerlich zu machen.

Carolines Stiefbruder Reinhardt und ein junger Spoerckenscher Vetter erschienen mit einem Transparent, das schon längst an der Einfahrt hätte befestigt sein sollen. Es zeigte die Königskrone mit den Initialen des Königs und der Königin. Darunter war von Arabesken eingerahmt in sehr kunstvoller Schrift der offenbar bei jedem Auftritt des Prinzen William unvermeidliche Vers zu lesen:

Now last not least in love the Muse
Her William's name would fondly chuse
The British youth among.
Still may the sailors love thy name
And happy health and blooming fame
Awake the future song.

Im oberen Saal waren schon die Damasttischtücher über die Tische gebreitet und das Meissener Jagdservice mit den dazu passenden Tafelaufsätzen aufgestellt worden. Mit dem Zollstock prüfte der Haushofmeister die Abstände.

Indessen betrat der General Johann Wilhelm von Linsingen den Gartensaal. Wieder einmal kam er allein, ohne seine zweite Frau, ihr Asthma hatte sich in letzter Zeit verschlimmert und sie sehr reizbar gemacht. Niemand in der Gesellschaft hatte begriffen, warum dieser frische, hochgewachsene Mann das bereits ältliche Stiftsfräulein von Spoercken geheiratet und zur Stiefmutter seiner Kinder gemacht hatte.

Der General kam gerade zur rechten Zeit, um zu sehen, wie Caroline auf der jetzt leeren Bühne einige Tanzschritte probte. Sie sah den Vater und sprang leichtfüßig vom Podest, um ihn stürmisch zu umarmen und zu begrüßen. Er war erst heute mit Prinz William aus England zurückgekommen. Sofort begann sie, ihm von Ramdohrs neuem Theaterstück vorzuschwärmen.

«Aber mein Kind», unterbrach der General lächelnd seine Tochter, «bewunderst du tatsächlich immer noch Basilius? Er ist eine im grünen Laub verborgene Schlange mit der Stimme einer Nachtigall. Ihr mögt alle nur das Neue, immer wieder das Neue. Auch Basilius betet die neuen Götter an und ehrt die alten nicht mehr. Sollte nicht die Erinnerung an ein denkwürdiges Ereignis bewahrt bleiben? Genauso wie es uns berührt hat? Wie wäre es, wenn zum Beispiel alle Jahre am gleichen Tag wie heute auf Schloß Ricklingen das, was sich heute ereignet, aufgeführt und wiederholt würde? Alles, was gesagt wurde, wird abermals gesagt. Deine Kinder, Caroline, würden das gleiche tun, und die Kinder meiner Brüder und deren Nachkommen. So würde das schöne Ereignis überleben und wir mit ihm. Ich könnte mich von Zeitalter zu Zeitalter mit meinen Enkeln unterhalten.»

«Du denkst an lebende Bilder», sagte Caroline rasch und umarmte ihn erneut, um fortzukommen.

Der General seufzte. «Das stimmt. Nur verschließt der Mensch manche Bilder lieber in seinem Herzen, und so sterben die schönsten mit ihm.»

Caroline lief davon.

Der Hausherr, Bernhard Thilo von Linsingen, in der Uniform des in Wunstorf stationierten Kavallerieregiments, dessen Kommandeur er war, erschien im Saal, um nach seiner Frau Ausschau zu halten. Da er sie nicht fand, beklagte er sich bei seinem Bruder, dem General, daß niemand für ihn sorge. In all dem Trubel war vergessen worden, ihm den Saft von ausgepreßtem Kraut, Kuhblumen, Bitterklee und Trifolium zuzubereiten, den Hofrat Zimmermann ihm seines schwachen Magens wegen vor schwerem Essen verordnet hatte.

Dann fragte er den Bruder nach dem Theater in London. Ob es denn wirklich wahr sei, daß Dora Jordan vom Publikum so geliebt werde? Lord Weymouth solle ihr sogar ein goldenes mit Edelsteinen besetztes Tintenfaß geschenkt haben.

«Was geht uns das an», unterbrach ihn der General ungeduldig und lauschte auf die Schläge einer benachbarten Kirchturmuhr.

«Sehr, sehr viel, möchte ich meinen», versetzte der Hausherr. «Prinz William ist verwöhnt. Eine Hauptdarstellerin wie unsere Caroline wird ihn womöglich langweilen.»

«Er soll ihr ja nicht den Hof machen», sagte der General ärgerlich.

Während unten die letzten Vorbereitungen für den Empfang der etwa hundert Gäste getroffen wurden, stand Caroline im Ankleidezimmer ihrer Tante vor einem hohen Spiegel. Ihr Kostüm als Bajadere bestand aus vielen, verschiedenfarbigen Schleiern und wurde auf ihre Figur drapiert. Im Zimmer waren noch Carolines Großmutter, die alte Frau von Schrader, die auf einer bequemen Bergere Platz genommen hatte, die beiden Cousinen Melusine und Henriette Kielmannsegg sowie die Komteß Lily Vynx. Zu ihnen hatte sich die englische Gouvernante von Carolines kleinem Stiefbruder Reinhardt, Miss Blair, gesellt. Sie war für heute von ihrer Pflicht entbunden, denn der Pfarramtskandidat Erytropel, übrigens ein Bewunderer Ramdohrs, der selbst auch Gedichte machte, beaufsichtigte an diesem Abend die jüngeren Kinder. Carolines ältere Schwester Juliane trat ein, alle Blicke wandten sich ihr zu. Ausrufe des Entzückens über ihr Kleid wurden laut. Ein weißer Atlasrock mit safranfarbenen Bordüren bauschte sich über einer kleinen Krinoline. Das Oberteil hatte einen spitzen Ausschnitt fast bis herab zur Taille mit einem Brusteinsatz aus feinster Brüsseler Spitze. Auf dem Kopf trug sie zwei safrangelbe Straußenfedern, die an einem schwarzen Stirnband befestigt waren. Ein bemalter grüner Fächer vollendete das Ganze. Juliane, die die Bewunderung genoß, trieb zur Eile an.

Es klopfte. Die Tür wurde leise geöffnet, und auf der Schwelle stand Franz von Alten, den krummen indischen Säbel unter dem Arm und auf dem Kopf einen großen gelben Turban aus Seide. Da man ihm mit einem Sud aus Walnüssen Gesicht und Hände getönt hatte, der, kaum aufgetragen, schon nachdunkelte, glich er mehr einem Neger als einem Inder. Caroline sah nicht zu ihm hin. Die Jungfer, die am Boden kauerte und mit dem Umnähen noch nicht fertig war, blickte ängstlich nach der Standuhr.

Von unten drangen die Töne von Instrumenten herauf. Die Musiker, dirigiert vom Ortskantor Butterbrodt, begannen sich einzuspielen.

Es klopfte wieder an der Tür. «Beeilt euch», ertönte eine aufgeregte Kinderstimme, «der erste Wagen fährt vor. Es sind wundervolle Traber davorgespannt und der Kutscher hat einen Biberkragen. Das ist Graf Schwiecheldt.»

«Rasch, rasch», rief Franz von Alten und entführte Caroline im Laufschritt.

Im Gartensaal begann sich die Gesellschaft zu versammeln. Edelleute in den verschiedensten Uniformen, hohe Beamte, Professoren, die Pastoren aus Ricklingen und Adenstedt mit ihren Frauen, der Minister und Kurator der Universität Göttingen, August von Stralenheim, seine Schwester, Freifrau von Heine mit ihrem Mann. Die ranghöchsten Gäste waren der Herzog von Mecklenburg und die Schwester des Königs von England, die Herzogin von Braunschweig. Der Hausherr begrüßte die Neuankommenden, überließ sie aber dann rasch seiner Frau und eilte immer wieder zum Eingang in der Halle. Frau Emilie von Linsingens Augen strahlten, dieses Fest würde noch viel glanzvoller werden als alle früheren.

Bernhard Thilo von Linsingen, dem Gastgeber, war es allerdings ein wenig peinlich, daß er nicht alle seine Gäste persönlich kannte, das war ihm noch nie vorgekommen. Das Hofmarschallamt hatte Namen von Einzuladenden genannt, die zur sogenannten zweiten Gesellschaft gehörten; auf Schloß Ricklingen verkehrte man nicht mit solchen Familien. Doch war von höchster Stelle verlangt worden, daß die Prinzen heute abend Gespräche mit ihnen führten, meist hohen Regierungsbeamten und Persönlichkeiten, die in Kreisen der Wissenschaft, der Literatur und des Staatsrechts einen Namen hatten. Das Kurfürstentum Hannover wurde in Personalunion von England aus mitregiert; seine speziellen Angelegenheiten repräsentierte es durch ein Geheimratskollegium, das sich allein aus dem hannoverschen Adel rekrutierte. Es war der *Deutschen Kanzlei* in London verantwortlich, an deren Spitze ebenfalls ein hannoverscher Adliger im Range eines Geheimrats stand. Die eigentliche Verwaltungsarbeit im Kurfürstentum erledigte jedoch eine Ministerialbehörde, die *Geheime Kanzlei,* geleitet von Sekretären, die dem akademisch gebildeten Bürgertum entstammten und einen legendären Kastengeist entwickelt hatten. Sie, die Kestners, Ifflands, die Barings, Duves, Mejers und Brandes waren nun also auch unter Linsingens Gästen.

Die meisten standen in Gruppen an den Türen und Fenstern. In Erwartung der königlichen Prinzen wagte niemand, sich hinzusetzen. Die Herzogin von Braunschweig unterhielt sich lebhaft mit dem Herzog von Mecklenburg, der sich in einer gewissen Verlegenheit befand und mit einem Anhängsel seiner Uhr spielte. Die Herzogin bemerkte nichts und fuhr fort, taktlose Bemerkungen über ihren Neffen, Prinz William, zu machen. In den ein wenig derben Zügen ihrer Tochter Caroline zeichnete sich Ungeduld ab. Ihre intelligenten, manchmal boshaft aufblitzenden Augen beobachteten die Mutter und den Herzog. Ihr entging nichts. Sie fand es lächerlich, daß ihre Mutter um den heißen Brei herumstrich. Warum sollte der Herzog als erster davon sprechen, weshalb der König und die Königin ihren dritten Sohn wieder einmal von London entfernt hatten? Längst wurde unter den Gästen darüber geflüstert, daß dieser Abend der Auftakt dafür sein sollte, Prinz William von Clarence und die Prinzessin Caroline von Braunschweig zusammenzubringen. Die Prinzessin langweilte sich unendlich.

Es ging auf Schloß Ricklingen heute nicht anders zu als sonst bei solchen Gelegenheiten – sogenannte Berühmtheiten zogen die Aufmerksamkeit auf sich. So sah sich der königlich-großbritannische Leibarzt und Hofrat Johann Georg Ritter von Zimmermann umgeben von Damen verschiedenen Alters. Seinen Spitznamen «der Einsame» verdankte er dem von ihm verfaßten mehrbändigen Werk *Über die Einsamkeit*, das über Europa hinaus in aller Munde war. Die Zarin Katharina war von der Lektüre so beeindruckt gewesen, daß sie Zimmermann mit dem Wladimir-Orden ausgezeichnet hatte. Der hagere, schwarzgekleidete Arzt und Seelenkenner behandelte jedermann mit Herablassung. Er blickte bald auf die Herzogin, bald auf die Prinzessin; die Ministerin von Arnswaldt, deren bewegliche Züge Klugheit und Bosheit zugleich verrieten, hatte es bemerkt. Mit dem flüchtigen Lächeln, das ständig um ihre Lippen spielte, sagte sie nah an Zimmermanns Ohr:

«Voyez-vous un danger pour la princesse? Le malaise cérébral de leur frères ainés.» Damit umschrieb sie die Geistesschwäche der beiden älteren Söhne des Herzogs von Braunschweig. «Ist so etwas vererbbar?» endete sie abrupt in Deutsch.

Der Hofrat wurde durch das Hinzutreten zweier älterer Damen einer Antwort enthoben. Es waren die Gräfin Kielmannsegg, eine nahe Verwandte der Linsingens, und eine korpulente Dame in der sehr kleidsamen Tracht des Damenstifts Fischbeck, die an einem Schulterband den Orden dieses alten Klosters trug. Die Gräfin stellte der Äbtissin den Hofrat als den besten Mediziner Europas vor, der nicht nur die Großen der Welt kuriere, sondern auch schon Tote wiedererweckt habe. Zimmermann verbeugte sich steif. Sein kalter Blick streifte die Äbtissin, eine Freiin von Dincklage. Die beiden Damen kamen offenbar aus einer vergangenen Zeit. Die Gräfin trug eine hermelinbesetzte weinrote Staatsrobe aus Samt über einer riesigen Krinoline. Die hochaufgebaute, mit roten und grünen Bändern geschmückte Perücke und die herabhängenden gepuderten Locken über dem faltigen Gesicht mit einem ebenso faltigen Doppelkinn ließen die Gräfin beeindruckend, aber passé erscheinen. Sie begann sofort, alle und alles zu kritisieren, besonders die jüngeren Damen und einige Herren mit ungepudertem Haar, die miteinander sogar von der Emanzipation des Königs von Frankreich gesprochen hätten.

«Nicht wahr», wandte sie sich an die Äbtissin, «zu unserer Zeit war alles besser als heutzutage.»

«In der Tat», entgegnete Frau von Dincklage. «Zumindest einiges war besser. Wir lebten ruhiger und die Menschen waren zufriedener. Aber trotzdem scheint es mir jetzt besser. Und die Jugend wird es mit Gottes Hilfe noch besser haben.»

Zimmermann, der sich im Grunde um keines Menschen Meinung kümmerte, murmelte, um höflich zu erscheinen: «Und ich hätte erwartet, Frau Äbtissin, daß Sie die alten Zeiten loben.» Er sah, daß der Hausherr wieder nach draußen ging. Warum mußte Herr von Linsingen sich abhetzen, auf die Uhr schauen und eine gewichtige Miene aufsetzen? Was war das schon für ein Ereignis – zwei königliche Prinzen wurden erwartet. Deswegen eilte der arme Mann nun hin und her und zog das im Siebenjährigen Krieg verwundete Bein ein wenig nach. Der Hofrat lächelte.

Die Damen blickten in Richtung der großen Doppeltür, wo der Haushofmeister in diesem Augenblick die Königlichen Hoheiten anmeldete, den Herzog Frederick von York als Grafen von Hoya, Prinz William als Lord Fielding, sowie den sie begleitenden Herzog von Hamilton als Lord Dutton.

Die Prinzen waren nicht in Uniform erschienen. Allen voran hatte der Herzog von York hastig den Raum betreten. Er entschuldigte sich bei Frau von Linsingen für die Verspätung, während sie in reicher Toilette, ihren lockenköpfigen jüngsten Sohn an der Hand, einen Hofknicks machte. Die zuvor lauten Gespräche hatten sich in ein sanftes Gemurmel verwandelt, nur der Hofrat Zimmermann und der Herzog von Mecklenburg senkten ihre Stimmen nicht.

Prinz William, auf den sich nun die Blicke richteten, sah

aus, wie man sich eben einen jungen Seeoffizier vorstellt. Wieder einmal war ihm das Gerücht einer Liebesaffäre vorausgeeilt. Diesmal handelte es sich jedoch um die Frau, die zur Zeit mit Recht von allen Londonern umjubelt und gefeiert wurde, die Schauspielerin und Sängerin Dora Jordan. Sie begeistere ihr männliches Publikum am meisten, wenn sie in Hosenrollen auftrete, sagte man ihr nach.

Man begab sich in den Theatersaal, wo die Prinzen in der vordersten Reihe placiert wurden, Prinz William an der Seite der Prinzessin Caroline, die ihm vom ersten Augenblick an mißfallen hatte. Sie wirkte in dem blauen Kleid mit der zu langen, blauweißgestreiften Taille ungraziös. Da sie ihren ziemlich großen Mund beim Sprechen weit aufmachte, war ihm nicht entgangen, daß ein paar Zähne fehlten. Ihre auffallend schönen Augen hatten ihn nicht darüber hinweggetäuscht, daß ihre Gestalt zu klein und die Büste zu hoch war. Ihre Schultern, die nicht gerade zart waren, nannte er bei sich *des épaules impertinentes.* Er starrte auf den Bühnenvorhang, hinter dem sich Unbekanntes verbarg.

Die Lakaien löschten die Kerzen in den Kronleuchtern. Kantor Butterbrodt hob den Taktstock. Die Musik setzte ein. Im Halbdunkel überflog Prinz William den Theaterzettel, und während der Klänge der Ouvertüre stiegen Erinnerungen an Jamaica in ihm auf ...

Beim Schlußakkord der Musik trat der als Mohr kostümierte jüngste Sohn des Generals von Linsingen vor den noch geschlossenen Vorhang. Er verneigte sich vor dem Publikum mit auf der Brust gekreuzten Armen.

«Der Tag geht zur Neige», deklamierte er. «Die Nacht zieht herauf. Wir befinden uns in Ostindien auf der Insel Alkotola, wo man dem Anschein nach Lügen erzählt, in Wirklichkeit aber die Wahrheit sagt. Das Stück heißt *Der Gott und die Bajadere*. Der Verfasser ist Basilius von Ramdohr.»

Alle klatschten Beifall, der Vorhang öffnete sich. Die Bühne war mit weißem Sand bestreut. Zu beiden Seiten standen die Palmen, die sich durch gemalte Bäume bis hin zum grünen Ufer eines Flusses fortsetzten. Von dorther näherte sich, für Prinz William ganz unverkennbar, derselbe große Neger im gelbseidenen Turban, der ihm in einem immerwährenden Fiebertraum während seiner Malariaanfälle vor Santo Domingo und Antigua, den heißesten Inseln Westindiens, erschienen war.

Jetzt zeigte sich auf der Bühne eine verschleierte weibliche Gestalt, die sich in Tanzschritten auf den Neger zu bewegte. Sie drehte und neigte sich und hielt einen Strauß Narzissen in der Hand. Der Prinz fühlte, wie ihm heiß wurde. Er glaubte sich in jenen immer gleichen Traum zurückversetzt. Wie stets stand seine Hochzeit kurz bevor. Er ging mit der Bajadere vor den Toren einer ihm fremden Stadt spazieren. Da sprangen bewaffnete Männer aus einem Gebüsch. Einige von ihnen hielten ihn fest, während die übrigen die Braut ergriffen. Sie rief: «Rette mich, rette mich.» Er versuchte, sich aus der Umklammerung zu befreien. Vergebens. Hilflos sah er zu, wie wieder einmal der große Neger mit dem gelben Turban die Bajadere mit seinen Armen umfaßte und sie davontrug.

Der Prinz faßte an sein Jabot, der Theaterzettel rutschte von seinem Knie, und die Prinzessin fing ihn auf. Dem Fortgang der bezaubernden Ballade auf der Bühne vermochte er nur noch wie ein Träumender zu folgen. Daß sein Traum sich in dem Stück zu wiederholen schien, kam ihm wunderlich und wie toll vor. Wie benommen und mit wachsender Eifersucht auf den Gott folgte er der Vorstellung und schien die Beifallsäußerungen und Bravorufe des Publikums kaum wahrzunehmen, bis die Musik plötzlich ihr Tempo beschleunigte und großer Beifall einsetzte.

«Est-ce qu'elle n'est pas adorable?» hörte Prinz William hinter sich eine Männerstimme leise sagen. *«Quelle beauté, quel charme, quel talent.»*

«Die Bajadere ist die Tochter des Generals Linsingen», flüsterte die Prinzessin Caroline ihm zu. Er hätte sie niemals wiedererkannt. Den Abend im Hause des Herzogs von Mecklenburg hatte er so gut wie vergessen.

Die Gäste hatten sich erhoben. Man schickte sich an, in den Saal im ersten Geschoß zum Diner zu gehen. Der Herzog von York reichte der Hausfrau, die sich vor ihm verneigte, den Arm, um sie zu Tisch zu führen. Prinz William geleitete seine Tante und die Cousine in die Halle. Der herzogliche Wagen war bereits vorgefahren. Die Herzogin von Braunschweig und die Prinzessin nahmen am Diner nicht teil.

Als die Damen eingestiegen waren, beugte sich die Herzogin noch einmal hinaus, um noch einige Worte zum baldigen Rendezvous in Pyrmont zu sagen. Prinz William antwortete zerstreut und wartete die Abfahrt des Wagens kaum ab. Er machte sich auf die Suche nach Caroline von Linsingen und entdeckte sie schließlich am Ende des Saales. Sie schien gerade eingetreten zu sein und sah sich offenbar suchend nach jemandem um.

Über einem mattblauen Rock mit breiten weißen Bordüren am Saum, der darüber mit weißen Blumen bestickt war, bauschte sich ein malvenfarbener Überrock aus dem gleichen Satin wie das Mieder. Ein Kopfputz aus zum Kranz gebundenen Stoffrosen krönte die Lockenfrisur aus eigenem Haar. Caroline trug keinen Schmuck. Der Prinz konnte seinen Blick nicht von ihr wenden. Als er an ihr vorbeikam, verbeugte er sich tiefer, als es einem Mädchen ihres Alters zukam. Sie versank in einen Hofknicks, sehr verwundert über seine übergroße Höflichkeit. Zwei rotlivrierte Diener öffneten die beiden Türflügel zum Speisesaal. Paarweise begaben sich die Gäste in genau eingehaltener Rangfolge zum Souper.

In der Mitte der langen Tafel saß Bernhard Thilo von Linsingen, ihm gegenüber seine Frau mit dem Herzog von York und zu seiner Rechten die Herzogin von Mecklenburg. Sie war trotz ihrer Jahre immer noch eine Schönheit, die alle ihre Zähne behalten hatte und ununterbrochen lächelte. Zu seiner Linken war Frau von Arnswaldt placiert, eine blonde, blühende Frau, die ein diamantenes Diadem allzu nah an das etwas schwerhörige Ohr des Grafen Brabeck brachte. Sie versuchte herauszufinden, ob es ihrem Mann günstig sein könnte, seine Beziehungen zum Prinzen von Wales zu festigen. Die hohen Tafelaufsätze waren mit Obst und Konfekt dekoriert. Dazwischen standen fünfarmige silberne Leuchter, flankiert von Schalen mit Orangenblütengestecken und gelben Rosen. Über die ganze Länge des weißgedeckten Tisches, über den champagnerfarbene Spitzentücher gebreitet waren, lief ein prachtvolles, zwei Hände breites gelbes Seidenband. Es war eine Dekoration in den Farben des Welfenhauses.

«Unser guter Ramdohr», sagte die Herzogin von Mecklenburg, «hat uns soeben in eine Welt entführt, in der jeder zu der Überzeugung gelangt, ein Liebhaber und ein Philosoph zu sein. Aber», fuhr sie fort, ihr Lorgnon auf den Dichter richtend, der zu weit entfernt saß, um ihre Worte zu hören, «der besondere Reiz dieses neuen Stückes scheint mir darin zu liegen, wie die geheimnisvolle Gewalt, die über uns hängt –» unwillkürlich blickte der Hausherr zur Decke des Saals empor, wo allerdings nichts weiter zu sehen war als die Kristallkronleuchter – «welche die Naturereignisse», fuhr die Herzogin gewandt fort, «auf uns ausüben können, zum Bewußtsein gebracht wird. Selbst an die rätselhafte Macht, die das Wasser auf den Menschen ausübt, wurde ich erinnert.»

Der Herzog von York, der nicht mehr gehört hatte als diese letzten Worte, trank ein großes Glas Sherry aus mit der Bemerkung: «Ein guter Grund, *my dear aunt,* niemals Wasser zu trinken. Schon gar nicht in Pyrmont, wo die alten Götter noch an den Brunnen und Quellen sitzen sollen. Aber sie werden nichts dagegen haben, daß wir uns alle dort in den nächsten Wochen köstlich amüsieren und unterhalten werden.»

Da die Gespräche bei den Worten des Herzogs sofort verstummt waren, hörte jeder deutlich, was er sagte. Bernhard Thilo von Linsingen brachte den ersten Toast auf den König aus.

Franz von Alten saß neben Caroline. Der schöne junge Mann wirkte in der Nähe ebenso blendend wie auf der Bühne. Er war intelligent, gab sich natürlich und wählte einfache Worte, die niemals dreist oder zudringlich klangen. Er hatte ihr gerade erklärt, daß er sich seit heute abend wie ein neuer Mensch fühle. Sie nickte zerstreut mit dem hübschen Kopf. Endlich entschloß er sich, zur Sache zu kommen.

«Sie zwingen mich, mich selbst zu verteidigen. Während ich Sie anbete, benutzen Sie neuerdings die Zeit, die wir miteinander verbringen, nur dazu, mich zu tadeln.»

«Aber ich sage doch gar nichts.»

Sie hatte seine Werbung auf der Bühne sehr gut verstanden. Die Liebesworte, die Ramdohr ihm im Stück in den Mund gelegt hatte, waren auch seine Worte gewesen. Caroline gab sich den Anschein, als habe sie es nicht bemerkt. Dieser Versuch, die Schranke zwischen ihnen zu durchbrechen, hatte bewirkt, daß sie sich so fern von ihm fühlte wie nie zuvor.

«Sie haben sich verändert», sagte Franz von Alten, während Caroline nachdenklich eine gelbe Rose an ihr Gesicht führte, «Sie wollen nicht mehr, daß ich Sie liebe.»

Prinz William, der ziemlich einsilbig neben der Gräfin Melusine Kielmannsegg saß, interessierte sich nur dafür, was am rechten Ende des Tisches vor sich ging, wo ein schöner blasser Mann auf die Bajadere einredete.

«Wer ist dieser junge Mann dort?» fragte er seine Tischdame.

«Franz von Alten, ein Offizier. Er hat den indischen Gott gespielt. Erinnern sich Königliche Hoheit nicht?»

Es wunderte ihn, daß er den Neger nicht wiedererkannte. Jetzt warf die Bajadere den Kopf zurück. Ihre wunderbaren glänzenden Augen schienen weder den jungen Mann noch seine üppige Lockenfrisur wahrzunehmen. Die Blicke des Prinzen und der Bajadere trafen sich.

Gräfin Kielmannsegg vermochte nicht zu erkennen, was sich hinter der hübschen Maske dieses Prinzen verbarg. Ihr kam nicht in den Sinn, daß neben ihr ein junger Mann saß, der leben wollte wie es seiner Jugend entsprach, verzweifelt oder entzückt. Die steifen Deutschen an der überladenen Tafel versetzten ihn in eine schwermütige Stimmung. Wenn weiterhin nichts für mich geschehen kann, dachte er, weiß ich nicht, was mir bevorsteht. Ein Leben ohne Glück ist nicht wert, daß man es erhält, und so wird es mir gleich sein, wo ich mein Dasein weiter friste. Ich bin auf alles vorbereitet und habe meine Beschlüsse gefaßt. Das Leben ist übel genug. Ich gehe nach Amerika zurück.

«Werden Königliche Hoheit tanzen?» fragte seine Tischdame.

«Ich glaube kaum.»

«Königliche Hoheit und Prinz Frederick werden aber doch den Tanz mit einer Quadrille eröffnen?» fuhr Gräfin Melusine mutig fort. «Bereitet es Eurer Königlichen Hoheit denn kein Vergnügen?»

«Überhaupt nicht.»

Melusine wagte nicht weiter zu sprechen, da er so unhöflich antwortete und in Gedanken versunken schien. Er befand sich in einem eigentümlichen Zustand. Es war weniger ein Gefühl als der Eindruck, krank zu werden. Nichts hatte sich allmählich entwickelt. Es war da! Daß es Liebe gab, hatte er nie bezweifelt, doch mit dem, was er dafür hielt, hatte er bisher geschickt Verstecken gespielt, sie hatte sich allmählich entwickelt oder schnell, wie er es gerade wünschte. Dies hier hatte sich ungebeten, plötzlich, gegen seinen Willen seiner bemächtigt, auf Leben oder Sterben, wie die Pocken oder das Fieber, und es trug ihn fort, wohin es wollte. Es wunderte ihn, daß er sich nicht einmal zur Wehr setzte.

Da der Prinz mit tiefsinnigem Blick Caroline anstarrte,

als schwanke alles um ihn herum und als müsse er sich auf diesen einen Punkt fixieren, schloß die Gräfin, daß er sich unbemerkt an ihrer Seite betrunken habe.

«Alle warten heute darauf, daß Caroline Linsingens Verlobung bekanntgegeben wird.»

Sie hatte kaum ausgesprochen, als Prinz William ihr in ziemlich scharfem Ton zuflüsterte: «Gräfin, ich habe Sie nicht gebeten, mir den hiesigen Klatsch aufzutischen. Schweigen Sie!»

Er zerknüllte wütend seine Serviette und wiederholte, obgleich Melusine, erbleichend, stumm zurückgewichen war: «Schweigen Sie!»

Die duftenden Wachskerzen in den Leuchtern waren schon tief herabgebrannt. Das Gold und Silber der Epauletten, das Tafelsilber und der Schmuck der Damen blitzten, Messer und Teller klapperten, das Stimmengewirr der Gespräche schwirrte um den Tisch. Einer der Herren, ein Franzose, der als Emigrant auf Schloß Ricklingen Gastfreundschaft genoß, sprach plötzlich so laut, daß seine Stimme die der anderen übertönte.

«Und sind Sie sich auch darüber klar, was die Folgen dieser Revolution für jeden einzelnen von Ihnen sein werden?»

Es wurde still. Deutlich war nun zu hören, wie Prinz William vom Sklavenmarkt auf Santo Domingo erzählte.

Der Franzose hieß Jean d'Ormesson. Er war der Sohn eines ebenfalls emigrierten Marquis, der sich zur Zeit in Aachen aufhielt. Der junge Mann mochte nicht älter als fünfundzwanzig Jahre sein, er trug die blaue Emigrantenuniform mit den bourbonischen Lilien auf den goldenen Knöpfen. Die rechte Hand hatte er in die weiße Weste gesteckt. Das braune, etwas magere Gesicht verriet Hochmut, die starken, langgezogenen Brauen stießen über den dunkelbraunen Augen fast zusammen. An jedem Wort, das er sagte, nahm Sophie Charlotte von Linsingen begierig Anteil, obwohl sie weit entfernt saß. Sie schien für niemanden Augen zu haben als für den Franzosen.

«Sagen Sie es uns», rief der Herzog von York. «Ich selbst glaube an die Herrschaft der Vernunft.» Und rasch fügte er hinzu: «Ich meine damit nicht, daß sie über die Religion triumphieren soll.»

Jean d'Ormesson wollte darauf erwidern, ließ es aber kopfschüttelnd sein und gab sich den Anschein, als dürfe er Prinz William nicht unterbrechen, der schilderte, wie die Neger mit geschorenem Kopf, an Händen und Füßen gefesselt, auf einem Podest zur Besichtigung und anschließenden Versteigerung angepriesen wurden. Spöttisch blickte er zu von Alten hinüber, der sich jedoch nicht getroffen fühlte. Jeder dieser Neger hatte ein Schild auf der Brust, erzählte der Prinz, auf dem zu lesen war, was er leisten konnte. Im übrigen waren die Neger nackt. Die Damen, die dabeistanden, genierte das nicht, weil für sie die Neger keine Menschen waren.

«Eines Tages», sagte der Prinz, «sahen Horatio Nelson und ich, als wir an dem Platz vorbeikamen, daß ein riesiger Neger, dem man die Muskeln eingefettet hatte, damit sie glänzten, übriggeblieben war. Da er kein Schild trug, fragte der Ausrufer ihn: ‹Und du? Was kannst du?› Da antwortete der Sklave: ‹Männern befehlen.› Der Ausrufer wandte sich ans Publikum und schrie: ‹Wer will einen Herrn?› Die Leute drängten sich heran. Der Ausrufer schrie sich heiser. Schließlich brachte er nichts mehr heraus als: ‹Einen Herrn, einen Herrn!› Und ich fürchte», schloß der Prinz, «er steht immer noch da und ruft.»

Dem Prinzen mit dem Finger drohend, als habe sie ihn beim Aufschneiden ertappt, rief die Herzogin von Mecklenburg: *«O là là, quelle histoire. Un nègre qui parle comme un roi, mon cher,* und das sollen wir glauben?» Es schien der Herzogin gar nicht in den Sinn zu kommen, daß dieser Neger in seinem Land etwas anderes gewesen sein könnte als ein Sklave.

Prinz William zuckte die Achseln, beugte den Kopf, drehte seine Menükarte um und begann, darauf zu schreiben. Dann faltete er sie zusammen und sagte ein paar Worte zu dem Lakaien, der hinter seinem Stuhl stand und keine Miene verzog. Der reichte das Billett dem Lakaien, der die Früchte servierte, und dieser entledigte sich seines Auftrages so diskret, daß nicht einmal Franz von Alten bemerkte, wie Caroline es unter ihrer eigenen Menükarte verschwinden ließ, nachdem sie einen Blick auf die wenigen Worte geworfen hatte.

In glänzender Stimmung hob der Hausherr die Tafel auf.

Die Spiegel im Tanzsaal erstrahlten und erweckten die Illusion als ob Hunderte von Menschen die französische Quadrille tanzten. Caroline, die dem Tanz zusah, stand neben ihrem Bruder Ernst, der sie aufmerksam und schweigend beobachtete. Ihr Gesicht erschien ihm erregt, ihr Blick spöttisch, beinah trotzig.

«Warum hast du Graf Schwiecheldt fortgeschickt? Er wollte mit dir tanzen. Jetzt ist er beleidigt», sagte er.

«Spiel dich nicht als starker Mann auf.» Und sie begann, ihm ausführlich ihre Ansichten über die Schädlichkeit plötzlicher Leidenschaften am Beispiel des Grafen Schwiecheldt darzulegen, als wären sie allein und nicht mitten unter vielen Menschen, die sich amüsieren wollten.

«Ich bin überzeugt», sagte sie, «daß Schwiecheldt mich nicht liebt. Franz von Alten liebt mich. Aber ich liebe sie beide nicht, und das ist keine vorübergehende Laune. Nun nimm einmal an», sie faltete die Hände über der Brust und starrte auf die sich leerende Tanzfläche, «ich wäre nur für die Leidenschaft geboren. Was dann? Deswegen werde ich nie heiraten und mein Glück zerstören. Oder», sie sah den Bruder keineswegs traurig an, «das Glück anderer.»

Die Herzogin von Mecklenburg, gefolgt vom General von Linsingen, kam mit ausgebreiteten Armen auf sie zu, noch ganz echauffiert von der Quadrille.

«O Caroline! Reden Sie doch Ihrem Vater zu, daß er mit Ihnen tanzt.» Sie wandte sich zu Prinz William, der sie hierher geleitet hatte.

«Sag, lieber Neffe, hast du nicht auch von deiner Mutter gehört, wie prachtvoll unser lieber General getanzt haben soll zu der Zeit, als er sie als junge Braut zur Hochzeit nach England begleitete?»

Der General errötete bis zu dem weißen Schnurrbart.

«Nun, erkennst du deine Tischdame von einst wieder?» fragte die Herzogin den Prinzen. William reichte Caroline, die eine tiefe Verbeugung machte, die Hand. Er sah, daß sie seine Menükarte in ihren langen weißen Handschuh gesteckt hatte. Ihre Züge verschwammen vor seinen Augen, sie schien ihn versonnen und fragend anzublicken.

«Sie sind verändert», sagte er. «Wie schön Sie geworden sind, seit ich Sie nicht mehr gesehen habe! Wie prachtvoll haben Sie die Bajadere gespielt!»

«Königliche Hoheit haben sich auch verändert», erwiderte sie rasch.

«Ich? Mich verändert? Nein, durchaus nicht. Wissen Sie nicht, daß es mir verboten wird?»

«Bitte, Königliche Hoheit!»

Er hätte ihr jetzt die Grüße der Königin ausrichten und von dem Brief und dem Geschenk seiner Mutter sprechen müssen. Lord Dutton hatte beides hierher mitgenommen.

Der General, der das wußte, sah den Prinzen erwartungsvoll an, während der Prinz auf Carolines Schultern schaute, die vor seinen Augen schimmerten. Ramdohr, der in diesem Augenblick dazukam, war erleichtert, weder Franz von Alten noch den Grafen Schwiecheldt in Carolines Nähe zu sehen. Er hatte die Worte der Herzogin gehört.

«Bester Onkel», sagte er bittend zum General, «tanzen Sie mit Caroline, machen Sie uns allen die Freude.» Unter Beteuerungen, er habe das Tanzen doch längst verlernt, streifte Johann Wilhelm von Linsingen die Handschuhe über. «Wenn es also sein soll ...» Er ergriff die Hand seiner Tochter, führte sie in die Mitte und wartete auf den Einsatz der Musik. Dann bewegte sich seine aufrechte Gestalt an ihrer Seite, leicht, schwebend, dann wieder kräftig und stürmisch durch den Saal, Caroline graziös neben ihm, die Schritte ihrer kleinen Füße in den blauen Atlasschuhen geschickt verkürzend oder verlängernd. Alle folgten dem Paar mit den Blicken. Prinz William erfüllte eine Freude, die er nicht verstand; sie war so völlig verschieden von den Gefühlen, die er vor noch gar nicht so langer Zeit empfunden hatte, als er Dora Jordan nachblickte, wenn sie die Bühne verließ. Der alte Mann mußte wirklich einmal ein guter Tänzer gewesen sein, die schnellen Drehungen, die er noch immer tadellos ausführte, wirkten allerdings schon ein wenig ungeschickt.

Etwas außer Atem beendete der General den Tanz vor der Zeit. Er führte seine Tänzerin zum Prinzen, als habe er sie ihm fortgenommen.

«Wollen Königliche Hoheit an meiner Stelle weitertanzen?»

Von der Empore ertönten nun bereits die ersten Klänge des sogenannten Schottischen, den William besonders gern mochte, weil er ihn an die Tänze erinnerte, die er drüben, in der Neuen Welt, wie ein Besessener stundenlang getanzt hatte. Niemand fing an. Man erwartete von ihm, daß er die Dame engagiere, die diesen Tanz mit ihm tanzen sollte. Ramdohr trat zu Caroline, um sie aufzufordern. Der Vortänzer, Jean d'Ormesson, stand mit Sophie Charlotte von Linsingen bereit. Prinz William entschloß sich rasch.

«Let me dance with Caroline. I begin to find this name adorable.» Er ignorierte Ramdohrs Erstaunen.

Während Caroline sich drehte und William sie umkreiste, fühlte sie die Gewandtheit ihrer Hüften, eine besondere Art, den Rücken zu biegen, die Finger zu strecken, den Kopf zu neigen. Es reizte sie, weiterhin wie auf der Bühne zu spielen, Verwunderung auszudrücken, als glaube sie wirklich an den vom Himmel herabgestiegenen Gott. Das war meine Rolle, dachte sie, aber man hat mehr darin gesehen. Auch der Prinz war geschmeichelt. Daher das Billett. Der Prinz liebt Schauspielerinnen. Wie er mich ansieht.

Wahrhaftig, er hält das Ganze nicht nur für eine Komödie, obwohl es nichts anderes ist. Alle Männer wollen die Frauen beherrschen, indem sie so tun, als ob sie ihnen dienen. Soll er mich für kokett und herzlos halten, das ist das beste. Er ist hübsch und mag gescheit sein, aber es ist da etwas Zweifelhaftes. Es heißt, er sei unaufrichtig.

Prinz William tanzte in Wirklichkeit gern, weil er sich auf diese Weise Gesprächen entziehen konnte. Alle wandten sich an ihn, zerpflückten dann hinterher, was er gesagt hatte, und sorgten dafür, daß es zum König gelangte. Mit Tanzen war auch der Bann zu brechen, der stets von seiner Person auszugehen schien. Nie war ihm ein Tanz so zu Kopf gestiegen wie dieser und hatte ihn derartig glücklich gemacht. Als er zu Ende war, sagte er zu Caroline, daß er ihr ein Geschenk seiner Mutter zu übergeben habe und einen Brief. Er wolle es jedoch nicht hier vor allen neugierigen Blicken tun.

«Ist es wahr, daß Sie dieses Jahr Hofdame bei der Königin werden? Sie taugen nicht dazu!» Von seiner Sprunghaftigkeit hatte sie schon einiges gehört. «Haben Sie heute abend eine Wahl getroffen? Hat es Ihnen Freude bereitet? Was wünschen sich Bajaderen? Ich habe mir gemerkt, was Sie Mahadöh antworteten. Es könnten meine eigenen Worte sein. ‹Was habe ich getan, außer daß ich dem Strudel, in den man mich geworfen hat, nicht widerstand? Mein bisheriges Leben, das Sie mir vorzuwerfen scheinen, das mir in Ihren Augen schadet, habe ich hinter mir gelassen.›» Er zitierte ziemlich frei, wenn auch sinngemäß. Obwohl es die Etikette verbot, unterbrach sie den Prinzen.

«Was für ein Unsinn. Reden wir nicht weiter. Sehen wir uns das Feuerwerk an.»

Eine Rakete stieg wie eine flammende Riesin zischend empor und zerbarst unbekümmert um den Jubel der Menschen, das Kläffen der Hunde und das Wiehern der aufgeregten Pferde in den Ställen. Künstliche Blitze zuckten, Sterne zersprangen und fielen in goldenen Tränen vom

Himmel. Zwei Kronen mit den verschlungenen Initialen G und CH darunter entfalteten sich am Himmel, zerflossen und lösten sich mit Geknatter auf, als ertöne heftiges Gewehrfeuer. Ein kleines Kind begann vor Schreck zu weinen, und eine junge Stimme ließ sich laut vernehmen: «Es brennt ja nicht richtig.»

Der Prinz sah die entlang der Allee für ihn aufgestellten Transparente, sie waren illuminiert. Sie stellten ihn selbst als den Gott Neptun dar, wie er, den Dreizack schwingend, den Atlantik in einem Muschelgespann durchquert, das von vier Tritonen gezogen wird. Er haßte dieses Muschelgespann, er fühlte sich von ihm verfolgt. Als er vor sieben Jahren von Gibraltar heimgekehrt war, hatten die gleichen Transparente die Straßen von Plymouth und London gesäumt.

Der Wind rauschte in den Blättern der Bäume. Ein Käuzchen schrie. Die Feuerwerker packten ihre Geräte zusammen. Die Damen fröstelten in ihren Ballkleidern. Alles strebte zurück ins Haus, wo die Spieltische warteten. Prinz William wußte, daß das Rendezvous im dunklen Garten ein Wunschtraum bleiben würde. Er spürte eine schreckliche Verlegenheit zwischen ihnen aufkommen.

«Wann werden Sie in Pyrmont sein?» fragte er Caroline und blieb auf den Stufen zur Gartenterrasse stehen.

«Sobald Vater in Hannover seine Geschäfte abgeschlossen hat.»

Wie soll ich ihr schreiben? überlegte er. Ich habe ihr nicht den hundertsten Teil von dem gesagt, was ich ihr hätte sagen wollen.

«Leben Sie wohl, Caroline», sagte er, «am Brunnen von Pyrmont werde ich auf Sie warten. Sie werden doch kommen, nicht wahr?» Er verstummte. Noch nie hatte er sich vor der Liebe gefürchtet. Sein Leben war kein Vergnügen, geschweige ein Genuß. Entsagung, nur Entsagung. Kann man sich mit sechsundzwanzig Jahren daran gewöhnen, daß es künftig nichts mehr gibt als sinnlose Pflichterfüllung? Er war gestürzt, ohne das Ende seiner Laufbahn zu erreichen. Was hätte ich vollbringen können, wäre ich ihr eher begegnet. Wie reich könnte die Zukunft sein, mit ihr, ich wäre wirklich wie Mahadöh, könnte alles tun, was eben noch undenkbar schien. Er sah unendliche Möglichkeiten. Und zum erstenmal in seinem Leben fürchtete er sich vor der Liebe.

Es schlug Mitternacht. Lord Dutton kam und fragte, ob der Wagen vorfahren solle. In der Hand hielt er ein Kästchen und einen Brief. Der Prinz griff danach. Ungeduldig, daß Dutton sich wieder entfernte, überreichte Prinz William Caroline das Geschenk der Königin. Und sagte zum Abschied: «Also, leben Sie wohl und lieben Sie mich.»

Sie blickte ihm nach. Er hat wirklich keine Lebensart, dachte sie, und doch, mir scheint, ich bin heute glücklich.

7

Aus Caroline von Linsingens Tagebuch

Pyrmont, im Mai 1791

Vorgestern sind wir in Pyrmont angekommen, wo sich eine distinguierte Badegesellschaft versammelt hat, mehr um des Rendezvous willen als wegen der Kur. Gewisse Leute wie Onkel Friedrich gehen nach Bad Rehburg, wobei sie betonen, daß sie das Mondäne ablehnen.

Vater hat wie üblich Georg als sein unentbehrliches Faktotum mitgenommen, ferner den neuen englischen Groom, den jener mit tiefem Mißtrauen beobachtet. Wir haben wieder das Haus am Ende der großen Allee gemietet mit der hochgelegenen Haustür, zu der auf beiden Seiten eine hübsche Steintreppe emporführt, und dem gemütlichen, weinüberwachsenen Sitzplatz davor. Wir bewohnen den ersten und zweiten Stock, die Dienstboten die obere Etage. Miss Blair und der Oncle, die auch mit uns sind, scheinen zu einem kleinen Badeflirt aufgelegt. Es gibt über sie eine hübsche Geschichte. Miss Blair hat es gewagt, den ihr vom Arzt verschriebenen Spaziergang allein im Wald zu absolvieren. Nun führt sie die Besserung ihrer Bleichsucht darauf zurück, daß sie sich der Unschuld der Wälder anvertraut hat, selbst auf die Gefahr hin, sich in der Wildnis zu verirren. Die Herzogin von Braunschweig und die Prinzessin Caroline, die eigentlich schon vor uns da sein sollten, werden durch ein Unwohlsein der Herzogin noch ein paar Tage aufgehalten. Morgen abend gibt der Minister von Arnswaldt den ersten seiner beliebten Bälle.

Es sollen jetzt mehr als viertausend Fremde sein, die im Jahr nach Pyrmont kommen, um die Trinkbrunnenkur zu gebrauchen. Das achteckige Haus mit den Türmchen über der Quelle ist sehr hübsch. Man kommt durch einen bedeckten doppelarmigen Säulengang darauf zu. Innerhalb einer Vertiefung in der steinernen gemauerten Brüstung um den Brunnen stehen vier oder fünf Knechte, die die Gläser der herbeiströmenden Gäste füllen. Die Willfährigkeit, mit der diese Knechte ihre mühsame Arbeit verrichten, ist bewundernswert, denn es ist keine Kleinigkeit, sich alle Morgen mehrere tausend Male zum Wasser zu bücken. Sie beobachten alles, was vorgeht, und geben für ein gutes Trinkgeld ihr Wissen bereitwillig preis.

Im Haus nebenan logiert der Schauspieler Hagemann. Ist das Fenster offen, höre ich ihn laut deklamieren. Leider pflegt er das am liebsten in der Nacht zu tun. Einige Passagen des Marquis Posa aus Schillers *Don Carlos* kann ich schon auswendig und ich könnte ihm soufflieren, da er den Monolog bestimmt schon an die zwanzigmal wiederholt hat.

Gestern früh gab Graf Schwiecheldt der Pyrmonter *Beau-Monde* ein Déjeuner im Freien auf einem himmlischen Platz nach dem Sennerwalde hin. Es war alles fürstlich arrangiert. Die meisten waren zu Pferde. Um den beiden Prinzen, die auch dabei waren, etwas von der Gegend zu zeigen, wurde ein Ritt in die Berge unternommen. Schwiecheldt führte uns auf einem reizenden, mir noch unbekannten Weg zu einer romantischen Kapelle, die zum Stietencronschen Grundbesitz gehört.

Auf dem freien Wiesenplatz, auf dem die Kapelle im schönsten Sonnenlicht vor uns lag, machte die ganze Kavalkade halt. Miss Blair und der Oncle, die etwas zurückgeblieben waren, kamen an, als wir schon abgesessen waren. Er verfolgt sie seit geraumer Zeit wie ein Raubtier, er wendet die Augen nicht von ihr. Ob er ihr einen Antrag gemacht hat? Es muß sie gefreut haben, denn sie langweilt sich ... Ich konnte mich gar nicht satt sehen an dem reizenden Bild der aus Raseneisenstein erbauten Kapelle mit dem kleinen Glockenturm. Ein Holunderbusch wächst bis unter das Dach. Es sieht aus, als wäre es lange her, daß Menschen sich hier versammelt haben. Das Gras wächst kniehoch, kein Weg ist zu sehen.

Ich war ganz sicher, daß Prinz William an seine Abschiedsworte in Ricklingen anknüpfen würde, sobald wir uns hier wiedersähen. Doch hatte er mich beim Frühstück nur flüchtig begrüßt und war stumm geblieben. Sein sonderbarer, schwerer Blick beunruhigte mich während des Rittes. Ich wußte nicht mehr, was ich mir eigentlich vorgestellt oder vielleicht sogar erwartet hatte. Die Aufmerksamkeiten, die ich von Graf Schwiecheldt erfuhr, wurden allgemein bemerkt. Freude oder Genugtuung haben sie bei mir jedenfalls nicht ausgelöst.

Obwohl es noch später Morgen war, wurde es in der Sonne sehr heiß. Vor dem Glockenturm ist ein Brunnen mit einem Dach darüber. Der Oncle ließ einen Eimer hinab, da Miss Blair über Durst geklagt hatte und die übrigen Damen sofort einstimmten. Etwas entfernt unter einem Tulpenbaum, der Gott weiß wie hierhergekommen ist, hatten sich Lord Dutton und Lady Huxley im Gras niedergelassen. Ich selbst hatte unserem Groom das Pferd übergeben und klopfte mit der Reitgerte den Staub aus meinem Rocksaum, um nicht gleich zu den anderen, die sich am Brunnen versammelt hatten, gehen zu müssen. Die Grillen um mich herum zirpten. Hummeln und Schmetterlinge ließen sich auf den Wiesenblumen nieder. Erst im letzten Augenblick sah ich Prinz William, als er schon fast vor mir stand. Er hielt einen silbernen Reisebecher in der Hand.

«Trinken Sie», forderte er mich auf. «Das Wasser ist herrlich. Graf Schwiecheldt hat eben erzählt, daß es ein ganz besonderes Wasser ist. Wer es trinkt und sich etwas dabei wünscht, bekommt es auch ... Also, was wünschen Sie sich?»

Ich trank und wünschte mir, daß mein Leben nicht so weitergeht, daß der Prinz mich davon befreit, ganz gleich wie. Es war absolut lächerlich und um so peinlicher, weil er sagte: «Sie lieben mich! Und wenn ich nun Sie liebte?» Er griff nach dem Becher und trank ihn aus. Gott sei Dank sagte er nichts mehr. Wir waren die Zielscheibe aller Blicke.

Kurz darauf ritten wir zurück. Der Prinz, der an meiner Seite blieb, sagte, daß er der einzige unter seinen Brüdern sei, der keinerlei Pferdepassion habe, das Reiten betrachte er als notwendiges Übel. Es ging die Emmer entlang, und beim Rauschen des klaren Wassers wurde ich so vergnügt, daß er mich erstaunt ansah. Ich fühlte mich wohl in meinem Reitkleid, dessen verstaubtes, altes, ausgeblichenes Rot ich liebe und das mir zu dem schwarzen, goldbetreßten Dreispitz sehr gut steht. Als wir Schritt ritten, fragte mich Prinz William über Pyrmont aus. Er weiß so gut wie nichts darüber.

Als ich heute früh um fünf mein Fenster öffnete, ahnte ich noch nicht, welche Aufregungen dieser Tag bringen sollte. Der Duft der morgenfrischen Blumen erfüllte mein ganzes Zimmer. Die Zweige eines ein wenig verblühten Goldregens sehen in mein Fenster hinein, und der Wind bestreute den Schreibtisch mit seinen kleinen Blättchen. Ich genoß die herrliche Aussicht nach drei Seiten: auf die Berge, die im ersten Tageslicht wie zottige Perücken aussahen und den Blick in die Ferne versperrten, auf die reinlichen, hübschen Häuschen des Ortes und auf die heitere Wiesenlandschaft dahinter, durch die sich die Emmer schlängelt. Die Luft war so rein und frisch wie der Kuß des kleinen Reinhardt, der Himmel wolkenlos blau. Ich war so fern von allen Leidenschaften und Wünschen, von aller Unruhe des Herzens!

Ich klopfte an die Wand, um Ernst zu wecken, weil wir zusammen um die Wette zur Quelle laufen wollten. So früh sind die Gutsbesitzerfamilien aus der Umgebung, die Männer in altmodischen Röcken, die Frauen und Töchter in ausgesuchten Toiletten, noch nicht unterwegs. Um diese Zeit würden sich noch keine Lorgnetten auf uns richten, da stolzierten noch nicht die jungen Offiziere mit herausgedrückter Brust einher, und auch die Zivilisten, die in diesem Jahr mit Vorliebe rote Halstücher tragen, stehen viel später auf, um ihren obligatorischen Besuch am Brunnen zu machen. Ernst und ich waren bis gestern glücklich als «Liebhaber der Einsamkeit zu zweit» und als Liebhaber jeder schönen Aussicht, die wir gemeinsam entdeckten. Was wollte ich mehr!

Auf der Herreise sprach Vater wie jedesmal, wenn die Kutsche ins Pyrmonter Tal hinabrollt, davon, wie er sich mit unserer Mutter seinerzeit während der alljährlichen Kurreise hier am Hylligen Born gefunden hat und daß sehr viele Ehen in unserer Verwandtschaft und Bekanntschaft hier zustande gekommen sind. So ist es nicht ausgeblieben, daß Pyrmont in meinen Augen etwas Zauberisches, Kupplerisches bekommen hat. Hier wurde man unter die Haube gebracht! Ich wußte, daß in der heidnischen Zeit an der heiligen Quelle Menschenopfer gebracht wurden, und obwohl alles hier verführerisch auf mich wirkte, bin ich immer auf der Hut gewesen. Nach den Erlebnissen des heutigen Tages wäre es leicht zu behaupten, daß ich Vorahnungen gehabt habe. Solange ich denken kann, wurde davon gesprochen, daß ich Hofdame in England werden soll. Meine ganze Erziehung war darauf ausgerichtet. Es war so selbstverständlich, daß ich nie darüber nachgedacht habe, ob mir das gefällt oder nicht. Gewisse Andeutungen seitens der Großmutter und einige Bemerkungen von Vater, seitdem er aus London zurück ist, scheinen darauf hinzudeuten, daß man neue Pläne mit mir hat.

Als wir gestern von der kleinen Kapelle zu unserem Frühstücksplatz zurückkehrten, war ein Zelt aufgeschlagen worden, in welchem nach englischer Sitte Lakaien mit altmodisch langen Zöpfen und Röcken verschiedene Getränke anboten. Die Regimentskapelle der 9. Dragoner spielte dazu Tanzmusik. Es waren neue Gäste angekommen. Die Unterhaltung, ungezwungen und belanglos, schien mir einen geheimen Doppelsinn zu haben, weil ich alles auf mich bezog. So, als Lady Huxley darüber sprach, daß Prinz William seit zwei Jahren kein Kommando auf See bekommen habe und warum er keines mehr bekommen werde, obwohl es aus bekannten Gründen doch das beste für ihn wäre. Denn zur Zeit stehe er der Anwartschaft auf den Thron sehr nahe, und wenn er jetzt die Prinzessin von Braunschweig heirate und seine älteren Brüder unverheiratet und kinderlos blieben, seien seine Nachkommen die Anwärter für die Nachfolge auf dem Thron. Die Ehe des Prinzen von Wales mit Mrs. Fitzherbert ignoriert die Gesellschaft; in den Augen der Briten ist sie eine Art Pulverfaß.

Ein gutes Stück entfernt sah ich Prinz William neben dem Fürsten von Waldeck stehen. Ganz ungeniert erhob er sein Glas gegen mich. Zwischen ihm und mir stand die Gräfin Lichtenau in einem Kreis von Damen und Herren. Der ‹dicke Willem›, wie der preußische König genannt wird, ist ihr Geliebter, und sie heißt allgemein die ‹preußische Pompadour›. Ihr Vater war Waldhornbläser in der Kapelle Friedrichs des Großen. Sie besteht aus jungem, rosigem Fleisch und Lachen. Die Haare trägt sie auf der Stirn gescheitelt und in leichten Locken über dem Nacken hängend. In diese Frisur sind Flortücher eingearbeitet, die in leichtem Faltenwurf um den Kopf flattern. Viele kostbare Kämme halten das ganze in Fasson.

Fast aus der Fassung brachte mich Graf Schwiecheldt. Er muß mich beobachtet haben, ohne daß ich es bemerkte, als ich mit Franz Alten und meinen Cousinen sprach. Er sagte, er habe vergeblich versucht, sich auf dem Ritt zur Kapelle mit mir zu unterhalten. Ob ich auch so schockiert sei über die neue Mode der Gräfin Lichtenau? Ich widersprach ihm, ohne den rechten Ton zu finden, und sagte irgend etwas der Art, daß die Gräfin in dieser Mode ohne Schnürtaille die Vernunft der Unvernunft entgegensetze.

«Seit wann so selbständig, Verehrteste?» Er musterte mich mit dem Blick eines Pferdesachverständigen, der verborgene Fehler bei einem Tier sucht, das ihm gefällt. Mein abweisendes Gesicht muß ihm aufgefallen sein.

«Ihr Verhalten überrascht mich», sagte er sehr freundlich, «denn ich glaubte doch zu wissen, daß Sie mich früher gern hatten. Wollen wir nicht zu unserer alten Freundschaft zurückkehren? Was meinen Sie?»

Ich besann mich nicht lange: «Könnte ich als Hofdame den Majestäten in England überhaupt etwas Neues von Ihnen erzählen?» entfuhr es mir. Ich dachte an die namenlose Eifersucht, mit der er seine Frau so gequält haben soll, daß sie, wie böse Zungen behaupten, daran so jung gestorben ist.

Er fing an zu lachen. «Wie kommen Sie nur auf solche Gedanken? Mir scheint, Sie üben insgeheim Kritik an mir. Darf ich mir Hoffnungen machen, daß sich das zu meinen Gunsten ändert?»

Noch klingen mir diese Worte des Grafen in den Ohren, die mir alles andere als Vergnügen machten. Was heißt «Hoffnungen»?

Ich müßte mich jetzt umziehen. In einer halben Stunde kommen unsere Gäste. Statt dessen trödele ich hier im Hemd herum und sehne mich nach dem Bad, das ich heute im Badehause versäumt habe, einem schwachen Gebäude, das bei Schritt und Tritt bis zu den Dachsparren erbebt. Doch in den schönen Badestuben der unteren Etage, wo ich, umgeben von Marmor, Zinn, bemalter Fayence und glattem Holz, bade, sage ich mir immer: Das Haus wird nicht über dir zusammenstürzen. Über der Wanne sind zwei Hähne angebracht, aus denen warmes und kaltes Wasser fließt. An der Wand gegenüber steht ein bequemes Bett aufgedeckt. Ich liebe es, in dem weiten Flanellhemd, das ich nach dem Bad über den noch feuchten Körper streife, unter die leichte Wolldecke zu kriechen, ein Buch in der Hand, in dem ich nicht immer lese. Manchmal lasse ich meine Gedanken wandern. Man ist dabei, hier im Haus eine solche Wanne zu installieren. Ich bezweifle jedoch, daß sich das gleiche Wohlbehagen einstellen wird wie im Badehaus. Ich muß jetzt nach der Schmedes läuten. Es wird eine Weile dauern, bis sie erscheint, denn das Treppensteigen wird ihr schwer. Ich vergesse zu leicht, daß sie schon im Haus der Großeltern gewesen ist. Auch dort wurde sie stets nur mit ihrem Nachnamen angeredet. Die Leute, die hier in Pyrmont sind, teilt sie in zwei Abteilungen ein: Die das Wasser am Morgen zu trinken beginnen, sind schlaff wie alle Kranken, und die am Abend Wein trinken, sind unerträglich wie alle Gesunden. Meine arme Schmedes leidet von jeher an ihrem schiefen Rücken, und wie alle Menschen mit diesem Gebrechen hört sie das Gras wachsen.

Sie hat mir ein perlgraues, sehr einfaches Kleid herausgelegt, mit einem gerafften Überrock, der fein, aber kräftig in Grau und Weiß gestreift ist. Da die Taille sehr eng ist, liegt die Schnürbrust bereit, und daneben steht meine kleine Krinoline. Du lieber Himmel, wie feierlich und unbequem! Die dazu passenden Schuhe und Strümpfe sind auch schon da: *couleur de puce* ...

Später am Abend

Als ich endlich fertig angezogen war und nach unten ging, waren die meisten Gäste schon eingetroffen. Im Salon stand Jean d'Ormesson, umringt von Damen. Er redete ziemlich schnell, wenn er spricht, wirft er den Kopf zurück. Er wirkt auf mich, als habe er nur ein einziges Ziel, nämlich, der Held eines Romans zu werden. Sophie Charlotte hat das herausgefunden und ist wohl daher seine Heldin. Unsere romantischen Provinzdamen sind natürlich bis zum Wahnsinn von ihm entzückt. Ich bin sicher, daß er viele gute Eigenschaften hat, aber keinen Funken Poesie. Ich gesellte mich zu ihnen und entging dadurch Graf Schwiecheldt, der für den Abend seine Kammerherrenuniform angezogen hatte. Ich konnte mir seinen feierlichen Aufzug nicht erklären.

Es mochte kaum eine Minute vergangen sein, als es zu einem Zwischenfall kam, der, an sich läppisch, auf mich seine Wirkung nicht verfehlte. Reinhardt, der am Boden neben dem Ofen etwas suchte, war mit der Hand in eine Mausefalle geraten. Heulend kam er zu mir gerannt. Gerade meldete Georg Prinz William und Lord Dutton an. Als ich die Hand des Kleinen von der Falle zu befreien suchte, geriet mein Halsband mit dem dicken Verschluß zwischen die Drähte. Es riß. Die Korallenperlen rollten auf das Parkett.

Als erster bemühte sich ein schwarzgekleideter junger Mann, der mit dem Prinzen gekommen war, behilflich zu sein. Es war Reverend Lloyd, ein Schiffsgeistlicher, der zum Gefolge des Prinzen gehört. Rasch gelang es ihm, Reinhardt von der Falle zu befreien und ihm die Tränen zu trocknen. Zwei Diener sammelten die Perlen auf, Georg übernahm es, die Überreste des Colliers zur Schmedes zu bringen, die es versteht, Perlen zu fädeln. Ich vermeide es, mir vorzustellen, was für ein Gesicht sie gemacht hat.

Es war verwirrend für mich, Ursache einer peinlichen Unordnung zu sein. Diesen Augenblick benutzte Graf Schwiecheldt. Er bot mir den Arm und führte mich in die angrenzende kleine Stube, in der Maman ihre Schreibarbeiten zu erledigen pflegt. Hier stehen auch in einem Vogelbauer ihre beiden Sittiche. Sofort fiel mir eine Geschichte ein, die man über Graf Schwiecheldts Eifersucht erzählt. Seine Frau besaß einen zahmen Kanarienvogel, den sie auf den Finger nahm, wenn sie ihn liebkosen wollte. Als der Graf sie eines Tages beim Schnäbeln mit dem zahmen Tierchen traf, das ihr auf die Hand geflattert war, drehte er dem Vogel den Hals um.

«Hören Sie», sagte er mit einem beinahe kindlichen Lächeln, «ich weiß, ich habe einen unglücklichen Charakter.

Warum der Herrgott mich so geschaffen hat, wie will ich das wissen?» Er sah mich unverwandt aus seinen braunen Augen an, während er redete. Er sprach davon, daß er meines Vaters Einwilligung zu einer Heirat mit mir habe und es jetzt nur an mir läge, ja oder nein zu sagen. Er merkte, daß ich wie aus allen Wolken fiel und noch nichts von der Sache wußte. Wenn es ihm peinlich war, so ließ er es nicht merken.

«Wenn ich es nicht besser wüßte», sagte er leicht gereizt, «müßte ich aus der Art, wie Sie mich betrachten, schließen, daß Sie mich für einen gemeinen Kerl halten.»

Ich errötete.

«Schicken Sie dem gemeinen Kerl Ihre Antwort in einem Gedicht. Das ist doch Ihre Sprache!» Damit reichte er mir wieder den Arm und führte mich zur Gesellschaft zurück.

Am nächsten Morgen

Trotz aller Anstrengungen konnte ich nicht einschlafen. Ich wühlte mich in die lockeren Daunen ein und lag still da. Es verging eine halbe Stunde und noch eine. In einer endlosen Reihe zogen an meinem Geist unnütze und unklare Gedanken hartnäckig und einförmig vorüber. Ich fragte mich, was ich von Graf Schwiecheldt halten sollte. Er ist sehr reich, er hat die Rechte studiert und im Ausland gelebt. Seine Frau soll eine bemerkenswerte Persönlichkeit gewesen sein. Wieso habe ich ihm eigentlich nie Aufmerksamkeit geschenkt? Einem so auffallenden, eleganten Mann?

Ich kann mich nicht erinnern, jemals gegen Vaters Wünsche gehandelt zu haben. Meine Eigenliebe ist verletzt. Hinter meinem Rücken hat er Absprachen mit Graf Schwiecheldt getroffen, auf meine Fügsamkeit bauend. Mir war, als hörte ich wieder die Unterhaltung zwischen Vater und Onkel Thilo, die sie neulich hatten, während ich in Mamans

Zimmer den Vögeln frisches Wasser gab. Sie sprachen über ihre Jagdhunde. Vater sagte: «Auf alle Fälle ist der Hund klüger als die Frau. Er bellt seinen Herrn nicht an.» Kurz zuvor hatte er einen Streit mit Maman gehabt, die sich in ihrem Schlafzimmer eingeschlossen hatte. Er sagte es ohne Empfindsamkeit, ohne Gefühl.

Wer kann sich in meine Lage versetzen? Weiß die Königin bereits, daß ich nicht an den Hof gehe? Was ist der Grund? Die Krankheit des Königs? Die heimliche Ehe des Prinzen von Wales mit Mrs. Fitzherbert? Man hat mir beigebracht, daß die Heirat eine wichtige Angelegenheit sei, der Prüfstein für den ganzen Menschen ... Doch seit Graf Schwiecheldts Antrag ist dieser Vergleich unmöglich, ein schlechter Witz!

Obwohl ein kurzes Gewitter uns von der Schwüle des Tages befreit hatte, konnte ich nicht schlafen. Immer wieder rollte ich das Kopfkissen neu zusammen, setzte mich schließlich im Bett hoch und riß die Augen auf. «So steht es also, so steht es», flüsterte ich, als könne mich das beruhigen. Weshalb habe ich Italienisch, Französisch, Englisch und Latein gelernt? Warum bin ich nicht ungebildet geblieben wie die Kielmannseggs und die meisten Mädchen unseres Standes? Warum habe ich nicht die Haushaltung erlernt und die Vorratswirtschaft? Dann hätte ich das gelernt, was jetzt von mir erwartet wird, und käme besser mit mir ins reine. Ich hätte gern beim einfachen Leben auf dem Lande Unterricht genommen, nicht bei Rousseau. Inzwischen war es schon ein wenig hell geworden, und ich lauschte auf den Gesang eines Pyrmonter Sprossers, ohne etwas von dem zu verstehen, was er sang. Ich verstand nur, daß die Jugend und der Stolz sich übermächtig in mir regten.

Vater hat mir kein Wort von Graf Schwiecheldt gesagt, sehr wohl aber gestern früh, als wir zum Frühstück aufbrachen, eine Bemerkung über Prinz William gemacht. Er betrachtete dabei sinnend die kostbare Nadel der Königin an meinem Plastron.

«Es scheint, daß du die Aufmerksamkeit des Prinzen William erregt hast. Die Königin ist der Meinung, daß du ihn unterhalten und von allem ablenken sollst, was ihn bedrückt. Erzähle ihm von Pyrmont, vom Theater, von der Kunst. Nun, ich sehe, du hast es auch ohne diesen Hinweis schon verstanden, ihn seine Melancholien vergessen zu lassen, über welche die Königin sehr besorgt ist.» Er tätschelte mir die Wange und entließ mich sichtlich befriedigt.

Der Himmel mag wissen, was geschieht, aber der Wunsch der Königin steht über allem! Was hindert mich, ihn zu erfüllen? Bin ich verliebt? Ich weiß es nicht. Ich bin es noch nie gewesen. Ich staune über das, was ich fühle. Wenn mir bisher ein Mann gefiel, habe ich mich durch seine Abwesenheit oder Gegenwart niemals in meinem Innersten beunruhigt gefühlt. Aber als mir der Prinz vor der Kapelle den Becher reichte, streifte mich etwas wie ein Verlangen nach ihm, doch schien es unter einem mächtigeren Gefühl, das noch dunkel und kaum erwacht ist, verborgen zu sein.

8

Pyrmont, am nächsten Abend

«Nun, lieber Bruder, was hast du auf dem Herzen?» erkundigte sich der General von Linsingen bei seinem Bruder Karl – und trug dem Diener, noch ehe der Major antworten konnte, auf, das Coupé anspannen zu lassen, da er gleich zum Schloß fahren wolle. Die Gäste waren eben erst gegangen. Karl von Linsingen machte ein verwundertes Gesicht, sagte aber nichts.

Sie waren allein im Arbeitszimmer des Generals, wo über dem Diwan das Porträt der Gräfin Yarmouth hing; sie hatte es ihrer Nichte, der verstorbenen Generalin, zum Geschenk gemacht. Gemalt worden war es zu der Zeit, als sie als Geliebte Georgs II. in England lebte. Unwillkürlich fiel der Blick des Generals auf das heitere Bildnis der Gräfin und wanderte von dort zu dem grämlichen Gesicht des darunter sitzenden Majors. Es schien, als habe Karl von Linsingen in letzter Zeit an nichts mehr Freude. Er rührte kein Buch an, und sogar seine Pferde waren ihm anscheinend gleichgültig. Diese Gleichgültigkeit brachte den General in Harnisch.

«Geht dir die Eskapade von Prinz Ernst mit dieser Jüdin immer noch zu Herzen? Hätte man mir die Erziehung der Prinzen anvertraut, wäre das nicht passiert, nimm's mir nicht übel. Unter deinen Augen und den Augen des Herrn von Malortie, der die Verantwortung für die Hofhaltung der Prinzen in Göttingen trägt, hätte sich kein solches Techtelmechtel mit dem hübschen Vis-à-vis ergeben dürfen, gerade so über die Straße weg. Ich weiß, du schätzt den alten Gumprecht, aber gerade deswegen.» Der General konnte ein leichtes Schmunzeln nicht unterdrücken. «Verstell dich nicht, du warst immer ein Freund der Juden.»

«Der Juden?» begann der Major. «Nein, doch nicht allgemein. Der alte Gumprecht aber, zum Beispiel ...»

«Was macht er? Womit beschäftigt er sich? Ich habe gehört, er spielt nicht einmal Karten.»

«Er liest im Talmud, er studiert die großen Philosophen. Er hält seine Kinder an zur Musik, zur Malerei. Er hat ihnen verboten, Romane zu lesen, und es scheint, daß es ihnen auch nie eingefallen ist.»

Der General sah befremdet aus. Das hatte er nicht erwartet.

Der Major seufzte. Nach kurzem Schweigen sagte er: «Ich habe heute früh den jungen Gumprecht am Brunnen getroffen, der, den die Studenten in Göttingen ‹Baron Absatz› nannten, der roten Hacken wegen, die er trug, als wäre er ein Standesherr. Nun, ich habe ihn gefragt, was er hier macht. Er sprach von Geschäften, aber nach allem, was vorgefallen ist, glaube ich ihm nicht. Gewiß denkst du, ich hätte meine Pflichten versäumt, weil Betty Gumprecht auch auf mich einen lebhaften Eindruck gemacht hat, gar, ich sei im Begriff gewesen, mich zu verlieben und dergleichen mehr. Unsinn, lieber Bruder. Alles hat seine Zeit. In meinen Jahren fängt man das Leben nicht wieder von vorn an. Übrigens, sie ist reizend, diese Betty, der Prinz muß sich nicht schämen.»

Der General sah den Bruder verwundert an, dann wandte er sich um. Er blickte aus dem Fenster, um zu sehen, ob man mit dem Anspannen fertig war. Eine große dunkelblaue Wolke stieg herauf, es war, als habe sie die letzten Strahlen der untergegangenen Sonne in sich aufgesogen. Ihr oberer Teil breitete sich wie eine Garbe über den Himmel aus.

«Es zieht ein Gewitter auf», bemerkte der Major. Sie waren vom Thema abgekommen. Der General bedauerte, dem Bruder wegen der Affäre zwischen Prinz Ernst und der jüngsten Gumprecht auf den Zahn gefühlt zu haben. Seine Hauptsorge galt dem Prinzen William, klare Worte über ihn wären viel wichtiger gewesen. Er dachte an die drei ältesten Söhne des Königs, jeder in den Händen einer unmöglichen Frau. In seinen Augen stellte der Herzog von York mit seiner Busschen das geringste Ärgernis dar, wenn daran auch nichts mehr an die Zeiten eleganter königlicher Mätressen erinnerte, wie die Gräfin Yarmouth es gewesen war. Oberst von dem Bussche war ein naher Verwandter, in dessen Haut der General nicht hätte stecken mögen. Doch war es allein seine Schuld, wenn er durch seine Frau in eine so zweideutige Rolle gebracht wurde. So etwas setzte eine Unordnung in den Familienverhältnissen voraus, die es bei ihm selbst, Gott sei es gedankt, nicht gab. Der Prinz von Wales und Mrs. Fitzherbert, nun, auch darüber hatte er seine Meinung. Es war unverantwortlich, einer Laune wegen den Staat in Verwirrungen zu stürzen, und die waren in England abzusehen. Dann Prinz William und Dora Jordan. Sie kam aus Irland, aus einer verarmten Offiziersfamilie, zur Zeit war sie mit einem Londoner Rechtsanwalt verheiratet, einem gewissen Mr. Ford. Und nun hatte sich Prinz Ernst, der jüngere Bruder der königlichen Prinzen, von dem man gehört hatte, sein Interesse gelte dem männlichen Geschlecht, mit dieser Jüdin derartig exponiert. Bei Nacht und Nebel war er aus Göttingen fortexpediert worden, zum 9. Dragonerregiment, das in Isernhagen bei Hannover lag. Dem General war auch zu Ohren gekommen, daß der Hoffaktor Moses Gumprecht seine Tochter zu seinem Schwager nach Pyrmont geschickt hatte, doch hütete er sich, dem Bruder davon eine Andeutung zu machen.

Der Major saß noch immer schweigend unter dem Bild der Gräfin Yarmouth, der Widerschein eines Wetterleuchtens erhellte sein Gesicht. Diese Frau hatte ihre Familie verlassen, um die Geliebte des Königs von England zu werden. Sie war schön gewesen, und klug und energisch.

Der Kammerdiener Georg meldete, daß angespannt sei. Der General stand auf und verabschiedete sich von seinem Bruder. Draußen war es stockfinster geworden. Ein Windstoß drang ins Zimmer. Unter der Tür wandte der General sich noch einmal um.

«Es ist falsch, daß der alte Gumprecht seinen Töchtern verboten hat, Romane zu lesen. Bei meinen Mädchen ist so eine verrückte Liebesaffäre ausgeschlossen. Und sie haben sicher sechsmal den *Werther* gelesen und dabei Tränen vergossen.»

Als Johann Wilhelm von Linsingen in seinem geschlossenen Coupé Platz genommen hatte, entlud sich das Gewitter. Der Regen prallte auf das Kutschendach und plätscherte an den Fensterscheiben entlang. Es blitzte, das Brunnenhaus hob sich auf einen Augenblick schwarz von dem weißen Hintergrund ab, dann weiß vor dem Dunkel, dann versank alles wieder in Finsternis.

Er sah seine Tochter Caroline vor sich, die gewiß auch jetzt in ihrem kleinen quadratischen Zimmer saß und schrieb. Die Lampe, das aufmerksame Gesicht, das leichte, helle Gewand. Er wußte, warum er Trost darin gefunden hatte, sie in einer sicheren Zukunft in der Nähe der Königin zu wissen. Es war ihm jedoch auch klar, daß er ihre Abreise nach England mehrfach aus allerlei angeblich gewichtigen Gründen hinausgeschoben hatte, die Königin hatte bereits Ungeduld gezeigt. Jetzt war er mit sich zufrieden, denn die Furcht vor der Trennung von ihr, der seine ganze Zärtlichkeit, Fürsorge und Vernarrtheit galt, war ausgestanden.

Seit Graf Brabeck den Heiratsvermittler gespielt und vorgeschlagen hatte, er wolle seinem Neffen Schwiecheldt die Ehe mit Caroline nahelegen, hatte sich der General in einer eigentümlichen Gemütsstimmung befunden. Kurz bevor man nach Pyrmont aufbrach, hatte der Graf ihm eröffnet, daß er Schwiecheldt im Falle einer Ehe mit Caroline, für die er eine besondere Schwäche hatte, zum Erben von Söder zu machen gedenke. Und mit der Gewandtheit im Reden, wegen der er berühmt war – er verstand es, eine lange und künstlich verflochtene Rede zu halten, in deren Verlauf er sich selbst von allem überzeugt glaubte, was er vorbrachte –, hatte der General ihm für die große Ehre gedankt; im Falle einer so großartigen Partie könne die Königin keine Einwände haben. Und dabei hatte er ganz gegen seine Gewohnheit mehrere Gläser Tokajer getrunken, um eine innere Stimme, die sich warnend erhoben hatte, zu betäuben.

Er mochte sich nicht eingestehen, daß er Unbehagen bei dem Gedanken empfand, daß er nun mit seiner Tochter über Graf Schwiecheldt sprechen mußte. Die Gegenwart des Grafen machte ihn befangen, obgleich jener sich als liebenswürdiger Weltmann gab. Im Grunde seines Herzens hielt Linsingen es für unmöglich, daß seine Tochter zu diesem Mann, der seine erste Frau kalt und nachlässig behandelt hatte, ein engeres Verhältnis, eine liebevolle Verbindung würde herstellen können. Aber sie blieb in der Nähe des Vaters. Er konnte sie für alles entschädigen, was sie bei ihrem Mann vermissen mußte. Er würde ihr enger verbunden sein als je zuvor. Adenstedt, das für ihn schon der traurige Ort seines düsteren Greisenalters gewesen war, würde sich in einen geräuschvollen, glänzenden, zauberischen Tummelplatz der Jugend verwandeln. Diese plötzliche Wandlung seines Lebens mußte auch Caroline froh stimmen.

Dennoch schob er es von Tag zu Tag hinaus, mit ihr zu sprechen. Vor sich selbst begründete er sein Zaudern damit, daß sie sich ihrer wichtigen Aufgabe, Prinz William zu unterhalten und auf andere Gedanken zu bringen, besser widmen könne, wenn sie von Schwiecheldts Absichten noch nichts wußte. Der General hatte dem Grafen zu verstehen gegeben, er möge sich noch etwas gedulden. Der

Gedanke, daß Schwiecheldt die Sache von sich aus betreiben könnte, lag ihm fern.

Du hast viel ausgerichtet, dachte er triumphierend und nicht ohne Schadenfreude in Gedanken an seinen Bruder und die Mißhelligkeiten, in denen die Prinzen steckten.

Als der Wagen des Generals die Auffahrt zum Schloß hinauffuhr, war das Gewitter vorüber. Die Sterne flimmerten wieder am Himmel, ringsum war alles ruhig. Der General ließ sich beim Prinzen anmelden. Er traf ihn in einer Unterhaltung mit Lord Dutton an; die beiden verstummten, als er eintrat. Herr von Linsingen senkte den Blick und tat, als bemerke er nicht, wie ungelegen er kam.

«Wir unterhalten uns über Einbildungen und Einbildungskraft», sagte der Prinz. «Ich erzählte gerade, wie ich in meiner Kadettenzeit beständig vom Glück schwärmte und daß ich ganz verschiedene Bilder davon im Kopf hatte, die ich nach Belieben hervorzuholen vermochte. Ich brauchte nur, wenn ich in meiner Hängematte lag, in dem stickigen Kadettenlogis unter Deck, die Augen zu schließen. Es ist ein Vergnügen, von sich und seinem Glück zu träumen, finden Sie nicht, General?»

Der General nickte mit dem Kopf. «Es ist mit dem Glück wie mit der Gesundheit», sagte er, «wir erfreuen uns ihrer, solange wir sie nicht beachten.»

Während des kurzen Wortwechsels beobachtete Lord Dutton den General. Wie schon in Ricklingen, als Prinz William die brillantene Tuchnadel der Königin ausdrücklich nicht in Gegenwart des Vaters übergeben wollte, hatte er einen zutiefst unangenehmen Eindruck. In diesem alten Herrn steckt etwas Gefährliches, dachte er. In Worten ließen sich seine Empfindungen nicht wiedergeben. Doch fuhr ihm bei Eintreten des Generals durch den Sinn: Dieser Mann bringt nichts Gutes. Lord Dutton schüttelte solche Gedanken ab. Warum in einem höflichen, wenn auch etwas steifen Kavalier einen Boten des Unglücks sehen? Aber als der General seinen späten Besuch damit entschuldigte, daß er im Getriebe des vergangenen Tages nicht dazu gekommen sei, das Programm für den nächsten Tag zu unterbreiten, hielt Lord Dutton das nicht für die ganze Wahrheit.

«Geruhen Eure Königliche Hoheit, nur einen Blick auf das Programm für den morgigen Tag zu werfen», sagte der General und trat einen Schritt auf den Prinzen zu. Er klappte eine grüne Ledermappe, die er unter dem Arm gehalten hatte, auf und präsentierte einen in einer sehr schönen Hand beschriebenen Bogen Papier. Der Prinz tat so, als überfliege er das Blatt. Für den alten General erübrigte sich die Frage, ob der Prinz mit dem Ablauf der Veranstaltungen zufrieden sei. In Herrn von Linsingens Augen stand es jungen Leuten nicht zu, sich darüber zu äußern, ob ihnen das für sie Vorgesehene gefalle oder nicht.

«Haben Königliche Hoheit das Theaterstück am morgigen Nachmittag bemerkt?» fragte er, als der Prinz ihm die Mappe zurückgab. «*Don Carlos*, etwas ganz Neues von diesem Schiller, es erfreut sich größter Beliebtheit. In der Titelrolle tritt, den höchsten Herrschaften zu Ehren, der bekannte Schauspieler Iffland auf, der dafür aus Stuttgart kommt, sehr zum Leidwesen unseres guten Hagemann, der sich wochenlang dafür präpariert hat. Die weibliche Hauptrolle», er räusperte sich und setzte, die hier angebrachte Beiläufigkeit allzu stark betonend, hinzu, «nun, da sind Königliche Hoheit von London wohl Exquisiteres gewohnt. Meine Tochter Caroline, wenn diese persönliche Bemerkung gütigst gestattet ist, deren Theaterspiel Königliche Hoheit kürzlich so wohlwollend aufgenommen haben, weiß übrigens ganze Passagen des Schillerschen Stückes auswendig. Besonders der Monolog des Marquis Posa hat es ihr angetan. Wie sie allein das Wort Gedankenfreiheit ausspricht!» Mit Genugtuung bemerkte der General, daß der Prinz ihm endlich zuhörte.

«Und wenn das alles ist, wonach ein guterzogenes junges Mädchen verlangt, so werden Königliche Hoheit mir beistimmen, daß ihr diese Gedankenfreiheit nicht verwehrt werden sollte.»

Lord Dutton war von diesem kleinen Scherz peinlich berührt, seine Miene verdüsterte sich. Der Prinz stimmte dem General jedoch lächelnd zu, und dieser hielt das für die Bestätigung seiner eingeschlagenen Strategie. Wenn auch beim Prinzen keinerlei Anzeichen dafür zu entdecken waren, daß er entzückt wäre, seine Braunschweiger Tante und ihre Tochter wiederzusehen, so deutete der General, der seinen Schutzbefohlenen seit der Abreise aus England beobachtete, das, was ihm auffiel, auf seine Weise. Dora Jordan beschäftigte allzu häufig die Gedanken des Prinzen, doch am Ende würde er ganz gewiß Vernunft annehmen und in die Verbindung mit der Prinzessin Caroline einwilligen, selbst wenn sie ihm weder Liebe noch Leidenschaft einflößte. Das war nun einmal der Lauf der Welt.

Die Zimmer des Prinzen lagen im Seitenflügel, und so konnte man die erleuchteten Fenster der Gesellschaftsräume des Schlosses sehen, hinter denen die Dienerschaft umherging. Der Prinz schien unruhig. Er hob einen Brief, der auf dem Tisch lag, auf und legte ihn wieder hin. Der General zog seine Uhr, und soviel er ohne Brille, deren Gebrauch in Gegenwart von Fürstlichkeit untersagt war, erkennen konnte, zeigte sie auf halb neun. Aus dem Schloßhof tönte ein Geräusch herauf, eine Equipage fuhr vor. Der General legte die Mappe auf den Tisch, nahm seinen Hut und steckte ihn unter den angewinkelten Arm, nahm Haltung an und sagte sich verbeugend, er bitte, sich jetzt zurückziehen zu dürfen. Er wolle pünktlich zur Abendandacht, die er um neun Uhr daheim abzuhalten gewohnt sei, im Kreis seiner Familie erscheinen. Er ging rückwärts zur Tür, verneigte sich der Vorschrift entsprechend dort noch einmal und verließ den Raum.

Kaum war er verschwunden, sagte der Prinz: «Unglaublich, wie er meinem Vater ähnelt. Sind denn in dieser Generation alle gleich?»

Vergebens versuchte er sich einzureden, daß die Ähnlichkeit zwischen seinem und Carolines Vater ihn nicht beunruhige. Seit er gewahr geworden war, daß er Caroline liebte, befand er sich auf der Flucht vor Dora Jordan. Sie hatte ihm einen Brief geschrieben, der ihn über alle Maßen irritierte und über den er mit dem Freund gesprochen hatte, als der General erschienen war. Der Brief berichtete von ihrem einzigartigen Erfolg als Phädra in dem gleichnamigen Stück von Racine und zitierte die Überschrift einer Kritik: «Der Venus furchtbare Gewalt». Die Phädra der Dora Jordan war darin mit der schrecklichen Statue einer römischen Venus verglichen worden, die in der Nähe von Paux in Südfrankreich ausgegraben worden war und die nach Meinung der dortigen Bürger Gewalt über einen unglückseligen jungen Mann gewonnen hatte, den sie bis in sein Hochzeitsbett verfolgt und dort mit ihren bronzenen Armen zu Tode gedrückt hatte.

Der Prinz wartete augenscheinlich auf einen Rat von Lord Dutton.

«Mit welcher Eifersucht wacht Dora Jordan über mich! Nein, es ist zu dumm von ihr, eifersüchtig auf Caroline von Braunschweig zu sein, denn was sonst ist der Grund für ihre versteckten Drohungen?» Der Prinz war sich klar darüber, daß er Lord Dutton nicht den hundertsten Teil von dem sagte, was er ihm hätte sagen sollen. Er seufzte tief.

«Ach, Dick, das Leben ist kein Scherz und kein Spiel, auch kein Genuß ist es. Wie satt habe ich das Predigen meiner Eltern. Seit ich denken kann, soll ich auf die Erfüllung meiner Pflicht bedacht sein, die Verwirklichung meiner Gedanken und Träume ist mir verboten, wie erhaben sie auch sein mögen. Aber ich bin jung, ich denke freier, nur so kann man weit kommen.» Er konnte nicht in dem Ton fortfahren, in dem er vorhin gesprochen hatte. Lord Dutton war froh darüber, so mußte er keine Stellungnahme zu Dora Jordans Brief abgeben. «William, ich muß mit dir sprechen», sagte er.

Prinz William blickte erstaunt auf.

«Du hast von Einbildung und Einbildungskraft gesprochen. Du hast recht. Du fürchtest jetzt Dora Jordan und hast vergessen, wie du in London davon geschwärmt hast, welche Wonne es wäre, mit ihr einige Wochen auf einer karibischen Insel zuzubringen.»

«Du hast zu viele Romane gelesen», warf William ein.

«Vielleicht», entgegnete Lord Dutton. «Doch wenn du schon Befürchtungen hegen mußt, warum dich nicht dorthin wenden, wo wirklich mit Gefahr gerechnet werden muß?»

«Von wo sollte sie drohen?»

«Unterschätze nicht, wie gefährlich es wäre, den General von Linsingen zum Feind zu haben. Das ist das einzige, was du fürchten mußt. Nicht das Hirngespinst von einer eifersüchtigen Geliebten.»

Diese Worte machten den Prinzen staunen. «In dem Mann steckt eine große Seele. Er freut sich sogar, daß seine Tochter und ich … ist sie nicht ein ganz ungewöhnliches Mädchen?»

Der Prinz stand mitten im Zimmer, beide Hände in den Taschen, die Beine gespreizt und leicht vor- und rückwärtsschaukelnd. Sein Gesicht glühte, die Augen strahlten. So sah er aus, wenn er sich auf See befand.

«Sag was du denkst. Nimm kein Blatt vor den Mund. Ich hätte mich dem Verderben ausgeliefert, sagt man, ich sei moralisch verloren. Wer ist daran schuld? Ich, bester Freund, ich. Denn was hätte ich Caroline sagen sollen? Nicht nur: Ich liebe dich. Nein, ich hätte sie fragen sollen, und ich werde sie morgen fragen: Willst du mich heiraten? Du bist zwar keine Prinzessin, aber das macht nichts. Mein Onkel Gloucester ist mit der Tochter des Ritters Walpole verheiratet.» Er stockte in seinem Redefluß, denn diese Heirat war vor dem 1772 vom König erlassenen neuen Heiratsgesetz geschlossen worden. «Er hat sie genommen und geheiratet. Mit dir und mir wird es genauso gutgehen. Ich bin ein guter Mensch, bei Gott. Schau auf mein Herz.»

Er brach ab, lachte auf.

«Nicht wahr, Richard, ich bin kein schlechter Mensch?» fragte er Lord Dutton, der stumm dasaß.

Lord Dutton schaute auf seine Stiefelspitzen und schüttelte den Kopf. Dann sah er den Prinzen an. Für ihn gehörte Prinz William zu den Menschen, die, vom Schicksal zu einem harten und ziellosen Leben verurteilt, gewisse Neigungen und Bedürfnisse ins Extreme steigern. Er rettete sich in Liebesaffären. Ohne diese Ablenkungen konnte er nicht leben. Jetzt wurde ihm mit einemmal die Prinzessin Caroline von Braunschweig angeboten, als habe man ihm zum Tee anstelle seiner geliebten Muffins ein Stück trockenen Zwieback serviert. Es war durchaus natürlich, daß er sofort darauf sann, wie er wieder zu seinen Muffins kam.

«Man muß der Wahrheit Recht widerfahren lassen», sagte Dutton und stand auf. «So wenig Charme die Prinzessin Caroline besitzt, so ist Caroline von Linsingen ein Wesen, vor dem sich deine göttliche Dora Jordan verkriechen kann. Aber siehst du denn nicht, in was du hineinrennst? Siehst du nicht, daß dieser Flirt der riskanteste ist, den du je hattest? Dieser Vater mit der Brust voller Orden. Du warst doch dabei, als er sich gegen die Abschaffung der Strafe des Spießrutenlaufens bei der Armee ausgesprochen hat. Wie er sich brüstete, sie oft selbst verhängt zu haben? Gewehr bei Fuß, der dumpfe Trommelwirbel, der geschlagen wird. Die beiden Soldaten, die den Delinquenten an zwei Gewehre gebunden führen müssen, während er die Zähne fletscht, das Gesicht von Schmerz verzerrt. Die Hiebe fallen wie Hagelschläge. Nur einmal, erzählte der General, hat er einen erlebt, der nicht gewinselt und gebrüllt hat, am Ende. Er wird niemals jemanden schonen, seine Tochter nicht, dich nicht. Niemanden.»

Der Prinz war voll innerer Erregung im Zimmer auf und ab gegangen. Nun blieb er vor Lord Dutton stehen.

«Bitte, schweig schon», sagte er. «Du kannst meinen Entschluß, Caroline zu heiraten, nicht umstoßen. Du wirst mich niemals daran hindern. Wenn du mir weiter rätst, wie ich aus Vernunftsgründen handeln soll, ist es vorbei mit unserer Freundschaft.»

«Ist es entschieden?» fragte Lord Dutton bekümmert. Er drehte seinen hübschen Stock, dessen Knauf eine kleine Uhr schmückte, in den Händen hin und her.

«Es ist entschieden.»

«Meine Pflicht wäre es, dir Adieu zu sagen. Ich kann es nicht.»

Prinz William schien glücklich und gerührt. Um es zu verbergen, wurde der Ton, in dem er sprach, ein wenig manierierter als gewöhnlich.

«Danke, Richard. Ich danke dir sehr.» Er umarmte den Freund. Seine weißen Zähne schimmerten, als er siegreich lächelte.

Der Fürst von Waldeck war stolz darauf, daß er über die besten Informationen aus Frankreich verfügte und genau über die Stimmungslage in Paris Bescheid wußte. Die neuesten Broschüren der *Revolution de Paris* und des *Courier de Versailles* kritisierten das Verhalten von *Hotel de Ville* und Nationalversammlung; Zeichner und Kupferstecher überboten sich in Karikaturen, welche die Einnahme der Bastille, die berühmtesten Hinrichtungen, die ‹Zertretung des Adels und der Geistlichkeit› darstellten. Auch die neuesten Lieder der Vaudevillesänger waren nach Pyrmont gelangt, die die Phantasie des Pöbels erhitzten und vor den Gefahren warnten, die von den ‹Feinden der Freiheit› ausgingen, wie die Aristokraten jetzt genannt wurden.

Die *crème* der Pariser Hofgesellschaft war an diesem Abend, auf den der Fürst große Hoffnungen setzte, bei ihm versammelt. Die vornehmen Emigranten und ihre eleganten Frauen waren allerdings ein wenig verwundert über die verstimmten Instrumente der Pyrmonter Hoboistenkapelle auf der Empore und geradezu verblüfft über den eigenartigen Geschmack der Mandelmilch, welche die Diener anboten, sowie über deren derbe baumwollene Handschuhe. Es war, verglichen mit Paris, alles provinzlerisch.

Immer wieder richteten sich die Blicke auf die großen Flügeltüren, wenn sie für neue Gäste geöffnet wurden, denn als die Attraktion dieser Abendgesellschaft war das Erscheinen des königlichen englischen Prinzen, des Herzogs William von Clarence, angekündigt. Besonders der Prinz von Poix, der als bisheriger Oberbefehlshaber der Bürgermiliz von Versailles den derzeitigen tiefen Stand des politischen Barometers in Frankreich genau kannte, hoffte durch den Prinzen das Neueste vom englischen Hof zu erfahren. Er hielt den dritten Sohn des Königs für einen traditionsbewußten Marineoffizier.

«Ist der Prinz schon lange hier?» erkundigte er sich bei Jean d'Ormesson, den ihm der Fürst als *un jeune homme très courageux* vorgestellt hatte.

«Depuis quelques jours. Il me semble un homme très aimable.» Er blickte hinüber zur Prinzessin von Braunschweig, die mit roten Blüten auf der Stirn und einem Kopfputz aus blauen und roten Federn neben ihrer Mutter stand. Die Nachricht, daß die beiden Damen noch nicht in Pyrmont eingetroffen seien, war offensichtlich falsch gewesen; allerdings sah man der Herzogin die eben überwundene Krankheit noch an.

Prinz Williams Abgang von der Marine und die Gründe dafür waren nur Eingeweihten bekannt, die sich hüteten, darüber zu sprechen. Seine überstürzte Heimkehr aus Amerika, als ihn die Nachricht von der Umnachtung des Königs, dessen Regierungsunfähigkeit und der Regentschaft des Prinzen von Wales erreichte, hing ihm immer noch an. Auch der Name des Kapitäns zur See Schomburg geisterte weiter durch die Salons. Dieser erfahrene und um zwölf Jahre ältere Offizier, dem Prinzen unterstellt, vom König aber heimlich damit beauftragt, ein Auge auf den jungen Kommandanten zu haben und ihn notfalls vor Schaden zu bewahren, hatte nicht das geringste Taktgefühl und beging in seinen Berichten nach London eine Indiskretion nach der anderen. In den Tropen, unter dem Einfluß des unerträglichen Klimas und der Malaria, endete die Kontroverse in einem peinlichen Eklat. Man wußte nur so viel, daß Prinz William ihn vor ein Kriegsgericht stellen wollte. Der König habe auf der Seite Schomburgs gestanden, der größte Teil der Marineoffiziere jedoch auf der des Prinzen, darunter auch der Schiffskapitän Horatio Nelson, Prinz Williams Freund, dessen Ruf allerdings auch nicht der beste war.

Endlich erschien der Prinz, begleitet von seinen Kavalieren. Sein gerötetes Gesicht strahlte vor fast knabenhafter Freude; es war das erste Mal, daß man ihn in einer solchen Stimmung sah. Viele Emigranten betrachteten ihn mit einer Art Rührung, aber auch mit euphorischer Hoffnung. Wir werden ihm schon beweisen, daß wir keine überflüssigen Leute sind, sagte mancher zu sich selbst, und wenn der König von England das erfährt, mag das die Wartezeit verkürzen, und es geht endlich in den Krieg.

Beim Eintritt des Prinzen stimmten die Musiker *God Save the King* an, es klang einladend und ein wenig nach Tanzmusik. Der Prinz sah sich gelassen um und ging auf seine Tante zu. Ihr sehniger Hals erinnerte ihn an den Griff eines Kontrabasses. Die Herzogin trug ein grünseiden changierendes Kleid, das, über der Krinoline vielfach gerafft, den Eindruck machte, als habe es sich ebenfalls gerade von einem Leiden erholt. Die dicke goldene Feder an ihrem Stirnband unter der mächtigen Perücke zitterte beängstigend. Die Herzogin von Braunschweig wirkte wehleidig und sauertöpfisch. Die Prinzessin betrachtete ihre Mutter nachdenklich, während ihre Hände mit der roten Atlasschärpe ihres Kleides spielten. Von ihrem ‹Auserwählten› nahm sie keine Notiz. Sie sah ihn nicht einmal an. Ein Lächeln gleichgültiger Unaufmerksamkeit lag auf ihren Lippen.

Prinz William fühlte sich in dieser Gesellschaft wie ein Reisender, der in einer fremden Gegend aufwacht und denkt: Wie komme ich denn hierher? Seit er sich in Caroline von Linsingen verliebt hatte, fand er keinen Grund mehr, mit dem Schicksal zu hadern. Angesichts seiner Tante, des Fürsten und der französischen Gäste regten sich jedoch Zweifel, wie alles weitergehen sollte, aber was er sich vorgenommen hatte, wollte er auch durchsetzen. Es reizte ihn, nicht nur seine Tante, sondern auch den Fürsten vor den Kopf zu stoßen.

Der Fürst von Waldeck stellte Prinz William nun den Vicomte von Noailles vor, der, wie mancher der anwesenden Herren, an der Nationalversammlung teilgenommen hatte. Allgemein herrschte allerdings Empörung über seine Haltung in dieser Versammlung, und so sprach der Fürst mit kaum verhehlter Verachtung.

«Der Vicomte hat in Paris dafür gestimmt, daß alles, was den Bürger wie den Landmann drückt, abgeschafft werden soll. Die Rechte der Feudalherren und die der Geistlichkeit, ja, die persönlichen Privilegien sollen seiner Meinung nach aufgehoben oder abgekauft werden. Niemand im Staat soll in Zukunft sagen können, daß ihm wegen seines Standes und seines Rangs irgendein ausschließliches Recht auf Ämter oder irgendeine Ausnahme von den allgemeinen Lasten zustehen.» Er hoffte, daß der Prinz ihm zustimmte.

Der Vicomte machte eine tiefe Verbeugung. «Mein Vorbild ist die konstitutionelle Verfassung Englands.»

«Ich verstehe», sagte der Fürst und sah ihn ärgerlich überrascht an. «Doch habe ich gehört, daß in England nichts mehr auszeichnet, als Vorzüge. Außerdem, lieber Vicomte, schätzt nicht jeder von uns Tugend und Verdienst? Jedoch ist dies alles gefährliche Utopie.»

«Ich gehöre zu Ihren Bewunderern, mein lieber Vicomte», sagte Prinz William. Die Herzogin von Braunschweig warf ihm einen ungläubigen Blick zu. Die Prinzessin lauschte aufmerksam.

Diese Sitzung der Nationalversammlung hatte nach einer Zeit großer Unruhen stattgefunden. Die demokratische

Partei hatte die Oberhand; es war der Vorwurf erhoben worden, die feindseligen Aristokraten verschleppten und verzögerten alles, anstatt nachdrücklich für die Wiederherstellung der Ordnung zu sorgen. Da hatte der Vicomte de Noailles das Wort genommen. Er hatte die Unruhen und Gewalttätigkeiten auf die ungleich verteilten Lasten des Volkes zurückgeführt. Er hatte die Bedrückungen geschildert, die vor allem auf dem Landmann lasteten, und mit einer Verve, die nicht erheuchelt war, gegen Leibeigenschaft, Frondienste und teuer verkaufte lehnsherrliche Justiz gesprochen. Hier nahm ein Mann mit echter Großmut und wahrer Herzlichkeit das Volk gegen sich selbst in Schutz, ein Mann, der, wenn er zu Opfern aufrief, selbst Opfer bringen mußte. Seine Rede hatte auf die Versammlung elektrisierend gewirkt. Das wilde Beifallsgeschrei, das sich auf der Seite der demokratischen Partei zuerst erhob, hatte bald die andere Partei mitgerissen und alle in Begeisterung versetzt. Man drängte zur Tribüne, zum Tisch des Präsidenten, um den Verzicht auf irgendein Recht niederschreiben zu lassen. Die Motionen zur Erleichterung der Lasten des Volkes waren kaum vorgetragen, da waren sie schon gebilligt und angenommen. Es war ein rührender Wettstreit zwischen Großmut und Großmut.

«Und ich bewundere den Marquis de Lafayette», fuhr Prinz William fort. «Auch wenn er drüben in Amerika gegen England gekämpft hat ...» Und in Gedanken fügte er hinzu: und heute den Soldaten der Garde und anderer Regimenter nahelegt, ihre Posten zu verlassen und in eine sogenannte Nationalgarde einzutreten. Der Herzog von Clarence fühlte sich mit allen einig, die das Ende des Absolutismus in Europa für gekommen hielten.

Der Fürst fragte sich, was noch kommen sollte. Immerhin hatte der französische König für die Expedition nach Amerika und den Kampf gegen die Engländer Millionen ausgegeben und so den Brand im eigenen hochverschuldeten Land geschürt und seinen Untergang beschleunigt.

Wuße das dieser junge Mann nicht? Er wünschte den englischen Prinzen, der mit Demokraten sympathisierte, auf den Mond. Welche Blamage! Mit einem etwas gequälten Lächeln wandte er sich seinem französischen Gast zu.

«Ich bezweifle, daß der König Ludwig, unter dem diese großen Dinge beschlossen wurden, bereits der Wiederhersteller der französischen Freiheit genannt werden kann. Vergeben Sie mir, aber warum haben Sie alle Frankreich vorübergehend verlassen? Ist das nun das Ergebnis all dieser Begeisterung und Großmut? Und wurde sie nicht auch aus der Furcht geübt, das, was man nicht freiwillig zu geben bereit war, könnte genommen werden?»

Der Vicomte antwortete nicht. Die Herzogin von Braunschweig versuchte sich mit dem Gedanken zu trösten, daß ihr unmöglicher Neffe wenigstens gute Aussichten hatte, König von England zu werden. Aber was für ein König würde er sein?

Prinz William schwieg. Er lauschte mit halbem Ohr dem Bericht des Marquis de la Salle, der hinzugetreten war. Er berichtete von den Aufzügen der Kinder in Paris, die zu Hunderten hinter Kindertrommeln und rosenroten Fahnen mit hölzernen Gewehren, Knütteln und Stangen, Grenadiermützen aus bemaltem Papier auf dem Kopf, einhermarschierten und brüllten: Hoch lebe die Nation!

Kaum hatte der Prinz mit seinem Gefolge den Raum verlassen, sagte die Herzogin leise zu ihrer Tochter: «Du tust mir leid. Dein Vetter William hat gefährliche moderne Ideen. Mein Kind, ich sehe nichts Gutes voraus. Du mußt dich auf Schlimmes gefaßt machen.»

9

Aus Jakob Moses Gumprechts Tagebuch

Pyrmont, am nächsten Tag

Gestern bin ich in Pyrmont angekommen, ein unauffälliger Freigeist, den die Polizei zu den unorthodoxen Mitgliedern unserer Gemeinde zählt. Ich habe meinen glaubensstrengen Vater mit viel Mühe dazu überredet, mich diese Reise machen zu lassen. Meine Zukunft geriete sonst in größte Gefahr, sagte ich ihm – da ich ihm die Wahrheit nicht sagen konnte, muß ihm das ein wenig exaltiert vorgekommen sein. Aus Frankreich sind die Ideen der Aufklärung bis in das naiv-fromme Göttingen gedrungen. Ich habe die Botschaft wohl vernommen, obgleich ich es vorziehe, mich taub zu stellen. Doch wie andere aufgeweckte Juden ziehe ich meine eigene Lehre daraus. Gibt es keinen Gott, den milden Jesus so wenig wie den zürnenden Jehova, so besteht kein Grund, im Dienst des einen in ewiger Angst und Mühe sein Leben zu fristen, wenn man im Dienst des anderen zu Ruhe und Wohlangesehenheit kommt. Mir ist klar, daß solche Gedanken, gar solches Handeln den Bruch mit meinem Vater und dem Elternhaus bedeuten. Das erschreckt und bedrückt mich. Dessen ungeachtet verfolge ich heimlich die Absicht, mich in der christlichen Welt heimisch zu machen, einer Liebe wegen, die stärker ist als das eigene Bedenken und die tiefere Einsicht, daß es nicht gut ist, unseren Glauben zu verlassen. Es fällt mir nicht schwer, mir vorzustellen, wie mein Vater sich schämen müßte, daß ich so würdelos bin, eine Christin, und ausgerechnet die Tochter des Ministers von Stralenheim, zu lieben. Er verachtet das Christentum wegen seiner Vielgötterei, wie er die Dreieinigkeitslehre nennt, und es graust ihn bei der Vorstellung, daß die Gläubigen den Leib des falschen Messias essen, den sie als Gottes Sohn bezeichnen. Er würde mir vorwerfen, daß ich keinen Stolz habe. Sein Urteil über Betty fiele, fürchte ich, gnädiger aus, obgleich ihr Fall der schlimmere ist. Niemand klagt sie an, nichts drang bisher an die Öffentlichkeit, sie beschmutzt nicht den tadellosen Ruf der Familie. Was mich betrifft, kann alles schwere Folgen haben, nicht nur für mich. Und das kommt nur daher, daß der «Baron Absatz» vergessen hat, wer er ist.

Nachdem ich einen Spaziergang durch die Allee gemacht habe, sitze ich nun im Gasthof, wo man nicht einmal imstande ist, einen Rehrücken genießbar zuzubereiten, geschweige denn eine Suppe ohne Mehlschwitze aufzutragen.

Am Brunnen traf ich gestern den Major Karl von Linsingen. Ich hatte es unauffällig so eingerichtet, daß er mich wie zufällig erblickte. Er stand wie erstarrt. Er trug nicht die Uniform seines Regiments, sondern einen hellblauen Rock. Mit Unruhe und Heftigkeit sprach er mich an.

«Sieh da, der Baron Absatz! Seit wann leiden Sie an der Galle oder Leber? Etwa das Podagra? Nein, ich tippe eher auf Geschäfte. Große Geschäfte. Sicher mit den Emigranten.»

Er sah angegriffen aus. Wenn er wüßte. Ich brauchte, nachdem ich Bettys Zimmer betreten hatte, keine Schublade zu öffnen. Sie war halb herausgezogen. Darin lag eine Menge loser Bögen und ganz obenauf dieser Brief. Die auffällige Schrift und das Siegel mit dem Linsingenschen Wappen haben mich verführt. Ein flüchtiger Blick zeigte mir, daß es ein Brief vom Major an meine Schwester Betty war. Wenn er geahnt hätte, daß dieser Brief sich in meiner Jakkentasche befand!

Der Brief ist mit viel Geschmack und Verstand geschrieben, er hat Decknamen für die genannten Personen gewählt. Nur bei dem Mädchen, das mir mehr bedeutet als alle anderen Menschen, ist er bei dem richtigen Namen geblieben: Henriette. Er bietet Betty seine Hilfe an, um Unheil von unserer Familie abzuwenden, ganz besonders von mir.

«Schrecklich kann es für ihn werden», schreibt der Major, «wenn er nicht sofort Göttingen verläßt. Auch ich werde mit hineingezogen werden. Noch ist das tiefste Geheimnis über alles gebreitet, doch der Minister von Stralenheim hat mich zum Mitwisser gemacht. Ich habe daran gedacht, mit Ihrem Vater zu sprechen. Doch was würde es nützen? Er würde mir Schweigen auferlegen. Alle möglichen Gnaden, Freiheiten und Privilegien sind ihm zuteil geworden, doch gelten für ihn und seine Familie wie für seine Glaubensgenossen immer noch die Sondergesetze der Judenschaft. Auch in seinem Fall bleibt es der wohlgeneigten oder gehässigen Willkür überlassen, wie die Verfügungen durch die Beamten in die Tat umgesetzt werden. So wird Ihr Vater es vorziehen, sich mit Takt in seinen Grenzen zu halten und Beleidigungen zu überhören.

Er wird nichts unternehmen, wenn sein Sohn einer Wechselfälschung angeklagt und verurteilt werden wird, obgleich er unschuldig ist. Ich kann Ihnen die Namen der drei jungen Männer nennen, die der Minister unter allen Umständen zu schützen gedenkt. Auch mir stehen sie nah, so daß ich das gleiche Interesse verfolgen muß wie er. Zu einer Aufklärung kann und wird es nie kommen. Niemand kann Ihren Bruder schützen. Also Vorsicht, meine Liebe. Jede Bewegung in die falsche Richtung führt in Verstrickungen und Verwicklungen, die das ganze Leben bestimmen. Um Himmels willen! Tun Sie keinen unüberlegten Schritt. Sorgen Sie dafür, daß Ihr Bruder eine längere Reise macht und so bald nicht zurückkommt. Wie rasch kann dafür gesorgt werden, daß Ihrem Vater der neue Schutzbrief nicht ausgestellt wird. Der Minister weiß, wie die widersprechenden Verfügungen die Judenschaft betreffend einander überschneiden und ineinandergreifen, was hier vergönnt und dort verboten, was dort befohlen und hier erlassen wird, und er zieht seinen Nutzen daraus.

Ihr Vater nimmt keine Privilegien für sich in Anspruch, die sich mit der Stellung der übrigen Tolerierten nicht vertragen. Aber er beschäftigt 46 Domestiken, davon 12 unter seinem Dach. Mit Kammerdiener, Kammerjungfer, Wirtschafterin, Köchin, französischer Gouvernante, Hauslehrer, zwei Stubenmädchen, einem Küchenmädchen, zwei Dienern, zwei Kutschern, einem Stallburschen und zwei Livreelakaien führt er ein stattliches Haus. An seinen Kindern ist es gelegen, ob er es behalten kann.»

Ich ziehe das Resumé: Wenn ich, Jakob Gumprecht, nicht Göttingen verlasse, werde ich einer Wechselfälschung angeklagt, die andere begangen haben. Es ist nicht schwer zu erraten, wer diese anderen sind. Da ist Prinz Ernst, der von seinem Vater zu kurz gehalten wird und der sich, um Geld zu beschaffen, des jungen Schweppe aus der Reitbahn bedient, ferner ist da der Sohn des Ministers von Stralenheim, Henriettes Bruder, und als jüngster unter ihnen der Neffe des Majors, Ernst von Linsingen.

Ich soll den alten biblischen Sündenbock spielen. Man schlägt dabei zwei Fliegen mit einer Klappe. Der Major Karl von Linsingen, einer der Prinzenerzieher, vertuscht einen bösen Vorfall, in den seine Zöglinge verwickelt sind. Aber ich werde für dieses Leben auch von Henriette getrennt. Der Major muß bemerkt haben, daß sie ein gewisses Interesse für mich zeigte; entfernt man mich aus Göttingen, wird ein Skandal vermieden.

Habe ich zu hoffen gewagt? Ich leugne es nicht. Die Idee der Freiheit, Gleichheit und Brüderlichkeit kann den einzelnen von den Ketten lösen, die ihn an die Vergangenheit binden als Angehörigen eines Standes, einer Nation. Ich glaube an die Vernunft und daran, daß jeder von jetzt an über sich selbst bestimmen kann.

Und Henriette? Wäre sie zu einem verzweifelten Sprung in die Freiheit fähig? Ich sah sie schon ihre hübschen kleinen Füße in einer Welt versuchen, in der sie sich auf sich selber verlassen muß …

Der Major wünscht mich fort, weil ich sein Spiel gestört habe und zwar mit Erfolg. Das wenigstens habe ich erreicht. Durch mich haben der General von Freytag und Herr von Löw den Hinweis bekommen, daß Prinz Ernst der Tochter des Schutzjuden Gumprecht nicht nur die Cour macht, sondern ernsthafte Anträge. So etwas ist noch nie vorgekommen. Bei Nacht und Nebel mußte der Prinz Göttingen verlassen. General von Freytag hat sich nicht lange besonnen, der Prinz wurde sofort in das 9. Dragonerregiment eingestellt. Als ich nach einer kurzen Reise nach Göttingen zurückkam, war auch Betty nicht mehr da. Sie war nach Pyrmont abgereist, zu Onkel Nathan. Ich begab mich in ihr Zimmer und fand den Brief.

Am Brunnen fragte ich den Major mit ausgesuchter Höflichkeit nach seinem Befinden. Er ging nicht darauf ein, sondern sagte sehr betont, daß er es begrüße, mich hier wiederzusehen, und daß ich sehr verständig gehandelt habe, nach Pyrmont zu kommen.

Er stellte keine Fragen. Weiß er, daß Betty hier ist? Ich ahne, daß sie Gründe hat, sich nicht in der Allee und den Promenadenwegen sehen zu lassen.

Er zog es vor, Konversation zu machen.

«Darf ich fragen, was für Nachrichten Sie aus Frankreich haben?» fragte er.

Ich antwortete ihm, und bildete mir ein, daß es ihn erschrecken würde: «Sie kennen doch die Grundzüge der Pläne des Grafen Mirabeau? Nun, jetzt sind sie Wirklichkeit geworden. Despotie in Händen des Volkes, Necker außer Tätigkeit gesetzt und damit die letzte Hoffnung begraben, daß er doch ein Mittel fände, die hoffnungslose Staatsverschuldung zu beheben. Die jährlichen Steuereinnahmen reichen ja längst nicht mehr aus, die Zinsen zu bezahlen. Der König gezwungen, die Nationalversammlung von der demokratischen Partei beherrschen zu lassen und ihren feurigen Demagogen. Das Feldgeschrei ist: Freiheit, Freiheit!»

Ich sah, daß meine Worte den Major nicht kalt ließen. Seine Augenbrauen zuckten leicht. Immer mehr unter unseren hiesigen Aristokraten bilden sich ein, daß sie das Schicksal ihrer französischen Standesgenossen erwartet, wenn nicht endlich ein Angriff auf die Revolutionssoldaten erfolgt, denen man nichts zutraut. Es zeigt sich auch eine zunehmende Abkühlung den Emigranten gegenüber, denen man jetzt die Schuld daran gibt, daß in Frankreich der Pöbel die Macht hat. Außerdem richten sie sich auf längeres Bleiben ein, und keiner will diese Dauergäste haben.

«Mich erinnern die Ausschreitungen an die Judenpogrome in Göttingen. Es ist zwar lange her», sagte ich.

«Ja», erwiderte er mit einer ungewohnt dumpfen Stimme, «das ist lange her.» Und er betrachtete mich eingehend. Ich faltete die Hände auf dem Rücken, um nicht in Versuchung zu geraten, den Brief herauszuholen. Der Major machte Anstalten, sich zu verabschieden.

«Leben Sie wohl. Ich hoffe, daß Sie noch nicht so bald abreisen. Was haben Sie schon in Göttingen verloren?»

Dieses Wiedersehen und die ganze Unterhaltung haben mich unnötig aufgeregt. Alle meine tätigen Kräfte sind erlahmt. Aber was kann ich denn tun? Wie soll es mir gelingen können, Betty zur Vernunft zu bringen? Dazu, sich mit dem Arnsteiner aus Wien zu verloben? Es könnte meine Rettung bedeuten. Er ist ein feiner Mann, kein Idealist vor allem, wie Prinz Ernst es zu sein scheint.

Die trübe Stimmung dörrt mich aus. Was hat der Major Unsinniges gefragt?

«Ach, was habe ich gehört? Mitglieder Ihrer Familie spielen mit dem Gedanken, zum Christentum überzutreten? Ist es an dem? Und darf man fragen, wer?»

Meine Antwort kam prompt: «Aber Herr Baron! Sie wissen doch, was die Meinung meines Vaters ist. Er sieht voraus, daß Zeiten kommen, wo mancher Christ bei Jehova besser aufgehoben wäre.»

Der Major wandte sich endgültig zum Gehen. Ich vermag kaum noch zu glauben, daß ich die Vorliebe meines Vaters für ihn einmal teilte. Als ich kurz nach der Erstürmung der Bastille den Wunsch hatte, dem unter dem Protektorat von Professor Blumenbach und Professor Kestner gegründeten Club 89 beizutreten, hat der Major meinetwegen mit Professor Lichtenberg und Georg Forster gesprochen, deren politische Abhandlungen im *Göttinger Magazin* von sich reden machten. Er, der Major Karl von Linsingen, hat dem Juden die Tür geöffnet und dafür gesorgt, daß sie mich behandelten wie ihresgleichen.

Unsere Straße in Göttingen ist mit Kopfsteinen gepflastert. Die Häuser liegen meist wie in tiefem Schlaf. Als ich eines Tages noch früh am Abend aus dem Club nach Hause ging, war ich in glänzender Stimmung. Ich befand mich in Gesellschaft von Georg Forster, der mich ein Stück begleitete. Er wollte mit mir über den Vortrag reden, den ich eben im bis auf den letzten Stuhl besetzten Club gehalten hatte. Forster war verärgert, weil anstelle der ursprünglichen Begeisterung für die neuen Ideen jetzt in Professoren- und Studentenkreisen nur ein Wort Gewicht hat: Vorsicht.

«Wir brauchen Leute mit anderen Eigenschaften», sagte Forster. «Du hast darauf hingewiesen. Wie bist du darauf gekommen?»

Ich zuckte die Achseln. «Ich habe im wesentlichen nur von den Körperstrafen gesprochen. Sie dürfen nicht länger geduldet werden.»

Forster blieb stehen. «Du wirst dich in Unannehmlichkeiten bringen, wenn du so weitermachst. Du bist ein Philanthrop, Jakob. Aber … was ist das?» Er wandte mir sein derb geschnittenes Gesicht zu. «Was ist denn dort los?»

Wir bogen in die Prinzenstraße ein und hörten lautes Quieken, dazu das schrille Aufkreischen weiblicher Stimmen. Dann sahen wir mehrere Frauen mit flatternden Hauben und Schürzenbändern aufgeregt vom hohen Bürgersteig springen. Es waren unsere Dienstmägde und die Köchin. Zwischen ihnen erkannte ich meine beiden jüngsten Schwestern. Zuletzt nahm ich einen zerlumpten Mann wahr, der vor unserem Haus stand. Seine schmuddelige Jacke hatte bessere Tage gesehen. Er war unrasiert und ungekämmt. Er ließ eine Ratte mit unglaublicher Geschicklichkeit über seine Hand laufen, packte sie dann am Rattenschwänzchen und hielt sie den Zuschauerinnen unter die Nase. Die Ratte war aus Holz. Dem grandiosen Illusionstheater tat dies indessen keinen Abbruch. Es war eine hübsche Lektion in Sachen menschlicher Wahrnehmung, jeder nahm für Sein, was doch nur Schein war. Dabei ging der Zerlumpte mit der Natur recht willkürlich um. Das Fiepsen einer Ratte war ihm offensichtlich nicht eindrucksvoll genug, er begleitete die Kunststücke seiner Holzratte mit gräßlichen Geräuschen.

Die Zahl der Zuschauer wuchs. Hinter den Toreinfahrten jaulten und bellten die Hunde. Die drei englischen Prinzen erschienen, gefolgt vom Major von Linsingen, auf der Straße, offenbar hocherfreut über die Unterbrechung einer langweiligen Unterrichtsstunde. Der Major ärgerte sich über die Prinzen, deren Gesichter vom Lachen schon puterrot waren.

«Nun, genug, es ist gut», sagte er ungehalten. «Sich an der Torheit der Mitmenschen zu freuen, als wären sie ebenfalls Ratten!»

Der Gaukler, ein Franzose, hatte diese Worte gehört.

«Monsieur, meine Ratte ist eine besondere Ratte. Ich zeige nur, was ich gesehen habe. Ratten, die so viel Menschenfleisch fressen, daß ihnen schlecht wird vom Aristokratenblut.»

Dann machte er sich hastig aus dem Staube. Einige hingeworfene Münzen blieben auf dem Pflaster liegen.

Kein Mensch hatte etwas von dem gesehen, was sonst vorging. Prinz Ernst war mit meiner Schwester Betty in einen Torbogen getreten. Er blickte sie von der Seite an und sah, daß sie errötete. Betty war mit ihren achtzehn Jahren in dem glücklichen Alter, in dem sich mit allem, was vorgeht, eine unaussprechliche Freude verbindet.

Noch hatte sie mich nicht gesehen. Wie schön sie war. Sie beugte den Kopf ein wenig vor, dadurch wirkte ihre Stirn, hinter der sich so viel Verstand verbirgt, erhöht. Ihr dunkles Haar umgab sie in natürlichen Locken. Ihre Haut ist zart und weich. Der Prinz schien sie mit den Augen zu berühren.

Er ist ziemlich groß und eher schüchtern, besonders in Gegenwart junger Mädchen, doch in ihren Augen erhöht das seinen Reiz. Er geht mit großen Schritten und schlenkert dabei ein wenig mit den Armen. Von Henriette erfuhr ich, daß er seinem Kammerdiener und dem jungen Schweppe ungewöhnlich zugeneigt sei, und sie schloß daraus, daß es ihm wohl beschieden sei, ohne Liebschaften altzuwerden. Er begeistert sich für lange Ausritte und ausgedehnte Fußwanderungen.

Eines Tages trat er mit der Bitte an mich heran, mit ihm Schach zu spielen, wenn Herr von Malortie es gestatte. Für mich war es ein Genuß, beim Spiel stundenlang mit ihm allein zu sein und seinen Geschichten zu lauschen. Ich entdeckte, daß ich anfing, ihn zu lieben.

Einmal, als ich das Vorzimmer des Prinzen durchquerte, fand ich die Tür zum Studierzimmer der Prinzen, wo auch das Schachbrett stand, angelehnt und hörte drinnen Herrn von Malortie, der eine sehr laute Stimme hat, sprechen.

«Hier ist für die nächste Stunde schon wieder der Name Gumprecht eingetragen. Das ist kein Umgang für Euer Königliche Hoheit. Ich definiere die Juden als parasitische Pflanzen, die sich beinah allen europäischen Nationen angehängt und von ihrem Saft an sich gezogen haben.»

Ich war erschrocken stehengeblieben und überlegte schon, ob ich umkehren sollte, rührte mich aber nicht vom Fleck, da nun der Prinz sprach.

«Ich bin sicher, daß man bald in Europa nicht mehr fragen wird, wer Jude oder Christ ist, denn auch die Juden werden nach europäischen Gesetzen leben und zum Besten des Staates beitragen.»

Der Hofmarschall lachte.

«Königliche Hoheit haben Mendelssohn gelesen!»

Ich rückte absichtlich laut einen Stuhl. Auf das Geräusch hin erschien der Prinz an der Tür.

«Da sind Sie ja. Sie haben sich verspätet», rief er.

Ich machte eine tiefe Verbeugung und eine zweite zu Herrn von Malortie, der mich übersah und den Raum verließ.

«Wissen Sie, wer Clermont-Tonnerre ist? Nein? Aber Robespierre?» fragte der Prinz.

Ich bejahte.

«Die beiden sagen, die Juden dürfen nicht mehr eine gesonderte politische Gruppe oder Klasse im Staat bilden. Sie sollen Bürger werden. Es scheine aber, daß die Juden es nicht wollen. Daher wird eine Erklärung verlangt, sonst sollen sie des Landes verwiesen werden, denn es dürfe keine Nation in der Nation mehr geben.»

Meine Gedanken springen. Daß Betty Jüdin ist, beeinflußt ihr Leben kaum, ebensowenig wie die festgefügte Ordnung in einem jüdischen Elternhaus, wo die Mädchen sonst vor der Hochzeit keine Möglichkeit haben, etwas vom Leben kennenzulernen. Die Eltern bestimmen den Bräutigam – für Betty den Nathan Arnstein –, den sie vor der Heirat nicht zu sehen bekommen.

Als Betty acht Jahre alt war, spielte sie in einem Hauskonzert auf dem Klavier überraschend gut und erntete rauschenden Beifall. Unter den Zuhörern waren auch einige Offiziere, darunter der Herzog von Albuquerque aus Spanien. Er fragte meine Mutter, ob das Kind ihn zur Geige begleiten dürfe. Es wurde abgelehnt. Daraufhin führte Betty sich so ungebärdig auf, daß die Hauslehrerin sie am Bettpfosten festband.

«Wen ich begleite, bestimme ich ... ich ... ich!» schrie Betty.

Die Gouvernante wurde nach England zurückgeschickt. Der Herzog durfte kommen. Wenn er mit dem inzwischen neunjährigen Kind musizierte, schien sich etwas Großes, Geheimnisvolles zu vollziehen. Der Herzog liebte seine Geige sehr. Er hatte die Angewohnheit, sehr leise zu beginnen, fast flüchtig, bis er dann ganz von der Musik berauscht war.

Damals wurde in Göttingen von nichts anderem gesprochen, als von dem Herzog von Albuquerque, den ein kleines Judenmädchen zur Geige auf dem Klavier begleitete. Und jetzt, kann denn verborgen bleiben, was jetzt geschieht?

Prinz Ernsts Leidenschaft ist die Musik. Ganze Nächte lang hörte man ihn die Flöte spielen. Er liebt alte Melodien aus dem vergangenen Jahrhundert, schlichte, klagende, langsame Lieder, die unendlich rührend wirken. An lauen Abenden, wenn die Nachbarn in der Prinzenstraße ringsum schliefen und dieser zarte Sang aus dem großen, nur von einer Kerze erleuchteten Zimmer drang, konnte man glauben, es sei eine zitternde, leise Stimme der Liebe, die der Nacht und der Einsamkeit vertraute, was sie am Tag niemals hätte verlauten lassen.

Ich werde Betty heute abend besuchen. Was ich ihr sagen werde, weiß ich nicht. Gewiß nicht, daß ich den Brief an mich genommen habe. Aber sie weiß doch, was man mir antun will! Ist das kein Grund, den Prinzen aufzugeben und Nathan Arnstein zu nehmen? Will sie sich denn ruinieren? Wenn ich nur glauben könnte, daß es mit dem Prinzen Ernst zu Ende ist! Aber ich kenne sie zu gut.

Hier wurde ich durch lautes Räderrollen unter meinem Fenster im Schreiben gestört. Ich vernahm das Geschrei eines Fuhrmanns. Dann rumpelte das Gefährt, ein Gepäckwagen, in die Einfahrt des Gasthofs. Ich trat ans Fenster und sah, daß ein hochrädriger englischer Reisewagen folgte.

Das brachte mich auf den Einfall zu fragen, ob Postpferde vorgespannt waren. Ich könnte sie für mich bestellen und abreisen, sobald sie gefüttert worden sind. Das Wiedersehen mit Betty könnte mein Verhängnis noch beschleunigen, dachte ich mir. Wenn es mir nicht gelang, sie umzustimmen, blieb mir wenig Hoffnung.

Der mit dem Reisewagen eingetroffene Diener stand in der Einfahrt. Obwohl er Livree ohne Abzeichen trug, wäre ich jede Wette eingegangen, daß er Soldat war. Ich rief den Mann an, stellte meine Frage und erfuhr, daß sein Herr mit eigenen Pferden fuhr. Das hieß, sich nach anderen umzusehen, denn die reguläre Post verkehrt nur zweimal in der Woche. So trat ich auf den Flur. Die Tür gegenüber stand offen. Der Wirt half selbst, das Gepäck heraufzuschaffen. Es waren englische Koffer. In dieser Art werden sie auf dem Kontinent nicht hergestellt.

Ach Betty, was mußtest du mit dem Prinzen im Hauseingang stehen? Dein Blick war so kindlich und doch so keck, dein Wesen so anmutig und doch leider neugierig ohne jede Ziererei. Von diesem Tag an öffnete sie sofort das Fenster, wenn er drüben Flöte spielte. Sie stützte sich mit den Ellenbogen aufs Fensterbrett und verharrte in dieser Stellung. Da sie zu dieser Stunde nicht mehr frisiert war, glitt die Flut ihres Haares frei auf den nackten Hals herab.

Er hat eine heimliche Verbindung zu ihr, dachte ich und sah meine Befürchtungen bestätigt. Ich wagte aber nicht, mich einzumischen. Etwas verbot mir, so mit meiner Schwester zu reden, wie es der älteste Sohn des Moses Gumprecht hätte tun müssen. War es mein Hochmut? Nein, ich empfand meine Freundschaft mit dem Prinzen als Hindernis, und ich fürchtete, der Kurator, dem alles hinterbracht wird, könnte von der Sache erfahren. Das hätte meine Beziehung zu Henriette gefährdet. Ich beruhigte mein Gewissen: Keine leisen Schritte durcheilten den nächtlichen Garten. Nichts sprach dafür, daß heimliche Billetts hin- und hergingen.

Eines Tages hörte ich aus des Prinzen Zimmer die Flöte erklingen, doch nicht allein. Sie wurde von Klavierklängen begleitet. War ich blind und taub gewesen? Ich sprach den Vater an, der nicht besorgt zu sein schien. Ob ich denn nicht wüßte, daß auf Vermittlung des Majors von Linsingen Betty den Prinzen Ernst ein- oder zweimal in der Woche auf dem Klavier zur Flöte begleiten dürfe? Er habe um so lieber die Erlaubnis dazu gegeben, als die Verbindung zu dem Prinzen unserem Hause Nutzen bringen werde.

Ich muß endlich diesen Gasthof verlassen und zu Betty gehen. Auch auf die Gefahr hin, daß sie mich nicht sehen will. Onkel Nathan und Tante Glückel sind weggefahren. Ich kann nicht begreifen, warum Betty nicht in Göttingen geblieben ist.

Ich beschäftige mich ja nur mit meiner Schwester und ihrer unmöglichen Liebesgeschichte, weil ich weniger besorgt um sie bin, als ich besorgt um mich sein muß. Wäre nicht Bettys Affäre mit dem Prinzen, dann hätte der Major ihr nicht diesen Brief geschrieben, und sicher hätte er sich nicht ausgedacht, mich zum Sündenbock in dieser Wechselfälschungsgeschichte zu machen. Und ich würde weder in Schande geraten noch müßte ich Göttingen und Henriette von Stralenheim verlassen.

Henriette von Stralenheim und ihr kleines, entsetzliches Lächeln, mit dem sie mich betrachtete, als wir uns zum letztenmal sahen. Ich traf sie, wie schon öfter, in der Universitätsreitbahn, wo sie Reitunterricht bei Professor Ayrer nimmt. Es war mir gelungen, den Diener, der sie abholt, zu bestechen, damit er sich um zehn Minuten verspätete. Ich befand mich in glänzender Stimmung. Ein Rothschildscher Bote aus Paris hatte meinem Vater die Nachricht überbracht, daß die französische Nationalversammlung ein Dekret verfaßt habe, mit dem alle die Juden betreffenden Ausnahmeverfügungen aufgehoben wurden. Und mein Vater hatte nach Paris berichten können, daß der König von England und Kurfürst von Hannover bereit war, die emanzipierten, wohlgebildeten und gesellschaftsfähigen Anhänger des jüdischen Glaubens anzuerkennen. Der Aufstieg der Juden hat begonnen, das jüdische Problem wird bald aus der Welt geschafft sein, und ich glaubte, daß es mir gelingen werde, mit Erfolg um Henriette von Stralenheim zu werben. Ich wollte ihre Familie davon überzeugen, daß ich die strenge, sephardische Tradition, in der man mich erzogen hat, abgelegt habe.

Zehn Minuten, mehr Zeit hatte ich nicht. Ich zweifelte nicht mehr daran, daß ich Henriette gefiel. Ich zweifelte nicht an meinem Erfolg.

Als ich mit ihr allein auf der Empore für Zuschauer saß, veränderten sich ihr Blick und ihre Stimme. Sie lächelte sonderbar.

«Ich weiß nicht, lieber Gumprecht», sagte sie zu mir, «was Sie so dringend mit mir bereden wollen. Jeder kann uns hier sehen. Ich bin selbstbewußt, lustig und, wie Sie mir neulich beim Spaziergang auf dem Wall sagten, grausam. Ich will meinem Vergnügen leben. Als ich meine Verehrer alle satt hatte, weil ich mich mit ihnen zu Tode langweilte, traf ich Sie und ... ich fühlte mich aus der Ödigkeit gerettet. Sie waren so amüsant, so unterhaltend. Sie haben nichts von mir verlangt.»

Sie verstummte und wandte sich einen Augenblick ab, als beunruhige sie die Verspätung des Dieners. Wieder erschien das merkwürdige Lächeln auf ihren Lippen und es schien mir zu sagen: «Sei still. Sage nichts mehr.»

Dann erzählte sie plötzlich von dem Hund, den ich ihr geschenkt und dem sie den Namen Jakob gegeben hatte, und wie sehr sie ihn liebe.

«Ich liebe Jakob», sagte sie. «Er versucht immer, mir zu gefallen und mich zu unterhalten. Er gehorcht auf jeden Wink. Das hab ich gern. Manchmal verkriecht er sich unter meinem Bett und winselt. Mein Bruder August sagte neulich, Jakob Gumprechts Seele wohnt in diesem Pudel.»

«Ich scheine einen sonderbaren Eindruck zu machen», sagte ich endlich.

Henriette verstummte. Es ist wohl doch wahr, sie liebt sich selbst am meisten. Ihre zahllosen Anbeter rühmen ihren Geist. Ich habe eher schwärmerische Sentimentalität bei ihr gefunden als wahren Witz. Sie hat ihr selbständiges Denken entdeckt und verlangt Bildung und Einfluß wie ein Mann.

Um so mehr überraschten mich ihre nächsten Worte.

«Sie sind doch ein Jude.»

Ich war getroffen. Sie empfindet die Kluft zwischen uns als unüberwindlich. Mich überfielen Bitterkeit und Abscheu und ich starrte stumm vor mich hin, bis der Diener kam. Als ich auf der Straße stand, schalt ich mich einen Narren. Henriette hatte mich, sich umblickend, noch einmal so fragend und traurig angesehen, als habe sie auf etwas gewartet, das ausgeblieben war. Sie legte einen Augenblick die Hand an die Schläfe, als habe sie Kopfschmerzen. Zu einer neuen Begegnung kam es nicht mehr. Der Prinz verschwand, Betty reiste nach Pyrmont, und ich fand den Brief, der für mich alles entschied.

Ich warf die Feder hin, legte mich auf das Bett, die Hände unter dem Kopf verschränkt, und versank in drei aufeinandergeschichteten Federbetten. Rasch sprang ich wieder auf und zog mir den Rock an. Über meinen zwecklosen Grübeleien auf dem Papier war die Dämmerung hereingebrochen. Auf der Stiege kam mir der Diener von vorhin entgegen. Er hatte eins über den Durst getrunken und schwankte.

«Woher kommt Er denn, guter Freund?» erkundigte ich mich freundlich.

«Aus Celle.»

«Soldat?»

«Jawoll.»

«Ist sein Herr Engländer? Kann man seine Bekanntschaft machen?»

Er grinste. «Dat geit nicht. He is man blos Rittmeester, aber König Georgen sin Sohn.»

«Ich bin ein Bekannter von Prinz Ernst aus Göttingen, führ Er mich zu ihm, mein Freund.»

«Ist fortgefahren.»

Wieso habe ich das nicht bemerkt? Natürlich, der Hof hat eine Ausfahrt zur Hintergasse.

«So.» Ich bin die Ruhe selbst. «Wann kommt Seine Königliche Hoheit zurück?»

«Seine Lordschaft», verbesserte mich der Mann.

Aha, er gebraucht ein Inkognito. Das bestätigte meine schlimmsten Befürchtungen. Ich drückte dem Diener ein weiteres Geldstück in die Hand und gab ihm die Bestellung an seinen Herrn auf, daß Jakob Gumprecht im Gasthof wohne und ihm seine Aufwartung machen möchte. Von Beruf Geldverleiher, fügte ich hinzu, um sicherzugehen, daß meine Nachricht weitergegeben wird. Diesem Diener, der vermutlich die Ordonnanz des Prinzen ist, konnte die ewige Geldverlegenheit seines Herrn nicht unbekannt sein.

Nichts hielt mich mehr. Ich stürzte aus dem Haus in solcher Eile, daß ich vergaß, meinen Regenschirm mitzunehmen. Ich bemerkte es erst, als ich total durchnäßt vor des Onkels Haus stand, in welchem nirgendwo Licht brannte. Niemand kam, um auf mein lautes Pochen zu antworten oder die Tür zu öffnen. Irgendwo blökte eine Kuh. Die Häuser stehen dicht beieinander, mit einem Traufgang dazwischen. Dieses war in der gleichen Zeit gebaut worden wie das Schloß und zeigte ähnlich reich geschnitztes Balkenwerk, vor allem am Giebel, wo man am Tag ein Löwenpaar erkennen konnte in Gold und Blau. Jetzt schien alles wie vom Regen fortgewaschen, Sonnenräder mit Füllungen, Blumen, Räder mit Speichen, Wappenschilde, Inschriften. Endlich wurde im Nachbarhaus ein Fenster aufgestoßen.

«Ist niemand zu Hause», ertönte eine Stimme.

«Was, auch die Dienstboten nicht?»

«Sind zum Ballhaus gegangen, die Gäste von Minister Arnswaldt anzusehen.»

«Und das Fräulein Gumprecht aus Göttingen?»

«Wer? Vor einer halben Stunde ist ein Offizier in einer Kutsche angekommen und hat einen jungen Herrn abgeholt. Fragen Sie hinten im Stall. Der Pferdeknecht ist dageblieben.»

«Danke, das ist nicht mehr nötig.»

Jetzt sitze ich wieder in dem durchgesessenen Lehnstuhl in meinem Zimmer im Gasthof. Ich habe eine Kerze angezündet. Sollte morgen die Sonne scheinen, wie elend wird sie mich sehen. Tanzen sie jetzt auf dem Ball? Wo mögen sie sein? Ich bin zu spät gekommen.

Ich sei launisch, hat Henriette gemeint. Ja, die Schuld an allem Mißgeschick liegt nur bei mir. Ich habe Grenzen überschritten, die ich nicht überschreiten durfte. Ich, ein traditionsbewußter, im alten Glauben erzogener Mensch, setzte auf die Revolution meine Hoffnung, um einer verbotenen Liebe willen. Ich muß wahnsinnig sein. Habe ich wirklich gewollt, was in Frankreich geschieht? Einziehung des kirchlichen Besitzes, Ausgabe von Anweisungen auf verstaatlichte Güter in Form von Papiergeld. Assignaten. Ein schönes Wort. Geldentwertung. Zivilverfassung des Klerus. Abschaffung des Adels, Abschaffung der Monarchie. Wahl der Beamten und Richter. Einführung der Geschworenengerichte. Bald werde auch ich vor Gericht stehen. Vor dem Gericht der Kurfürstlich-Hannoverschen Landesregierung. Überall in den Häusern sind jetzt die Lichter erloschen. Eine Bouteille Wein steht auf dem Tisch. Ich will sie rasch austrinken.

Am nächsten Tag, um die Mittagsstunde, kam der Hoffaktor Moses Gumprecht nach Pyrmont. Seine Ankunft erregte bei den Emigranten, die bei dem jüdischen Bankier hohe Schulden hatten, einige Unruhe. Gumprecht begab sich in den Gasthof, in dem sein Sohn logierte. Jakob wußte, daß der Vater gekommen war, um ihn zu überreden, von hier aus ins Ausland zu gehen. Sein Entschluß, lieber alles auf sich zu nehmen, als sich dem Vater zu unterwerfen, war gefaßt. Nach einigen Stunden, während derer jemand, der zufällig an der Tür des Zimmers vorbeigekommen wäre, die beiden Männer heftig miteinander hätte sprechen hören können, fuhr der Wagen wieder vor und Moses und Jakob Gumprecht reisten ab. Nach Göttingen zurück, wie der Wirt ungefragt einem jeden berichtete.

10

Pyrmont, am gleichen Tag

Am Nachmittag des Tages, an dem Jakob Gumprecht kaum eine Viertelstunde entfernt im Pyrmonter Gasthof voller Verzweiflung seine Tagebuchaufzeichnungen machte, saß seine Schwester Betty mit ihrer Cousine Malwine Gelhäuser in einem kleinen prächtigen Saal im Hause ihres Onkels Nathan Gumprecht. Die Schmalwände waren in drei Felder aufgeteilt, von denen die beiden seitlichen Landschaftsbilder in geschweiften Rokokorahmen zeigten, während das mittlere jeweils einem großen vergoldeten Spiegel und einem dazu passenden Konsoltisch vorbehalten war. Über der Tür, im gleichen Apfelgrün wie die Wände gehalten, gab es eine gemalte Supraporte. Vor dem Fenster stand ein Sofa mit hoher Lehne, davor ein Tischchen, nicht weit davon ein Spinett. Vier hochlehnige Sessel mit gelbgemusterten Seidenbezügen vervollständigten die Möblierung. Die schwarzweißen Quadrate des Marmorfußbodens und die stuckierte, grau gefaßte Decke unterstrichen den Eindruck von Reichtum. Nathan hatte viel Geld und Mühe darauf verwandt, daß der Raum dem entsprach, was man von einem eleganten Saal in einem vornehmen Haus erwartet.

Betty hatte Malwine zu einem kleinen Lied von Mozart auf dem Spinett begleitet. Jetzt saßen sie und ihre Cousine auf dem Sofa. Betty, in einem orientalisch gemusterten

Hauskleid, blätterte in einem schmalen, rot gebundenen Buch und blickte Malwine nachdenklich an.

«Kennst du die Verse der Sappho?» fragte sie. «Wahrhaftig, manchmal wünschte ich, wir wären auf Lesbos, wo sie lebte. Wir würden Aphrodite verehren und Freundinnen und Schülerinnen in einem Kreis versammeln. Eine vom Eros bewegte Gemeinschaft. Keine Abweichung der Natur. Es waren die Männer, die das schöne Verhältnis der Mädchen bösartig verzerrt haben. Es gefiel ihnen nicht, daß auch Frauen Bündnisse schließen, und zwar edlere als sie. Sappho ist aus Kummer über die unerwiderte Liebe zu einem jungen Mann – nicht zu einem Mädchen – von einem Felsen gesprungen. Sag mir, warum dürfen Frauen zueinander nicht mehr Zuneigung empfinden als zu Männern? Du lachst. Was denkst du darüber?»

Malwine, die von ihren Eltern von Frankfurt nach Pyrmont geschickt worden war, um sich zu kräftigen, wurde von Betty mit Zärtlichkeit umgeben. Betty wußte, daß die Cousine, die erst sechzehn Jahre alt war, noch nie geliebt hatte, und das gefiel ihr ungemein. Die erste Neigung dieses entzückenden Geschöpfes gehörte ihr. Sie war überzeugt, daß kein Mann die Reinheit eines solchen Gefühls so schätzte, wie es das Bedürfnis eines jungen Herzens verlangte. In dieser Idee lag keinerlei Schwärmerei, sie entsprach nur einem bestimmten Temperament.

«Gott bewahre uns vor jedem aus der Luft gegriffenen Tadel», sagte die reizende Malwine und überschüttete die ältere Freundin mit Zärtlichkeiten. «Ich vertraue einfach auf das, was die Natur mir rät. Wer das versteht, den sollte man ganz nach seinem Geschmack handeln lassen. Du lieber Himmel! Fürchten die Männer die Frauen so sehr, Betty?»

Diese hielt es für ihre Pflicht, Malwine ein wenig ins Vertrauen zu ziehen.

«Mir kommt es vor, als befürchteten die Männer, die Frauen könnten das Ende der Welt heraufbeschwören, wenn sie sich ihrer verborgenen Kräfte bewußt würden. Sie vergleichen uns mit ihrem Reitpferd, das sich ihrem Willen unterwirft, weil es nicht weiß, wieviel stärker es ist als sein Reiter.

Mein Bruder Jakob hat mir in Göttingen Vorwürfe gemacht, weil ich meine, selbst entscheiden zu können, wie mein Leben sich gestalten soll. Und was steckt dahinter? Ich habe ihm gesagt, daß es kein Mittel gibt, mich zu überreden, als Arnsteiners Ehefrau nach Wien zu gehen. Der Bruder ist wie versessen darauf, der Vater würde mich nie zwingen. Ich habe überhaupt kein Verlangen nach diesem Mann, der sich als mein Gebieter aufspielen würde. Wo ist die Legitimation für die Herrschaft des Mannes über die Frau? Die Geschlechter sind gleich. In Frankreich wird es bereits proklamiert. Du hättest Jakobs Gesicht sehen sollen, als ich ihm eröffnete, daß ich nicht daran denke, den größten Teil meines Lebens einem Geschäft zu widmen, das die Natur angeblich fordert. Hoffentlich läßt er mich in Zukunft damit in Ruhe. Es wäre auch besser, wenn er dafür sorgte, in Göttingen beliebter zu sein, denn er hat es mit allen verdorben. Besonders mit dem Major von Linsingen, dessen Interesse für unsere Familie von Vorteil ist.»

Malwine lauschte, während Betty in der Stimmung war, ihren Gedanken freien Lauf zu lassen.

«Ich glaube, die Männer sind grausamer als die Natur. Die Natur stellt sich denen, die ihren eigenen Willen über ihre Triebe setzen, nicht in den Weg. Wer es ablehnt, sich anzupassen, soll es getrost tun.»

Betty fühlte sich glücklich. Ihr Herz schlug höher bei dem Gedanken, daß ihre Pläne, die sie vor jedem Menschen geheimhielt, sich in Kürze erfüllen würden. Sie war bereit zum Sprung ins Abenteuer. Die Arme auf der Sofalehne, das ausdrucksvolle Gesicht hoch erhoben, die Beine ausgestreckt, so daß das Seidengewand im Stil der Mauren des mittelalterlichen Spanien sich bauschte und zwei wunderhübsche Beine sehen ließ, gab sie sich in Haltung und Gebärde wie ein Mann. Malwine lachte.

Betty war überzeugt davon, ungewöhnlich zu sein, und sie war entschlossen, es der Welt zu beweisen. Ihr Vater gehörte zu den wenigen jüdischen Geschäftsmännern, die Staatsoberhäuptern behilflich waren, den Gang der großen Maschinerie zu befördern. Patriotismus, Rechtschaffenheit, Fleiß und Sachkenntnis machten ihn ehrwürdig und beliebt. Betty verband die gleiche Denkungsart mit weiblicher Grazie und war dadurch doppelt liebenswürdig. Nicht umsonst nannten Herr von Malortie und der Major von Linsingen den Umgang der Prinzen mit den Schwestern Rösgen Meyer und Betty Gumprecht belehrend und vor allem reizend. In ihrer Gegenwart vergähnte man den Abend nicht mit Kartengeblätter. Kleine Musiken, vertrauliches Freundschaftsgeplauder, literarische Neuheiten, Räsonnements über Bücher, Kunstwerke, Theater, die Vorfälle des Tages und interessante Neuigkeiten, mit Salz erzählt, beurteilt, beleuchtet, machten die Unterhaltung aus und kürzten die langen Winterabende der Prinzen.

Einige Kleingeister in Göttingen spotteten über das *Bureau d'Esprit* der schönen Jüdinnen, ein Lob indessen angesichts der vielen Frauen, die nur ein *Bureau de Sottise* zu bieten vermochten. Moses Gumprechts Vater hatte ihm nicht nur eine Großhandlung und eine Schreibstube, sondern auch ein weitverzweigtes Netz von offiziellen und privaten Geschäftsbeziehungen hinterlassen, aus dem der Sohn einen Umschlagplatz diplomatischer und finanzieller Abwicklungen gemacht hatte. Moses Gumprecht besaß das Talent, sein Schiff mit Geschick durch die Fährnisse des Handelslebens zu steuern. Mit dem gleichen Geschick glänzten seine Töchter in illustrer Gesellschaft, und der Vater war dabei kein Spielverderber. Betty hatte den Mut und den starken und biegsamen Geist des großen Finanzmannes geerbt, welcher kaltblütig mit Summen umzugehen verstand, deren Verlust ihm jeden Augenblick Entehrung und Ruin bringen konnte. Mit ihren strahlenden Augen, dem graziösen und geistreichen Mund, der Mischung von Empfindsamkeit und Witz, von Anmut und Laune glich Betty Gumprecht einem anderen schönen Mädchen, von dem sie einiges gehört und dessen Namen sie in der Kurliste gelesen hatte: Caroline von Linsingen, der Nichte des Majors.

Betty erinnerte sich daran, daß er sie einmal gefragt hatte, warum denn junge Mädchen Tagebücher führten. Daß er dabei von Caroline sprach, war nur ein Vorwand gewesen. Betty hatte ihm kaum zugehört und weil sie ihn nicht besonders schätzte, nur knapp und obenhin geantwortet. An gewissen Gedichten und Gedankensplittern, Zitaten und Sentenzen finde man Gefallen und notiere sie. Im übrigen seien die innere Entwicklung, die Schwankungen des Gemüts und sogar die kleinen Geheimnisse, die sie den Seiten dieser rot- oder grüngebundenen Bücher anvertrauten, einander so gleich wie ihre Gedanken und Gefühle. Nun war dies keineswegs ihre Meinung, aber sie wollte sich mit dem Major nicht auf ein Gespräch darüber einlassen. Was gingen diesen Mann die Wünsche und Träume junger Mädchen an. Lebten sie nicht in einer anderen Welt?

Betty wie Caroline von Linsingen zeigten sich in ihren Aufzeichnungen als impulsive Menschen mit leidenschaftlichen Empfindungen, als Moralistinnen und Denkerinnen, die gleichwohl im nächsten Augenblick Gefallen an den seichtesten Wortspielen und Epigrammen fanden. Sie schrieben englisch und französisch, Betty auch hebräisch und italienisch. Ihre Vorbilder waren Pope und Addison, Pascal und *Ardinghello*. Sie lasen Voltaire, Lessing, d'Alembert und natürlich auch Shakespeare und Milton. Beide Mädchen hatten die Vorstellung, daß die Summe ihres Wissens und ihres Nachdenkens ein rundes Weltbild ergäbe. Doch gab es in Wirklichkeit nichts Widerspruchsvolleres als das Bild ihrer Welt. Sie hegten den Wunsch, ein makelloses Leben eigener Gestaltung zu führen, und zweifelten doch daran, denn: *«La durée de nos passions ne dépend pas plus de nous que la durée de notre vie.»*

Beide litten unter den Anfechtungen ihrer Jugend. *«La*

jeunesse est une ivresse continuelle, c'est la fièvre» lautete eine Eintragung in Bettys Tagebuch, während Caroline geschrieben hatte: *«Destroy love and friendship, what remains in the world worth accepting?»* Dennoch wußten sie, daß man einen Freund und Geliebten, der keine Fehler hat, nur finden kann, wenn man sich aus der Welt hinausbegibt. Betty hatte notiert: «Die Vollkommenheit erscheint auf Erden nur in Augenblicken, und diese allein sind unser Genuß.» Und Caroline: *«Whoever thinks a faultless piece to see, thinks what never was nor ever shall be.»* Beide mußten erleben, daß dunkle Gedanken sie überfielen. Über Bettys helles Gemüt gewannen sie seltener Macht als über die trotz ihres heiteren Sinns und ihres vernünftigen und vorurteilsfreien Geistes zur Melancholie neigende Caroline. Beide glaubten an die Gleichheit der Religionen und nahmen die Menschenliebe als Ersatz für jede Religion.

Die Passion, die sie erfaßt hatte, hielten sie vor aller Welt verborgen. Beide waren verliebt in einen Prinzen. Diese Prinzen waren Brüder und Söhne des Königs von England. Betty war auf einen tragischen Ausgang gefaßt, Caroline fühlte ihn, war aber sicher, daß sie sich irrte. Für beide Mädchen war dieser Frühlingstag in Pyrmont der Tag, an dem sich alles entscheiden sollte.

Betty wußte, wie sehr die jungen Männer sie wegen ihres wundervollen Haares, der reizenden geraden Nase, ihrer schönen Zähne und der herrlichen Augen bewunderten. Sie haßte sie deswegen, weil sie die gleichen Blicke auch auf einem schönen Pferd ruhen sah. Daß sie alle Verehrer vor den Kopf stieß, machte die einen schüchtern und brachte die anderen um den Verstand. Ihr und des Prinzen Ernst, der sich bei seinem Regiment in Isernhagen langweilte, neuester Einfall rührte von einer Theateraufführung her, in der er täuschend echt eine Frauenrolle gespielt hatte. Nach einigen Schwierigkeiten war es ihr gelungen, sich heimlich Männerkleider zu verschaffen, wie sie die Söhne des englischen Landadels trugen, wenn sie zum Studium nach Oxford gingen.

In ihrer Unterhaltung mit Malwine war sie so munter gewesen, daß die kleine Cousine zu der Ansicht gelangte, die morgendlichen heftigen Anfälle von Kopfschmerzen, über die Betty geklagt hatte und derentwegen sie im Hauskleid beim Frühstück erschienen war, hätten sich gebessert. Doch Betty weigerte sich weiterhin, mit dem Onkel, der Tante und Malwine nach Hameln zu den gemeinsamen Verwandten zu fahren, wo man auch übernachten wollte. Sie erklärte, daß sie sich für diesen Ausflug noch zu angegriffen fühle. Als das Haus am späten Nachmittag leer geworden war, da die Dienstboten bis auf einen Stallknecht Ausgang bekommen hatten, um die Anfahrt der Gäste des Ministers von Arnswaldt vor dem Ballhaus bewundern zu können, begann Betty damit, sich in einen sehr jungen englischen Studenten zu verwandeln. Ungestört setzte sie sich schließlich vor ihrem Spiegel eine blonde Perücke aus feinstem Naturhaar auf, die nach der neuesten Mode gelockt und frisiert war. Aus den Locken ragten in kunstvollem Arrangement Blüten, Schmetterlinge und Köpfe verschiedener Lebensalter, alles ausgewählt unter dem Motto der Schönheit des Vergänglichen. Den Kopfputz krönte ein kleiner roter Dreispitz, dessen Ränder ein Arkadenmuster schmückte. Ein Bild des jungen Lord Uxbridge hatte sie angeregt, der sich mit einem solchen Kopfputz hatte malen lassen.

Ihre Kostümierung war ihr glänzend gelungen. Sie bedauerte nicht mehr, auf die rote Uniform eines englischen Fähnrichs verzichtet zu haben, die meisten Offiziere, auch die hannoverschen, kannten sich in den Ranglisten aller Regimenter zu genau aus. Sie war sehr zufrieden mit ihrem Spiegelbild. Alle würden ihr Aussehen bewundern.

Das bevorstehende Abenteuer in einer Welt, die ihr als Jüdin sonst verschlossen war, schien ihr die letzten Augenblicke des Wartens zu den glücklichsten ihres Lebens zu machen. Sie ging zum Fenster, schob die schwere Gardine zur

Seite und spähte hinunter auf die Straße, bis sie das hochrädrige, leichte englische Coupé vorfahren sah.

Als sie zu Prinz Ernst in die Kutsche sprang, benahmen sich beide nicht wie ein Liebespaar, das ein Wiedersehen ungeduldig erwartet. In der Kutsche umarmten sich zwei junge Männer, die vorhatten, sich für ein paar Stunden aufs tollste zu amüsieren. Die Komplimente, die Prinz Ernst ihr machte, waren an den männlichen Freund gerichtet.

Der Prinz legte eine Hand auf ihr Knie. Einen Augenblick war sie starr, dann faßte sie sich. Wie ein ungestümer Junge ergriff sie die Hand des Prinzen.

«Ich freue mich wahnsinnig, lieber Ernst. Bist du heil hierhergekommen?» fragte sie. «Wie geht es dir?»

«Und Ihnen ... dir?» lachte der Prinz. «Das ist nun der Anfang unserer Reise, James.» Er legte den Arm um Bettys Schulter. «Rede ab jetzt nicht so viel wie sonst. Hier hast du ein Taschentuch, ich habe es für dich eingesteckt, mit meinem englischen Parfum darauf, daran hast du nicht gedacht, ich wußte es. Richard Dutton habe ich die Nachricht übermittelt, daß ich einen von seinen vielen Vettern Holmepatrick mitbringe. Er kennt keinen von ihnen und hat sie nie in Irland besucht. Geh ihm trotzdem lieber aus dem Weg. Hast du noch Fragen? Was hast du getrieben?»

«Mich geödet.» Betty sprach in ihrer tiefsten Tonlage und gähnte ein wenig gezwungen. Der Prinz konnte seine Begeisterung kaum zügeln und umarmte sie stürmisch.

«Wir werden uns amüsieren wie noch nie. Genau so habe ich mir unser Wiedersehen vorgestellt.»

Der Kutscher zog die Zügel an. Der Lakai sprang vom Wagen, um den Tritt herunterzulassen und den Herren zu öffnen. Sie waren vor dem Ballsaal angekommen. Sie stiegen lachend aus der Kutsche, zwei junge exzentrische Gentlemen, die von den Schaulustigen, die dichtgedrängt der Ankunft der Gäste zusahen, mit Hurrarufen und Beifallklatschen bedacht wurden.

11

Pyrmont, am Abend des gleichen Tages

Im Vorraum des Ballsaals wirkte alles ruhig und auf das übliche Zeremoniell bedacht. Lakaien standen für die Gäste Spalier zwischen Limonen und Orangenbäumen. Sie trugen zur üblichen Perücke und Livree Masken nach Lafontaines Tierfabeln. Alle an den Saal angrenzenden Räume waren geöffnet worden. Den Neuankommenden näherten sich mit tiefen Verbeugungen jeweils zwei Lakaien und führten sie mit Windlichtern durch dunkle Gänge und Räume, ein Labyrinth, ein Wald aus schwarzen Bändern, die man im Voranschreiten wie Zweige zerteilen mußte. Da und dort tauchte eine phantastische Tiermaske über einer roten Dienerlivree auf. Der Weg war lang. Prinz Ernst und Betty vernahmen ein eigenartiges Geflüster vieler Stimmen, das sie begleitete. Schließlich wurden ihnen die Türen zu einem hell erleuchteten Raum geöffnet. Der Saal, in den man von hier aus hineinsehen konnte, schien in Flammen zu stehen. Er war in verschiedenen Rottönen dekoriert und rot beleuchtet.

Es kostete beide einige Mühe, beim Anblick des Ministers und Gastgebers nicht laut loszulachen. Frisur und Bart hatte er Davids Bild *Der Schwur der Horatier* entlehnt. Herr von Arnswaldt war ein wohlbeleibter Mann mit hängenden Backen und einem kleinen, stets lächelnden Mund. Er hatte nicht die geringste Ähnlichkeit mit dem von David dargestellten römischen Patrizier.

Der Minister, der sich vor dem Prinzen verbeugte, vermochte nicht ganz seine Verwunderung über dessen unbekannten Begleiter zu verbergen. Frau von Arnswaldt mit dem Kopfputz der *Indianischen Witwe*, wie sie Wright gemalt hatte, schien die erforderliche melancholische Würde wie auf den Leib geschrieben.

«Was bedeutet das?» fragte sie laut beim Anblick der phantastischen Aufmachung des unbekannten, etwas befangen wirkenden jungen Engländers, neben dem Prinz Ernst mit der schwarzen Augenklappe eines Invaliden, auf die ein riesiges, starrblickendes Auge gemalt war, fast bescheiden wirkte. Die Antwort ging im Lärm der Dudelsackmusik, die nebenan im Saal einsetzte, unter. Auch andere Blicke richteten sich jetzt auf den Prinzen und seinen Protégé. Man fragte sich, wer der elegante junge Mann sei, den Prinz Ernst bei sich hatte. Der Minister, der vom Prinzen den Namen erfuhr, stellte ihn seiner Frau vor: «Lord Holmepatrick, meine Liebe. Einer von Lord Duttons irischen Vettern.»

Frau von Arnswaldt lächelte nach allen Seiten und versuchte, sich mit dem jungen Lord zu unterhalten, dessen bezauberndes Auftreten großen Eindruck auf sie machte. *Trés, trés jeune*, dachte sie, ihn unverwandt anstarrend, senkte aber plötzlich den Blick. Sie hatte daran gedacht, was über Prinz Ernst und seine Vorliebe für junge Männer gesagt wurde.

Inzwischen stellte der Minister dem Prinzen einige Gäste vor. Es verbeugten sich eine Ananas, eine Birne und eine zum Uhrwerk gewordene Perücke. Die Gräfin Lichtenau hatte ihren Kopf in einen Käfig gesteckt, Lady Huxley zeigte sich als Frau mit zwei Gesichtern.

Es fügte sich glücklich, daß jeder für das späte Souper einen Phantasienamen seines Tisches erhalten hatte, so daß ein allgemeines Rätselraten einsetzte, was denn mit den Kostümen und Perücken gemeint sei. Dem Prinzen schien der Augenblick günstig, in den Saal zu entschlüpfen, als der Kurator und Minister von Stralenheim in Begleitung seiner Tochter hereinkam. Henriette von Stralenheim trug eine viereckige grüne Perücke, die wie ein Koffer auf einer Stange aussah und deren unterer Teil eine Art Rasen darstellte, der sich um Stirn und Wangen schmiegte. Auf dem kofferartigen Gebilde war als Dekoration ein kleiner weißer, nach französischer Manier gestutzter Pudel angebracht.

«Nun, was meinen Königliche Hoheit dazu?» Mit seinen energischen, kalten Augen betrachtete der Kurator seine Tochter und die übrigen phantastischen Köpfe in einer Art spöttischen Mitleids. Sein Blick zwischen den verengten Lidern ruhte schließlich auf dem jungen Lord.

«Eine gute Idee», erwiderte der Prinz. Er wußte selbst nicht, was er eigentlich sagen wollte, da er unsicher war, ob der Kurator Betty erkannt hatte. «Ich deute den Kopfputz von Baroneß Henriette mit dem Motto von Walpole: Die Kunst bekämpft die Natur.» Die Lorgnons richteten sich auf den grünen Kopf. «Man köpft die Bäume und stutzt die Zweige. Deswegen sehen die meisten Lustwäldchen in Frankreich wie eine Versammlung von grünen Koffern auf Stangen aus.»

Man nahm das für eine Anspielung auf die Köpfe, die jetzt in Frankreich auf Stangen gespießt wurden, und legte es ihm als Taktlosigkeit aus. Er merkte, daß er eine Dummheit gesagt hatte.

«Hier steht der französische Absolutismus der englischen Freiheit gegenüber», fügte er noch hinzu.

«So, so», sagte Herr von Stralenheim nach einer Pause, «eine interessante Interpretation.»

Henriette hatte ihre ganze Aufmerksamkeit dem jungen Engländer zugewendet. Auch ihr schien er bekannt vorzukommen. Da Lord Holmepatrick ihren forschenden Blick auf sich ruhen fühlte, richtete er seine dunklen, lebhaften Augen auf Henriette. Sie stieß unwillkürlich einen kleinen Schrei aus. Dieser fremde junge Mann glich ebensosehr Jakob wie Betty Gumprecht. Träume ich? dachte sie. Nein, vor ihr stand kein Gespenst, sondern ein hübscher junger Engländer, in den der Prinz ziemlich verliebt zu sein schien.

Jetzt meldete ein Lakai mit einem Eulengesicht den Major Karl von Linsingen. Ihm war zur Verwandlung seines Kopfes nur eine weiße Halbmaske eingefallen, ein Überbleibsel aus der Zeit, da sein Urgroßvater mit dem Kurfürsten alljährlich nach Venedig zum Karneval gefahren war.

«Your Royal Highness, I am astonished to see you in Pyrmont», bemerkte er, nachdem er sich knapp vor Prinz Ernst verbeugt hatte, ohne den Mund zu einem Lächeln zu verziehen.

Prinz Ernst lachte und sprach von einem Sturz vom Pferd beim Exerzieren, dem er ein paar Tage Sonderurlaub verdanke.

James Holmepatrick hatte dem Major, noch ehe er herangetreten war, den Rücken zugekehrt. Nun hörte er höflich Georg von Scheele zu, der es nicht unterlassen konnte, vor dem englischen jungen Gecken ein wenig über die hannoversche Damenwelt herzuziehen. Scheele hatte sich mit den Scheuklappen eines Pferdes kostümiert, trug auf dem Kopf Pferdeohren und darüber den netzartigen rotgeränderten Überzug, der den Tieren zum Schutz gegen Schmeißfliegen angelegt wird. Plötzlich senkte er die Stimme.

«Auf diesem wundervollen Ball wird sich alles um die Prinzen drängen, aber sie werden von Spitzeln umgeben sein und ständig beobachtet werden. Warnen Sie Prinz Ernst. Er soll in Göttingen kein Geld mehr leihen. Vor allem ...» Er sprach nicht weiter, denn der Major wandte sich ihnen jetzt zu.

Er starrte den jungen Engländer mit der bizarren Perücke an wie einen Geist. Dem half sein erstaunlicher Leichtsinn: Lord Holmepatrick fixierte den Major ganz ungeniert. Der Prinz kam seinem Begleiter zu Hilfe.

«Mein Bein schmerzt», sagte er und stöhnte. «Komm, James, ich möchte mich im Saal ein wenig hinsetzen.»

Auf James' Schulter gestützt humpelte er in den Saal. In einiger Entfernung sahen sie einen großen weißhaarigen Herrn neben zwei jungen Mädchen und einer korpulenten Dame stehen, deren Kopfputz von einem Riesenschmetterling gekrönt war. Es war der General Johann Wilhelm von Linsingen mit seiner zweiten Frau und seinen Töchtern. Die jüngere der beiden Schwestern trug die blonden Haare sehr üppig *à la grècque* frisiert und blickte sich suchend im Saal um. Dabei schenkte sie dem jungen Holmepatrick, um den Prinz Ernst seinen Arm gelegt hatte, einen langen, neugierigen Blick.

Auch Prinz Ernst war die Tochter des Generals aufgefallen.

«Welch prachtvolle Augen», sagte er zu seinem Begleiter. «Überhaupt, das ganze Mädchen ist bezaubernd ... Weiß Gott, sie hat dich angelächelt. Das ist wahrhaftig ein Erfolg. Keiner hat dich erkannt. Dabei starren dich alle an. Du hast wirklich den tollsten Kopf, James, alter Junge.»

Die Musik setzte ein, die ersten Paare traten zum Kontratanz an. Prinz Ernst steuerte auf eine Reihe von Stühlen zu und ließ sich nieder. James blieb neben ihm stehen und fächelte sich mit dem ihm zugesteckten Spitzentaschentuch Kühlung zu. Ein Lakai drängte sich durch die eng gedrängt stehenden Menschen, den gelben Rabenschnabel hin- und herwendend. Endlich wurde er des Prinzen Ernst ansichtig und reichte ihm auf einem silbernen Tablett ein zusammengefaltetes Papier.

«Kgl. Hoheit! Aus Göttingen, Jude Gumprecht. Im Gasthaus. Sagt, will S. K. H. besuchen» war in ungelenken Zügen darauf geschrieben.

Der Prinz kannte die Schrift seines Burschen. James hatte ihm über die Schulter geblickt und mitgelesen. Ein Stallknechtsfluch, den er in der Universitätsreitbahn aufgeschnappt hatte, entfuhr ihm. Der Prinz drückte seinen Arm und sah den Lakaien scharf an.

«Bestell Er meinem Diener, er möge dem Herrn ausrichten, daß ich von hier aus verreise. Ich bedaure, ihn nicht treffen zu können.»

«Nicht weit von ihnen sah James den Major neben seinem Bruder, dem General, stehen und dem Tanz zuschauen, zu dem fünfzehn in grelle Farben gekleidete Zigeuner aufspielten. Es erklang die beliebteste Melodie der Saison, *A Spanish Gipsy Girl.*

James beugte sich zu Prinz Ernst hinunter. «Wirklich, Jakob ist niemals aufdringlich. Es muß etwas geschehen sein.»

Der Prinz schien nicht sonderlich berührt. James fuhr fort: «Aber ich will Jakob auch nicht sehen. Ich kann ihm nicht helfen und er mir nicht.» Der Diener zog sich zurück.

In diesem Augenblick kam Caroline von Linsingen an ihnen vorbei. Sie betätigte ihren Fächer ungestüm und nahm keine Notiz von ihrem Begleiter, dem Grafen Schwiecheldt.

«Warum haben Sie ausgerechnet den Kopfputz der Gräfin Yarmouth für sich gewählt?» sagte dieser nicht eben leise, so daß James es hören konnte. Er sprach in ausgesucht höflichem Ton, doch war nicht zu verkennen, daß er etwas auszusetzen hatte.

Das junge Mädchen lachte. «Sehe ich ihr nicht ähnlich? Zumindest nach dem Porträt in Vaters Zimmer. Oder stört es Sie etwa, daß sie die Mätresse des Königs war? Im Ernst?»

Die beiden waren stehengeblieben. Der Graf machte ein finsteres Gesicht. Caroline schien sich darüber zu amüsieren. Sie nahm eine Konfitüre von dunkler Farbe, die ein Lakai anbot. James sah sie unverwandt an. Schließlich bemerkte Caroline seinen Blick und schaute erstaunt in seine Richtung. Sie lächelte. Prinz Ernst stand auf und begrüßte sie. Sie versank in einen tiefen Knicks, Graf Schwiecheldt verneigte sich.

«Du warst doch voriges Jahr in Kew, James? Hast du dort nicht bei der Königin den General von Linsingen kennengelernt? Nein?» Er schüttelte wie verwundert den Kopf. «Nun, dies hier ist seine Tochter.»

Caroline wirkte unruhig. Anstatt ein Wort zu sagen, blickte sie sich im Saal um. Dann erkundigte sie sich, wie spät es sei. James machte ihr Komplimente wegen ihres ausgezeichneten Englisch, und nach wenigen Minuten schien es, als könnten sie einander nicht mehr ausweichen. Prinz Ernst amüsierte Carolines Bemühen, die leidenschaftlichen Blicke seines Freundes nicht zu bemerken, gleichzeitig entdeckte er ein gewisses Unbehagen darüber, mit welcher Brillanz James seine Rolle spielte. Wenn ein junger Mann, dessen müßige Anteilnahme eine hübsche Frau gefesselt hat, beobachtet, wie sie plötzlich einen anderen in seiner Gegenwart offensichtlich auszeichnet – wie wäre er nicht unangenehm berührt? Er betrachtete die beiden und vergaß fast, daß James Holmepatrick gar kein Mann war.

James bat Caroline um einen Tanz, Prinz Ernst schaute dem hübschen Paar nach. Er war in verdrießlicher Stimmung, da er sich mit seinem angeblich verletzten Bein selbst vom Tanzen ausgeschlossen hatte.

So fanden ihn seine Brüder. Da sie inkognito in Pyrmont waren, hatte der Tanz vor ihrem Erscheinen beginnen können.

Dem Herzog von York und dem Herzog von Clarence war anzumerken, daß sie noch unter dem Eindruck der Begegnung mit den französischen Emigranten standen. Prinz William und Prinz Frederick hatten auf dem Weg zum Ball des Ministers auf dem Schloß Station gemacht und beim Fürsten von Waldeck ein vertrauliches Gespräch mit dessen Gästen geführt.

«Was mich betrifft», sagte Lord Dutton, der zu dem kleinen Gefolge gehörte, «so bin ich von einer Sache fest überzeugt.»

«Und das wäre?» fragte Prinz Ernst, weil er die Ansicht dessen hören wollte, der von ihnen die meiste Erfahrung besaß.

«Daß etwa geschehen muß,» sagte er, «um den König von Frankreich zu retten, den seine Brüder verraten haben.»

Prinz Frederick meinte, das sei alles Unsinn, der König habe seine Lage selbst verschuldet. Warum habe er sich vom Pöbel zwingen lassen, die rote Mütze der Galeerensträflinge aufzusetzen und sich in dieser Aufmachung vom Balkon aus dem Volke zu zeigen? Habe er sich damit nicht selbst seines Amtes enthoben? Würde selbst der bevorstehende Krieg daran noch etwas ändern?

«Der König ist ein Narr!» schloß er. «Der Graf de Provence hat die Absicht, sich in Koblenz zum Regenten ausrufen zu lassen und ein Ministerium zu bilden, wenn es seinem Bruder in Frankreich nicht gelingt, sich die Franzosen wieder zu unterwerfen. Er müßte die Deputierten, die Nationalgarden, die Mitglieder der Kommune und die Friedensrichter mit militärischer Aburteilung ohne Hoffnung auf Begnadigung bedrohen. Doch dazu ist es zu spät. Die ...»

«Halt, halt», unterbrach ihn Lord Dutton, «ich teile diese Meinung durchaus nicht. Wir befinden uns hier in Sicherheit, wie die Brüder des Königs. Wie dürfen wir es wagen, ihn zu verurteilen?»

Das Gesicht des Herzogs von York nahm für einen Moment einen boshaften Ausdruck an, doch lachte er gleich darauf.

«Wenn ich Ludwig XVI. wär –» warf Prinz Ernst ein, während Prinz William offenbar gar nicht zugehört hatte – «doch genug von ihm, wollen wir uns denn durch ihn den Abend verderben lassen?»

Man bewunderte die Masken.

Prinz William trug einen hohen gelben Turban mit einer weißen Pfauenfeder, die von einer großen Brillantagraffe gehalten wurde. Er schien sich nur für die Tanzenden zu interessieren. Mit einemmal erblickte er Caroline von Linsingen an der Hand des jungen Holmepatrick. Auch Prinz Ernst hatte in diesem Augenblick das Paar entdeckt und war so betroffen, daß es den anderen nicht entging.

Am Ende des Saales bildeten der Minister, einige hohe Offiziere und andere Würdenträger einen Kreis um die

Herzogin von Braunschweig und ihre Tochter, die Prinzessin Caroline, die zu rot geschminkt war. Sie trug ein eng geschnürtes und tief ausgeschnittenes grünes Kleid und einen mächtigen Kopfputz aus Federn und grünem Atlas, eine Feenkrone. Das Gespräch hatte sich den Prinzen zugewandt. Der Minister lobte die Passion des Prinzen William für die Seefahrt.

«Wissen Sie», sagte die Herzogin zu ihm, «das ist kein Gegenstand des Interesses mehr.» Sie blickte zu den Prinzen hin, die sich seit ihrer Ankunft nicht vom Fleck gerührt hatten. «Mein Neffe ist allzu romantisch veranlagt.»

Sie verstummte, denn sie sah, daß der General von Linsingen, der sich zu den Prinzen gesellt hatte, nun an ihrer Spitze auf sie zu kam.

Caroline beobachtete von der Tanzfläche aus, wie Prinz William sich vor seiner Cousine verbeugte. Sie verpaßte beinahe James Holmepatrick, dessen Hand sie ergreifen mußte. Er bemerkte, daß sie gar nicht auf die nächste Figur achtete und schrecklich zerstreut war.

«Was gibt es dort zu sehen, berichten Sie.» An der hochgereckten Hand drehte er sie im Kreis.

«Wollen Sie von mir Genaueres über gewisse Kurgäste erfahren? Ich errate, um was es dabei geht, denn mit Ihnen beschäftigt man sich auch. Graf Schwiecheldt zum Beispiel möchte alles über Sie wissen.»

«Mademoiselle, reden wir doch vernünftig miteinander. Bedenken Sie, ich kann in Ihrer Seele lesen. Sie verbergen ein Geheimnis!»

Caroline sah ihn an. «Und Sie? Haben Sie nicht etwa ...» Sie errötete, wandte ihr Gesicht ab und sah, wie Prinz William mit der Prinzessin plauderte.

Der Tanz war zu Ende. Caroline legte ihre Hand auf den Arm, den ihr der galante junge Engländer bot, und verließ mit ihm den Saal. Sie wies auf die Treppe, die zur Galerie führte, welche an drei Seiten den Saal umlief.

«Kommen Sie, lassen Sie uns hinaufgehen.»

Oben öffnete James die Tür zu einem kleinen Zimmer, in dem Spieltische aufgestellt waren. Mit einem Wachsstreichholz entzündete er die Kerzen eines Wandleuchters. Er tat es langsam, ein heiteres, schelmisches Lächeln auf den Lippen.

«Was denken Sie von mir, Mademoiselle Caroline?» fragte er. «Gewiß haben Sie an mir etwas auszusetzen?»

«Ich ... Lord James, ich habe an etwas ganz anderes gedacht ... mein Onkel Karl von Linsingen sagte vorhin, er sei fast sicher, daß er Sie kennt.»

«Hören Sie. In einem Punkt bin ich eigen. Ich will, daß man mir die Wahrheit sagt ... und mir nicht ausweicht. Sehen Sie mich doch an. Warum sehen Sie mich nicht an?»

Caroline war vor einen Spiegel getreten und beschäftigte sich damit, das Arrangement von Bändern, künstlichen Ölbaumblättern und der Helmzier einer Siegesgöttin auf ihrem Kopf zu ordnen. James folgte mit Aufmerksamkeit jeder ihrer Bewegungen. Sie gefiel ihm ungemein.

«Ich fühle, daß wir Freunde sein werden. Ihr Gesicht gefällt mir. Und wie gefalle ich Ihnen?» setzte er ein wenig dreist hinzu. Er sprach ein auffallend gewähltes Englisch.

«Was sagen Sie da, Mylord?»

«Erstens sollen Sie mich James nennen. Zweitens, ist es eine Gewohnheit der Deutschen, niemals geradeheraus zu sagen, was sie fühlen? Das paßt nicht zu Ihnen. Ich gefalle Ihnen doch?»

«Sagen Sie mir, woher Sie kommen und weshalb Sie in Pyrmont sind.» Sie stellte sich vor ihn hin. «Ich mag die Iren, müssen Sie wissen. Sie sind ein Freund von Prinz Ernst. Kennen Sie auch die anderen Prinzen? Sind Sie Offizier? Übrigens, Sie gefallen mir. Ich will es nicht leugnen.»

Er schüttelte langsam den Kopf. «Ich studiere in Oxford.»

Sie erkannte, daß ihre Fragen ihm nicht gefielen. James glaubte sich nicht zu täuschen, sie war über irgend etwas bekümmert und wollte es ihn nicht merken lassen. Er schwieg. Sie betrachtete ihn mit Neugier. Sein Gesicht erschien ihr noch reizender als zuvor beim Tanzen. Etwas in seinem Wesen weckte ein Entzücken in ihr, das sie bis dahin nie gespürt hatte. Sie fühlte sich mit einemmal wohl wie ein Fisch im Wasser und hatte kein Bedürfnis mehr danach, dieses Zimmer so schnell wie möglich wieder zu verlassen.

«Wie Sie mich ansehen», sagte sie langsam.

Er trat näher auf sie zu, sie wich ein wenig zurück und lehnte sich an den Türrahmen.

«Ich habe gehört, daß man Sie bald verheiraten wird», sagte er teilnahmsvoll. «Sie scheinen recht unglücklich. Wem wird man Sie zum Opfer bringen? Habe ich es richtig erraten, Ihr Vater hat diesen Grafen Schwiecheldt ausgesucht? Hätte er nicht besser mich ins Auge gefaßt? Sagen Sie es offen, wie wäre Ihnen dann zumute?»

Ein Schweigen folgte.

«Ich sehe, ich habe Sie erschreckt.» Er nahm ihre Hand, wobei sie keinen Widerstand leistete. «Schicken Sie den Grafen wieder fort. Die Zeiten sind vorbei, in denen man uns zwingen durfte. Wir können selbst über unser Glück bestimmen. Ich gebe zu, es kann gefährlich werden, aber ... Könnten wir beide nicht zusammen glücklich sein?»

Er sah sie zusammenzucken, spürte aber nicht die geringsten Gewissensbisse. Hatte er nicht heute früh ganz ähnlich zu Malwine gesprochen?

«Ich bin frei in meinen Entschlüssen, ich brauche niemanden um Erlaubnis zu fragen. Mein Vermögen ist groß, ich kann uneingeschränkt darüber verfügen. Ich habe einen sehr gütigen, sehr alten Vater. Wenn ich Sie eines Tages fragen würde, ob Sie nicht Lust hätten, das triste Hannover zu verlassen, um mit mir zu reisen, was würden Sie sagen? Wir würden fremde Länder besuchen, uns niederlassen, wo es uns gefällt, und wieder fortgehen. Was sagen Sie dazu?»

Caroline fühlte sich wie gelähmt. Sie war bereit gewesen, Prinz William zu gestehen, daß sie seine Liebe erwidere. Diese Szene hatte sie sich in allen Einzelheiten so deutlich ausgemalt, daß sie meinte, sie hätte sie schon erlebt. Statt dssen war sie auf dem Ball bisher an der Seite des Grafen Schwiecheldt gewesen, fast versteinert und wie betäubt von der immer stärker werdenden Gewißheit, daß Prinz William und ihre Namensschwester Caroline ... unmöglich, daran zu denken.

«Was ist Ihnen?» James fühlte, dies war nun doch kein Spiel mehr, kein harmloses Geplauder. Er faßte nach ihren beiden Armen, er stand jetzt zwischen ihr und der Tür. Hingerissen von seiner Verwandlung und der Überzeugungskraft seiner neuen Rolle schenkte er der Vernunft kein Gehör mehr. Ist meine Moral wirklich ganz verdorben? schoß es ihm durch den Sinn. Dann umarmte er Caroline und drückte seinen schönen Mund auf ihre Lippen, heftig wie ein junger Taugenichts. Caroline verteidigte sich nur schwach.

«Hören Sie doch ... Glauben Sie doch nicht ...»

James spürte, daß sie nicht kalt blieb, daß sie wie aus langen Träumen mit einemmal erwacht war. Seine Flucht in die Rolle des stürmischen Liebhabers gelang ihm immer besser.

Plötzlich befreite Caroline sich mit einem kleinen Aufschrei aus der Umarmung.

«Was fällt Ihnen ein! Sie sind vollkommen sittenlos. Wer sind Sie?» Sie war verwirrt, ohne echten Zorn zu verspüren.

«Wenn Sie wollen, verlasse ich Sie sofort.»

«Sagen Sie mir, wer Sie wirklich sind!»

James machte eine übertriebene Verbeugung, wie sie nur am Hof von Frankreich noch üblich war. Sich das Lachen verbeißend legte er die rechte Hand auf das Herz.

«Euer Gnaden fragten nach meinem Namen? Betty Gumprecht aus Göttingen, zu Ihren Diensten.»

«Ist das ein neuer Scherz?»

Caroline hatte den Namen Gumprecht öfter aus dem Munde ihres Onkels Karl, des Majors, gehört. Er hatte seine Anschauungen über die Eigentümlichkeiten der Juden im Kreise seiner Familie wiederholt auseinandergesetzt. Er hatte behauptet, es läge in der Macht der Juden, sich den Willen eines Christen ganz und gar zu unterwerfen. Er erklärte das Phänomen mit Magnetismus, ein Wort, das jetzt in aller Munde war. Caroline hatte die Darlegungen ihres Onkels immer für übertrieben gehalten. Jetzt war sie auf einen der Stühle gesunken, die um den Fächer gefalteten Hände im Schoß, und saß wie erstarrt unbeweglich da. Eine Jüdin. Nach ihrer festen und unerschütterlichen Meinung war den Juden durch Gottes Zorn die Welt, die doch für alle Menschen gleich geschaffen schien, verschlossen. Dieser und jener von ihnen stieg zu Reichtum und Ehren auf und gelangte damit auch zu Einfluß. Es änderte jedoch nichts daran, daß die Juden abgeschieden lebten, wie hinter unübersteigbaren Mauern, durch die kein Tor führte. Und nun begleitete eine Jüdin, als Mann verkleidet, einen königlichen Prinzen auf den Ball des Ministers von Arnswaldt, und versuchte, sie zu verführen!

«Sie machen ein Gesicht, als wäre ich ein böser Geist,» sagte Betty. «Machen Sie sich keine Sorgen. Ich reise noch heute nacht ab, ich kann es wagen, als Mann zu reisen. Selbst Ihr Onkel hat mich nicht erkannt. Und ich verspreche, daß ich, da ich ein Mädchen bin, Ihnen treu bleiben werde.»

Ihre Gestalt erschien Caroline immer noch hinreißend schön, und nicht minder beeindruckten sie ihre selbstbewußten, eleganten Bewegungen. Vorhin beim Tanzen hätte sie sich nichts Reizenderes vorstellen können, nichts Verführerischeres. Jetzt sah sie Betty erstaunt an, die es wagte, solche Worte über die Lippen zu bringen. Sie spaßt nicht mehr, dachte Caroline bei sich. Ihre Entrüstung war von kurzer Dauer gewesen.

«Wohin fahren Sie denn? Wie kommt es, daß Sie diese Freiheit haben? Ich dachte, die Juden sind so streng in ihren Sitten.»

«Jeder soll tun, was ihm als recht erscheint», sagte Betty mit großer Sicherheit. «Niemand ist für das verantwortlich, was ich tue oder lasse, nur ich allein.»

«Gilt das auch für mich?»

Betty nickte. «Es gibt keine Unterschiede.»

«Wieso nicht?»

«Weil die Seelen alle gleich sind.»

«Also glauben Sie zum Beispiel, daß ein Jude die gleiche Seele hat wie ein Christ? Und daß der dicke Zigeuner mit der roten Nase, der dort unten die Geige spielt, auch die gleiche Seele hat?»

«Das Sonnenlicht bescheint den einen wie den andern. Was kommt es auf das Äußere an, die Herkunft?»

«Sie wollen sich über mich lustig machen.» Sie hob die Augen, an der kassetierten Decke waren sehr nachgedunkelte Malereien zu sehen. «Ich habe gehört, daß die Juden so sind. Sie lachen über die Christen.»

Von unten dröhnten Pauken und Trompeten. Eine Regimentskapelle hatte die Zigeuner abgelöst. Caroline gestand sich ein, daß eine solche Unterhaltung nicht auf einen Ball gehörte.

Und Betty, der das Gespräch keine glückliche Wendung zu nehmen schien, schlug vor, zurückzugehen und zu tanzen. Sie führte Caroline zu ihrem Vater zurück.

Kurze Zeit darauf waren Prinz Ernst und Lord Holmepatrick verschwunden.

Lord Dutton, der sich auf die Suche nach seinem unbekannten Vetter gemacht hatte, bemerkte es als erster, bald war die Verwunderung allgemein. Die Laune des Majors von Linsingen litt sichtlich.

Prinz William tanzte mit der Prinzessin Caroline. Caroline von Linsingen beobachtete sie. Er hatte ein hochrotes Gesicht, als leiste er schwere Arbeit. Die Prinzessin sprach viel und laut und nahm offenbar kein Blatt vor den Mund. Konversation zu machen hielt sie für Zeitverschwendung, obwohl sie dadurch männlich wirkte und, schlimmer noch, ziemlich unmodern. Ihre außerordentliche Klugheit äußerte sich in einer Art, die den Männern auf die Nerven fiel. Ihre Mutter, die inmitten der ranghöchsten älteren Damen auf der Empore an der Schmalseite des Saales thronte, folgte ihr besorgt mit den Augen. Prinz William schien ganz entgegen seiner Gewohnheit gelassen darüber hinwegzusehen, daß das Mundwerk seiner Cousine für keinen Augenblick stillstand.

Was beim Anblick des Paares in Caroline vorging, war so neu und so fremd, daß sie kaum zu atmen wagte. Wo gab es einen Ort, an dem sie selbst sich mit dem Prinzen in der Öffentlichkeit hätte blicken lassen können? Mit einemmal kam ihr zum Bewußtsein, was der hübsche Kopfputz der Gräfin Yarmouth, der ihr immer so gut gefallen hatte und der ihr gut stand, in den Augen des Prinzen aus ihr gemacht haben mußte. Söhne vom Prinzen – illegitime Bastarde in Günstlingspositionen. Nein, sie würde lieber sterben, als einem Grafen Wallmoden zum Leben zu verhelfen. William war der einzige Mann, den sie haben wollte und den sie niemals besitzen durfte, niemals. Sie eilte aus dem Saal, nach oben, in das Kabinett mit den Spieltischen. Ohne in den Spiegel zu sehen riß sie sich die Helmzier, die Bänder und die Blätter aus der kunstvollen Frisur, warf alles zu Boden: bald umhüllte in wirren Strähnen ihr Haar Kopf und Schultern.

Die Kapelle stimmte eine Polonaise an. Danach sollte das Essen serviert werden.

Der Prinz führte die Prinzessin Caroline von Braunschweig zu ihrer Mutter zurück. «Da Sie nun einmal gefangen sind und hier mit mir tanzen müssen,» sagte sie, «statt in der Nähe einer gewissen Dame in London zu sein – reißen Sie doch die Augen nicht so auf und machen Sie kein böses Gesicht, ich verstehe Sie und verspreche Ihnen, Sie in jeder Himmelsrichtung, die Ihnen gefällt, zu entlassen. Wollen Sie wissen, was ich am meisten liebe?»

«Frei zu sein», sagte der Prinz.

Sie sah ihm offen ins Gesicht. «Vor allem Freiheit, ja. Sie geht mir über alles. Mein Vater ist darin mein Vorbild, und er wird es immer für mich sein, bis zu meinem Tode. Er hat mir die Augen dafür geöffnet, wie furchtbar jede Art von Sklaverei ist. Jetzt begreifen Sie womöglich, daß ich mich vielleicht von der Vernunft überzeugen lasse, diese oder jene Heirat einzugehen, doch neben dem Mann, mit dem man mich zusammentut, will ich frei sein, vollkommen frei wie der Wind, und ich weiß, daß ich das erreichen werde.» Die Prinzessin schwieg und winkte mit ihrem kleinen Batisttaschentuch der Gräfin Münster zu, die nach ihr Ausschau hielt.

«Ich überlege alles sehr genau. Nur die Folgen von dem, was ich selbst tue, überlege ich nie. Und ich glaube nicht daran, daß im Jenseits Rechenschaft von mir verlangt wird. Aber Sie hören ja gar nicht zu!»

Der Prinz, der nach Caroline Ausschau hielt und sie nicht entdecken konnte, sagte zerstreut: «Natürlich höre ich alles, was Sie sagen, Caroline. Mit Interesse sogar.»

Die Prinzessin blieb stehen. Die Art, wie er ihren Namen aussprach, halb widerwillig, halb zärtlich, schien ihr merkwürdig.

Prinz William fragte sich, warum sie ihm das alles sagte. Wollte sie nur erreichen, daß er sie im richtigen Licht sah? Bestimmt log sie nicht. Aber es stimmt, daß sie durchtrieben ist. Und in Kürze wird sie ganz exaltiert sein. Dabei ist sie nicht einmal schön. Wo ist meine Bajadere? dachte er.

Sie hatten die Empore erreicht. Die dicke Gräfin Münster stand in ihrem üppigen Reifrock auf der untersten Stufe, um ihren Zögling in Empfang zu nehmen. Auf ihrem dicken Kinn saß eine *mouche* aus schwarzem Taft. Es kostete sie Mühe, den Triumph darüber zu verbergen, daß endlich alles in Ordnung zu kommen schien.

Caroline von Linsingen saß noch immer in dem Raum mit den grünbezogenen Spieltischen. Sie glaubte, noch niemals eine solche Ermattung des Körpers und der Seele empfunden zu haben. Etwas unabweislich Kaltes, widerlich Lästiges drang von allen Seiten wie winterliches Dunkel auf sie ein. Sie wußte nicht, wie sie sich von diesem Dunkel, von dieser Bedrängnis losmachen sollte. Ein Gefühl der Verzweiflung schien sie zu lähmen. Sie wußte nicht, wie lange sie so gesessen hatte, als die Tür geöffnet wurde und Prinz William hereintrat.

12

Pyrmont, am nächsten Tag

Pünktlich um sieben Uhr früh stimmte im Freien, am Ende der Allee, ein Blasorchester den Morgenpsalm an und gleich darauf einen englischen Tanz, um die Brunnengäste aufzumuntern. Während die Bauern, die um vier Uhr früh als erste an der Quelle gewesen waren, sich davonmachten, einige vom Branntwein, den sie nachgetrunken hatten, nicht mehr fest auf den Beinen, zogen wie strahlende Schmetterlinge die ersten bunten Sonnenschirme der Damen zwischen den Bäumen vorüber. Herren im vollen Glanz der Uniformen oder eleganten knielangen, hinten bis zur Taille geschlitzten Röcken in den verschiedensten Farbschattierungen begleiteten sie. Man traf Verabredungen zum Frühstück im Kaffeehaus, im Ballsaal oder auch an einem schattigen Platz im Freien. Die Morgenstunde rief bei den Jüngeren eine dünne, bebende Erregung hervor und weckte einen fast übersinnlichen Glauben an das Glück, welches dieser Tag bringen mußte. Alles war voller Zauber und Verheißung. Es galt nur, das Glück festzuhalten und lebenslang zu genießen, denn es würde sich nicht ein zweites Mal zeigen.

Prinz William, der es gewohnt war, so früh aufzustehen wie die Bauern, kam mit Lord Dutton von einem Morgenspaziergang in das benachbarte Lüdge zurück, als gerade die Musik einsetzte. Er war sehr schweigsam gewesen. An einer

Wegbiegung blieb er stehen und sah auf die Uhr. Es war kurz nach sieben. Er schien aufgeregt.

«Was fehlt dir?» erkundigte sich Lord Dutton.

Der Prinz wandte der hübschen Aussicht auf Pyrmont den Rücken und schien die Frage gar nicht gehört zu haben. Er vermochte an nichts anderes zu denken als an den Augenblick, als er gestern abend auf der Suche nach Caroline am Ende in das Spielzimmer eingetreten war und was geschehen war, als er sie dort gefunden hatte.

Er fühlte keinerlei Gewissensbisse, fürchtete aber Lord Duttons Vorwürfe, wenn er sich ihm anvertraute.

«Gestern abend», begann er lächelnd und stockend zugleich, «habe ich dich in Erstaunen gesetzt, heute will ich es noch mehr. Mit niemandem außer dir würde ich ... also geradeheraus, du bist mein Freund, du wirst es für dich behalten, nicht wahr? Ich habe Caroline von Linsingen einen Antrag gemacht.»

Lord Dutton fuhr zusammen und sah Prinz William an.

«Caroline von Linsingen, sagst du?»

«Nun ja doch. Du machst ein Gesicht, als hätte ich den Verstand verloren und wäre dabei, dich um deinen zu bringen. Bin ich nicht hierhergeschickt worden, um zu heiraten?»

«Du wirst dich zugrunde richten», bemerkte Lord Dutton.

«Ich suchte sie. Ich fand sie in Tränen. Was fehlt Ihnen? fragte ich und nahm sie in die Arme. Sie schluchzte stärker, und ich erfuhr, daß sie mich liebt.»

«Hat sie dir einen Korb gegeben?»

«Nein.» Prinz William schien verwirrt. «Mußte sie das denn tun?»

Der Lord ergriff seine Hand. «Du willst wissen, ob ich auf deiner Seite bin?» sagte er mit Entschlossenheit. «Ja, das bin ich. Aber dieses Mädchen heiraten, nein, das kannst du nicht. Der Skandal wäre nicht auszudenken. Und wie konnte sie dir überhaupt Glauben schenken? Sie muß doch wissen, daß du dich damit – und sie ebenso – zugrunde richtest.»

«Ich weiß, ich weiß», unterbrach ihn der Prinz ungeduldig, «aber ich denke nicht daran, auf dich zu hören.» Er fand, was Dutton gesagt hatte, unpassend. Es klang, als habe er leichtfertig mit dem Feuer gespielt. Das Bild Carolines hatte sich seinem Gedächtnis unauslöschlich eingeprägt, wie sie mit aufgelösten Haaren und geröteten Wangen auf ihn gestarrt hatte, als er das Zimmer betrat.

Lord Dutton bewahrte seine Kaltblütigkeit. Er glaubte den Prinzen gut zu kennen. Sicher war er schon ernüchtert und überlegte bereits, wie er den Kopf aus der Schlinge ziehen konnte.

«Was ist jetzt zu tun?» fragte er. «Was wird aus der Prinzessin Caroline und den Hoffnungen ihrer und deiner Eltern? Sie ähnelt ihrem Vater. Trotz ihrer Abneigung, verheiratet zu werden, ist ihr Stolz viel zu groß, um eine Absage einfach hinzunehmen. Ich mache dir keine anderen Vorwürfe als die über deine eigene Unvorsichtigkeit.»

Lord Dutton konnte nicht begreifen, wie ein so gut erzogenes, für den Hofdienst vorgesehenes, junges und schönes, vielbegabtes Mädchen wie Caroline von Linsingen wirklich entschlossen sein sollte, alles, ihre Heimat, ihre Familie und Freunde zu verlassen und alle Pläne, die für sie gemacht worden waren, daranzugeben. Und um was? Um dem dritten Sohn des Königs zu folgen, von dem sie nicht viel Gutes gehört haben konnte, und sich zu einer heimlichen Heirat zu erniedrigen, von der sie doch befürchten mußte, daß sie nur vorgetäuscht war? Glaubte sie, darin zu finden, was sie für Freiheit hielt?

Der Nebel des frühen Morgens lag noch über den Wiesen, als sie sich der großen Allee näherten. Die beiden Freunde sprachen so gefaßt wie möglich darüber, was nun zu tun sei. Endlich wurde beschlossen: Um jeden falschen oder übereilten Schritt zu vermeiden, sollte der nächste gemeinsame Ausflug genutzt werden, um zwischen dem Prinzen und Caroline eine ehrliche Aussprache unter vier Augen herbeizuführen.

«Du wirst von allen Seiten beobachtet», sagte Lord Dutton. «Ich setze volles Vertrauen in dich, daß es dir gelingt, alles geheimzuhalten. Schone Caroline und dich selbst», fügte er hinzu, «denn du wirst das Mädchen ja doch nicht heiraten.»

«Es ist alles entschieden.» Der Prinz unterdrückte seinen Ärger über Duttons Offenherzigkeit. Dennoch quälte ihn die Notwendigkeit seines raschen, dem Augenblick gehorchenden Entschlusses.

In diesem Augenblick zeigte sich eine lärmende, glänzende Kavalkade. Die Damen in gelben oder blauen Reitröcken mit gelben oder roten Aufschlägen und Kragen, dazu tressenbesetzte Hüte mit weißen Federn. Die Herren in Kostümen, die in verschiedenen Farben ein Gemisch von Dragoner- und Husarenuniformen vorstellten. An der Spitze ritt Graf Schwiecheldt, einen Degen an der Seite, als gelte es, sich gegen Wegelagerer zu verteidigen. Da die Reiter einen Nebenweg benutzten, verbargen hohe Sträucher den Prinzen und Lord Dutton. Es waren lauter bekannte Gesichter dabei, der Major Karl von Linsingen und sein Neffe Ernst, Georg von Scheele, Franz von Alten und Werner von dem Bussche. Unter den Damen befanden sich die beiden Schwestern Juliane und Caroline von Linsingen, Lily Vynx und die beiden Kielmannseggs sowie Miss Blair.

Der Prinz, zu dieser frühen Morgenstunde nur in Rock, Weste und Hemd ohne Halsbinde, sah ungesehen von den Reitern ihrem Zug nach. Seine Gedanken waren bei Caroline und ihren Begleitern; Graf Schwiecheldt war gegen sie keineswegs gleichgültig. Laut mokierte er sich über die faden Gesichter, die zur Schau gestellten Toiletten, das ständige Promenieren zu Pferde. Die *crème* der hiesigen Gesellschaft sei doch zum Sterben langweilig.

Sie nahmen einen nur wenig begangenen Pfad, der durch eine Wiese führte, zurück zum Schloß. Die Sonne brannte inzwischen schon ein wenig, Goldamseln zwitscherten sich im grünen Laub etwas zu. Grillen zirpten dicht am Weg, blaue Schmetterlinge flatterten in großen Scharen über die roten und weißen Kleeblüten.

Prinz William verfiel in Nachdenken über die bevorstehende Begegnung mit der Herzogin und seiner Cousine. Man hatte sich für den heutigen Tag in größerer Gesellschaft zu einem Besuch der Dunsthöhle verabredet. Das Herz wurde ihm schwer. Er mußte noch immer so tun, als beabsichtige er, sich der Vereinbarung der fürstlichen Familien von England und Braunschweig endlich doch zu fügen.

Caroline von Linsingen mit ihrem feurigen Gemüt, ihrem Selbstbewußtsein, ihrer idealistischen Melancholie – dieses höchst anziehende, aber ungewöhnliche Wesen – flößte ihm auch so etwas wie Furcht ein. Und so tief die verführerischen Parolen des neu aufgekommenen Liberalismus ihn auch ergriffen hatten, am Ende bekannte er sich doch immer zu den Idealen seiner Herkunft.

Kurz vor der Rückkehr ins Schloß entschied er: Ich kann sie nicht heiraten. Immerhin weiß sie, daß ich sie liebe. Und sie liebt mich.

Im Kabinett der Herzogin von Braunschweig auf dem Pyrmonter Schloß saß Prinzessin Caroline fertig angezogen zur Ausfahrt zum Brunnen und wartete auf ihre Mutter. Sie hörte mit halbem Ohr der Gräfin Münster zu, die etwas vorlas. Die Prinzessin war ungeduldig und der Bemühungen ihrer Erzieherin überdrüssig. Sie stand auf und durchmaß das Zimmer mit großen Schritten, wie ein Grenadier. Die Gräfin Münster folgte ihr besorgt mit den Blicken, denn wie sollte ausgerechnet Prinz William sich in dieses eigenwillige Mädchen verlieben? Sie verschwendete keinen Gedanken daran, ob er auch der Richtige sei. Wie die meisten älteren Frauen hielt sie die Liebe für das gebieterische Verlangen eines Mannes nach einer Frau, der nach gewissen Spielregeln seinen Kopf durchsetzt. Sie dachte an ihren verstorbenen Mann, der sich in dieser Sache sehr geistlos und feierlich angestellt hatte. Sie seufzte im Gedanken an das Los der Frauen, sagte aber sehr energisch: «Sie haben gar nicht zugehört, Caroline.»

Die Prinzessin blieb vor ihr stehen und wies auf die zusammengehefteten Papiere in der Hand der Gräfin.

«Wo haben Sie das her?»

Die Gräfin blickte auf ihre unter dem Rock hervorlugenden Schuhspitzen.

«Von Herrn von Ramdohr.»

«Aha. Lesen Sie also weiter, obgleich Schäfergeschichten mich langweilen. Was nur die Mutter für eine lange Toilette macht.»

Die Gräfin setzte ihre Lektüre fort. Es war darin die Rede von Galatée, einer Nymphe, und Adamet, einem Schäfer, dem sie Vorwürfe über seine angebliche Undankbarkeit und Kälte macht. Caroline von Linsingen war die Verfasserin dieser Geschichte, Ramdohr hatte das Manuskript der Gräfin Münster anvertraut und sie gebeten, dafür zu sorgen, daß die Herzogin es an die Königin von England weiterleitete. Ramdohr gefiel es gar nicht, daß der Königin das schriftstellerische Talent ihrer künftigen Hofdame bisher verborgen geblieben war, nur weil der General von Linsingen es für unpassend hielt, wenn seine Tochter sich in ein ihr nicht zukommendes Licht setzte, wie er es nannte.

«Adamet erwiderte», las die Gräfin vor, «das, was Galatée mit Undankbarkeit bezeichnet, sei nichts als der Ausdruck seiner Pflicht, sich in den ihm gebotenen Grenzen zu halten. Er habe kein Recht auf ihre Liebe.»

Die Prinzessin sah keinen Sinn in der Sache und spielte zerstreut mit einem Brieföffner, den sie von einer Hand in die andere gleiten ließ. Die Gräfin tat, als bemerke sie die Zerstreutheit ihres Zöglings nicht und ließ sich nicht aus dem Konzept bringen.

«Aber, fuhr die Nymphe fort, das Gesetz der Natur gebietet, daß man sein eigenes Wohl im Auge hat, und was könnte es Besseres für Ihr eigenes Wohlergehen geben, lieber Adamet, als meine ewige Freundschaft?» Die Gräfin hielt inne. Der Text schien nicht ganz passend. Eine Handbewegung der Prinzessin forderte sie auf, weiterzulesen.

«Treue und Beständigkeit sind Worte, die alte Frauen erfunden haben, um durch diese Bande Seelen an sich zu fesseln, die ihrer Gesichter längst überdrüssig sind. Man sagt, daß alle Tugenden in Ketten liegen. Aber wäre es weise, das gewisse Wohl zu mißachten, um dem Ruf des Unbeständigen zu entgehen? Madame, erwiderte Adamet, gibt es etwas Schändlicheres, als sein Versprechen nicht einzuhalten? Gibt es etwas Leichtfertigeres als einen Geist, der wie eine Biene angezogen wird von jeder neuen Süße und von einer Blume zur anderen flattert? Madame, wenn es keine Treue gibt, auf welchem Fundament kann ich Ihre Freundschaft erbauen? Denn wenn Sie selbst dem Gesetz folgen, von dem Sie gesprochen haben, wie lange wird dieses Glück blühen?» Die Gräfin Münster kannte die Veranlagung der Prinzessin zur Leichtfertigkeit. Die Nymphe Galatée schien ihr nicht unähnlich.

Das Eintreten der Herzogin unterbrach die Lektüre.

«Nun, wie gefalle ich euch?» Sie breitete die Arme aus und drehte sich einmal langsam im Kreis. Ihr neues hellgraues Kleid mit der langen Schoßtaille, *carcao* genannt, hatte halblange Ärmel und brachte den Busen so zur Geltung, daß ein zartgeblümtes Fichu ihn am halboffenen Ausschnitt gerade noch bedeckte. Man mußte an ein nicht ganz geöffnetes Fenster denken, vor das eine Gardine gezogen ist.

Vor kurzem hatte die Herzogin als äußerst modebewußte Dame noch die Ansicht vertreten, daß sich bei einer eleganten Frau das Gesicht etwa in der Mitte des Gesamtbildes befinden müsse. Seit jedoch die Königin Marie-Antoinette bei der Geburt des Dauphins so viel Haar verloren hatte, daß man sie nicht mehr mit einem riesigen Haaraufbau frisieren konnte, ließen die Damen das Haar auch nicht mehr so gewaltig auftürmen. Darum umgab den Kopf der Herzogin eine Lockenfülle, in die eine Menge fremdes Haar eingefügt war. Deswegen hatte ihre Toilette so lange gedauert. Was für eine Zeitverschwendung für eine ältere Frau, dachte die Prinzessin, die im übrigen die Mode-Ambitionen ihrer Mutter geerbt hatte.

«Eine entzückende Geschichte!» rief die Herzogin, die die letzten Sätze noch gehört hatte. «Der Verfasser versteht sich auf die Kunst des höfischen Wortgefechts. *Et vous, Caroline, que pensez-vous?*»

«Daß der Mensch zu seinem eigenen Besten handeln soll», erwiderte prompt die Prinzessin.

Der Blick, den die Herzogin und die Gräfin wechselten, bezeugte, daß beide Damen so freie Äußerungen mißbilligten. Die Herzogin von Braunschweig duldete in ihrer Umgebung nur die gewöhnlichsten Formeln gewöhnlichster Gedanken und stand deshalb in dem Ruf, in ihrem Salon herrsche eine bezaubernde Atmosphäre.

«Ich möchte, daß du mir diese reizende Geschichte abschreibst, mein Kind», befahl die Herzogin, während man zum Aufbruch rüstete, «bevor sie nach London abgesandt wird. Am Nachmittag hast du dafür Zeit.»

Die Herzogin, die von plötzlichen Einfällen lebte, hatte es sich mit einemmal in den Kopf gesetzt, daß diese Schäfergeschichte ihren sonderbaren Neffen und ihre eigenwillige Tochter zusammenbringen sollte. Sie wollte die Geschichte von Adamet und Galatée dem Prinzen gegenüber als Werk ihrer Tochter ausgeben, sie würde in seinen Augen Carolines Talente in ein noch strahlenderes Licht setzen. Daran, daß die Täuschung aufkommen könnte, wandte die Herzogin keinen Gedanken, zumal sie den Prinzen um Diskretion bitten würde. Sie war es gewohnt, an der Oberfläche des Lebens kunstvolle, verschlungene Tanzschritte auf spiegelblankem Parkett vor möglichst vielen Zuschauern zu vollführen, und ob dieser Fußboden womöglich morsch war, kümmerte sie nicht.

Der Vormittag schritt weiter fort. Immer mehr Equipagen bevölkerten die Wege Pyrmonts. Dort lenkte eine bezaubernde Amazone mit ihren zarten Händen in den Seitenanlagen der Allee ein paar tänzelnde Füchse. Hier ließen sich einige jüngere und ältere Herren ihre Pferde vorführen, und bald waren die Seitenalleen voller Reiter. Der eine galoppierte, der andere trabte, ein dritter, sein Pferd führend, zählte einem ihn zu Fuß begleitenden Kenner die Ahnen seines Pferdes auf, die so hoch hinaufstiegen, daß der Adel des Tieres durchaus als hoffähig anerkannt werden mußte.

Aus dem Ballsaal ertönte bereits das *«Le jeu est fait – perdu – gagné»*. Bald würde die Speiseglocke erklingen, und wenn die Tafel gegen drei Uhr wieder aufgehoben wurde, waren schnell alle Kaffeetische in der Allee besetzt. Dort zeigten sich die Damen dann in ihrem vollen Putz. Es war die Stunde des Tages, zu der die Eleganz der Promenierenden ihren Höhepunkt erreichte.

Goldene Ketten und Brillanten funkelten auf den Décolletées, einige Schamhafte waren bis unters Kinn verhüllt, andere schienen kaum bekleidet in dünnem Florgewebe oder dicht am Körper anliegendem Musselin. Viele der Damen ließen ihre Reifröcke zu Hause. Parfümierte Herren, des Alters wegen stark geschminkt, paradierten gestelzt vor den Schönen. Auch die Fortschrittlichsten mochten sich äußerlich vom Stil des 18. Jahrhunderts nicht trennen, von der eleganten Leichtfertigkeit des Betragens nicht und nicht von den zarten, schimmernden Farben der Stoffe.

Diese Farben trugen eigenartige Namen. Ein zartes Gelb hieß *Caca du Dauphin*, ein bleiches Grün war bekannt unter der Bezeichnung *Vomissement de la reine*, ein prachtvolles Rotgold hieß *Cardinal sur la paille*, und etwas gedämpft sprach die elegante Welt mit Rücksicht auf die Emigranten von blau-weiß-roten Streifen als *«à la Républicaine»*; *«à l'Égalité»* war ein gewisses Grau, und ein leuchtendes Blau hieß *«à la Carmagnole»*. Manche der Herrschaften auf der Promenade zum Brunnen trugen eine kaschierte Nachbildung der französischen Nationalkokarde, um *à la mode* zu sein.

Die Damen erörterten besorgt die Frage, wie lange es dauern würde, bis man in Paris wieder genug Atlas oder Seide würde kaufen können. Selbst die Juden verfügten über keine Lagerbestände mehr. Die Preise waren entsprechend gestiegen. Für die kommende Saison würde man zum bedruckten Kattun und der gemusterten Baumwolle aus England überwechseln müssen.

In Paris erschienen *Le Bruns Journal de la mode et du goût* und *La mode de la Cour* nicht mehr. Die berühmte Mademoiselle Bertin, die Modistin der Königin, war emigriert und in Mainz angekommen, sie wollte nach Wien gehen. Ein unkluger Entschluß, da jetzt doch London zum Zentrum der Mode geworden war.

Hingegen gab es in Paris seit neuestem Läden, in denen fertige Kleider verkauft wurden. Die Abteilungen für ‹Bürger› und ‹Bürgerinnen› waren streng getrennt. Diese Bezeichnungen galten für alle Franzosen gleichermaßen, als gebe es nur noch den einen Stand.

Im Hause des Generals von Linsingen war man wegen des Ausflugs zur Dunsthöhle früh aufgestanden. Der Tag versprach herrlich zu werden, hell und nicht zu heiß, ein leichter, frischer Wind war über die Erde hingestrichen, spielerisch, alles bewegend und nichts zerstörend.

Johann Wilhelm von Linsingen, der allein zu Haus geblieben war, überlas noch einmal den Brief der Königin, den ein Kurier am frühen Morgen gebracht hatte. Während er las, wunderte es ihn, daß er sich nicht schämte. Vielleicht war dieses Gefühl der Jugend vorbehalten und mied die Alten. Trotz aller Lebenserfahrung stand er vor einer Situation, wie er sie noch nie erlebt hatte. Auch durfte er niemanden ins Vertrauen ziehen. Er beschloß, in den Garten hinauszugehen, um in der frischen Luft seine Gedanken besser ordnen zu können.

Herr von Linsingen liebte den Garten mit den Akazien und Geißblattbüschen und die Nußbäume, besonders aber die Linden in ihrer graugrünen Färbung und den feinen Geruch unter dem dichten Laubgewölbe. Auf dem dunklen, festen Erdreich der Wege lagen Sonnenkringel. Gerührt erinnerte er sich, wie Caroline als Kind von einem dieser Kringel zum andern gehüpft war. Er setzte sich auf eine Bank und betrachtete das glänzende saftige Grün der Rasenflächen.

Der Brief der Königin war die Antwort auf seine Mitteilung, zwischen Prinz William und seiner Tochter Caroline bahne sich offenbar eine romantische, eine zärtliche Neigung an. Er hatte seine Tochter beobachtet. Es war eine Veränderung mit ihr vorgegangen. In Gedanken durchmusterte er die Reihe ihrer Verehrer, Prinz William erschien ihm dabei als der Gefährlichste von allen. Und nun hatte die Königin ihre Freude darüber ausgedrückt, daß «die jungen Leute sich gefielen»! Der entscheidende Satz lautete: «Lassen Sie die beiden ruhig tändeln.»

Er wußte nur zu genau, daß die Königin Zeit für ihre Braunschweiger Nichte gewinnen wollte und daß ihr alles willkommen war, was den Einfluß der Schauspielerin Jordan schwinden machte. Sie sprach in dem Brief sogar von einer idealen Neigung, welche die Tugend des Prinzen bewahren und vor den Klippen schützen werde, an denen die Unschuld eines so hoch gestellten Sterblichen leicht scheitern konnte.

«Lassen Sie die beiden ruhig tändeln» ... und ferner: «Auch Sie werden nicht vergessen haben, nicht wahr?» Er hatte nicht vergessen ... Nichts.

Die Dunsthöhle, etwa zweihundert Schritte in nordöstlicher Richtung vom Brunnen gelegen, war eine Grotte, in die man zwanzig Stufen tief hinabstieg. Sie maß sechs Fuß im Quadrat und war zehn Fuß hoch. Aus dem Boden drang der Dunst hervor, ein Gas, das einen weinsäuerlichen Geruch hatte und etwa drei Fuß hoch stand. Wenn Ostwind aufkam, füllte es die ganze Grube.

Prinz William, Lord Dutton, Caroline und Ernst von Linsingen, begleitet vom Diener Georg und der Schmedes, befanden sich bereits am Ort, als die Herzogin von Braunschweig, deren Tochter und die Gräfin Münster eintrafen. Bis auf die alte Schmedes schien sich keiner von der Gesellschaft hier wohlzufühlen, jeder empfand eine gewisse Beklemmung. Es war nicht geheuer.

In der mit Holzsäulen abgestützten Vorhalle hatte Prinz William im Schein einer brennenden Kerze undeutlich tote Frösche, Vogelgerippe und Überreste anderer kleiner Tiere gesehen. Georg hatte die Kerze in den Dunst hineingetragen, die Flamme war sofort erstickt. Der Prinz, der wie die meisten Seeleute an übersinnliche Wahrnehmungen glaubte, verglich im Geist das erlöschende Licht mit dem unheimlichen St. Elmsfeuer an den Masten der dem Untergang geweihten Schiffe.

Die alte Schmedes mit ihrer schiefen Schulter stand auf einer der Stufen, die wirren grauen Haarsträhnen unter einem Tuch verborgen, die knochigen Hände ineinander gelegt, vom Dunst umweht, als sei sie einer der uralten drohenden Erdgeister aus dem Nebelreich. Oder eine der Nornen, die am Fuß der Weltesche die Schicksalsfäden spinnen.

Ernst, der forsche junge Leutnant, genoß die gruselige Stimmung. Er hatte ein Fledermausskelett vom Boden aufgelesen und hielt es mit spitzen Fingern. Zu gern hätte er den Prinzen gefragt, ob man in diesem Dunst wohl Schießpulver entzünden könne.

Bauern, die auf den untersten Stufen der Treppe saßen, schienen in dem Dunst zu baden, bis ihnen der Schweiß ausbrach und sie wie halb erstickt hinausstürzten.

«Sie rennen wie die Hasen», mokierte sich die Herzogin.

Ob er Lord Dutton alles erzählt hat? fragte sich Caroline. Der Prinz stand nahe bei ihr, und doch konnte sie sich in Gegenwart der Herzogin und der Prinzessin nicht mit ihm unterhalten. Schweigend musterte sie ihre Namensschwester, die ihrerseits schweigend sie ansah und dann alle der Reihe nach mit ihren hellen Augen betrachtete.

«Es hat doch mit dieser Höhle etwas auf sich», «sagte sie. «Aus welchem Anlaß sind wir hier, Mama?»

Die Herzogin wandte sich dem Eingang zu, wo eben der junge d'Ormesson an der Seite Sophie von Linsingens in Begleitung einiger Franzosen erschienen war. Sophie fing an zu kichern, Jean d'Ormesson hatte ihr etwas zugeflüstert. Die Herzogin ignorierte die neu Hinzugekommenen, die sicherlich mit der Revolution in Frankreich liebäugelten. Sie hatte etwas gegen Menschen, die ihr Vaterland im Stich ließen. «Nun und?» sagte sie ungeduldig. «Was kann uns diese Höhle offenbaren? Welches Geheimnis? Wissen Sie etwas darüber, *ma chère*?»

Caroline von Linsingen begann mit gedämpfter Stimme zögernd zu sprechen. «Es heißt, hier hätten die Götter gehaust. Wer ihren Willen erfüllte, dem gaben sie ihren Segen. Wer ihn nicht erfüllte, den traf unfehlbar ihr Fluch. Die Bauern glauben noch heute daran, daß hier die wahren Kräfte der Natur wirken, so lebendig wie vor Urzeiten. Warum sollen die Geister auf einmal aufgehört haben, ihre Macht zu zeigen? Und so flößt der Ort immer noch Respekt ein.»

Die Schmedes, die immer noch regungslos im Dunst stand, nickte unmerklich. Caroline sah es. Die alte Dienerin hatte ihr deutlich genug gesagt, was für ein übles Vorzeichen es gewesen sei, daß das Korallenhalsband der Mutter zerrissen war und daß die Perlen vor die Füße des Prinzen rollten.

Caroline riß sich von dem Gedanken los.

«Das beste wird sein, wenn ich von einem ungewöhnlichen Sommertag im Jahre 1582 erzähle, wenn Euer Durchlaucht gestatten.»

Die Herzogin, deren Ungeduld, aus der schlechten Luft herauszukommen, nicht zu verkennen war, nickte. «Machen Sie es kurz, meine Liebe.»

«Wie Euer Durchlaucht wünschen.» Prinz William blickte Caroline unverwandt an.

«In jenem Jahr pilgerten Menschen aus aller Welt nach Pyrmont, ohne daß einer vom andern gehört hatte. Niemand wußte mehr, daß die Quelle eines der großen Heiligtümer der Vorzeit gewesen war. Unter den Pilgern war auch ein Ritter aus England, der eines Nachts seinen Diener geweckt und ihm befohlen hatte, sofort zu satteln. ‹Es ist der Wille Gottes›, hatte er gesagt. Auf dem Kontinent angelangt, fanden sie sich bald inmitten von Wanderern, Wagen und Reitern, die alle dem einen Ziel zustrebten. In der Karawane herrschten bald Unordnung und Gedränge. Voller Ungeduld näherten sie sich endlich Pyrmont. An der Quelle waren alle Leiden und Gebrechen versammelt, die Körper und Seele des Menschen vernichten können. Dazwischen tummelten sich Marktschreier, Händler und Krämer, auch Gaukler und Zigeuner, die aus dem Wasser die Zukunft zu lesen behaupteten.

In diesem Wirrwar lenkten drei Männer die Blicke auf sich. Sie standen, in leuchtendes Weiß gekleidet, vor dem Eingang zur Dunsthöhle. Es waren ein Jüngling, ein Mann und ein Greis.»

Die Zuhörer waren gespannt. Sie wandten keinen Blick von der hübschen Erzählerin. Auch die Schmedes hing an den Lippen ihrer Herrin; sie hielt die Hände krampfhaft über der Brust gefaltet.

«Was die drei Männer zur Menge sagten, ist nicht überliefert. Das Geheimnis ging unter im Strom der Geschichte. Und dennoch spricht man von jenem Sommertag als vom Wunder von Pyrmont», schloß Caroline ein wenig schüchtern.

Niemand wußte so recht etwas mit der Geschichte anzufangen. Man hatte auf eine Pointe gewartet. Und nun sollte gar nichts sein?

«Wie schön Sie erzählen können, *ma chère petite*», bemerkte die Herzogin süffisant. «Wie alt sind Sie, Caroline?»

«Dreiundzwanzig Jahre, Euer Durchlaucht.»

Die Herzogin setzte ihren Fächer in Bewegung, ließ ihn jedoch sinken, weil der säuerliche Geruch sich verstärkte, und wandte sich dem Ausgang zu.

«Nun wollen wir aber machen, daß wir aus dieser Höhle der kleinen dummen Leute hinauskommen. Sie erinnert wirklich an eine Waschküche.»

Was für eine Närrin, dachte sie, was hat sie da nur zusammengeschwatzt. Prinz William, der heute übrigens auffallend schweigsam gewesen ist, muß bald die Geschichte von Galatée und dem Schäfer erhalten. Sie kann nur ein willkommener Gegensatz zum eben Gehörten sein. Daß ihre Tochter nicht die Verfasserin war, focht sie nicht an, über solche *sentiments inutiles* war die Herzogin von Braunschweig längst hinaus. Sie wollte sich endlich zum glücklichen Ausgang dieser Heiratsangelegenheit gratulieren können.

Als ihre Equipage in die Allee einbog, begegnete sie dem General von Linsingen, der aussah, als sei ihm heute der Brunnen nicht bekommen. Sie ließ anhalten und beugte sich hinaus, um ihn zu begrüßen. Als erstes stellte sie die Frage, ob er neue Nachrichten aus London habe.

«Nichts von Bedeutung», sagte der General, der sich wunderte, die Herzogin allein zu sehen.

«Doch etwas anderes hätte ich Euer Durchlaucht mitzuteilen», fügte er nach einer Pause hinzu. «Seine Königliche Hoheit, Prinz William, sind leicht indisponiert. Der Badeort mit den vielen Menschen und den ständigen Amüsements ermüdet ihn. Seine Hoheit wünscht die Landschaften und Orte der Umgebung kennenzulernen. Ich habe daher für morgen einen Ausflug nach Schloß Ohr arrangiert.»

Der General lobte mit kühler Miene die neuen Glashäuser und die großzügige Umgestaltung des Parks. Man habe einen Ausblick auf die Weser geschaffen. Die Besitzer,

Herr und Frau von Hake, verfügten seiner Meinung nach über viel Geschmack.

Die Herzogin, die sich eben noch soviel davon versprochen hatte, ihre Tochter unter der Obhut der Gräfin Münster den Rückweg mit dem Prinzen und den anderen jungen Leuten zu Fuß machen zu lassen, erschrak. Versuchte ihr Neffe dem Zusammensein mit seiner Cousine auszuweichen? Welchen Zweck verfolgte er damit? Und vor allem, warum leistete der General ihm Vorschub?

«Es ist auch der ausdrückliche Wunsch der Königin», setzte Johann Wilhelm von Linsingen mit heiserer Stimme hinzu.

Er blickte der Kutsche der Herzogin nach. Sie hatte dem Kutscher befohlen, zu wenden und den anderen wieder entgegenzufahren.

13

Aus Caroline von Linsingens Tagebuch
Pyrmont, abends, am gleichen Tag

Dieser Prinz braucht die Welt, um leben zu können, und er erträgt es nicht, eingekerkert zu sein in vier enge, traurige Wände. War nicht auch mein Leben so? Wir haben beide früh angefangen, unseren Weg durch die Lüfte zu machen.

Als er in das Spielzimmer trat, in das ich mich zurückgeflüchtet hatte, schrak ich hoch.

«Endlich habe ich Sie gefunden», sagte er. Ich war so durcheinander, daß mir zuerst meine zerzauste Frisur einfiel. Ich muß etwas sagen, dachte ich, und blickte ihn unverwandt an.

«Caroline», begann er, «ich habe nie Ähnliches empfunden wie im Zusammensein mit Ihnen.» Und da ich weiter schwieg: «Werden Sie mir antworten, wenn ich hinzufüge, daß ich Sie heiraten will? Seit ich Sie am Abend eines Frühlingstags zum erstenmal sah, schwebte vor mir ein Traumbild, in dem alle weiblichen Wesen sich miteinander verbinden, und alle Bewegung sucht Ruhe in dem Bild, das ich seitdem vor mir sehe.»

Mein Herz klopfte. Heiraten? Er wußte, daß es unmöglich war. Meine Finger zitterten. Ich versuchte, es zu verbergen.

Hatte ich nicht eben erst einen Antrag bekommen?

«Caroline, warum sagen Sie nicht, daß Sie mich lieben?»

Ich fühlte, wie mir das Blut aus dem Gesicht wich und meine Hände kalt wurden. Aber der Prinz wollte mich nicht entkommen lassen.

«Übrigens weiß ich nicht», sagte er hastig, «warum wir hin und her reden sollten. Sein Schicksal ändert man nicht.»

Ich stand verwirrt vor ihm. Es wäre meine Pflicht gewesen, zu sagen, daß er die Folgen eines solchen Schrittes bedenken müsse und daß das Ganze eine Angelegenheit Seiner Majestät des Königs sei.

«Königliche Hoheit», stammelte ich statt dessen, «ich möchte Ihnen sagen, daß Sie mir gefallen, außerordentlich gefallen. Daß ich Sie liebe.» Mein Herz krampfte sich vor Erwartung und Schrecken zusammen. «Bin ich nicht verpflichtet, zu handeln, wie Sie es wünschen? Ich werde Ihnen folgen.»

Ich hob mich auf die Zehenspitzen und umarmte ihn. «Liebster William.» Unerwartet für mich selbst brach ich in Tränen aus.

Als ich mich nach dem Ball mit einem tiefen Hofknicks von ihm verabschiedete, reichte er mir die Hand und ich hielt mich daran fest. Es fiel mir schwer, sie loszulassen.

Ich will den Bogen der Liebe spannen, ich entspanne die Sehne und spanne sie wieder. Ich meine, dabei einen Ton zu hören, der wie Kriegsmusik klingt. Wer legt den Pfeil auf die Sehne, wer verwundet wen? Der Prinz ist verschieden von allem, was von ihm erzählt wird. Er hat blitzschnelle Erkenntnisse, er verfügt über einen klaren, gesunden Verstand, und mir scheint, er besitzt ein angeborenes Gefühl für Schönheit. Er erkennt die Wahrheit sofort. Es heißt, daß er sehr geschickt im Lügen ist. Mag er noch so viele Fehler haben und Fehler gemacht haben, er kennt seinen Weg und weicht nicht von ihm ab.

Etwas geht mir nicht aus dem Sinn. Als wir ein wenig mitgenommen aus der Dunsthöhle kamen, deutete die

Schmedes auf zwei Eschenbäume am Rande des Steinbruchs, zwei eher kümmerliche Gewächse, von deren gekrümmten Wurzeln einige in der Luft hängen.

«Denk daran, daß die Bäume wohl nicht mehr lange so über dem Abgrund stehen!» tuschelte sie mir zu. Aber wie sollten sie ihn meiden?

Das Volk glaubt, solange diese Bäume da sind, werden alle Leiden geheilt, gehen alle Wünsche in Erfüllung. Ich komme von diesem Bild nicht los.

Am Tag meiner Taufe pflanzte meine Mutter einen Myrtensteckling in einen Blumentopf, den sie an das Südfenster in ihrem Schlafzimmer stellte. Sie hat ihn mir oft gezeigt und dazu gesagt: «Er wird bei deiner Hochzeit ein großer Baum sein.» Später hat sie das Bäumchen in die Obhut des Gärtners gegeben. Als sie starb, nahm meine Tante Wilhelmine von Hake den Myrtenbaum mit zu sich nach Ohr, wo sie ihn in einem der neuen Gewächshäuser unterbrachte. Mein kleiner Vetter Adolf von Hake hat einmal heimlich ein paar Zweige abgeschnitten, um für seine drei Schwestern je einen Steckling einzupflanzen. Er ist dafür bestraft worden. Es bringt Unglück, sagt der Aberglaube, wenn solch ein Myrtenbaum, der einem jungen Mädchen gehört, beschädigt wird.

Unser Vater war in der ersten Zeit in Pyrmont in sehr heiterer Laune. Seit er einen Brief von der Königin erhalten hat, ist er verstimmt. Ob sie Vater böse ist, daß er mich ihr immer noch vorenthält und ich womöglich nie nach London komme? Nein, ich möchte nicht an den Hof wie die Gräfin Yarmouth. Doch, ich möchte dorthin, denn der Prinz – William – wird bald dorthin zurückkehren müssen. Nein, denn da würde ich Dora Jordan begegnen. Ja, denn die Königin ist zu meinem Vorbild geworden, und ich würde gern in der Nähe dieser Frau sein, die mir soviel Güte gezeigt hat.

Vater sieht mich seit dem Ball des Ministers an, als tadele er mein Aussehen und mein Benehmen. So hat er mich noch nie angesehen. Wenn er Ernst und mir, wie er sagt, damit eine Freude machen will, daß wir mit dem Prinzen eine Landpartie nach Ohr zu Hakes machen, warum setzt er dazu eine Miene auf, als schicke er uns auf einen Opfergang? Selbst kommt er nicht mit. Was hat das zu bedeuten?

Schloß Ohr ist außer meinem Kloster Fischbeck der romantischste Ort, den ich kenne. Dazu trägt die Wallmodensche Familiengeschichte ihren Teil bei. Tante Wilhelmine von Hake ist die Tochter Franz Ernsts von Wallmoden, des Sohns der Gräfin Yarmouth. Der Mann der Gräfin, Adam von Wallmoden, hatte sich von ihr scheiden lassen, als sie die Geliebte König Georgs II. von England wurde. Ihre Söhne trugen den Namen Wallmoden und erbten das prachtvolle Stadtpalais in der Leinestraße in Hannover, wo sie nach ihrer Rückkehr aus England ihrem Range gemäß residierte und von aller Welt hofiert wurde. Solche Geschichten gehören der Vergangenheit an, als andere Sitten herrschten.

Das Schloß hat kürzlich ein drittes Stockwerk bekommen. Es erscheint wie ein Fürstensitz. Als ich noch ein Kind war, sprachen Lästerzungen von der Gräfin Yarmouth und dem König als von «Leda und ihr Schwan». Eine Leda mit sehr schönen Augen, einer etwas starken Figur und einem einnehmenden, freundlichen Wesen. Morgen um diese Zeit sind wir schon dort.

Später

*E*ndlich ist alles verstummt. Tiefste, dichte Nacht, die Mitternacht ist fast herangerückt. Noch nie, seit wir hier sind, ist im Haus so lange gelärmt, herumgelaufen und geredet worden. Jetzt jault nur noch ein Hund in einem dünnen, langgezogenen Gebell, und eine Kalesche rollt auf rumpelnden Rädern am Haus vorbei, fährt und fährt, als käme sie nicht davon.

Die Erregung, die sich meiner seit dem Ball bemächtigte, mag Ursache für ein Erlebnis sein, das mich tief berührt hat. Bei der Abendpromenade ging ich mit Lord Dutton und Ernst der Gesellschaft voraus. Mit gesenktem Kopf, beinahe ohne zu denken und zu fühlen, und völlig auf mich selbst konzentriert, schritt ich dahin. Das Licht von Fackeln und leise Musik weckten mich aus meiner Versunkenheit. Ich hob den Kopf: Kaum bekleidete schöne Mädchen, in ihrer Mitte die Gräfin Lichtenau als Göttin der Quelle, tanzten auf der Rasenfläche vor der überlebensgroßen Statue des Aeskulap. Zwischen dem Dunkel der Bäume schimmerten nackte Frauenkörper, von Schleiern umweht. In den Haaren trugen sie Blumenkränze, und sie hielten Blumengirlanden in den Händen. Gerade begann ein neues Bild: Die Opferung der Polyxene am Grabe Achills. Der König von Preußen saß unter einem Baum und klatschte Beifall. Weiß wie Schnee lag die Gestalt der Polyxene auf einer Rasenbank. Vom Winde getragen verwehte die Musik. Ich war stehengeblieben.

Auf der einen Seite der Rasenbank wuchs in ungleichmäßigen Büscheln Farnkraut, in das die leblose weiße Hand der Polyxene hineinhing, regungslos, neben einem runden Stein. Überdeutlich sah ich alles. Die Leiche eines schönen Mädchens. Die kurze Tunika bedeckte sie kaum. Das bleiche, zum Himmel gewandte Gesicht schien zu lächeln. Das Haar fiel auf den Rasen und entblößte eine glatte Stirn.

Einige Augenblicke war ich mir nur der traurigen Musik und einer schwachen Angst vor dem Schicksal bewußt. Alles schien wie erstarrt. Trotz der Menschen auf der Allee, der Tänzerinnen, der Musikanten war überall Leere. Nur Polyxene und ich und die stummen Bäume. Ich wandte mich um. Ernst hatte besorgt nach meiner Hand gefaßt. Es fiel ihm schwer, mich von der Stelle zu bringen.

Mamans oberflächliche Art war nach diesen Erschütterungen fast eine Erlösung. Als wir von dem Spaziergang zurückkehrten, führte sie im Salon das Gespräch, sie war daheimgeblieben. Es drehte sich um ein für sie sehr wichtiges Thema: die Kurlisten. Sie ist empört. Bislang werden die Damen unabhängig vom Titel als Madame oder Mademoiselle eingetragen, und nun will man zu Frau und Fräulein übergehen, wie bei den Bürgerlichen. *«Ridicule.»* Bisher wurde die Bezeichnung «Herr» für Quäker und Juden und Bauern nicht benutzt. Man führte sie in Bausch und Bogen nach Stückzahl auf, auch das soll nicht so bleiben, wegen der Unruhen. Der Grund zu allem Übel ist für sie das Heraufkommen des Pöbels. Bald werde er in die Allee eindringen und nicht auf den vorgeschriebenen Wegen bleiben. Es wäre vorbei mit der Selbstverständlichkeit, an gewissen Orten unter sich zu sein.

Diese Klagen von ihr kennen wir alle. Sie kann sie ins Endlose fortsetzen.

Diesmal unterbrach sie Onkel Thilo. Er berichtete, daß er heute gesehen habe, wie Polizisten zwei Franzosen trennen mußten, die mit dem Degen aufeinander losgegangen seien. Das komme jetzt häufig vor, wegen des aufgeregten Temperaments der Emigranten, das sich unter den ungewohnten Lebensumständen in einem fremden Land noch steigere.

Ich verstehe, daß es den vornehmen Franzosen schwerfällt, sich an die oft herablassende und geringschätzige Art zu gewöhnen, mit der manche ihrer hiesigen Standesgenossen sie behandeln. Es ist schrecklich, wie verächtlich man sich denjenigen gegenüber gibt, die heimatlose Flüchtlinge sind und ihr Vermögen nicht retten konnten. Onkel Thilo schloß: «Wie gut für Frankreich, daß es diese Bagage los ist.»

Peinlich. Seinen eigenen Protégé d'Ormesson hingegen sieht er in einem anderen Licht. Sophie Charlotte hat, scheint es, wirklich ein Auge auf ihn geworfen, denn sie redet fast schon wie er.

Prinz William kam kurz vor dem Souper. Das Essen verlief ziemlich langweilig und dauerte zu lange. Während ich aß, ohne der Unterhaltung zu folgen, trafen sich Williams und meine Blicke, wie ich fürchte, allzu häufig. Womit hat es nur angefangen, fragte ich mich immer wieder. Wir sind zu dieser Waldkapelle geritten. Und dann? Dieser durchdringende, unverhüllte, beharrliche Blick …

Als die Früchte gereicht worden waren – endlich – und wir den stickigen Eßsaal verließen, waren im großen Salon alle Türen weit geöffnet. Die Nacht war still und schwül. Ich ging in den Garten hinaus. Niemals hätte ich mir den Mann, den ich liebe und dessen Braut und Frau ich werden soll, so vorgestellt. Dieser ungezügelte Prinz hat gewiß ein unbeständiges Herz. Warum kann ich nicht sagen: Was geht er mich an?

Juliane kam zu mir. Vorsichtig fragte sie, ob ich mich nicht wohl fühle, ich sähe fiebrig aus. «Trink nachher Fencheltee, dann vergeht alles.» Juliane entfernte sich. Sie hat eben keine Phantasie.

Plötzlich war mir, als sei jemand hinter mich getreten, es war wie ein warmer Hauch. Ich wandte mich um, es war William. Ich schwieg. Er schien verwirrt, ich war es auch. Ich sprach als erste.

«Ich danke Ihnen, daß Sie gekommen sind.» Meine Stimme versagte. Ich machte ein paar Schritte in den Garten hinein. William folgte mir.

«Erscheint Ihnen mein Verhalten heute seltsam?» fuhr ich fort, ohne ihm mein Gesicht zuzuwenden. «Ich möchte Ihnen so viel sagen. Aber wie soll ich es? Und nie waren wir allein …» Plötzlich überkam mich Ärger über meine Unvorsichtigkeit. Eine solche Unterhaltung sozusagen in Gegenwart meiner Familie und der Gäste! Jeden Augenblick konnte uns jemand folgen.

«Es muß rasch alles geklärt werden», sagte er. Unwillkürlich zog ich die Schultern hoch und bog in den Seitenweg ein, der durch eine Gartentür auf die Allee führt; was ich tat, war unmöglich. Wir gingen rasch. Mein Ehrgefühl litt bei dem Gedanken, er könne sich einbilden, daß er nur mit dem

Finger zu winken brauche und ich wäre zu allem bereit. William erschien mir jetzt fremd und unverständlich.

Ich stolperte über eine der großen Seemuscheln, die aneinandergereiht den Weg einfassen.

«Ich bin nur in dich verliebt», sagte er leise. «Ich will mich nie mehr von dir trennen.»

Ich war vollkommen durcheinander und vermochte mich kaum noch auf den Beinen zu halten. Glücklicherweise standen wir im Schatten der herabhängenden Zweige einer alten Trauerbuche, allen Blicken entzogen. Doch würde man uns bereits vermissen.

Unvermittelt nahm er einige zusammengefaltete Bogen Papier aus der Tasche.

«Ich will die Prinzessin Caroline von Braunschweig nicht heiraten, und sie will mich nicht heiraten», sagte er. «Wußtest du, daß sie sich als Schriftstellerin versucht?» Er zerriß die Blätter und steckte die Papierfetzen in die Tasche. «Ich werde es dir nicht zeigen. Galatée und Adamet, eine Schäfergeschichte. Nichts als dummes Geschwätz, eine Liebesgeschichte aus der Feder eines Blaustrumpfs. Damit glaubt meine Tante mich zu fangen!»

Ich erstarrte vor Staunen. Galatée und Adamet – das mußte meine eigene Geschichte sein, die Ramdohr der Herzogin gegeben hatte.

«Sie ... Sie lieben solche Schäfergeschichten nicht?»

«Sie sind schauderhaft.»

Ich hörte nicht auf die innere Stimme, die mir riet, ihm die Wahrheit zu sagen, mich sofort von ihm zu trennen. Er war ohne jedes Gefühl. Meine Geschichte hatte er zerrissen. Doch eine Macht, die stärker war als jede Vernunft, zwang mich zu schweigen. Vielleicht taugten meine Aufsätze, die Novellen und Geschichten, die Ramdohr bewunderte, wirklich nichts. Ich machte nicht einmal den Versuch, mich aus seinen Armen zu befreien. Seine Worte «Ich bin dir begegnet, ich habe dich mir genommen» klangen nahe bei meinem Ohr.

Haben nicht Magnetismus und Hypnose den Einfluß menschlicher Seelen aufeinander bewiesen? Und ist nicht alles vorausbestimmt?

Ich habe sein Bild vor mir, bis in alle Einzelheiten ganz klar und genau. Ich sehe ihn deutlicher, als wenn ich mit ihm zusammen bin. Seine Finger, Frisur, die Ohren, die Bewegung seiner Lippen, sein zu lautes Lachen, die Nasenflügel, seinen etwas wiegenden Gang, die Art, wie er den Kopf hält. Ich werde das alles immer sehen. Ich empfinde dabei keinen Jubel. Ich habe keinerlei Plan. Ich warte auf das nächste Zusammentreffen mit dem Prinzen – mit William.

14

Schloß Ohr an der Weser, im Juni 1791

Als der Ausflug nach Ohr an der Weser unternommen wurde, war Ernst von Linsingen gerade zum Secondeleutnant befördert worden. Er war neunzehn Jahre alt. Wie viele junge Leute seines Standes folgte er der neuen Mode, einem literarischen Vorbild nachzueifern, was nichts anderes bedeutete, als jenes in Worten und Gebärden getreulich zu kopieren, mochte man ihm von Natur aus auch noch so wenig ähnlich sein. In den Kreisen der Garde-Kavallerie war dieses Vorbild nicht der unglückliche Werther, sondern der Chevalier de Faublas, Held eines vielgelesenen Romans von Jean-Baptiste Louvet de Couvray. Die wichtigsten Merkmale eines jugendlichen Helden à la Faublas waren die Vielzahl seiner Liebesabenteuer und ebenso viele Widersprüche in Geist und Charakter: Etwas Romantik und eine leidenschaftliche Verehrung der großen neuen Ideen, Glaube an das Schicksal und die Vernunft, an den Einfluß der Sterne und die eigene Charakterstärke, Ehrgeiz und ein übersteigerter Ehrbegriff, viel überschäumende Kraft, Tollkühnheit und edles Streben, gepaart mit Unwissenheit, aristokratischen Gewohnheiten und bürgerlichen Moralbegriffen. Die Damen fühlten sich berufen, zur Läuterung des jungen Helden beizutragen, und träumten von recht handgreiflichen Vergnügungen hinter chinesischen Paravents oder im Alkoven.

Ernst von Linsingen war dunkelblond, von schlankem Wuchs, und besaß angeborene Grazie und Eleganz. Sein längliches Gesicht mit der gebogenen Nase, der leicht gewölbten Stirn und den vollen, energischen Lippen war frisch und von großer Lebhaftigkeit. Die dunklen Augen verliehen seinen schönen, regelmäßigen Zügen etwas Verführerisches.

Er wirkte wie ein junger Mann von großem Stolz, der auf der Ausschau nach Herausforderungen zu sein schien. Seine Vorgesetzten sagten seinem Vater eine große Karriere für ihn voraus.

Seit dem Tod der Mutter war er verändert. Er war zu dem Schluß gekommen, daß das Leben eine zu mißliche Sache sei, um es damit hinzubringen, darüber nachzudenken. Er entwickelte sich zu einem leichtlebigen jungen Mann, der mit seinem Geld nicht auskam. So hatte er sich bei Gumprecht in Göttingen 30 Louis geliehen, in Gold- und Silbermünzen. Er wäre niemals in der Lage gewesen, seine Schuld zurückzuzahlen, und es hätte sehr übel ausgehen können, wenn nicht der alte Moses Gumprecht seine Lage durchschaut und ihm die Schuld erlassen hätte: er ließ sie in seinen Büchern streichen. Ernst verstand nicht, warum der Bankier das getan hatte, und fühlte sich unbehaglich bei dem Gedanken, dem Juden verpflichtet zu sein.

In Kameradenkreisen wurde er nicht nur seines Charakters, seiner Intelligenz und Bildung wegen geachtet, sondern auch, weil man es für möglich hielt, daß er ‹etwas Ungewöhnliches› tun oder plötzlich ein Lafayette oder Mirabeau werden würde.

Zur Festigung dieses Rufes trug bei, daß Prinz William ihn mit seiner Freundschaft auszeichnete. Während der kurzen Zeit, die er in Pyrmont bei der Familie verbrachte, war das Verhältnis des Prinzen zu ihm immer enger geworden. Ernst war von dieser Zuneigung gefesselt, etwas Neues, Unbekanntes, Leuchtendes war in sein Leben getreten. Mit Stolz und Entzücken sah er sich als den Gegenstand vielfältiger Aufmerksamkeit. Das lebhafte Verlangen, sich ihrer würdig zu zeigen, hatte seiner Haltung mehr Eleganz, seinen Zügen mehr Ausdruck verliehen.

An diesem ersten Abend auf Schloß Ohr hatte sich die Gesellschaft erst spät zurückgezogen. Ernst stand auf dem schmalen Balkon seines Schlafzimmers und blickte auf den mondbeschienenen Park hinab. Seit der Ankunft am Mittag bemühte er sich, so ruhig zu sein wie immer, doch seine Gedanken kreisten beständig um den Prinzen, dessen Verhalten sich seit kurzem sehr verändert hatte. Es schien ihm, als gäbe dieser ungewöhnliche Sohn eines Königs seiner Umgebung immer neue Rätsel auf.

Es klopfte an die Tür des Vorzimmers. Auf der Kommode gegenüber dem Himmelbett brannte eine Kerze. Draußen war es ganz windstill. Das gemessene Ticken der französischen Kaminuhr klang überlaut. Ernst wandte sich um und rief «Herein».

Er fragte sich, wer um diese späte Stunde noch etwas von ihm wollte. Jemand durchschritt das Vorzimmer. Als Ernst die Tür zum Schlafzimmer öffnete, stand Prinz William vor ihm, nicht mehr im Abendanzug, sondern im Alltagsrock.

«Störe ich Sie?» fragte er. «Wie ich sehe, haben Sie auch noch nicht geschlafen.»

Vor Überraschung fiel Ernsts Verbeugung sehr steif aus.

Der Prinz, der es nicht liebte, auf Umwegen zum Ziel zu kommen, sagte nach kurzem Schweigen. «Mein lieber Ernst, ich bin hier, um Ihnen einen Vorschlag zu machen.»

Ernst sah ihn stumm an.

«Was ich Ihnen jetzt sage, wird Sie in Erstaunen versetzen. Ich beabsichtige, Ihre Schwester Caroline zu heiraten.»

Diese Mitteilung brachte Ernst völlig aus der Fassung. Es hätte ihn nicht unvorbereiteter treffen können, wenn der Prinz ihm mitgeteilt hätte, er heirate die Tochter des Gemeindeschreibers oder reise sofort und für immer nach Amerika.

«Königliche Hoheit geruhen zu scherzen.»

Prinz William wiederholte seine Worte. Ernst schien das Ganze eine Ausgeburt überhitzter Phantasie. Das Gesicht des Prinzen war blaß. Seine Augen funkelten.

«Weiß meine Schwester davon, Königliche Hoheit?»

Der Prinz brach in schallendes Gelächter aus.

«Was wird der Vater sagen?» Ernsts Lippen zitterten. «Weiß er davon? Es ist unmöglich.»

«Ich erlaube niemandem ...» Der Prinz beherrschte sich. «Caroline wollte, daß ich es Ihnen sage, noch heute abend.»

Der Vater war ahnungslos! Ernst war furchtbar erschrokken. Er konnte seine Aufregung nur schwer meistern. Besorgt starrte er bald auf die Wände, bald auf den Boden. Der Prinz wollte Caroline heiraten! Himmel, heiraten. Liebte Caroline den Prinzen? Aber ich liebe ihn ja auch, dachte er, ich könnte gar nichts gegen ihn unternehmen. Er war so verwirrt, daß er nicht wußte, was er sagen sollte.

«Kommen Sie, Ernst, lassen Sie uns ins Freie gehen. Was für eine prachtvolle Nacht!»

Ernst war plötzlich davon überzeugt, daß sich alles klären würde.

Prinz William wurde lebhaft. «Ich bitte Sie um eine Gefälligkeit.»

«Im Zusammenhang mit meiner Schwester?»

«Ja. Ich möchte einmal ungestört mit ihr zusammen sein. Ich möchte mit ihr spazieren gehen, wie jeder andere, der entdeckt, daß er liebt.» Der Prinz seufzte.

Sie gingen nebeneinander durch den Park, auf dem Weg, der zum Fluß führte. Kaum hörbar raschelte das Laub in den Baumkronen über ihnen. Ernst kämpfte gegen seine Benommenheit an. Es war immer noch warm, ein schwacher Wind berührte kaum die Wipfel der Bäume. Ich laufe umher wie ein Schlafwandler, dachte er bei sich. Habe ich etwa den Verstand verloren? Nun, hol's der Teufel, der Prinz liebt meine Schwester, und sie scheint ihn zu lieben. Was ist daran so ungewöhnlich? Alles.

Schweigend betrachtete er von der Seite den Prinzen, der ihn plötzlich anblickte, als habe er seine Gedanken erraten.

«Gut», sagte Prinz William mit einem Seufzer, «wenn Sie wollen, werde ich Ihnen einiges erklären. Ich bin zu lange auf der anderen Seite der Erde gewesen. Ich verstehe das Leben hier nicht mehr, und natürlich versteht man auch mich nicht. Es heißt, ich sei kein Gentleman.»

Ernst wollte etwas sagen. Der Prinz schnitt ihm das Wort ab. «Ich lebe fast wie ein Gefangener. Ich bin in einer schlechteren Lage als der ärmste Knecht, der doch wenigstens die Freiheit besitzt, zu den Soldaten zu gehen oder sein Mädchen zu entführen und schlimmstenfalls auszuwandern. Ich hingegen ... ich stehe am Morgen auf mit dem Vorsatz, nichts von meinen Gedanken und Gefühlen zu verraten, und wenn ich abends zu Bett gehe, befriedigt mich am meisten, daß es mir gelungen ist, mich vor aller Welt zu verstellen.

Möchten Sie mit mir tauschen? Nicht wahr, bis heute abend haben auch Sie anders über einen Prinzen gedacht, dessen Wege mit Blumengirlanden geschmückt sind und der auf einem höheren Sessel sitzt als die gewöhnlichen Leute?» Der Prinz lachte. «Ich bin umgeben von Menschen, die jeden meiner Schritte überwachen, und man erteilt mir von früh bis spät Ratschläge. Verstehen Sie, es ist ganz einfach. Der Zeitpunkt ist gekommen, an dem ein Mensch wie ich entweder zugrunde geht oder ...»

Prinz William war verstummt und sah ihn an.

«Werden Sie zu mir halten?»

«Ja», antwortete Ernst.

Sie näherten sich der aus Feldsteinen errichteten hohen Parkmauer. Ernsts Blick blieb plötzlich an einer reglosen menschlichen Gestalt hängen. Er sah genauer hin, es war Caroline. Sie saß nicht weit von ihnen entfernt, den Kopf gesenkt, die Hände auf den Knien. In der einen, die halb geöffnet war, lag vom Mondlicht beschienen ein Strauß Glockenblumen.

Sie sprang auf und kam ihnen entgegen.

«Du hast gewußt, daß ich mitkommen würde?» fragte Ernst die Schwester.

«Natürlich, warum denn nicht?»

«Bist du schon lange hier?» erkundigte sich Prinz William.

«Eine Weile.» Sie sprach ungewohnt leise. Ernst begriff, daß die beiden jetzt allein und unbehelligt sein wollten.

Als die Pforte in der Mauer sich hinter den beiden geschlossen hatte, lehnte er sich mit dem Rücken an den glatten Stamm einer Trauerbuche, deren Geäst tief herabhing. Er würde hier Wache halten, bis sie zurückkamen. Er sah den Fluß vor sich, an dem die beiden jetzt auf dem Treidelweg entlanggingen. Er bückte sich, hob den Strauß auf, den Caroline achtlos hatte fallen lassen, und sah den Tau wie Tränen an den Blüten glitzern. Hoch über ihm flog mit schwerem Flügelschlag eine Eule, wandte den runden Kopf, sah ihn an, schwang sich höher und verschwand in den Bäumen. Er begann das Warten leid zu werden und bildete sich ein, daß sie niemals zurückkämen.

Am nächsten Morgen gab es vor dem Haus Bewegung, der Aufbruch der Gäste stand kurz bevor. Die Kalesche der Äbtissin des Klosters Fischbeck, Elisabeth von Dincklage, die auf dem Schloß übernachtet hatte, fuhr vor. Es war eine uralte Berline, von der an einigen Stellen der Lack abblätterte. Stallknechte führten die gesattelten Reitpferde vor die Auffahrt und zogen die Sattelgurte noch einmal nach.

Herr und Frau von Hake hatten sich bereits auf der Freitreppe postiert. Rechts und links von ihnen war die Dienerschaft und was sonst an Personal zum Gut gehörte, Frauen und Männer getrennt, versammelt. Der Hauslehrer, die Gouvernante, die Amme und das Kindermädchen hielten sich im Hintergrund der Vorhalle auf und steckten die Köpfe zusammen.

Der alte Silberdiener trat, wie stets auf Zehenspitzen, an

Herrn von Hake heran, der Kragen höher als bei den anderen Dienern und die grauen Haare über der Stirn so hoch frisiert, daß sie wie der Kiel eines gekenterten Bootes aussahen.

«Herr Baron, Adolph ist nirgends zu finden», meldete er seinem Herrn im Flüsterton.

Frau von Hake, neben der artig ihre Töchter in kleinen Reifröcken unter weißen Kleidern standen, machte ein beunruhigtes Gesicht. Der zwölfjährige Adolph war sonst ein wohlerzogenes und pünktliches Kind.

Herr von Hake trug seine Kammerherrenuniform. Er war ein hochgewachsener, stattlicher Mann in den besten Jahren. Seine Züge waren regelmäßig und angenehm; ein Kranz kleiner Fältchen hatte sich strahlenförmig um die Augen gelegt. Er galt als ein sehr guter Mensch, hatte aber sehr altmodische Ansichten und Gewohnheiten. Er sah den Diener mit klarem unbeweglichen Gesicht an und sagte: «Adolph hat sofort zu erscheinen.»

Die Äbtissin in ihrer schwarzen Robe mit dem blauen Ordensband über der Schulter kam so schnell sie es bei einiger Korpulenz vermochte aus der Vorhalle und nahm, leicht außer Atem, neben Herrn von Hake Aufstellung.

«Ma chère cousine, je vous remercie de nous joindre», wandte sich der Hausherr an sie. «Ich danke Ihnen sehr für die Ehre, denn ich weiß, daß Sie beschlossen haben, Ihr Leben der Einsamkeit zu weihen.»

Herr von Hake wußte genau, daß die Äbtissin jede Gelegenheit, dieser Einsamkeit Adieu zu sagen, gern nutzte. Bei offiziellen Diners wie dem gestrigen zu Ehren des Prinzen war sie ganz in ihrem Element. Daher hatte er sie auch an Prinz Williams rechte Seite gesetzt. Ihre einstige Schülerin Caroline von Linsingen hatte ihr offenbar einen zu lustigen Eindruck gemacht, vor allem, als sie den Prinzen angelächelt hatte während Herrn von Hakes Trinkspruch auf das Wohl des Königs und des herrlichen Geschlechts der Welfen, der Zierde unseres Planeten, wie er sich ausdrückte.

Mit der heutigen Jugend ist es eine Not, hatte die Äbtissin gedacht, wo werden wir hinkommen, wenn jeder Mensch ‹aufgeklärt› ist? Sie verdächtigte den Hauslehrer, daß er neuzeitliche Parolen ins Haus brachte.

Bis hin zur Ausfahrt aus dem Park hatten Jäger mit ihren Hörnern Aufstellung genommen, um den Abschiedsgruß zu blasen. Der Prinz erschien im Reitrock, gefolgt von seinen Kavalieren. Frau von Hake zupfte an der Drapierung über dem Reifrock und zog in Gedanken an der grünen Schleife, mit der ihr geschwungener Hut aus feinstem Panama festgebunden war. Sie fand keine Erklärung für Adolphs Fehlen und Carolines unhöfliche Verspätung.

Adolph saß unter einem weitverzweigten Fliederbusch neben dem Küchenausgang an der Rückseite des Hauses auf einer Bank und wartete auf seine Patin Caroline von Linsingen. Von hier aus konnte er das Fenster ihres Zimmers sehen, das offen stand. Er fing an, ungeduldig zu werden. Caroline wollte unbedingt vor dem Aufbruch in das neue Treibhaus geführt werden, um ihren Myrtenbaum anzusehen.

Den Rücken streckend schlich eine gefleckte Katze vorsichtig in den Gemüsegarten, und einige Wespen brummten an ihm vorüber auf dem Weg durch das angelehnte Fenster in die Vorratskammer, wo die frische Marmelade stand.

Vor dem Haus versammelte sich gewiß schon die ganze Gesellschaft. Warum ließ sie ihn so lange warten? Er hatte es gestern nicht fertiggebracht, ihr zu sagen, was für ein Malheur passiert war.

Endlich hörte er, wie die niedrige schwere Holztür geöffnet wurde und wie Caroline die wenigen ausgetretenen Steinstufen, die ins Souterrain führten, hinauflief. Sie kam, das rote Reitkleid an der Seite hochgerafft, auf ihn zu und streckte lächelnd die Arme nach ihm aus.

«Da bist du ja. Wir haben lange nicht mehr miteinander geredet. Komm.» Sie nahm seine Hand und wollte in den

Garten laufen. Er rührte sich nicht und sah sie an wie ein besorgter Erwachsener.

«Fehlt dir etwas? Los, voran, zum Glashaus.»

«Es geht nicht.»

«Was für ein Unsinn. Komm.»

«Nein.»

«Was ist los?» fragte sie besorgt.

«Dein Myrtenbaum ist zerbrochen. Beim Umbau ist eine Eistenstange auf ihn gefallen und hat ihn zerschmettert.»

Caroline strich sich die Haare aus der Stirn, als beträfe das Mißgeschick gar nicht sie, und legte den Arm um seine Schulter.

«Was ist schon dabei?» Sie zögerte, fuhr dann aber fort. «Ich bin nicht abergläubisch. Die Zeiten sind vorbei. Wir sind jung.»

Sie drückte ihn fest an sich, dann lief sie ihm voraus ums Haus herum, wo sie dringend erwartet wurden. Adolph rannte hinter ihr her.

15

Aus Caroline von Linsingens Tagebuch
Pyrmont, am Dienstag, dem 21. Juni 1791
Längster Tag. Sommeranfang

Ich bewege mich in einem Zustand, den Tante Wilhelmine von Hake, als sie mich zum Abschied umarmte, phantastische Keckheit nannte. Ob sie lobt oder tadelt, muß man bei ihr stets selbst herausfinden. Mein Blick scheint mich zu verraten. Ich bin in einer ständigen Erwartung, als ob das Außerordentliche jeden Augenblick geschehen könnte. Ich sehe über alles hinweg, was sich in meiner alltäglichen Nähe zeigt und erblicke nur das Wunderbare. Wie weit ich dabei auf mich selbst vertraue, ist ungewiß.

Prinz William ist kein fügsamer Liebhaber. Er nimmt nichts ernst. Er treibt seinen Spott mit allen. Er ist der Sohn unseres Königs, dieser verführerische, verrückte Prinz, dessen Geliebte in London auf ihn wartet, während hier in Pyrmont seine Verlobung mit der Prinzessin von Braunschweig vorbereitet wird. Er ist voller Ungeduld. Wir werden am Tage seines Geburtstags heiraten. Wohin wird das alles führen?

William und ich saßen nebeneinander in einem plumpen großen Boot auf dem Kasten, in den die Fische gelegt werden. Das Boot war am Steg angekettet und bewegte sich nur wenig in der Strömung des Flusses. An der Mauer des Parks hatten wir Ernst zurückgelassen und konnten daher sicher sein, daß niemand uns folgte. Zu meinem Erstaunen schien Ernst alles ganz selbstverständlich zu finden, während ich kaum wage, daran zu denken, in was ich ihn hineingezogen habe.

Bei unserer Ankunft am Weserufer waren ein paar Wasserhühner aus dem Schilf aufgestiegen und mit den Flügeln schlagend über den Fluß dahingeflogen. Dann war es wieder ganz still bis auf das leise Rauschen in den Silberpappeln und die Geräusche des Flusses. Wir waren allein, es gab nur uns auf der Welt. Wir saßen ganz nah beieinander, William lehnte seinen Kopf an meinen und nahm meine Hand. Der unaufhörlich strömende Fluß, die nächtliche Leere und die Ruhe und die Freude und der Hauch eines unendlichen Glücks. Schönheit. Unmöglich, dafür Worte zu finden.

Ich weiß, daß es in meinem Leben keinen glücklicheren Augenblick geben kann. Ich will die harte Hand des Schicksals nicht spüren. Ich will auch nicht die Wahrheit sehen, den mir zugänglichen kleinen Teil der Wahrheit, denn er würde mir die Lippen verschließen.

Dienstag, der 2. August

Das alltägliche Badeleben hier in Pyrmont ist mir kaum noch erträglich. Ernst ist beim Regiment, so ist der einzige, mit dem ich reden könnte, zur Zeit unerreichbar. Ich zähle die Tage bis zu seiner Wiederkehr. Heute ist ein kleines versiegeltes Billet ohne Absender für mich abgegeben worden. Es trägt auch kein Datum. Die Schmedes überreichte es mir wortlos. Es hat folgenden Wortlaut:

«Meine Beste, man hat mir anvertraut, daß die Schauspielerin Dora Jordan unterwegs nach Pyrmont ist. Eine Überraschung für His Royal Highness. Man wird die *Phädra* spielen, mit ihr in der Titelrolle. Der Thronfolger soll alles heimlich arrangiert haben, um einen Skandal auszulösen.

Ich denke oft an Sie und ob wir uns wiedersehen. Machen Sie von dieser Nachricht Gebrauch, wenn es Ihnen zweckmäßig erscheint. Ihr James H.»

Ich sinne über die Mitteilung nach. Was bezweckt Betty? Gilt die Warnung meinem Vater? Wäre der Eklat so groß, daß seine Stellung gefährdet sein könnte? Der Prinz von Wales gilt als Intrigant. Was habe ich in diesem Spiel zu schaffen?

Ich ertrage es kaum noch, in solcher Heimlichkeit zu leben.

Am Sonnabend, dem 20. August 1791

Heute ist mein letzter Tag als Mädchen.

Am Abend wollte Minister von Stralenheim einen Ball für alle Mitglieder der adligen Badegesellschaft und für die Besitzer der umliegenden Güter geben. Aus Göttingen traf die Nachricht ein, daß sein Sohn schwer erkrankt sei. Es wird gemunkelt, daß noch etwas anderes dahinter steckt. Jedenfalls hat Herr von Stralenheim Pyrmont sofort verlassen. Mein Vater ist an seine Stelle als Gastgeber getreten. So beschert mir der Zufall, was sonst am Abend vor der Hochzeit üblich ist: den Polterabend, den die Eltern für die Tochter ausrichten.

Ich habe mir ein hellgrünes Kleid ausgesucht mit einer großen grünen Schärpe. Mein einziger Schmuck ist ein grüner, mit Perlen durchflochtener Kranz. Das Ordenskreuz meines Klosters Fischbeck, das nur zu feierlichen Anlässen getragen wird, erscheint mir dazu passend. Es ist verführerisch, William auch äußerlich zu entsprechen, der Orden ähnelt dem seinen.

Ernst ist wieder hier. Auch der Herzog von York ist zur Feier des Geburtstages seines Bruders eingetroffen.

Spät in der Nacht

*H*eute abend war alles nach alter englischer Sitte arrangiert, jeder Tänzer behielt seine Tänzerin für den ganzen Abend. Der Etikette entsprechend führte mein Vater Juliane zum Herzog von York, und dann ergriff er meine Hand, um mich dem Prinzen William zu übergeben. Das war ganz zwangsläufig so, da der Herzog die ältere Tochter des Gastgebers für sich erkoren hatte und sein Bruder daraufhin die jüngere bekam. Als der Vater meine Hand in die des Prinzen legte, drückte er die vereinten Hände fest zusammen. Gut, daß er nicht ahnen konnte, was wir dabei empfanden. Als er die Hand zurückzog, ergriff ich sie mit der linken und küßte sie.

«Du gibst mich ihm fürs Leben», dachte ich.

Er blies die Wangen ein wenig auf und pustete leise, wie immer, wenn ihn Rührung ergreift. Dann wandte er sich dem Prinzen zu.

«Mögen alle Wünsche in Erfüllung gehen!»

Er sagte es so nachlässig, als wolle er diesen Worten kein allzu großes Gewicht geben.

Als er uns den Rücken gekehrt hatte, sah William mich an und lächelte.

«Du siehst bezaubernd aus, ganz nach meinem Geschmack. Warum hast du deinen Vater angesehen wie ein Opferlamm? Und was bedeutet das Ordenskreuz?»

Ich erklärte ihm, daß ich es heute zum letztenmal tragen dürfe. Er antwortete, der ‹Fräulein-Orden› werde bald durch einen anderen ersetzt, wie er einer königlichen Prinzessin angemessen sei. Seine Laune wechselte rasch. Er zitierte eine spanische Romanze, an die ihn mein Gesicht erinnert hatte.

«Ein betrübtes Bildnis bin ich, das man an die Wand gelehnt.» Er amüsierte sich köstlich über den Einfall.

Ich sah, daß der Herzog von York uns beobachtete. Er näherte sich mit Juliane und fragte, warum William so heftig gestikuliere. Ob es ihn vielleicht gar ärgere, daß mein Orden dem seinen so ähnlich sei? Und so viele Blicke auf diese reizende Stelle zöge? Auf dem Gesicht des Herzogs sind die Spuren eines ausschweifenden Lebens und des Alkohols nicht zu verkennen. Er ähnelt dem König, nur sind seine Züge feiner und nicht ohne Anmut. Er war mit großem Raffinement gekleidet, an seinem Rock blitzten Diamantknöpfe, ebenso auf den Schnallen seiner Schuhe. Während er sprach, begleiteten seine Worte jene eigentümlichen Zukkungen des Kopfes und der Schultern, die ich schon bei anderen von sich eingenommenen und verwöhnten jungen Leuten bemerkt habe. Die Busschen war übrigens nicht anwesend.

William zuckte die Achseln, als wolle er mir zu verstehen geben, daß von einem Menschen wie diesem nichts Besseres zu erwarten sei.

«Wovon redest du überhaupt?»

Er bezwang nur mühsam seinen Ärger.

«Von wem denn sonst, als der *ravissante Mademoiselle Caroline.*»

Ich fühlte mich bei alldem absolut töricht, eine verlegen lächelnde Närrin. Es war ein Glück, daß Ernst dazwischentrat, so daß es nicht zu einem Streit zwischen den Brüdern kam. Er fragte den Herzog, ob er wünsche, daß der Tanz beginnen solle. Der Herzog sagte, daß er schon sehnlichst darauf warte, die Musik solle sofort anfangen. Er nahm Julianes Hand und eilte mit ihr in den Saal. Wir folgten.

William erweckt nicht mehr den Anschein eines mißmutigen, mit seinem Los unzufriedenen Menschen. Er strahlte ein durch nichts zu trübendes Wohlwollen und herzliches Entgegenkommen aus. Wenn wir beim Kontertanz für kurze Zeit voneinander entfernt waren, schien mir das schon zu lange.

In den Tanzpausen gingen wir in der Allee spazieren, ohne Aufsehen zu erregen. Es drängten sich zu viele Neugierige, und immer mehr kamen hinzu. Die Abendluft war herrlich frisch und erfüllt von Rosenduft. Menschen schritten an uns vorbei, Töne eines einförmigen und wilden *country dance* drangen aus dem Saal herüber. Je länger das Fest dauerte, desto weniger vermochte ich an den morgigen Tag zu denken.

Reverend Lloyd, der uns trauen wird, war nicht anwesend. Ich empfand sein Fehlen als große Erleichterung.

Ich habe beschlossen, den Rest der Nacht angekleidet zu bleiben und auf das Morgengrauen zu warten. Unter dem Vorwand, den Sonnenaufgang zu bewundern, will ich mit Ernst früh fortreiten.

Zwei Tage später

*I*ch habe nicht nachgelesen, was ich vorgestern aufgeschrieben habe. Es kommt mir so vor, als ob ich zu sentimental erzählt habe. Aber ich will fortfahren und vom gestrigen Tag berichten.

Als ich aus dem Fenster blickte, die Sonne war noch nicht aufgegangen, ließ sich erkennen, daß es ein schöner Tag werden würde. Vom Gartentor zur Allee hin hörte ich gedämpfte Stimmen und das Wiehern eines Pferdes. Ernst hatte also bereits satteln lassen. Er war erstaunt, mich schon fertig zum Aufbruch vorzufinden. Er wollte mich umarmen. Ich entzog mich seinem Kuß und ich glaube, er verstand diese Regung. Georg, ohne dessen Begleitung ich kaum je weitere Ausritte gemacht habe, hielt mein Pferd. Ich spürte an seiner steifen Haltung, daß er diesen frühen Aufbruch nicht billigte.

Kaum saß ich im Sattel, galoppierte ich den anderen voraus. Meine Stute versuchte, den Kopf hochzuwerfen, schnaubte und machte ungehorsame Sprünge. Ich spürte, wie das Blut mir in die Wangen schoß. *Bluebell* ist ein prächtiges, isabellfarbenes englisches Vollblut mit langem schmalen Hals und langen Beinen, das sehr verwöhnt ist und mit seiner Schönheit prahlt. An der Emmer ließ ich sie über ein paar Hecken springen, um jeden Rest von Zaghaftigkeit, den ich noch in mir verspürte, zu vertreiben. Als ich nach diesem heftigen Ritt vor einem niedrigen Bauernhaus an einem aufgeschichteten Holzstapel anhielt, waren alle Zweifel, alle Bangigkeit verflogen. Das Haus liegt ein Stückchen weiter am Weg als die Kapelle.

William erwartete mich. Er half mir aus dem Sattel und führte mich durch eine niedrige Tür hinein. Ernst hatte am Tag zuvor unter dem Vorwand eines geplanten Frühstücks an diesem Ort alles Nötige herrichten lassen. Vor uns waren schon Lord Dutton und der Reverend Lloyd angekommen, sie zogen sich nach der Begrüßung sofort zurück. William ließ mich in eine Stube eintreten, wo er mir auf einem Tisch und einer flachen Bauerntruhe ausgebreitet die für mich vorausgeschickten Kleider zeigte und mich darauf verließ. Was hätte meine Mutter dazu gesagt, daß ich Kleider anzog, die ein Mann für mich ausgesucht hat.

Wo mochte er dieses feine, in drei weißen Tönen gehaltene Kleid mit einer kurzen Schleppe besorgt haben? Und dazu den breiten goldenen Gürtel mit dem Diamantschloß?

Ich hatte Mühe mit dem Ankleiden, es war schwierig, alle Haken und Knöpfe ohne Hilfe zu schließen. Ich mußte an die Lage von Georg denken, nachdem er nun wußte, weswegen wir hier waren. Wie würde er damit fertig werden, daß der Prinz ihm befohlen hatte, er dürfe nichts davon dem Vater melden, der ihm vertraute? Und wie steht er da, wenn Vater alles erfährt?

In einem Spiegel, der irgendwo ausgeliehen sein mußte, denn sein Rahmen bestand aus grünen Porzellangirlanden mit weißen Rosen, betrachtete ich mein Bild. Da bin ich, wohin gehe ich.

Sprüche, die Juliane und ich Antoinette von Stralenheim zur Hochzeit mit dem Hauptmann von Heine in ein Album geschrieben hatten, summten durch meinen Kopf: «Die reine Vernunft tut es beim Heiraten noch weniger als das unvernünftige Herz.» – «Die meisten glücklichen Ehen werden seufzend geschlossen, die meisten unglücklichen im Rausch des Entzückens, denn die Ehe fordert Heiterkeit!»

William kam herein, glücklicherweise war ich fertig. Er bewunderte mich und sagte: «Caroline, wenn du alles wüßtest, was mir das Herz bewegt.» Was hinter ihm lag, war wirklich für ihn abgetan.

Ehe er weitersprechen konnte, trat Ernst ins Zimmer. Erstaunt musterte er mich von Kopf bis Fuß. Mit beiden Händen hielt er etwas auf dem Rücken, er suchte nach Worten und sah abwechselnd William und mich an.

«Voyez», sagte er schließlich und hielt mir einen Kranz aus frischer blühender Myrte hin.

William wollte ihn ihm aus der Hand nehmen und mir ins Haar drücken. Ernst verweigerte es ihm.

«Königliche Hoheit führen meine Schwester heute in ein neues, unbekanntes Leben», sagte er. «Es steht mir zu, sie mit dem Kranz zu schmücken, ehe ich sie Eurer Königlichen Hoheit ... anstelle des Vaters ... übergebe und anvertraue.» Und er drückte mir den Kranz auf die Stirn.

William verließ uns. Nun trat Lord Dutton ein und verbeugte sich so tief vor mir, wie es für ein Mitglied des Königshauses angemessen ist. Zwischen Ernst und ihm schritt ich hinüber zur Kapelle. Es wurde kein Wort gewechselt. Inzwischen hatte sich die Sonne erhoben, doch fehlte ihr in der diesigen Luft die Kraft. Die Kapellentür kreischte in den Angeln. Zunächst vermochte ich in der Dunkelheit nichts zu erkennen. Es roch modrig. Der Gang bis nach vorn erschien endlos.

Kerzen flammten auf. William erwartete uns vor dem Altar. Mit dem Rücken zu uns stand Reverend Lloyd in einem Talar unbeweglich vor dem Kruzifix. Ernst, der mich geführt hatte, trat zurück, als William meine Hand nahm. Wir traten vor den Altar und knieten nieder.

Es war ganz still. Dann begann der Schiffsgeistliche mit

der Zeremonie. Das Jawort sprachen William und ich mit bebender Stimme.

Als wir uns erhoben, schloß er mich in seine Arme, wandte sein Gesicht dem Kruzifix zu und sagte sehr feierlich: «Hier, im Angesicht Gottes schwöre ich dir, daß ich dich nie verlassen werde.»

Ich fühle mich unerlaubt glücklich. Was für ein Tag.

William umarmte darauf Ernst, dann Dutton und schließlich den Reverend Lloyd. Er dankte ihnen in bewegten Worten für ihre Treue und die Bereitschaft, ihre Namen unter die Trauungsurkunde zu setzen. Er ermahnte sie, mit niemandem über das heutige Ereignis zu sprechen.

Wir begaben uns zurück in das Haus, das vermutlich schon lange leer gestanden hat. Wir konnten nur eine knappe Stunde zusammenbleiben. Immer wieder sah ich William seine Uhr hervorziehen. Jackson, sein Kammerdiener, servierte Champagner. Dazu gab es Rebhühner und kalten Yorkshire-Pudding. Ich hatte geglaubt, daß ich keinen Bissen würde zu mir nehmen können, und wunderte mich jetzt, wie hungrig ich war. Ernst brachte einen Toast auf William und mich aus und Lord Dutton einen auf Williams Geburtstag.

Wie schön war er an diesem Morgen. Weiche Schatten und zärtliche Lichtreflexe glitten leise über ihn hin, über seinen blauen Rock, über seinen leicht geneigten Nacken, über sein heiteres Gesicht und die ein wenig flüchtig gepuderten Haare. Sein Blick ließ mich nicht los, und auf seinen Lippen lag ein unbestimmtes Lächeln der Freude.

Nachdem Jackson die Gläser und Teller weggetragen hatte, nahm William mir den Kranz ab. Ich zog mich um und er setzte mir lachend meinen Reithut auf. Er schien die Situation immer mehr zu genießen. Aber er hatte große Eile, zurückzukehren. Er will, daß unser Geheimnis gewahrt bleibt. Wie kurz währte die Herrlichkeit dieses Sonntagmorgens, des 9. nach Trinitatis, der die Hundstage beendet.

Bevor Georg mir in den Sattel half, machte ich vor William die übliche tiefe Verneigung. Rasch hob er mich auf und schloß mich in seine Arme.

«Nur ich», sagte er, «darf in Zukunft vor dir knien. Reite nicht so schnell wie bisher. Es darf dir nichts zustoßen. Mein Leben und das deine sind jetzt eins.» Er sprach diese Worte auf deutsch, sie klangen etwas gesucht.

Gegen halb zehn waren wir wieder zu Hause. Um zehn Uhr sollten wir bei der Geburtstagscour im Ballsaal erscheinen. Anschließend gab die Herzogin von Braunschweig für ihren Neffen ein Diner.

Als wir uns in die Schar der Gäste für die Cour einreihten, sah ich William in Galauniform sehr weit entfernt neben dem Herzog von York stehen. Mein Herz klopfte. Ich dachte: Niemand weiß etwas, niemand. Und doch bin ich jetzt seine Frau. Die Ehe galt mir immer als die einzige wirkliche Leibeigenschaft, die unser Gesetz kennt, mögen die Männer auch noch so oft beteuern, daß sie unsere Sklaven sind. Wäre es meinem Vater gelungen, mich mit Schwiecheldt zu verheiraten, wäre ich jetzt so ein unterworfenes Wesen. Er wäre mein rechtlicher Vormund, er lebte in allem mein öffentliches Leben und gestünde mir nur ein häusliches zu.

Habe ich nicht immer dagegen revoltiert?

Ich fange an zu glauben, daß das Geheimhalten unserer Ehe, das mich manchmal so bedrückt, gerade das Mittel ist, um sie zu erhalten und dauerhaft zu machen.

Langsam rückten wir vor. Als mein Vater an der Reihe war, sich vor den Prinzen zu verneigen, geschah etwas Ungewöhnliches. William blieb nicht, wie üblich, auf seinem Platz stehen, sondern trat einen Schritt vor, um ihn zu umarmen.

«Auch an seinem Ehrentag muß der Sohn zum Vater gehen», sagte er dabei.

Die Geste fand Beifall, weil William so geschickt anzudeuten schien, daß zwischen ihm und dem König kein Zerwürfnis herrsche. Daß er den Günstling seiner Mutter auf diese Weise auszeichnete, legte man ihm allgemein als unerwartetes Feingefühl aus. Mit welcher Aufmerksamkeit und Teilnahme fragte er Maman nach ihrem Befinden! Ernst redete er mit «mein lieber Freund» an. Juliane reichte er die Hand; sie wünschte ihm «ein reiches, dauerndes Glück». Und er antwortete: «Das Glück erobert man nicht im Sturm.»

Als nun die Reihe an mir war und ich in die vorgeschriebene tiefe Verneigung versinken wollte, ereignete sich dasselbe wie am Morgen.

«Genug, genug», rief William, reichte mir die Hand und zog mich hoch.

Die Menschen sind daran gewöhnt, daß das Königshaus meinem Vater und seiner Familie seine Gunst schenkt, daher erregte unser Auftritt nur bei den Ausländern Aufsehen.

Gleich nach Beendigung der Cour ließ die Herzogin von Braunschweig unseren Vater zu sich bitten. Die Unterredung in einem Nebenraum war kurz. Als er zu uns zurückkam, schien er nicht ganz wohl. Er sagte zu Ernst, er möge Onkel Thilo und Onkel Karl nach oben in das vorderste Spielzimmer bitten, wo er auf sie warten werde. Es mußte sich um etwas Unerfreuliches handeln. Was war geschehen? Werde ich von nun an bei jeder Gelegenheit von der Angst gepeinigt werden, William zu verlieren? Nach einer endlosen Viertelstunde kamen Vater und Ernst zurück. Vater sprach seiner Gewohnheit treu kein Wort mit uns Frauen über die Sache.

Kurz darauf erfuhr ich alles von Ernst, der mich beiseite nahm und zu mir sagte: «Ich kann es vor dir nicht geheimhalten. Du mußt mir aber versprechen, mit niemandem darüber zu reden, auch nicht mit –» er suchte das passende Wort – «mit deinem Mann.»

Dora Jordan ist in Pyrmont! Der Prinz von Wales hat an den hiesigen Theaterdirektor geschrieben, daß sein Geburtstagsgeschenk für seinen Bruder William eine Aufführrung der *Phädra* am 21. August sei. Er hoffe, Mrs. Jordan und ihre Truppe würden in Pyrmont ebenso gefeiert werden wie in London.

Die Herzogin hat mit einem furchtbaren Skandal gedroht, wenn die Aufführung stattfindet. Sie ist außer sich. Ihr Wunsch war es, daß am heutigen Tag die Verlobung ihrer Tochter mit Prinz William bekanntgegeben werden sollte.

Es fällt mir schwer, diese Schilderung zu Ende zu bringen.

Der Herzog von York soll sich seiner Tante gegenüber geweigert haben, etwas gegen den Auftritt der Jordan zu tun. Lieber will ich ein Affe in Borneo sein, soll er gesagt haben, als ein Sohn König Georgs. Kann ich nirgendwo meine Ruhe haben, nicht einmal in Pyrmont? Im übrigen denke er nicht daran, seinem Bruder William in dieser Sache Vorschriften zu machen.

Ernst sagte mir, daß bereits nach Iffland, Hagemann und dem Direktor geschickt worden sei. Die Aufführung sollte um keinen Preis stattfinden. Der König und die Königin hätten strikte Vorschriften für den Aufenthalt Prinz Williams in Pyrmont gemacht, ihre Majestäten wüßten nichts von der Reise der Schauspieler, man könne nicht verantworten und so weiter. Kein Wort über den Prinzen von Wales. Keins über William und Mrs. Jordan. Natürlich wird sich jeder leicht seinen Teil gedacht haben.

Ich will nicht beschreiben, was mit mir vorgegangen ist. Ich ging hinaus in die Allee, stützte mich gegen einen Baum, wie lange ich dort gestanden habe, kann ich nicht sagen. Williams Stimme entriß mich meiner Erstarrung.

«Ich habe mich vom Tanzen befreit», sagte er lachend. «Wir brauchen also nicht gleich zurückzugehen.»

Kann man sich vorstellen, mit welchen Gefühlen ich ihm gegenüberstand? Heute früh hatten wir den Bund fürs Leben geschlossen, und am Abend des gleichen Tages verschwieg ich ihm etwas für ihn sehr Wichtiges. Ich war unfähig, meine Augen zu ihm aufzuheben. William schien unverändert, glücklich, im Ton seiner Stimme war keine Veränderung zu entdecken. Er wußte also nichts. Oder verbarg er es nur meisterhaft? Endlich faßte ich mir ein Herz, ihn anzusehen. Unsere Blicke begegneten sich. Das Lächeln, das ich mir abrang, war keineswegs heiter. Zu meiner Schande will ich gestehen, daß die kleinmütigste Angst meine Brust erfüllte. Die Dämmerung verdichtete sich, schon traten die ersten Sterne hervor. War die *Phädra* abgesagt worden?

Meine eigentümliche Gemütsstimmung konnte William nicht verborgen bleiben.

«Sorge dich nicht. Ist es nicht ein herrlicher Tag? Dein Vater tut alles, was die Königin will. Dieser alte General, der mit meiner Mutter von Mecklenburg nach England reiste! Sie und dein Vater waren sich nicht gleichgültig, deswegen liebt sie seine Kinder, besonders dich. Darauf baut mein ganzer Plan. Nun, du wirst schon sehen.» Er küßte mich sehr leidenschaftlich. Ich ließ es geschehen, als hätte ich keinen anderen Willen mehr.

Liebe ist so etwas wie Wahnsinn. Warum verlasse ich mich auf alle seine Beteuerungen? Habe ich nicht hundertmal von der Mutter, der Großmutter, den Tanten gehört: ‹Die Schwüre, die man dir leistet, gelten nichts.›

Bis heute habe ich nicht daran gedacht. Warum denke ich jetzt daran?

Als wir uns wieder unter die Gäste mischten, kam Ernst zu uns und sagte, es fände heute keine Theatervorstellung statt. Herr Hagemann, der die Hauptrolle in der *Adelheid von Veltheim* zu spielen habe, sei plötzlich erkrankt und niemand könne für ihn einspringen. Ernst blickte uns dabei fest an und sprach mit ruhiger Stimme. Dora Jordan tritt nicht auf. Man hat sie zur Abreise bestimmt, schwirrte es mir durch den Kopf.

William verließ mich, seine Tante, die Herzogin, hatte ihn zu sich bitten lassen, auch Ernst ging.

Der Tanz war in vollem Gange. Das Gefühl der Niedergeschlagenheit, das sich meiner so ganz bemächtigt hatte, verlor sich allmählich, und fast heiter sah ich dem Treiben zu.

Nicht sehr viel später kam Ernst zurück. «Ich bringe dich jetzt zu ihm», sagte er.

Williams Macht über mich scheint grenzenlos zu sein. Ich fragte nicht einmal, wo er war. Er lenkt mich, wohin es ihm gefällt. Ich nahm kaum etwas wahr, bis wir vor unserem Haus anlangten und die Treppe hinaufstiegen. Wir standen vor meiner Zimmertür. Zu meiner Verwunderung zog Ernst den Schlüssel, der sonst innen steckt, aus seiner Tasche und öffnete.

Während wir ins Vorzimmer gingen, begann Ernst zu sprechen, ziemlich schnell und nicht sehr laut. Ich hörte nur mit halbem Ohr, was er sagte: er und Jackson seien auf dem Posten, das Haus sei leer, die Bediensteten warteten im Saale auf. Prinz Frederick sei am Spieltisch, wo er nie ein Ende finde. Ehe er nicht gehe, könnten die Gäste nicht fort und die Familienmitglieder sich nicht zurückziehen. Inzwischen hatte er eine Kerze angezündet.

Ich fühlte mich seltsam benommen. Ich hatte nicht einmal bemerkt, daß Ernst gegangen war. Die Tür zu meinem Schlafzimmer stand offen. Mein Bett war über und über mit Blumen geschmückt. Rosen, Lilien, Orangenblüten, Wikken und Vergißmeinnicht, eine Überfülle des sommerlichen Gartens hatte Ernst hier aufgehäuft, ehe er mich herführte.

William trat ein. In diesem Augenblick vergaß ich jeden Gedanken an die Zukunft.

Was liebt die Liebe? Unendlichkeit. Was fürchtet die Liebe? Grenzen. Die Veränderung des vertrauten Zimmers hatte alle Grenzen aufgehoben.

Die Nacht war still. Alles Endliche und Zeitliche verging.

Ich kann nicht vergessen, daß die Blumen am Morgen all ihren Duft verloren hatten.

Mittwoch, 24. August

Es ist schön, zu lieben. Ängstlich hüte ich mich, nach Williams und Ernsts geheimen Veranstaltungen zu forschen, die es immer wieder möglich machen, daß er ungesehen zu mir kommt. Für diese Tage hatte die Liebe einen Schutzengel. Mein schönes Vertrauensverhältnis zu Ernst ist einer Dankbarkeit gewichen. Und doch dachte ich eben: Er hat seinem Fürsten die Schwester auf einem blumengeschmückten Altar geopfert, ach Polyxene.

Wir haben heute in großer Gesellschaft einen Ritt zur Kapelle gemacht, die plötzlich ein Ausflugsziel geworden zu sein scheint. Alle drängten sich laut durcheinanderredend hinein. Mir war, als entweihten sie den Platz, von dem ich glaubte, daß er nur mir gehört. Am Türpfosten lehnte Franz Alten. Er sah mir tief in die Augen.

Dutton riet William, auf dem Rückweg nicht neben mir zu reiten. Sein Gefühl drohe ihn zu verraten. Außerdem lasse die Herzogin von Braunschweig ihn beobachten. William verfiel während der Ermahnungen Lord Duttons in zusehends schlechtere Laune. Ohne noch ein Wort an uns zu richten, kehrte er uns den Rücken, rief nach Jackson und ritt mit ihm in schnellem Trab fort. Was blieb mir übrig, als traurig mit der Gesellschaft zurückzureiten.

Als wir in die Allee einbogen, sah ich Franz Alten, der vor unserem Haus wartete; er war der Gruppe vorausgeeilt. Ich galoppierte rasch auf ihn zu. Er trat an meine linke Seite, um mir beim Absitzen zu helfen. In diesem Augenblick preschte William, aus einem Seitenweg kommend, heran, sprang aus dem Sattel und riß mich beinahe herunter, Franz zur Seite drängend. Mein Reitstock war dabei unter die Kette geraten, an der William das Medaillon mit meinem Bild um den Hals trägt. Es fiel, als die feine Kette riß, nicht etwa auf den Boden, sondern unglücklicherweise in den Ausschnitt meines Reitkleides. Dieses sehen und rasch hineinfassen, es an seine Lippen drücken und in die Tasche stecken, brauchte nur einen Augenblick. Ich unterdrückte meinen Schrecken, so gut ich konnte, denn Franz Alten stand daneben. Nichts war ihm entgangen. Nur die Pferde verbargen die Szene vor der übrigen Gesellschaft.

Ich stotterte eine Entschuldigung und verbeugte mich tief vor dem Prinzen. Er führte mich ins Haus. Vaters Arbeitszimmer war leer – er war unterwegs, um Besuche zu machen. Wir gingen hinein. William schloß die Tür, und ich warf mich in seine Arme.

Wir überhörten das Eintreten von Lord Dutton, der William dringend bat, vorsichtiger zu sein. Wir dürften es auch nicht länger aufschieben, dem Vater unser Geheimnis anzuvertrauen. Inzwischen war es drei Uhr nachmittags geworden. Ich mußte mich umkleiden. Williams Haarpuder hatte mein Reitkleid einem Müllerkittel nicht unähnlich gemacht.

Der Vater kam nach Hause in Begleitung von General Bussche, hinter ihnen Franz und Werner. Der gute alte Bussche sah William lächelnd und ergeben an.

«Haben Königliche Hoheit dieses Mädchen auch so gern wie ich?» fragte er. «Mich hat sie immer verhext, diese Caroline. Und meinen Werner erst recht.»

Werner war puterrot geworden, und meine Verlegenheit steigerte sich, falls das überhaupt noch möglich war.

William antwortete: «Mich auch. Ich gebe es zu.» Vater machte ein frappiertes Gesicht; glücklicherweise brach ein allgemeines Gelächter aus. Jetzt kamen auch Juliane, bereits umgezogen, dazu und die Cousinen Kielmannsegg, wie immer unzertrennlich mit Lily Vynx. Ich war froh, mich entschuldigen zu können und sie alle zu fliehen.

Es blieb mir wenig Zeit, die Kleider zu wechseln. Meine kupferne Badewanne, das *tub,* stand mit Wasser gefüllt in dem engen Ankleideraum, wo ich sehr vorsichtig beim Waschen sein muß, um nichts zu bespritzen. Ich zog das weiße Hochzeitskleid an. Immerhin hatte ich noch soviel Verstand, nicht nach dem kostbaren goldenen Gürtel zu greifen, sondern den blauen, mit Perlen bestickten von meiner Mutter umzubinden. Das dazu passende Diadem kam ins Haar. Es ist ein Stirnreif mit Blättern.

Als ich die Treppe herunterkam, rief Lily: «Wahrhaftig, sie will wieder einmal schöner sein als wir alle.»

Die Mädchen gaben ihr lachend recht. Lily drückte einen Kuß auf meine Wange und flüsterte mir ins Ohr: «Du Glückliche.» Spielte sie auf etwas an oder litt ich an Einbildungen?

In Hinsicht auf den Vater bin ich ganz im unklaren, was besser ist. William will erst nach England von unserer Heirat schreiben, ehe es dem Vater eröffnet wird. Aber warum schreibt er nicht?

Die Feste des Ministers von Stralenheim, der aus Göttingen zurück ist, erregen immer wieder Aufsehen und Bewunderung. Auch diesmal brachen wir mit großen Erwartungen auf, wir wollten den kurzen Weg zu Fuß gehen.

Zwischen den Säulen des Eingangs standen Franz Alten und Werner Bussche. Sie sahen uns nicht kommen. Laut und aufgebracht erklang Werners Stimme.

«Kannst du mir sagen, was es zu bedeuten hat, wenn der Prinz sagt, ihm ginge es genau wie mir?» Er erhielt keine Antwort, denn Franz hatte uns erkannt. Der Kurator erschien in der Tür, ein stattlicher Mann mit einer Lockenperücke und bernsteingelben Augen, sehr sauber rasiert und parfümiert. Er trug einen engen hellgrünen, bestickten Rock, sehr viel Spitzen an Hals und Manschetten und nach alter Manier einen Brillantring auf dem Zeigefinger der behandschuhten Hand. Er breitete die Arme gegen uns aus und bewillkommnete Vater sehr zuvorkommend, mit weichen, höflichen Worten. Seine jüngste Tochter Henriette stand neben ihm, auf der anderen Seite seine Frau, eine Dame von Distinktion mit immer noch prachtvollen Augen. Sie reichte Vater die Hand zum Kuß.

«Was für eine hübsche Begleitung haben Sie doch bei sich, lieber Vetter», sagte sie und küßte fünf Mädchen nacheinander auf die Stirn. Sie sah Juliane, die größer ist als ich und als eine Schönheit gilt, bewundernd an.

Vater blickte auf mich. In seinem Blick lag etwas Trübes. Er tätschelte mit zwei Fingern meine Wange.

«Seht doch, dieser verliebte Vater!» rief Frau von Stralenheim. «Mein Freund, von all diesen schönen Mädchen ist sie sicher die Stolzeste. Ich hörte, daß auch der Prinz zu ihren Verehrern zählt.»

Es sollte scherzhaft klingen, doch schien mir noch ein anderer Ton mitzuklingen. Ich glaube nicht mehr, daß ich Gespenster sehe.

Wir hatten schon zu lange verweilt. Es fuhren weitere Kutschen vor. Wir traten ein, hinter uns verneigten sich die Gastgeber vor William, der mit seinen Herren fast zur gleichen Minute erschienen war wie wir. Er holte mich ein und drückte mir hinter dem Rücken von Juliane zwei frische weiße Rosen an einem Stil in die Hand und flüsterte mir etwas über mein ‹bezauberndes Kleid› zu und daß meine Schönheit ihn hinreiße. Er bemerkte nicht, daß ich ängstlich um mich sah, ob man uns beobachtete.

Sofort nach Prinz Williams Ankunft begann der Tanz. Nach drei Tänzen wurde das Abendessen serviert. William führte die Hausfrau. Der immer beherrschte Lord Dutton zeigte Nervosität.

Als die Tafel aufgehoben worden war, wurde eine Quadrille zu zehn Paaren getanzt. Die Kavaliere waren Offiziere des Dragonerregiments *Königin* und ein paar junge Herren der Gesellschaft. Mein Partner war Georg von Scheele.

Der Minister von Stralenheim spielte indessen schon Karten mit Herrn von Arnswaldt, Herrn von Jonquieres und Onkel Spoercken. Vater sah dem Tanz zu, während er mit dem Fürsten Waldeck sprach. Er hielt die Absätze seiner Schuhe dicht beieinander, in der Positur eines Tänzers der alten Zeit. Längs den Wänden saßen die älteren Damen mit meist pompösen Perücken. Ausgerechnet am Saalausgang drängten sich die Herren, die nicht tanzten, die jüngeren mit befangenem Gesicht, die älteren mit unnahbarer Miene. Es würde nicht einfach sein, unbemerkt ins Freie zu gelangen.

Doch kam ich am vereinbarten Platz in dem kleinen Wäldchen, rechts vor dem Brunnen der Allee, früher an als William und Lord Dutton. Sie hatten es schwer gehabt, sich aus dem Kreis, der sich um den Prinzen gebildet hatte, zu lösen. Kaum ist er von solchen Menschen fort, scheint William sie vergessen zu haben. Es ist nicht leicht, sich wie er auf den Augenblick des Alleinseins zu verstehen.

William verlangte, mich nach Hause zu begleiten und bei mir zu bleiben. Dutton, der uns alleingelassen hatte und glücklicherweise wiederkam, erklärte ihm, daß dies ganz unmöglich sei. Wir müßten auf das Stralenheimsche Fest zurückkehren.

«Ich schreibe noch heute an meine Mutter», sagte William plötzlich.

Ich fühlte mich unerklärlich matt, vielleicht der Preis für meine Verwegenheit. Ich bat Lord Dutton, mich heimzubegleiten und dann dem Vater die Nachricht zu überbringen, daß er mich wegen eines heftigen Nasenblutens nach Hause gebracht habe.

Als kurz darauf Juliane und Melusine erschienen, fanden sie mich im Bett. Ich beruhigte beide, blieb allein und überließ mich meinen Phantasien.

Donnerstag, 25. August

*E*ine Stunde später als gewöhnlich, um neun Uhr, versammelten wir uns zur Morgenandacht. Alle stehen bis auf Maman, die direkt vor Vaters Stehpult in ihrem Fauteuil sitzt. Als wir in den Schlußchoral einstimmten, flimmerte es mir vor den Augen und ich sank zu Boden. Es war keine richtige Ohnmacht, doch schienen alle äußerst besorgt um mich. Man schrieb es dem Blutverlust beim Nasenbluten zu. Vater schickte zu Doktor Trampel. Er kam und machte ein erstauntes Gesicht. Er verbot mir «untertänigst», so drückt er sich immer aus, fürs erste das Tanzen. Auch ausreiten sollte ich nicht, sondern am Vormittag nach dem Frühstück in Muße zum Brunnen promenieren und sonst nichts unternehmen bis zum Nachtessen und der Abendandacht. So ein Tag ist nichts anderes als ein Schlummer, nachdem ich, seit wir hier sind, hellwach war. Doktor Trampel sagte, daß er vom Prinzen komme, dessen wiedergekehrtes Tropenfieber ihn so stark geschwächt habe, daß er eine Einladung nach Braunschweig habe ablehnen müssen. Lächelnd meinte Doktor Trampel, daß er ihm ‹untertänigst› das gleiche verschrieben habe wie mir. Es gelang mir nur schwer, nicht zu zeigen, wie komisch ich diese Neuigkeit fand.

In der Nacht

Wir haben heute nacht schönen Mondschein. Ein langer Lichtsteifen fällt über meinen Tisch. Mir ist, als ob ich die Natur und das Leben begreife, ihren erkennbaren, jedoch geheimnisvollen Sinn. Ihr unveränderliches Gesetz ist die sanfte, langsame Beseelung und Belebung, ein Gleichgewicht des Wohlbefindens aller Wesen. Es verleiht der Natur Dauer und sorgt für ihre Erhaltung.

Ernst hat mir gesagt, daß William heute nicht kommen wird. Und schon fällt mir die Orientierung schwer. Als hätte ich das Festland der Wirklichkeit aus den Augen verloren und als sei mein Gang über das Leben schwebend und leicht geworden. Doch weiß ich ein Schiff nicht zu segeln.

16

Pyrmont, 26. August 1791

Prinz William saß an seinem Schreibtisch und blickte gedankenlos und trübselig auf einen Haufen zerrissener Briefbögen. Er griff nach einem neuen Blatt und unternahm einen weiteren Versuch, an seine Mutter zu schreiben.

«Ich bin mir bewußt, daß Sie einiges Mißtrauen gegen mich hegen, und ich sehe voraus, daß das, was ich Ihnen mitzuteilen habe, ohne Ihre Billigung bleibt. Früher hätte ich Ihnen den Gefallen getan, mit nachsichtiger Verachtung über meine Vergangenheit zu sprechen, und Ihnen das Geheimnis meines jetzigen Lebens mit rührender Prahlerei anvertraut. Jetzt aber, das versichere ich Sie, liebe Mutter, ist es mir peinlich, daran zu denken, in welcher Eigenliebe ich mir gefallen habe. Ich bin ein einfacher Mensch geworden. Ich liebe wie ein solcher, ja, ich weiß erst jetzt, was Liebe heißt.

Ich glaube, daß Sie mich verstehen werden, selbst wenn ich Ihren Wunsch, meine Cousine zu heiraten, nicht erfüllen kann. Ich ...»

«Nein, so geht es erst recht nicht.» Der Prinz warf die Feder fort. Er mußte selbst vor seiner Mutter erscheinen, um sicherzugehen, daß sie ihn bis zuletzt anhörte.

Er sprang auf, läutete heftig nach Jackson und erteilte ihm den Befehl zu packen. Er hinterließ Lord Dutton die Nachricht, daß er umgehend zurückkehren werde, um jedes Aufsehen zu vermeiden, und trug ihm auf, die Nachricht zu verbreiten, der Prinz leide am Tropenfieber und könne, solange das Fieber dauere, nirgendwo erscheinen.

Während der Prinz fort war, schienen die Tage in Pyrmont ungestört hinzugehen. Das Wetter war abscheulich, und an Ausflüge war nicht zu denken. Der niederhängende Himmel ließ keinen Sonnenstrahl durch. Der Regen strömte unaufhörlich herab, und der Wind zauste die Bäume. In den großen Lachen auf der Allee platzten dicke Blasen, bildeten sich neu und glitten auf der Wasserfläche hin und her. Die Wege waren rasch bodenlos.

Der General von Linsingen ließ kein Auge von seiner Tochter Caroline und steigerte damit ihre Besorgnis. Am Abend des Stralenheimschen Festes hatte er sich versteckte Vorwürfe des Grafen Schwiecheldt anhören müssen.

«Sie verwöhnen Ihre Tochter zu sehr. Sie haben sie völlig verzogen», hatte der Graf mehrere Male wiederholt. Als der General sich genötigt sah, seinem zukünftigen Schwiegersohn anzudeuten, daß er sich nach den Wünschen der Königin zu richten habe, spürte er unter den Blicken des Grafen eine unbekannte Schwäche in den Beinen. Graf Schwiecheldt schwieg, doch konnte er seine Gedanken nur zu leicht erraten: Du Narr, wofür hältst du mich?

Der General hatte Festigkeit gezeigt und gesagt, das sei doch nur der übliche Badeklatsch, aber er wußte, daß er sich die ganze Zeit nur selbst betrogen hatte. Der Schlag traf ihn unerwartet. Der Graf hatte recht. Er beschloß, zu radikalen Maßnahmen zu greifen. In einem Brief an die Königin berichtete er von einer plötzlichen Erkrankung seiner Tochter, die so ernst sei, daß man den Aufenthalt in Pyrmont abbrechen müsse. Auch bat er darum, ihn von der Aufgabe zu entbinden, über den Prinzen William zu wachen. Lord Dutton hatte dem General die Abreise des Prinzen nicht verschweigen können und um Diskretion gebeten.

Neue Gerüchte gelangten an sein Ohr. Die Frau des Drosten von Stietencron sprach auf der Brunnenpromenade mit den Damen ihrer Bekanntschaft darüber, daß die zu ihrem Gut gehörende Waldkapelle zu einem heimlichen Treffpunkt für junge Leute geworden sei, insbesondere für die Geschwister Caroline und Ernst von Linsingen. Sonst hätte er sich nichts dabei gedacht. Jetzt befragte er seinen Diener Georg nach diesen Ausflügen zur Kapelle. Er erhielt verlegene Antworten.

Caroline hatte sich nie verstellen müssen. Als sie die veränderte Stimmung des Vaters bemerkte, schauderte sie bei dem Gedanken, daß sie gezwungen war, ihn zu hintergehen. Alleingelassen überwältigte sie die Scham. Das Tagebuch wies keine neuen Eintragungen auf. Sie saß unbeweglich an ihrem Schreibtisch und blickte zum Fenster hinaus. Sie erinnerte sich an die Zaubermittel, die in den Geschichten der Schmedes vorgekommen waren. Der Vater der Schmedes hatte eine unverheiratete Schwester gehabt, die war durch ein solches Zaubermittel zugrunde gegangen. Man hatte sie an einen Faßmacher festgezaubert, einen häßlichen, hinkenden Mann. Sie mußte nur ein Solei essen, ein besprochenes selbstverständlich. Es war kaum zu glauben, sie verliebte sich bis über beide Ohren in diesen Kerl und lief ihm überallhin nach.

Endlich erfuhr Caroline durch ein von Jackson überbrachtes und heimlich, wie neuerdings immer, der Schmedes zugestecktes Billet, daß Prinz William zurück sei. Am Tage darauf war Cour auf Schloß Waldeck. Sie zählte die Stunden bis zu diesem Wiedersehen.

Beim Frühstück ließ der General seine Rehleber stehen und teilte seiner Familie mit, daß er die Nacht nicht habe schlafen können, sein Befinden sei sehr schlecht und es sei ausgeschlossen, daß er Frau und Töchter ins Schloß begleite. Bis dahin waren alle gut aufgelegt gewesen, besonders Caroline war, seit sie wußte, daß der Prinz zurückgekommen war, wieder aufgeblüht. Sie war an diesem Morgen beschwingt die Treppe heruntergelaufen, das Haus schien wieder erfüllt von Wärme und Sommerduft. Als der Vater von seinem Unwohlsein sprach, war sie weit davon entfernt, den Augenblick zu erkennen, da über sie die Schläge des Schicksals hereinbrachen.

Gleich nach dem Frühstück begab sie sich ins Souterrain in die Dienerstube, vor der der Klingelkasten hing. Das Glöckchen, welches das Arbeitszimmer des Generals anzeigte, läutete. Georg stieß fast mit ihr zusammen, als er hinauflaufen wollte. Caroline händigte ihm ein kleines versiegeltes Billet für den Prinzen aus. Er solle es rasch besorgen.

Georg blieb stehen. Seine Verlegenheit war deutlich zu erkennen.

«Der Herr Papa hat es verboten.»

Caroline stand wie betäubt da. «Warum?»

Die Antwort blieb aus. Wenig später teilte Georg ihr mit, daß der Vater sie zu sprechen wünsche.

Sie traf ihn sehr nachdenklich gestimmt in seinem Kabinett. Er saß hinter seinem Arbeitstisch und schob einige Papiere beiseite.

«Wir gehen heute nicht aufs Schloß», sagte er, ohne sie zum Sitzen aufzufordern. «Ich habe uns beim Fürsten entschuldigen lassen.» Er sah der Tochter unverwandt ins Gesicht. Seine Züge verrieten außer einer gewissen Müdigkeit nichts. Mit einer Handbewegung forderte er sie auf, näher zu treten. Er reichte ihr einen Brief und gebot ihr, ihn zu lesen. Er war von seiner Hand und an die Königin adressiert. Die Buchstaben tanzten vor ihren Augen. Nur mühsam entzifferte sie die Zeilen, in denen es hieß, daß er, zum Handeln gezwungen, mit seiner Familie sofort Pyrmont verlassen müsse. Die Krankheit seiner Tochter Caroline habe einen ernsteren Charakter angenommen.

An dieser Stelle angelangt, ließ sie das Blatt sinken. Krankheit? Was denn für eine Krankheit? War die Liebe etwa eine Krankheit und kein natürliches Gefühl? Sie las weiter. Ihr Zustand sei zwar besorgniserregend, doch habe er auch sein Gutes. Die Tändelei der jungen Leute, die so nicht hätte weitergehen können, würde auf diese Weise ein Ende finden. Sie gab ihm das Blatt zurück. Sie fühlte ihr Herz wild schlagen.

«Was soll das bedeuten? Es ist nicht die Wahrheit», sagte sie, den Kopf gesenkt.

«Du verstehst nicht, warum ich mich genötigt gesehen habe, diesen Brief zu schreiben?»

«Nein.»

«Du wirst Prinz William nicht wiedersehen», antwortete der General schroff. «Ich habe ihm das schriftlich mitgeteilt. Morgen früh reisen wir ab.»

Wortlos und ohne ihn anzusehen ging sie zur Tür. Er schaute ihr nach. An der Schwelle wandte sie sich um.

«Ich liebe ihn», sagte sie. «Ich hätte es Ihnen längst sagen wollen, Papa.» Sie sah, wie dem General das Blut zu Kopf stieg. «Jetzt sage ich Ihnen ohne weiteren Aufschub, daß ich mich vom ersten Tag an leidenschaftlich in den Prinzen verliebt habe, und er verliebte sich genauso in mich.»

«O ja», fiel er ihr ins Wort, «er tat es. Aus Langeweile, aus Gewohnheit, den Frauen den Kopf zu verdrehen, und natürlich auch deshalb, weil du ein sehr hübsches Mädchen bist. Darin liegt gar nichts Besonderes. Der Prinz hat in diesem seiner Ansicht nach öden Pyrmont natürlich nicht eine Perle vermutet, und du hast dir noch nie von einem nur annähernd so glänzenden, klugen und verführerischen Aristokraten träumen lassen.»

«Wie Sie meinen, Papa. Es ist aber nichts mehr daran zu ändern.» Sie ging hinaus und schloß die Tür leise hinter sich.

Caroline ging in ihr Zimmer zurück, lehnte sich an den Fensterrahmen und blickte in das nasse grüne Dickicht der Bäume und Sträucher im Garten. Sie hätte nicht sagen können, wie lange sie so stand. Das Zuschlagen der Eingangstür und Prinz Williams Stimme, der laut nach dem General verlangte, rissen sie aus dieser Erstarrung. Er mußte sofort nach Erhalt des Schreibens das Schloß verlassen haben, um hier ungebeten einzudringen und ins Kabinett des Generals zu stürzen.

Caroline lief nach unten. Bei ihrem Anblick geriet der Vater noch mehr in Zorn und befahl ihr, sich sofort zurückzuziehen. Doch Caroline stand unbeweglich da, den Blick fest auf den Vater geheftet.

«Geh augenblicklich», verlangte der General, «verlaß mein Zimmer.»

Als Antwort stampfte sie zornig mit dem Fuß auf und rührte sich nicht von der Stelle. Noch nie war etwas Ähnliches geschehen. Der General, überrascht und irritiert durch dieses Verhalten, wandte sich an den Prinzen.

«Kommen wir zur Sache und zum Schluß. Ich weigere mich, diese Liebe zu meiner Tochter noch eine Stunde länger zu begünstigen. Sie ist schon viel zu weit gegangen. Es ist mir unbegreiflich, daß ein Königlicher Prinz und meine eigene Tochter so wenig Haltung haben. Daß sie sich benehmen, wie ... wie», er rang nach Worten.

«Herr von Linsingen», rief der Prinz, «kommen Sie zur Besinnung! Ihre Tochter ist meine Frau. Wir haben an meinem Geburtstag geheiratet. Wollen Sie mich auf den Knien vor Ihnen sehen?»

Der General zitterte vor Wut. «Ihre Frau, Königliche Hoheit, sagen Sie», donnerte er mit seiner befehlsgewohnten Stimme, «verheiratet? Nein. Ich glaube kein Wort davon. Wie wagt man, unter meinem Dach ... Königliche Hoheit werden erfahren, was es heißt, mit mir und meinem Haus Spott zu treiben. Auch ein Prinz ... Ganz gleich, Königliche Hoheit sollen gestraft werden.»

Nie im Leben war Prinz William Zeuge einer so maßlosen Wut gewesen. Das war nicht mehr der General von Linsingen, ein Wilder tobte vor seinen Augen, ein Zerrbild aller Väter. Caroline hatte sich bebend dem Vater genähert. Sie brachte kein Wort hervor.

Der General senkte plötzlich den Kopf und sagte schneidend: «Wir haben uns nichts mehr zu sagen. Der Ruf meiner Tochter ist in Gefahr. Ich werde morgen ihre Verlobung mit Graf Schwiecheldt bekanntgeben.»

«Aber das ist unmöglich», gab der Prinz in festem Ton zurück.

Jetzt verlor der General den Rest seiner Beherrschung. «Hinaus!» fuhr er den Prinzen an. «Was für eine Unverfrorenheit! Königliche Hoheit verlassen augenblicklich mein Haus. Aber bevor Sie gehen», setzte er hinzu, «verlange ich von dir, mein Kind, daß du hier vor mir dieser Liebe entsagst. Auf der Stelle. Ich befehle es.» Er faßte sie beim Arm. Sie versuchte, sich loszumachen.

«Rühren Sie sie nicht an», rief der Prinz wie ohne Besinnung. Auf dem Tisch stand ein offener Kasten mit prachtvoll eingelegten Duellpistolen auf rotem Samt gebettet. Er riß eine der Waffen an sich und stürzte aus dem Zimmer.

«William, o mein Gott, Papa, retten Sie William!»

«Nimm dich in acht, mein Kind», murmelte er dumpf.

«Papa. Was stehen Sie hier, tun Sie etwas!»

Der General, aus dessen Gesicht alles Blut gewichen war, griff nach seinem Hut und verließ in Eile das Zimmer, nicht ohne den Türschlüssel abzuziehen.

Welch unerträgliche Bitterkeit mußte für Prinz William in den Vorwürfen des Generals liegen – für ihn, den die Vorwürfe des eigenen Vaters über die Weltmeere verfolgt hatten.

Es verging eine unerträglich lange Zeit. Schließlich hörte sie den Schlüssel sich im Türschloß drehen. Der General und der Prinz, beide blaß und offensichtlich erschüttert, traten ins Zimmer.

Herr von Linsingen hatte um seine rechte Hand ein weißes Tuch geschlungen, das von durchsickerndem Blut rot gefärbt war. In der Linken hielt er die Pistole.

«Er hat sich umbringen wollen», sagte er matt, mit einem finsteren Blick auf Prinz William, der schweigend, den Kopf geneigt, in der Nähe der Tür stehengeblieben war. «Ich habe ihn davor bewahrt.»

Es schien, als sei sein Zorn ganz anderen Gefühlen und Gedanken gewichen. Welche Vorstellung, daß der seiner Obhut anvertraute Prinz tot oder verwundet in seinem Garten hätte gefunden werden können! Oder dachte der General an die Gerüchte, die über den Prinzen von Wales in Umlauf waren? Der älteste Sohn des Königs hatte angeblich auch versucht, sich das Leben zu nehmen. Auch er war ‹gerettet› worden – und hatte damit erreicht, daß Mrs. Fitzherbert, seine Geliebte, der Heirat zustimmte. Was war zu tun? Sollte der General sofort einen Kurier mit der peinlichen Nachricht nach London schicken? Er schien ratlos. Er konnte auf keinerlei Instruktionen rechnen.

Caroline hatte währenddessen den Vater unverwandt angesehen. «Sie sind schuld, daß er sich selbst zerstören wollte», sagte sie leise.

Das Kabinett war von einer dumpfen, feuchten Luft erfüllt und wirkte mit seiner niedrigen Decke und den dunklen holzgetäfelten Wänden beklemmend. Auf dem Gesicht des Generals lag ein ganz eigentümliches Lächeln, das nichts Gutes bedeuten konnte.

«Vater! Verzeih uns, verzeihen Sie mir», sagte sie.

Der General lächelte immer noch. «Zu spät, mein Kind, zu spät regt sich bei dir das Gewissen. Was den Berg hinunterrollt, hält keiner mehr auf.» Er stützte sich mit beiden Händen auf den Schreibtisch. Er fühlte sich außerstande, die Gegenwart des Prinzen, des Verführers seiner Tochter, noch länger zu ertragen. Die Heirat in der Waldkapelle war in seinen Augen nichts als eine Komödie, die man seiner Tochter vorgespielt hatte, und die Unglückliche war sich dessen gar nicht bewußt. Noch ahnte er nicht, daß sein Sohn Trauzeuge gewesen war und daß der Reverend Lloyd die Trauung vorgenommen hatte und nicht irgendein als Pfarrer verkleideter Tunichtgut.

Er öffnete die Tür des Kabinetts, um den Prinzen hinauszuführen. In der Halle hatte sich soeben die Familie versammelt, im Aufbruch zur Promenade. Alle schienen gut aufgelegt, besonders Juliane. Sie strahlte vor Freude. Man wartete noch auf Herrn von Jeinsen, der ihr versprochen hatte, mitzukommen. Maman nahm es gelassen zur Kenntnis. Was war – wenn es darauf hinauslief – gegen eine Verlobung ihrer ältesten Tochter mit einem soliden, gutsituierten Grundbesitzer aus dem Calenberger Land einzuwenden?

Niemand bemerkte die feierliche Schweigsamkeit des Generals, dem es gelungen war, die verletzte Hand in der Tasche zu verbergen. Nachdem sie, verwundert über sein unangemeldetes Erscheinen, die üblichen Verbeugungen vor dem Prinzen gemacht hatten, erkundigte sich der Schwager nach der Gesundheit des Generals. Er fühle sich besser, war die Antwort. Und an den Prinzen gewandt fragte Linsingen: Ob ihm gestattet sei, seine Königliche Hoheit am Nachmittag aufzusuchen, um das Gespräch fortzusetzen? Der Prinz schlug diese Bitte ab, er sei nur gekommen, um mitzuteilen, daß er noch heute wieder nach England reise. Nichts deutete darauf hin, daß er eben noch aufs höchste erregt und ganz außer sich gewesen war.

Caroline erschrak. Sie konnte nicht wissen, daß Prinz William für die kurze Reise nach Pyrmont England heimlich verlassen hatte. Alle Welt vermutete ihn im Carlton House, zu Besuch beim Prinzen von Wales. Caroline ahnte, daß er in London sein wollte, wenn der Brief des Generals ankam, und sie erriet, daß er nicht die Gelegenheit oder nicht den Mut gehabt hatte, offen mit seinen Eltern zu sprechen.

17

London, Anfang September 1791

Prinz William war kaum wieder im Carlton House beim Prinzen von Wales angelangt, da überbrachte ihm Jackson einen Brief von Dora Jordan.

Der Brief war kurz. In einer großen, unregelmäßigen Frauenhandschrift stand: «Falls Sie noch erraten, wer diese Zeilen schreibt und Vergnügen daran haben, dann kommen Sie heute gegen fünf Uhr zum Drury-Lane-Theater. Man wird Sie dort erwarten und hineinführen. Es wird nicht länger dauern als eine Tasse Tee. Aber es ist äußerst wichtig. Kommen Sie.»

Eine Unterschrift fehlte.

Er überlas die Nachricht noch einmal. Er wollte sich ein Bootsrennen ansehen und vorher mit seinem Bruder dessen Neuerwerbungen von Gemälden aus Frankreich besichtigen.

Der Prinz sah Dora Jordan vor sich, er mußte gegen seinen Willen an sie denken. An ihre Heiterkeit und Lebensfreude und an den Zauber ihres Lachens. Sie strahlte Gesundheit aus und verbreitete Freude, weil sie ganz aus Vergnügen am Leben zu bestehen schien.

Sie bat ihn um ein Wiedersehen. Das war zu erwarten gewesen. Ich kann nicht zu diesem Rendezvous gehen, dachte er. Aber ich muß ihr doch zumindest sagen, daß es vorbei ist.

Er nahm an, daß sie ihm mitteilen wollte, es sei ihr gelungen, die Scheidung von ihrem Ehemann, Mr. Ford, zu erreichen. Der Prinz, romantisch, empfänglich und auf der Suche nach einer dauernden Bindung hatte vor seiner Reise nach Pyrmont in Dora die Erfüllung seiner Wünsche gesehen. Er hatte geglaubt, daß sie etwas ganz anderes für ihn bedeutete, als seine übrigen Amouren. Dora Jordan hatte die endlosen Monate der sich zwischen ihnen auftürmenden Schwierigkeiten mit Engelsgeduld ertragen, das war jedenfalls die Meinung des Prinzen von Wales, nachdem ihm vom Scheitern der Aufführung der *Phädra* in Pyrmont berichtet worden war. Für ihn bewies dies alles wieder einmal die Borniertheit des hannoverschen Adels und solcher Offiziere wie des alten Linsingen. Er könne nicht begreifen, wie ein Gentleman es dort länger als vierundzwanzig Stunden aushalte.

Der Spott des Prinzen von Wales über die Gesellschaft in Hannover und über die trübe, von dichten schwarzen Wäldern bestandene Provinz auf dem Kontinent, aus der ihre Vorfahren stammten, brachte ihm das unerfreuliche, demütigende Erlebnis im Hause des Generals von Linsingen erneut vor Augen. Er liebte Caroline leidenschaftlich. Seit er den Kanal überquert hatte, dachte er an sie wie an eine gefangene Prinzessin, die er befreien sollte. Es mußte gelingen.

Ein Wiedersehen mit Dora Jordan war jedoch unvermeidlich. Er wollte es nur noch ein wenig hinauszögern.

Nach einem zu hastig hinuntergeschlungenen Mittagessen mit seinem Bruder und einigen von dessen Freunden zog er sich zurück. Er wollte an Caroline schreiben. Statt dessen setzte er seinen Hut auf, ließ anspannen und fuhr ins Theater.

Es regnete. Nur wenige Fußgänger waren unterwegs. Prinz William versuchte sich einzureden, daß er einfach nur spazierenfahre und richtete seine ganze Aufmerksamkeit auf alles, was in den Straßen zu sehen war. Die Vorübergehenden erkannten ihn und starrten ihn neugierig an. Die

Männer blieben stehen und zogen den Hut, die Frauen knicksten. Ein struppiger Köter bellte die Pferde an. Der Kutscher verscheuchte ihn mit der Peitsche.

Am Theatereingang erwartete ihn Doras Kammermädchen. Es verbeugte sich schweigend und führte ihn über Treppen und Gänge in die Garderobe ihrer Herrin.

Dora erwartete ihn, vor dem Spiegel sitzend, im Kostüm der Hyppolita, aber noch nicht frisiert. Beim Eintreten sah er nur ihr Spiegelbild, sie strahlte vor Wiedersehensfreude. Sie sprach als erste.

«Ich wußte, daß Sie kommen, ich habe nicht daran gezweifelt. Ich habe Ihnen etwas zu sagen. Du lieber Himmel, wie soll ich es ...»

Das Mädchen hatte sich entfernt. Prinz William hatte Dora gehindert, sich zu erheben, um eine Umarmung zu vermeiden, und stand hinter ihr. Die ganze Unsinnigkeit dieser Zusammenkunft in dieser von vielen Düften erfüllten Garderobe machte ihm zu schaffen.

«Ja, da bin ich nun», sagte er. «Ich bin übrigens erstaunt, Sie so schön zu sehen wie nie zuvor.» Es stimmte, sie war atemberaubend. «Und Sie machen mir keine Vorwürfe wegen meiner langen Abwesenheit?»

«Ich kenne doch Ihr Herz und meinen Platz darin.»

«Ich bin gekommen, Dora ...» Die Rede, die er ihr hatte halten wollen, brach schon nach den ersten Worten ab. Er starrte auf den Kopfputz der Hyppolita, der auf einem Ständer auf dem Tisch stand und von dem vier dicke, kurze rosa Straußenfedern wippten. Glaubte sie, sie brauche nur mit dem Finger zu winken? Er hatte immer alles Unliebsame in Dora Jordans Bett vergessen. Ihr Bett stand in einem kühlen großen Zimmer, einem Fenster gegenüber, das den Blick freigab über Bäume und Dächer.

Dora lächelte ihn noch immer im Spiegel an.

«Dora, was haben Sie mir zu sagen?» begann er wieder. Unerträglich schien ihm inzwischen das Lächeln dieser selbstbewußten Frau. Sie war vier Jahre älter als er und viel erfahrener. Ihr Instinkt sagte ihr, daß es töricht wäre, jetzt zuviel von ihm zu verlangen. Sie war überzeugt, daß er sich in die Braunschweiger Prinzessin nicht verliebt hatte und daß er ganz zu ihr zurückkehren würde, selbst wenn er gezwungen wurde, seine Cousine zu heiraten.

Als hätte er ihre Gedanken erraten, sagte er: «Zuvor möchte ich Ihnen sagen, daß ... es mir ganz unmöglich ist, Ihnen wieder anzugehören. Ich hätte auch nicht mehr die notwendigen Revenuen, denn meine Schulden sind inzwischen höher als meine Einkünfte. Das ist leider das einzige Mittel des Königs, seine Söhne an sich zu binden. Vor allem aber ... ich begebe mich in eine Bindung, die alles verändert.»

Dora Jordan wandte sich um, und er erblickte ein so erschrockenes Gesicht, mit so hellen, großen Tränen in den Augen, und ihr Gesicht war dabei so schön, daß er eine unwillkürliche Rührung empfand. Sie war aufgestanden, und ehe er es sich versah, lag sie in seinen Armen.

«Ach, warum ... Womit habe ich Sie gekränkt? Ich sehe, Sie wissen nichts, Sie begreifen gar nichts. Sie sprechen von Geld? Ich verdiene so viel, daß ich Ihnen aushelfen kann.» Sie umschlang ihn so fest, daß er sich nicht losmachen konnte, ohne ihr weh zu tun. «Habe ich je irgendwelche Forderungen gestellt? Jemals Erklärungen verlangt? Nun sagen Sie schon ein Wort.»

Die Vergangenheit hatte ihn fast eingeholt.

«Wie sind wir doch dumm», rief sie, in befreiendes Lachen ausbrechend. «Wie dumm bin ich. Was ist das für ein Wiedersehen.» Sie löste sich von ihm.

«Sie sind eine zu gute Schauspielerin», sagte der Prinz. «Sie spielen vor mir Komödie.»

Der Ausbruch, den er vorausgeahnt hatte, erfolgte prompt.

«Haben Sie vergessen, daß Sie mich zur Trennung von Mr. Ford zu bewegen versuchten? Nun, jetzt ist es soweit.» Sie sah, daß er ein verschlossenes Gesicht machte, und sie beeilte sich fortzufahren: «Hören Sie mich bis zu Ende an. Vier Monate haben Sie das Kommando der *Valiant* gehabt und sind aus Plymouth nicht herausgekommen. Es war Ihre trübste Zeit. Damals hatten Sie nur mich. Erinnern Sie sich, wie Sie enttäuscht waren, als Sie merkten, daß Ihre Beliebtheit in den Marinekreisen schwand, weil bekannt wurde, daß Sie und der Herzog von York auf der Seite des Prinzen von Wales gegen den König agiert hatten. Sie waren unglücklich, einsam und niedergedrückt. Sie vermißten Ihr gewohntes Leben, Sie vermißten jede Geselligkeit, und manchmal vermißten Sie auch mich, wenn Sie nicht in London sein konnten. Am Ende blieb Ihnen nichts als ein irisches Hafenmädchen, das nach Tabak und Gin stank. Ihr letztes Kommando war einfach schrecklich. Aber dann lebten wir wie Mann und Frau. Wir waren das verliebteste Paar von London, bis man Sie nach Deutschland schickte.»

Ich komme gar nicht dazu, ihr die Wahrheit zu sagen, dachte er. Er hörte ihr nur mit halbem Ohr zu. Warum war er nicht fähig, dieses Abenteuer mit einer Schauspielerin achselzuckend abzutun?

«William, ich bekomme ein Kind ... von Ihnen», hörte er die immer noch vertraute Stimme sagen.

Er antwortete nicht. Dora spürte eine Gefahr, deren Ursache sie nicht bestimmen konnte. Was ihn von ihr fernhielt, konnte unmöglich die Tochter des Herzogs von Braunschweig sein. In den Augen der Welt war Dora eine Frau mit gutem Ruf gewesen, verheiratet und Mutter von zwei hübschen kleinen Töchtern, bis sie in aller Öffentlichkeit eine Liaison mit dem Herzog von Clarence angefangen hatte.

Obwohl er sah, daß sein Schweigen und seine Kälte sie tief verletzten, verließ er sie stumm. Erst im Wagen kam er wieder einigermaßen zu sich. Er verstand nicht mehr, warum er ihr nicht ein einziges Wort hatte sagen können.

Der Prinz von Wales hatte seinen Bruder nach dessen Rückkehr aus Deutschland wenig zugänglich gefunden, obgleich

William ihm schon bald seine heimliche Heirat mit Caroline von Linsingen eingestanden und seinen Rat erbeten hatte. Für Prinz George existierten im Grunde nur zwei Arten von Menschen und Dingen in dieser Welt – solche, die sterbenslangweilig waren und solche, die ihn amüsierten. Eigentlich amüsierte es ihn, daß sein Bruder auf dem Kontinent jenem Ideal der Ehrlichkeit, Offenheit und Reinheit begegnet war, das ihm immer vorgeschwebt hatte und zu dem seine in der Öffentlichkeit genugsam bekannten Affären wenig zu passen schienen. Gleichzeitig sah er voraus, daß William für die Anerkennung seiner Heirat kämpfen würde, und das gefiel ihm sehr viel weniger. Während seiner Regentschaft hatte Prinz George die Hoffnung gehegt, nach dem Ableben des Königs, mit dem jedermann bei Hofe rechnete, die Zustimmung des Parlaments zu seiner eigenen Ehe mit Mrs. Fitzherbert durchsetzen zu können. Die völlig unerwartete Genesung des Königs hatte ihn in die alte, ausweglose Lage zurückversetzt. Eine Diskussion der Angelegenheiten Williams bei Hofe und in der Öffentlichkeit, die das Thema des Heiratsgesetzes zur Unzeit aufrührte, konnte ihm nur höchst ungelegen sein. Prinz George wünschte, sein Bruder würde seine melancholisch-sentimentale und, in drei Teufels Namen, sterbenslangweilige Zurückgezogenheit endlich wieder aufgeben. Er mußte einen Weg finden, auf ihn einzuwirken. Sollte er doch wieder nach Amerika gehen!

Wäre der Prinz von Wales ein weniger oberflächlicher Beobachter gewesen, so hätte er vielleicht entdecken können, daß sich hinter Prinz Williams äußerer Verschlossenheit eine ganz anders gestimmte innere Verfassung verbarg. Zur selben Zeit, da Prinz George in Gedanken seinen Bruder und alle Hannoveraner Komtessen und Braunschweiger Prinzessinnen und nicht zuletzt seine eigene Lage verwünschte, saß William in seinem Zimmer und offenbarte seine Gedanken und Empfindungen dem Manne, gegenüber dem er alle Verstellung und Rücksicht abstreifen durfte. Er schrieb einen Brief an Horatio Nelson.

«Mein teurer Horatio», schrieb er, «heute habe ich Ihnen eine wichtige Mitteilung zu machen, doch erlauben Sie mir zuvor einige Worte zu Ihrem letzten Brief, den ich lange unbeantwortet ließ. Sie rieten mir, Himmel und Hölle in Bewegung zu setzen und im Notfall sogar zur Belagerung der Admiralität überzugehen, um ein neues Kommando zu bekommen. Es hat uns manches Schiff gekostet, die alte Seetaktik zu praktizieren, während die Franzosen längst ihre neue Taktik eingeführt hatten, die nun wohl oder übel übernommen worden ist.

Erinnern Sie sich, wie ich bei Lord Howe gegen das sinnlos gewordene Mitführen von Brandern plädierte und dafür, in die Takelage der feindlichen Schiffe zu schießen, um sie manövrierunfähig zu machen? Erst dann mußte das Feuer auf den Rumpf gerichtet werden, um in einer *close action* den Nahkampf zu eröffnen. Daß wir keinen Schuß abgeben sollten, ehe wir nicht auf Pistolenschußweite herangekommen wären? Schließlich zogen die Franzosen ja das Ferngefecht nur deswegen vor, weil sie uns im Manövrieren überlegen waren.

Unsere Admiralität sieht das heute ein. Auch weiß man dort endlich, daß auf dem Meer in Wahrheit allein das Geschütz das Gewaltrecht geltend macht. Wir werden die Franzosen schlagen, sobald wir den Sturmschritt zur See erlernt haben, den wir auf dem Land beherrschen.

Vergeblich versuche ich mich an das Gesicht des französischen Kapitäns bei Gibraltar zu erinnern, der vor dem Gefecht so laut schrie: ‹Kinder, schießt niedrig! Die Engländer sehen es nicht gern, wenn man sie totschießt.› Das war einer von denen, die Verwirrung stiften wollten, indem er plötzlich ins dicke Holz feuern ließ.

Das ist jetzt schon länger als zehn Jahre her, und die Dinge haben sich seither sehr verändert. Ich habe kein Kommando, befinde mich an Land und weiche allen Gesprächen über mein Leben als Seeoffizier aus. Erst kürzlich bin ich stumm geblieben, als ein Favorit meiner Mutter, der alte General Linsingen von der Hannoverschen Infanterie, behauptete, der Admiral Byng sei zu Unrecht zum Tode verurteilt worden. Er war mit ihm bekannt. Sollte ich sagen, daß er ein Opfer der Dummheit unserer Admiralität geworden ist? Ich habe mir oft genug den Mund verbrannt und Sie desgleichen. Doch nun zur eigentlichen Sache.

Was sagen Sie dazu, daß ich zur Zeit statt in Schiffsmasten in Lindenalleen verliebt bin? Und in Vogelgezwitscher, dem ich lausche? Ich beobachte an mir die Wirkungen einer großen Veränderung. Es ist mir unmöglich, in England so weiterzuleben wie zuvor. Das ist mir nach einem längeren Aufenthalt in Hannover deutlich geworden. Der Traum vom großen Seehelden ist für uns beide ausgeträumt, und, wer weiß, möglicherweise deswegen, Horatio, habe ich mich heimlich verheiratet! Außer zwei Trauzeugen und Mr. Lloyd, der die Trauung in einer romantischen Waldkapelle bei Pyrmont vornahm, wußte niemand davon, nicht einmal der Vater meiner Frau, der General von Linsingen.

Wie Sie es unter solchen Umständen erwarten dürfen, befand ich mich in diesen Wochen in einer gewissen Aufregung und in einem Zustand nervöser Anspannung. Täglich war ich bei Linsingens zu Gast, und wenn ich kam, fand ich stets das Haus voller Menschen, darunter viele französische Emigranten. Alle haben mich meiner Erfolge bei der Marine wegen beglückwünscht, die guten Leute dort leben wohl hinter dem Berge. Wenn ich mich ins Theater begab, wurde ich von allen erkannt, man nickte und lächelte. Bereits nach dem ersten Akt verließen zehn oder sogar zwanzig Herren und womöglich noch mehr Damen ihre Plätze und kreisten mich ein. Fremde reckten die Hälse und starrten mich an. Ich bin zwar daran gewöhnt, der Gegenstand solcher Aufmerksamkeiten zu sein, doch hat es mich nie zuvor so irritiert.

Man hatte mich mit einem Theaterstück empfangen, das mich, obgleich es in Ostindien spielte, nach Westindien versetzte. Es nahm meine Phantasie so gefangen, daß ich nur noch auf Ihren Auftritt wartete, Horatio! Doch nicht Sie erschienen auf der Bühne, sondern die Frauengestalt meiner Träume.

Ich vermag nicht, Ihnen meine Gefühle, Wünsche und Entschlüsse zu schildern, die zu dieser plötzlichen Heirat geführt haben. Auf die Gefahr hin, Sie zu verletzen, erlauben Sie mir, Ihnen meine Eindrücke von Ihrer eigenen Heirat, die mir noch lebhaft vor Augen stehen, zu schildern, denn in ihnen spiegelt sich mein eigenes Erlebnis.

Ich erinnere mich an alles: Es fing mit Ihrem Zorn auf englische und ausländische Schiffe an, die ungestraft alle merkantilistischen Schiffahrts- und Zollgesetze übertreten durften. Auf den Zustand der Gesetzlosigkeit, der nicht von der Nachlässigkeit der Schiffskommandanten, sondern von der Eigentümlichkeit der kolonialpolitischen Verwaltungspraxis unserer Regierung herrührte. Sie verlangten, daß die Schiffe der Kriegsmarine, die ziel- und sinnlos zwischen den westindischen Inseln hin- und herfuhren, von Bermuda über die Bahamas bis nach Jamaika und Trinidad, der Vorschrift entsprechend Zöllnerdienste leisten müßten, solange sie nicht im Gefechtseinsatz waren. Sie machten an höchster Stelle darauf aufmerksam, daß all diese Inseln und Inselgruppen selbständig von Gouverneuren verwaltet wurden, die untereinander keine Verbindung hielten, nur von London Befehle entgegennahmen und sie nie ausführten. Keiner von ihnen stammte aus der Marine. Sie kannten sich weder in der Schiffahrt aus noch im Seehandel. Einer dieser Herren warf die von Ihnen verfaßte Denkschrift über eine wirksame Anwendung der Schiffahrts- und Zollgesetzgebung in den Papierkorb. Seine Bemerkung ‹Ein alter General ist es nicht gewohnt, Ratschläge von jungen Herren entgegenzunehmen!› machte rasch die Runde.

Gefährlich wurde es, als Sie dem General Ihre Antwort schickten: ‹Ich bin ebenso alt wie der Premierminister Pitt, und ich fühle mich ebenso fähig, mein Schiff zu führen, wie er, unser Land zu regieren›.

Nelson, warum sind Sie und ich die einzigen Gegner der Korruption gewesen? Warum haben wir über das unerlaubte Einlaufen amerikanischer Schiffe in englische Häfen nicht einfach geschwiegen? Wo wäre ich heute, wenn ich die Augen vor allem geschlossen hätte? Sicher nicht in Pyrmont, sicher nicht in England, sondern auf einem Schiff.

Haben Sie mir nicht selbst beim Abschied gesagt, ich sei ein Schiffskommandant, der schwer zu ersetzen sein dürfte? Ach, Horatio, erinnern Sie sich an den Empfang, den man mir im Parlament auf Jamaika bereitete? An die Rede, die ich dort hielt? An die Morgenempfänge, die ich in *Spanish Town* gab? Du lieber Himmel, warum nur habe ich mich, gleich Ihnen, immer in die Nesseln gesetzt? Was in aller Welt ging uns das ungesetzliche Verhalten der Zivilgouverneure an?

Mehr Bedeutung werden Sie in dem erblicken, was auf das Bekanntwerden Ihrer Denkschrift an den Flottenadmiral Hood und die Inselgouverneure folgte. Admiral Hughes sagte Ihnen voraus, daß Sie mit Ihren Maßnahmen in Teufels Küche geraten würden. Er berichtete gleichermaßen über mich. Es sei nicht seine Aufgabe, erklärte er, Sie vor der Lynchjustiz zu schützen, denn es revoltierten ja nicht nur die Gouverneure, sondern mit ihnen die Pflanzer und die Zollbehörden. Er aber verhalte sich absolut neutral, wenngleich in äußerster Nähe des Geschehens. Ein, wie ich fand, absolut unenglisches Verhalten. Sie waren damals zutiefst empört, verletzt, enttäuscht. Sie spielten schon mit dem Gedanken, Ihr Abschiedsgesuch einzureichen. Da begegneten Sie Fanny Nisbet. Sie verliebten sich in sie. Waren ihre Augen schuld daran, die versonnen, listig und zärtlich in einem blickten? Ihre sehnsüchtigen Lippen? Die schmalen Finger, die so gern mit Blumen spielten? Sie war älter als Sie. Sie war die Witwe eines Arztes und die Nichte eines reichen Farmers, dem sie den Haushalt führte, des einzigen, der nicht gegen Sie aufgestanden war.

Ich erinnerte mich, daß Sie mit großer Zärtlichkeit um sie

warben. Bester Freund, Fanny war, wie Sie mir sagten, eine außergewöhnliche Frau. Damals wagte ich nicht, Ihnen offen zu bekennen, was ich dachte, als ich neben Ihnen als Ihr Trauzeuge vor dem Altar stand. Ich wage es heute. Damals versuchte ich mich des Eindrucks zu erwehren, daß bereits alles auf das Auseinanderfallen dieser Ehe hindeutete. Am Tage vor der Trauung sprachen Sie mit mir über Ihre Braut. Sie sagten in sonderbar zurückhaltenden und für Sie uncharakteristischen, bürgerlichen Wendungen: ‹Werden auch Sie diesen mir teuren Gegenstand› – diese Bezeichnung bleibt mir unvergeßlich – ‹gern haben? Sie kennen ihren gesunden Verstand, ihre höflichen Manieren und ihre Schönheit, die ich bewundere. Ihr Geist ist dem der Hälfte unserer Bekannten überlegen. Jungen Mädchen wird sie als Vorbild feinster Erziehung hingestellt. Sie malt, sie dichtet, sie fertigt entzückende Handarbeiten, und sie wird mir ein treuer Freund sein.›

‹Vermag man denn eine Ehe auf der Grundlage achtungsvoller, aber ruhiger Gefühle aufzubauen?› antwortete ich. ‹Horatio, Sie machen auf mich den Eindruck, als ob Sie schon lange verheiratet wären. Noch nie habe ich einen Liebhaber erlebt, der so abgeklärt von seiner Geliebten spricht.›

Warum ich bei der Aufführung jenes Theaterstückes im Hause des Onkels meiner Frau sofort an diese Heirat in Westindien denken mußte, ahne ich nur. Sie versicherten mir damals, Sie sähen in der großen Achtung, die Sie für Fanny hegten, etwas Besseres als das, was wir Männer allgemein unter Liebe verstünden. Achtung allein vermöchte der Leidenschaft Dauer zu verleihen. Ihre Zuneigung zu Fanny Nisbet sei in nichts mit der Wertherschen Leidenschaft zu vergleichen, die Sie in frühen Tagen für eine Pfarrerstochter in St. Omer empfanden, oder mit Ihrer glühenden Bewunderung für Mrs. Mootray.

Aber es verbanden sich zwei Menschen, deren Temperamente keinen Einklang verhießen. Soweit ich Fanny Nisbet kennengelernt hatte, heiratete sie in dem Glauben, daß sie, durch die Erfahrungen in ihrer ersten, schweren Ehe gereift, Ihnen, dem genialen Feuerkopf, den Halt geben könne, den Sie ihrer Ansicht nach brauchten.

Heiliger Himmel, daß alle Frauen in diesem Wahn befangen in die Ehe gehen! Und warum? Ihre Berufung ist es, Mutter zu werden. Betrachten sie etwa den Mann als ihr erstes Kind?

Eben entdecke ich eine Parallele zwischen Fanny und meiner Caroline. Entsinnen Sie sich noch an das, was Fannys Onkel von ihr sagte? ‹Es ist eine ihrer hervorragendsten Eigenschaften, absonderliche Menschen geschickt behandeln zu können.› Horatio, Sie und ich haben auch dies gemein, Ihnen und mir sagt man nach, wir seien absonderlich. Beide sind wir gefährdet durch unsere Eigenwilligkeit.

Zu der damaligen Zeit bedeutete Ihr Kampf um die Anwendung der Navigationsakte für Sie nicht nur, Ihre Zukunft bei der Marine aufs Spiel zu setzen. Er bedeutete auch den für Sie schmerzlichen Bruch mit den in Westindien lebenden Engländern. Der Mut, mit dem Sie den Kampf gegen Vorgesetzte und gegen die Gesellschaft führten, brachte Ihnen große Achtung ein. Sie aber haßten diese Achtung, die Ihnen nichts nutzte. Woher ich das weiß? Nun, wie anders erging es denn mir, nachdem Washingtons Entführungsplan nicht gelungen war und ich schon bei der ersten Heimkehr aus Amerika zu einem Seeoffizier ohne Aussichten auf eine Karriere wurde. Wären Sie ein Sohn des Königs gewesen wie ich, es wäre Ihnen nicht besser ergangen. Sie hatten das Glück, es nicht zu sein.

Sie waren zu stolz, um Ihre Kameraden um Verständnis und Freundschaft zu bitten. So glaubten Sie, in Fanny Nisbet den Menschen gefunden zu haben, der Ihnen ganz allein gehörte. Aber war es nicht auch eine Flucht vor der Leidenschaft? Die Flucht vor Mrs. M. trieb Sie in die Arme der schönen, unschuldigen Fanny. Als ich, durchaus gegen meinen Willen, nach Deutschland reiste, befand auch ich mich auf der Flucht vor der Leidenschaft. Ich wußte es nur noch nicht.

Ihr Glück hat nur kurze Zeit gedauert. Wenn meiner Ehe, Horatio, auch andere Gefahren drohen, so regt sich doch in meinem Innern eine Stimme, die mir sagt, daß mir ein ähnliches Geschick beschieden ist wie Ihnen, und das wäre das Ende aller Hoffnungen und Wünsche. Wünsche, die so glühend sind, daß ich bereit bin, für mein Glück zu kämpfen.»

Der Prinz legte die Feder aus der Hand. Das Geschriebene schien ihm voller Widersinn.

Jackson klopfte an und erinnerte, daß es Zeit für die Abendtoilette sei. Ihm folgte Lord Dutton. Er machte ein besorgtes Gesicht. Mehr als Feuer fürchtete er alles, was zu sehr auf die Phantasie des Prinzen einwirkte. Er betrachtete den Stapel beschriebener Bogen auf dem Schreibtisch und fragte sich, für wen sie bestimmt sein mochten. Für Caroline? Oder enthielten sie, an die Eltern gerichtet, das Geständnis seiner Heirat? Oder war es eine neue Eingabe an die Admiralität?

Der Prinz sah zu ihm auf. «Gut, daß du kommst. Du warst immer ein guter und nachsichtiger Mensch. Ich habe eben einen Rückblick auf meine Vergangenheit getan, auf die Zeiten in der Karibik und auf die Freundschaft mit Horatio Nelson. Ich glaube, ich bin klug geworden, und glücklicherweise nicht zu spät.» Er besann sich einen Augenblick.

«Nimm dir einen Stuhl, Richard, und sag mir, ist jeder von uns zugleich der Schöpfer und das Geschöpf seines Schicksals?»

«Jeder Mensch hat sein Schicksal», sagte Lord Dutton und wollte noch etwas hinzusetzen, als der Prinz ihn schon unterbrach.

«Wer, sag mir, wer trägt jemals an irgend etwas die Schuld, allein?»

Dann begann er davon zu sprechen, daß ihm einige Tage vor der Trauung in Pyrmont eine Gestalt klar vor Augen gestanden habe: Dora Jordan. Warum, das wisse er nicht zu erklären. Eine tiefe Erregung habe ihn ergriffen.

«Es gibt nur eine Frau auf der Welt, mit der ich leben, mit der ich verheiratet sein möchte. Die ich mir zur Gefährtin wünsche, wenn ich daran denke, meine Fähigkeiten zu beweisen und mir eine Stellung im Leben zu erringen. Nur mit Caroline erscheint mir das möglich, nur mit ihr. Und gerade sie will man mir nehmen. Ich fühle, daß ich ohne sie verloren bin. Wie aber kommt es dann, daß der Wunsch, die andere in den Armen zu halten, so stark war, daß ... Sie ist erneut in mein Wesen eingedrungen. Ich habe mich am Abend vor meinem Geburtstag, als mir durch Jackson zugetragen worden war, daß Dora in Pyrmont sei, heimlich, in eine Livree gekleidet, zum Gasthof begeben. Es war schon spät. Lange Zeit stand ich im Schatten der Bäume vor dem zweistöckigen Gebäude und preßte meinen Körper an die Wand des Hauses. Eine große Wut auf mich selbst hatte mich gepackt. Ich versuchte, an das Mädchen zu denken, das ich liebe. Trotzdem habe ich es fertiggebracht, durch den Hintereingang in den Gasthof einzudringen und den schläfrigen Wirt, der mich für einen vornehmen Lakaien hielt, nach dem Zimmer der englischen Schauspielerin zu fragen. Er wies mir den Weg. Sobald Dora und ich allein waren, hatte ich alles andere in der Welt vergessen, ich sah nur sie. Wenn ich jetzt daran denke, kann ich mich an kein Wort erinnern, das wir miteinander sprachen.

Als wir am Morgen des 21. August zur Kapelle ritten, war ich verwirrt. Freundschaftlich und verständnisvoll hast du über meine Zerstreutheit gespottet und sie mit der bevorstehenden Trauung erklärt. Nenne mich meinetwegen einen Verlorenen, einen Menschen, in dem die Eigenliebe den angeborenen Trieb nach Wahrheit überwuchert, ja, einen Heuchler. Aber nimm nicht dem Fehler seine versöhnende Seite. Wenn ich schon dumm bin wie ein Kind, so habe ich mir doch wenigstens dessen Aufrichtigkeit bewahrt. Warum verleumde ich mich selbst? Nur, weil ich Dora sofort vergaß, als ich an jenem Morgen Caroline wiedersah.

Ja, ich war wie in Arkadien geboren. Ich machte Zukunftspläne voller Reinheit, Güte und Gläubigkeit. Ich fühlte mich eines besseren Loses würdig als desjenigen, das mir bisher zuteil geworden war. Ich freute mich, das ersehnte Ufer nicht länger aus der Ferne zu erblicken, sondern es zu betreten. Kurz darauf knieten wir vor dem Altar. Ich bemerkte, daß meine Hände zitterten. Du wirst jetzt glauben, daß ich immer noch Dora Jordan liebe und daß sich gar nichts geändert hat. Doch das ist nicht wahr. Am Abend jenes Tages war sie aus meinem Bewußtsein geschwunden.»

Der Prinz erhob sich. Lord Dutton hielt es nicht für angebracht, sich zu den Worten Prinz Williams zu äußern und verabschiedete sich.

«Und wie lange gedenkst du, die Heirat noch geheimzuhalten?» fragte er, schon fast in der Tür. «Du schweigst. Hast du wirklich das ersehnte Ufer betreten? Die Lüge ging Hand in Hand mit uns. Alles, was wir taten, war Kunst und Verstellung.»

Der Prinz fuhr auf. Doch Lord Dutton ließ sich nicht beirren.

«Welchen Grund gäbe es sonst dafür, daß du noch nicht mit der Königin gesprochen hast? Ich glaube nicht mehr an diese Ehe, zu der ich selbst mit beigetragen habe. Es ist alles unwiederbringlich verloren.»

Der Prinz bemühte sich, Fassung zu bewahren und keinen Ärger zu zeigen.

«Du irrst dich. Ich spreche morgen mit meiner Mutter», sagte er mit fester Stimme.

18

Adenstedt, im September 1791

In einem sonnigen Zimmer des Herrenhauses von Adenstedt saß Caroline von Linsingen am Schreibtisch und blätterte in einem der neuen Bücher aus England und Frankreich, die, manche schon aufgeschnitten, vor ihr lagen. Ihre Augen, die so lebhaft gewesen waren, schauten Ramdohr, der bei ihr eintrat, offen, ruhig und aufmerksam an, die schwarzen Pupillen waren trübe.

Sie ging auf ihn zu und begrüßte ihn. Ihre Stimme klang gleichgültig und matt. Ramdohr ließ sich in einer Bergere am Fenster nieder, deren Sitz und Rücken in einem feinen *Petit-point*-Muster mit Schäferszenen bestickt waren.

«Haben Sie meine Aufzeichnungen erhalten», fragte Ramdohr, «und schon angefangen, sie abzuschreiben?»

Caroline verneinte. Sie schien mit ihren Gedanken nicht bei der Sache.

Ramdohr kam aus Paris, wohin er auf Betreiben der Hannoverschen Regierung gereist war, um geheime Berichte über die dortigen Zustände zu liefern, von denen hierzulande niemand eine rechte Vorstellung hatte. Österreich und Preußen waren die alten Mächte, die das revolutionäre Regime demnächst herausfordern mochte. In Hannover war jedoch eine berühmte Persönlichkeit in eine besondere Rolle geraten. Der Feldherr Friedrichs des Großen, Karl Wilhelm Ferdinand von Braunschweig, der Vater der Prinzessin Caroline, genoß als aufgeklärter Herrscher hohes Ansehen. Die belgische Patriotenpartei hatte ihn schon 1789 als Heerführer zu gewinnen gesucht. Gerüchte wollten wissen, daß der Antrag an ihn gestellt worden sei, den Oberbefehl über die französische Armee zu übernehmen, falls es zum Kampf mit Österreich käme. Besonders der Feldmarschall Graf von Wallmoden-Gimborn war es – er kommandierte das hannoversche Feldcorps –, der alle diese Gerüchte für Unsinn erklärte und behauptete, daß es zu einer Mobilmachung gegen Frankreich in Hannover nie kommen würde. Die Stimmung war aber schon so angeheizt, daß der zum Leutnant avancierte Ernst von Linsingen seinen Vater beschwor, ihm zu erlauben, daß er das 9. Dragonerregiment verlasse und in preußische Dienste trete.

Caroline griff nach einem kleinen Kästchen, öffnete es, sah hinein, schloß es wieder und blickte sich unschlüssig um.

«Wo sind nur meine Schlüssel?» murmelte sie. Ihr ganzes Verhalten verwunderte Ramdohr.

«Geht es Ihnen nicht gut? Sie sehen mitgenommen aus. Ist es diese Heirat?»

Caroline, die einen der Bücherschränke geöffnet hatte, drehte sich so hastig um, daß ihr zwei Bände, die sie herausgenommen hatte, aus der Hand fielen, zusammen mit den Schlüsseln, die dahinter versteckt gewesen waren.

Über Ramdohrs Gesicht glitt ein Lächeln, ehe er sich bückte, um die Sachen aufzuheben.

«Warum geben Sie denn Schwiecheldt nicht einen Korb? Ihr Vater kann Sie nicht zwingen.»

Caroline kniff die Augen zusammen, als blende sie das Licht, und schloß, den Kopf tief gesenkt, ein Schreibtischfach auf. Während sie mehrere Kanzleibogen auf die Schreibplatte legte, bedachte Ramdohr sie mit einem schnellen, scharfen Blick.

«Sie wissen es also noch nicht?»

«Was?»

«Graf Schwiecheldt geht zur Armee. Ich habe ihm abgesagt. Er meint, es fiele ihm leichter, im Kugelregen über einen Sturzacker zu gehen, als sich hier als verschmähter Bewerber lächerlich zu machen.»

Ramdohr lachte.

Er war sicher, daß sie nicht aussprach, was sie fühlte. Früher hatte sie immer ganz offen mit ihm geredet. Er blickte zum Fenster hinaus, das mit einem weißen Store verhängt war.

«Sie sind so gereizt, *ma chère*», sagte er scheinbar leichthin. «Habe ich Sie verstimmt? Oder hat mein Bericht auf Sie einen so schrecklichen Eindruck gemacht?»

Das Licht, das durch den Store drang, umgab mit weichem Schein ihre gelockten hellen Haare, ihren biegsamen Hals, die gerundeten Schultern und die zarte, unruhige Brust. Was hat sie nur erlebt? fragte sich Ramdohr. Sie hat Angst, doch wovor?

«Wie Sie mich anschauen, Basilius», sagte Caroline, «was haben Sie denn?» Sie nahm das oberste Blatt zur Hand. «Soll ich es vorlesen oder wollen Sie selbst ...»

«Bitte, fangen Sie an.»

«Ist es richtig, wenn ich mit der Rückkehr des Ministers Necker nach Paris beginne? Mein Gott, wie schmutzig, wie vulgär ist das alles. Sind Sie sicher, daß man Ihnen nichts Falsches berichtet hat?»

Ramdohr schüttelte den Kopf. «Dies ist im wesentlichen das, was ich selbst erlebt habe. Mir scheint», setzte er hinzu, «Sie sind mit den Gedanken ganz woanders. Es ist gut, daß Sie aus Pyrmont fort sind. Die Luft ist zur Zeit dort höchst gefährlich. Wie viele prächtige junge Leute habe ich gesehen, die ein besseres Los verdient hätten und die von Pyrmont aus geradewegs zum Traualtar fuhren.»

Caroline hielt sich die Ohren zu. «Hören Sie auf! Sind denn alle verrückt geworden?»

Ramdohr schwieg bestürzt.

Caroline seufzte. Hastig begann sie zu lesen.

«Der Pöbel, die Bürger, die Stellvertreter derselben, die Nationalversammlung und der König, alle erwarteten Rat und Hilfe von Herrn Necker. Man sah in seiner Rückkehr das Ende aller Unruhen, aller Plünderungen, aller Morde. Man erwartete, daß die verschärfte Lage in Paris sich würde auflösen lassen, wie in einer in allem vergleichbaren Situation vor genau 80 Jahren, als es der Besonnenheit des Marschalls Boufflers zu verdanken war, daß die Aufstände des Pöbels ohne Einsatz von Militär und Gewalt ein friedliches Ende fanden. Selbst Neckers Gegner waren gezwungen, ihn wieder in Frankreich zu wünschen, weil wegen der um sich greifenden Anarchie keine Privilegien der Geburt, kein Eigentum und kein Rang mehr zu behaupten waren.

Was Boufflers gelang, ist für Necker weitaus schwieriger, da es den Anschein hat, als befinde sich der Staat – durch die Person des Königs – in den Händen des ergrimmten Volkes, das durch ungeheure Grausamkeiten den Namen und die Ansprüche der Nation an sich gerissen hat.

An seiner Spitze stehen ehemalige Soldaten, die Aufstachelung und Erbitterung gegen den König und ihre zu fahrlässig gewählten Chefs auf die Gegenseite hinübergezogen haben. Sie geben zusammen mit dem Pöbel nun ihren einstigen Anführern Befehle. Diesen bleibt nichts weiter als die Macht der Beredsamkeit. Sie sprechen von Mäßigung und Vaterlandsliebe, sagen, daß sie sich künftig für die Menschenrechte einsetzen werden und erteilen der Menge Ratschläge wie den, sich ihrem Stolz und ihrer Großmut zu ergeben, wie es bisher noch immer geschehen ist.

Weiter ist nichts übriggeblieben, das Volk zu bändigen und zu leiten. Dem König sind die Tuilerien zum Gefängnis geworden, dabei ist er so gleichmütig und ruhig wie eh und je. Als sei gar nichts geschehen und der schreckliche Schrei: Es lebe die Nation! nie erklungen. Der König hat den Eid auf die neue Verfassung geleistet, als sei sie ein Gesetz, das von ihm erlassen wurde. Der Abgott des Pöbels, der König der Nation, ist jedoch M. Necker, als Ratgeber ihrer Räte, als Vormund des Königs und als Retter der königlichen Familie. Um ihn dreht sich alles, was noch zu hoffen, zu wünschen und zu verlieren ist.»

«Ich verstehe das nicht», unterbrach Caroline ihre Vorlesung, «wenn alles an diesem Necker hängt, so muß er ein Übermensch oder Hexenmeister sein. Sagen Sie, Basilius, was, glauben Sie, wird geschehen? Ist der König nicht schon zum Tode verurteilt? Und wer ist dieser Necker?»

«Seine Laufbahn ist die Laufbahn eines Emporkömmlings. Die Umstände und sein Talent haben ihm zu diesem Aufschwung verholfen. Aber ich fürchte, Ihre Ahnung trügt Sie nicht. Sein Stern ist schon im Sinken.»

In dem kleinen Raum war es sehr schwül, obwohl das Fenster offen stand.

«Ihr lebt hier so dahin», sagte Ramdohr mit kaum unterdrücktem Ärger, «und bildet euch ein, daß keine Gefahr droht. Auf diese Weise atmet es sich freier und leichter, denkt ihr. Doch das Gegenteil ist der Fall. Schlimmer wird es nur. Immer schlimmer. Überall wird der Adel an die Wand gedrückt.» Er drehte sich zum Fenster und starrte in den friedlichen Garten hinaus, in den der frühe Herbst eingezogen war.

«Was ist in euch junge Leute gefahren? Sehen Sie nur sich selbst an. Es ist schwer, dabei Geduld zu bewahren.»

Noch nie hatte Caroline Ramdohr so reden hören. Wie lange war es her, daß sie selbstbewußt und lustig ihrem Vergnügen gelebt hatte? Seitdem William zum zweitenmal abgereist war, fühlte sie sich verloren.

«Basilius, es ist etwas geschehen. Ich wünschte, ich könnte mich Ihnen anvertrauen.»

Sie wurde am Weitersprechen gehindert. Die Tür zum Nebenzimmer öffnete sich, und der Kopf von Ernst erschien, zerzaust, zornig.

«Der Vater läßt mich nicht zu den Preußen gehen», rief er entrüstet. «Kommen Sie, Basilius, helfen Sie mir, ihn umzustimmen.»

Ramdohr eilte ihm nach, als sei er froh, fortzukommen von ihr.

Zur gleichen Zeit unterhielten sich der Kammerdiener Georg und die Schmedes im Dienstbotenzimmer.

«Sie sind heute schlecht gelaunt», stellte Georg fest.

«Nicht schlechter als gewöhnlich, seit wir aus Pyrmont zurück sind.»

Die Schmedes war auf dem Friedhof gewesen. Sie hatte die Linsingensche Grabstätte besucht. Das war ihr liebster Spaziergang.

Im Halbdunkel des im Souterrain liegenden Raumes heftete sie ihre kleinen grauen Augen fest auf den Diener.

«Ich hätte etwas mit Ihnen zu besprechen.»

«Dann seien Sie doch so freundlich, mir zu sagen, um was es sich handelt.»

Sie hustete, räusperte sich, faltete umständlich ihr Taschentuch auseinander, um sich die Nase zu putzen, und begann schließlich:

«Heute nacht habe ich im Traum eine Menschengestalt gesehen. Sie war aus so hellem Licht, daß ich aufwachte. Das Licht warf keine Schatten und blendete auch nicht. Nun ist sie schon einige Jahre tot, dachte ich, aber ich habe sie noch nie gesehen. Und ich war gar nicht erschrocken.»

«Wen?» fragte Georg.

«Unsere verstorbene gnädige Generalin.»

«Wie sah sie aus?»

«Wie im Leben, Georg, nur ein wenig farbloser, durchsichtig. Sie ging langsam durchs Zimmer. Ich meine, ihr Kleid hat geknistert, dasselbe, das ich ihr noch genäht hatte und das wir ihr dann zuletzt anzogen.»

«Und weiter?»

«Sie setzte sich an den Tisch, als ob sie schreiben wollte. Und ich erriet, was sie schrieb. Sie machte mir Vorwürfe, daß ich nicht besser auf Caroline geachtet habe und auf ihre abnehmende Gesundheit. Ich zitterte.»

«Liebe gute Schmedes, das sind doch Hirngespinste!»

Ihre Stimme wurde rauh, als würde sie gleich zu weinen beginnen. «Unsere Herrschaften machen morgen ein Picknick. Sie zeigen sich immer nur heiter. Wenn man von Stand ist, hat man keine Stimmungen. Unsereiner wird ihre Tränen nie sehen. Die Damen und Herren machen sich lustig über Schmerz und Leid.»

«Daß Sie ja niemanden ins Gerede bringen!» ermahnte Georg sie. Er betrachtete sich als den Hüter der Ordnung im Hause des Generals von Linsingen. Er wußte, daß den Leuten neuerdings die Köpfe heißer waren als sonst.

«Unsere jungen Herrschaften müssen ihre Suppen allein auslöffeln. Binden Sie niemandem den Bären von der verstorbenen Gnädigen auf. Jeder von uns hat zuzeiten schwere Träume.»

«Ein Unheil droht diesem Haus. Unsere Generalin ist mir erschienen, weil sie sagen wollte: Schmedes, hier geht etwas Böses vor. Du mußt das aufhalten, Schmedes. Aber das habe ich schon vorhin an ihrem Grabe gebetet: Wie soll ich es denn machen. Wie? Die Natur geht doch, wie der Teufel es will. Hat man Caroline in letzter Zeit jemals singen hören?» Sie drückte und knetete ihr Taschentuch. «Sie werden es miterleben, wenn die Leute anfangen, sich über dieses Haus die Mäuler zu zerreißen. Von unserem Fräulein wird kein Ende sein. Und Sie haben sich die Sünde mit auf die Seele geladen!»

«Genug gefaselt», unterbrach Georg sie. Wenn er davongejagt wurde, weil er von der heimlichen Trauung in der Waldkapelle wußte und es nicht gemeldet hatte, würde er eben zu den Soldaten gehen. Aber es hieß ja, Hannover werde nicht kämpfen. Wenn die Franzosen ihren Herren die Köpfe abschlugen, weil sie meinten, daß auch die alten Gedanken damit im Sack hinterm Fallbeil verschwanden, so würden sie bald selbst merken, daß die Menschen sich dadurch nicht änderten. Die Welt blieb, wie sie war, und Soldaten würde es immer geben.

19

In den Hildesheimer Bergen und auf Schloß Söder im September 1791

Der Hildesheimer Wald und seine reizende Umgebung waren das Ziel einer Lustfahrt, an der die Brüder von Linsingen mit ihren Familien teilnahmen. Die Fahrt ging zum Steinberg, auf dessen Höhe man an der Stelle frühstücken wollte, wo Heinrich der Sachse einst an seinem Vogelherd saß, als ihn die Botschaft erreichte, daß er zum deutschen Kaiser gewählt worden sei. Die Adenstedter lagen mit den Ricklinger Verwandten darüber im Streit, denn die Ricklinger behaupteten, das Ganze habe sich in Quedlinburg ereignet. Dort habe sich der spätere Heinrich I. im Schloß verleugnen lassen, weil er nicht Kaiser werden wollte. Davon war wieder einmal die Rede, als die vier Wagen auf der ausgezeichneten, mit Ulmen bepflanzten Allee entlangrollten.

Ramdohr saß neben Ernst auf dem Rücksitz der ersten Kutsche dem General gegenüber, an dessen Seite Caroline und Sophie Charlotte sich ein wenig drängen mußten. Er liebte es, den Onkel mit der Geschichte von Kaiser Heinrich zu reizen. Man war schon am Fuße des Berges, kurz vor dem Ziel angekommen, als er auf das dichte Gehölz wies.

«Sie wollen es ja nie wahrhaben, lieber Onkel», sagte er, «aber seine Besucher kamen auf dem gleichen Weg, den wir jetzt fahren, zu Herzog Heinrich, um ihm die Kaiserkrone anzubieten. Hier irgendwo blickte er auf seine Lockvögel und rief aus: Welches Unglück! Und er ...»

Wie erwartet unterbrach ihn der General: «Was für liederliche, leichtsinnige Worte, Basilius! Ist denn nichts mehr heilig? Weder Kaiser noch König?»

Sophie Charlotte, die eine rote Mütze trug, an der sie ein großes Kastanienblatt befestigt hatte, wie es die «Fortschrittlichen» in Paris taten, brach in ein Gelächter aus. Caroline blieb stumm. Ramdohr vermochte sie nicht wiederzuerkennen. Es war, als ob ein Schatten über sie hingezogen wäre. Es schien ihr völlig gleichgültig zu sein, ob Herr Heinrich ungern Kaiser wurde oder nicht und daß ihrem Vater die Zornesröte ins Gesicht stieg.

Während des Spazierganges das letzte Stück des Weges zur Anhöhe hinauf ging sie mit geöffnetem Sonnenschirm gesetzt und langsam, wie es sich für ein wohlerzogenes Mädchen gehörte, ohne auch nur ihre Handschuhe aufzuknöpfen. Sie sprach wenig. Das Wetter versprach herrlich zu werden. Caroline hatte einen großen Strohhut aufgesetzt. Der Hut war vorn herabgezogen und schützte das Gesicht vor der Sonne.

Bevor das Frühstück unter den hohen Buchen und Eschen auf dem schönen schattigen Platz serviert wurde, spielte man Blindekuh: sogar die älteren Herren machten mit und streckten die weißen gepflegten Hände suchend aus, wenn sie an der Reihe waren. Das Frühstück bestand aus gekochtem Rindfleisch mit Meerrettich, gebratenen Wachteln, geräuchertem Aal, hartgekochten Eiern, in der Asche gebackenen Kartoffeln, Konfitüren und Apfelkuchen. Es gab Wein und Limonade für die Kinder. Die Stimmung war sehr angeregt.

Ramdohr erhob sein Glas und brachte einen Toast aus: «Was wir lieben.» Es klang ein wenig gezwungen. Dann wurde Kaffee gereicht.

Die Herren rauchten und besprachen die Einladung auf Schloß Söder, wohin man in Kürze aufbrechen wollte. Graf

Brabeck erwartete höchsten Besuch. Die Brüder des Königs von Frankreich und der Prinz von Condé wollten sich dort mit dem Herzog von Braunschweig ungezwungen treffen und die Zusammenkunft sollte wie eine zufällige ländliche Begegnung von Verwandten, Freunden und Nachbarn Graf Brabecks wirken.

Ramdohr, der auf der Rückreise aus Paris über Koblenz gekommen war, schilderte, wie dort täglich Wagen aus Frankreich ankamen. Zu emigrieren war Mode geworden. Es gab Damen von Einfluß in Paris, die in ihren Salons Offiziere und Aristokraten beschimpften, die keine Anstalten machten, ins Ausland zu gehen. Das entsprach in ihren Augen einfach nicht dem guten Ton.

Koblenz war zu einem Sammelbecken für jene Angehörigen des Adels geworden, die sich den verbündeten Heeren Österreichs und Preußens anschließen wollten, wenn es zum Krieg gegen Frankreich käme.

Inzwischen waren die Kutscher mit dem Anspannen fertig geworden. Während der Fahrt gingen die Gespräche weiter. Sophie Charlotte redete viel. Von den Briefen, die Mademoiselle d'Orleans an Jean d'Ormesson geschrieben habe, um ihn und seinen Vetter Phillippe Marquis d'Huc zur Rückkehr zu drängen, und wie gerührt sie davon gewesen sei, daß d'Ormesson die Idee des neuen Frankreich über die Gefahr stelle und bereits die Koffer packe.

Bernhard Thilo von Linsingen, der den Wagen selbst lenkte, den Kutscher neben sich, wandte den Kopf zu seiner Tochter.

«Hör auf mit diesen Reden, mein Kind. Ich mache mir schon längst Vorwürfe, daß ich mit Dir zu nachsichtig war.» Doch Sophie Charlotte zeigte keine Einsicht. Sie redete weiter über die Prüderie und Dummheit des konservativen Adels; mit der Zeit werde überall eine solche Unzufriedenheit entstehen, daß es auch in den deutschen Staaten nicht mehr weit zu einer Revolution sei und zur gerechten Verteilung der Güter.

Bernhard Thilo und seine Frau waren wegen ihrer Tochter in großer Verlegenheit. Sie hatten die strengsten Grundsätze, wie es bei Landedelleuten nicht anders zu erwarten war, und verstanden Sophie Charlotte nicht. Es war die alte Geschichte. Seit sie für Jean d'Ormesson schwärmte, meinte sie zu wissen, wie man heutzutage zu leben, zu lieben und zu denken habe. Caroline war die einzige, die mehr Mitleid mit Sophie Charlotte empfand als Unwillen über ihr törichtes Verhalten und ihre Sympathien mit den Jakobinern, nach dem Beispiel des Herzogs von Orleans, dem Vetter des Königs. In seinem Salon trugen die Damen keinen Puder mehr und Kleider in den drei Farben blau, weiß und rot. Sie tanzten nach der Melodie *Ah, ça ira*, und aus dem abscheulichen Refrain, den ganz Paris sang, hatte der Herzog einen Contretanz machen lassen.

Die Linsingenschen Kutschen fuhren in den Innenhof der Schloßanlage von Söder. Graf Brabeck stand mit seiner Frau auf der Freitreppe, um die Gäste willkommen zu heißen.

Bald darauf traf der Graf von Artois ein, der Bruder des Königs. Seinen Wagen begleiteten sechs Leibgardisten zu Pferde und einige Herren seines Gefolges. Der Anblick war großartig. Der Graf von Artois legte Wert darauf, daß jedermann in ihm den wahren Enkel Heinrichs IV. sah. Fast zur gleichen Zeit wurde der Herzog von Braunschweig gemeldet, dessen Ankunft Leben in die Gesellschaft brachte.

Es verging einige Zeit mit dem Vorstellen der Gäste. Die Liebenswürdigkeit, die den Franzosen so wichtig ist, und das sprudelnde Temperament des Grafen von Artois übten einen mächtigen Zauber auf den hannoverschen Adel aus, der solchen höfischen Glanz nicht gewohnt war. Wie sollte man da nicht an die guten Nachrichten glauben, von denen der Bruder Ludwigs XVI. sprach? Dabei hatte man bis zu diesem Zeitpunkt nur von lähmenden Verzögerungen auf der Seite der Alliierten und Mißverständnissen zwischen dem Kaiser von Österreich und dem König von England gehört, obwohl der Minister Calonne oft beim Kaiser gewesen war und immer wieder Erklärungen zu geben versucht hatte.

Der Herzog von Braunschweig äußerte die Meinung, daß man unter allen Umständen auf die Zuverlässigkeit des Königs von Preußen bauen dürfe. Durch diese Bemerkung ermutigt berichtete ein Herr von Witzleben aus Sachsen, daß er seinen Sohn, der in Weimar als Hofpage angestellt gewesen sei, in das preußische, in Halle stationierte Füsilierbataillon des Majors von Renouard habe eintreten lassen. Der Junge sei zwar erst dreizehn Jahre alt, habe aber schon die Expedition nach Holland und die Einnahme von Gorkum mitgemacht.

«Solch einen Feldzug, wie den bevorstehenden», sagte Herr von Witzleben mit Überzeugung, «sollte ein junger Mensch in keinem Fall versäumen, anstatt die Zeit mit Festen und Liebschaften zu vertun. Eine Gelegenheit wie diese ist ganz das Richtige für die Erziehung eines jungen Kavaliers.»

Die Unterhaltung wandte sich dem Leben in Städten wie Koblenz, Aachen, Spa zu – Orte, an denen es zur Zeit so glänzend herging wie noch nie. Jeder Gedanke an die Revolution in Frankreich schien vor diesem Glanz zu verblassen.

Für die Gastgeber ging alles nach Wunsch. Der Graf von Artois hatte seine Runde gemacht und schickte sich an, in einem Nebenraum mit dem Herzog l'Hombre zu spielen. Da wurden plötzlich, offensichtlich unerwartet, der Herzog von York und der Herzog William von Clarence gemeldet. Prinz William trug die Uniform eines Schiffskommandanten. Caroline, der er den Rücken zukehrte, wurde rot und ballte unwillkürlich die Fäuste. Ich kann es nicht ertragen, dachte sie. Und wieso wußte sie nichts davon, daß er herkam?

Der Herzog von Braunschweig, der seine Stimme erhoben hatte, sprach jetzt von dem bevorstehenden Feldzug. Er nannte ihn einen ‹Spaziergang nach Paris›.

«Ich sehe mit Bedauern, daß wir überhaupt keine Hindernisse zu überwinden haben werden», sagte er. «Zum Besten aller hätte ich gewünscht, die Verbündeten fänden einigen Widerstand, denn die vom König abgefallenen französischen Truppen brauchen eine Lehre, die niemals aus ihrem Gedächtnis zu löschen ist.»

Der Graf von Provence, der ältere Bruder des französischen Königs, der seiner Stellung entsprechend mit *Monsieur* betitelt wurde, schien von den Worten des Herzogs nicht sehr erbaut.

«Ich bin davon überzeugt, Fürst, meine Landsleute werden Ihnen und uns das Terrain streitig machen. Man hat sie nicht immer geschlagen.» *Monsieur* hatte den Herzog an seine Niederlage gegen die Franzosen unter Ludwig XV. erinnert. Der Herzog von Braunschweig zog es vor, dem Grafen von Artois zum l'Hombrespiel zu folgen. *Monsieur* ging mit ihnen.

Nachdem die Fürsten die beiden großen, ineinandergehenden Salons verlassen hatten, plauderte man ungenierter. Die meisten sahen vor allem ein Abenteuer darin, den regierungstreuen Franzosen zu Hilfe zu kommen.

Jetzt scharte man sich um den Grafen von Montboissier, den früheren Kommandanten der Schwarzen Musketiere des Königs, der mit seinen einundachtzig Jahren noch die Frische eines jungen Mannes hatte. Sein Thema war die allgemeine Verschuldung der Staaten, deren größter Posten innerhalb der Ausgaben die Verzinsung auf die aufgelaufenen Schulden darstellte. In Frankreich belief sich laut Monsieur Necker, der Ludwig XVI. als Generaldirektor der Finanzen gedient hatte und der nun Privatbankier in Genf war, die Verzinsung der Staatsschuld auf 207 Millionen, bei sonstigen Ausgaben von 610 Millionen Livres. Ein Drittel der Staatsfinanzen mußte für den Zinsendienst aufgebracht werden.

«Es war keine Kunst, das Ende vorauszusehen, den unausweichlichen Staatsbankrott. Den König, der diese Last geerbt hat und der für die Mißernten der letzten Jahre nichts kann, zu verdammen, ist mehr als ungerecht», schloß der Graf Montboissier mit einem tiefen Seufzer.

«Die Not ist kein Freund. Sie frißt die Ehrlichkeit auf, auch die der Könige», ließ sich Prinz William vernehmen.

Graf Montboissier brach in ein klangloses, wütendes Lachen aus. Der Prinz sprach weiter.

«Meine Herren, hat Europa die Lektion gelernt, nach dem Sturm auf die Bastille? Wohl kaum. Alle sehen sich als Gläubiger Frankreichs, dessen Bankrott die eigene Tasche gefährdet. Vergeblich kann man hier nach einem George Washington Ausschau halten!»

«Königliche Hoheit bringen da etwas Originelles zustande. Nicht umsonst heißt es, daß der Herzog von Clarence Amerikaner geworden ist.»

Prinz William würdigte ihn keiner Antwort. Er wandte sich von ihm ab – und befand sich vis-à-vis von Caroline und ihrem Vater. Der Prinz verbeugte sich.

«Ich bin erfreut, Sie hier zu treffen», sagte er zu dem General.

Caroline erschrak bei seinem Anblick. Er war unnatürlich blaß, sein Haar war nicht sorgfältig frisiert, seine Augen blickten sonderbar starr. Sie brachte kein Wort hervor, obwohl sie etwas sagen wollte. Der Prinz machte eine unbestimmte Geste, die soviel bedeuten sollte wie «später», und begab sich zu den anderen Fürsten ins Spielzimmer.

Der General von Linsingen beachtete seine ganz aus der Fassung geratene Tochter nicht und verwickelte den Grafen von Montboissier in ein Gespräch über das Exerzieren. Caroline stand dabei. Sie trug ein weißes Kleid mit blauen Bändern, die bei der geringsten Bewegung aufflatterten. Der alte Graf lächelte Caroline freundlich zu, mit selbstzufriedener Würde. Sie wurde blaß und sagte, ohne recht zu wissen warum: *«Monsieur, comme c'est affreux de quitter tout ce qu'on aime.»*

«Comme vous avez raison», murmelte der Franzose.

Der General hörte die Worte seiner Tochter. Er weigerte sich, ihren Sinn zu verstehen. Sie war Opfer einer Narretei geworden, der er ein rechtzeitiges Ende bereitet hatte. Kindische Dummheiten, gewiß, die in seiner Jugend undenkbar gewesen wären. Wohl aber nicht mehr. Andere Erklärungen des Geschehenen hatte er sich verboten, seitdem er glaubte, daß sein Zorn verraucht und seine Betrachtungsweise wieder kühl geworden war.

Während Graf Montboissier von den vier Kompanien von insgesamt 1400 Mann berichtete, die den verschiedensten französischen Regimentern entstammten und jetzt am Rhein seinem Befehl unterstanden, warf Johann Wilhelm von Linsingen Seitenblicke auf seine Tochter. Sie war nicht wiederzuerkennen, seit Prinz William den Salon betreten hatte. Es ist nicht schwer, Unheil zu stiften, fuhr es ihm durch den Kopf. Oder ein Unrecht zu begehen. Caroline ist ein Mädchen mit den strengsten Grundsätzen, sagte er sich wieder einmal, wie konnte es da zu dieser Farce von Eheschließung kommen?

«Ich exerziere persönlich mit den Soldaten», sagte Graf Montboissier und malte mit seinem Stock mit dem vom langen Gebrauch glänzenden Knauf einen Kringel auf den Boden, «und zwar zu Fuß und zu Pferde, nie unter sechs Stunden am Tag.» Aus dem Munde des alten Herrn, der nichts von seinem Mut verloren hatte, klang alles so, als sei die neue Legion Polignac und Mirabeau ganz allein Frankreich.

Der General, der darüber nachdachte, auf welche Weise der Prinz England wieder verlassen hatte, sah den Grafen groß an; er war nicht ganz bei der Sache.

«Da wir nun schon einmal soweit sind», fuhr der Graf mit Verve fort, «muß ich Ihnen erklären, daß mich trotz meines Alters nichts davon abhalten wird, an der Spitze der Truppe für meinen König zu kämpfen!» Nach Frankreich einzumarschieren und gegen die eigenen Landsleute zu kämpfen, sah er als einen Kreuzzug an, um Verräter, Meineidige und Undankbare in die Hölle zurückzujagen, aus der sie gekommen waren.

«Ich denke, daß es auch für mich das beste wäre, ins Soldatenleben zurückzukehren», sagte Herr von Linsingen nach einer Pause. «Ich spaße nicht», fügte er hinzu, da der Graf ihn erstaunt ansah.

Caroline erschrak. Sie erriet den Grund für den Entschluß des Vaters.

Inzwischen hatten sich die prominentesten Gäste um Graf Brabeck versammelt, der sie durch seine Gemäldegalerie führen wollte. Bereits in den Salons überraschte die große Anzahl der an den Wänden hängenden Gemälde, meist Landschaften und mythologische und religiöse Darstellungen italienischer und holländischer Meister. Manche dieser Bilder waren so nachgedunkelt und in einem so schlechten Zustand, daß nur noch einzelne Partien zu erkennen waren: ein wogender roter Faltenwurf über einer unsichtbar gewordenen Gestalt, ein in der Luft schwebender Gewölbebogen und bläuliches, zerzaustes Laub eines Baumes, eine zerschnittene Wassermelone mit schwarzen Kernen, ein federgeschmückter Turban über einem Pferdekopf oder das gigantische braune Bein eines Gladiators mit muskulösen Waden und nach oben gebogenen Zehen.

Auf dem Ehrenplatz im Salon hing ein lebensgroßes Porträt Georgs II., das Graf Brabeck sehr verehrte und allen Gästen zuerst zeigte; es war von Reynolds gemalt. Auch heute stand er davor. «Die schöne alte Zeit. Nun, Gott befohlen ...» seufzte er. Er war vermutlich der einzige in dieser Versammlung, der sich keine Illusionen über die Zukunft machte. Er sah voraus, daß von Frankreich her ein furchtbarer Sturm heraufzog, der alles zerschmettern würde, was sich ihm entgegenstellte.

Er trat zu Herrn von Linsingen, der an nichts anderes mehr dachte, als möglichst bald aufzubrechen. Er bat ihn darum, daß Caroline den Gang durch die ihr vertraute Sammlung mitmachen dürfe, da er und Ramdohr allein die vielen Fragen nicht würden beantworten können. Gegen seinen Willen mußte der General zusehen, wie seine Tochter an der Seite des Grafen seinen Blicken entschwand.

Caroline wirkte sehr in sich gekehrt und niedergeschlagen. Graf Brabeck, eine weiße Halsbinde über der weißen Weste, Rock und Hosen tabakfarben, begann mit seiner angenehmen Stimme über seine Gemäldesammlung zu sprechen. An ihrer wohlausgewogenen Zusammenstellung liege ihm ebensoviel wie an der Qualität der einzelnen Bilder. Er wage sich gar nicht vorzustellen, daß sie eines Tages vielleicht in alle Winde zerstreut sein könnten. Während Caroline ihm zuhörte, kam ihr in den Sinn, daß sie sich ihren künftigen Ehemann einmal so vorgestellt hatte wie diesen stattlichen Mann. Welch klugen und zugleich gütigen Ausdruck nahmen seine dunklen Augen an, wenn er über seine Bilder sprach. «Ein weißes Kleid und eine weiße Seele», so hatte er sie dem Maler Krüger einst beschrieben. Das war lange her.

Was gab es denn wirklich Gemeinsames zwischen William und ihr? Der Prinz stand neben dem Grafen von Provence, der sie durch sein Lorgnon anschaute und so laut, daß sie es hören konnte, zum Prinzen sagte: *«Cette jolie fille ne me paraît pas être Allemande!»*

Das war nun der Beginn ihres ehelichen Lebens.

Prinz William sah sie mit Vergnügen und Zärtlichkeit an. Sobald der Graf von Provence sich einer anderen Gruppe zugewandt hatte, trat der Prinz auf Caroline zu und küßte ihr die Hand. Er zog sie in eine der tiefen Fensternischen, von wo aus man einen Blick auf die pompöse Schloßauffahrt hatte. Hier konnten sie einen Augenblick ungestört miteinander sprechen.

«Da bin ich!» sagte er in heiterstem Ton.

Caroline blickte ihn an. «Für längere Zeit?»

Er verneinte, und sie brachte die Frage, was er bei seinen Eltern erreicht habe, nicht über die Lippen.

Er ahnte, was in ihr vorging. «Ich sehe, du bist in melancholischer Stimmung. Sei unbesorgt. Ich bringe nur gute Nachrichten mit.»

Die Gäste standen mit dem Rücken zu ihnen um Graf Brabeck herum. Ramdohrs Stimme war aus dem nächsten Raum zu hören.

«Bitte, mach kein so besorgtes Gesicht. Der Sonnenschein macht es noch trauriger. Willst du mich unbedingt an meine alten Sünden erinnern?»

«Was hat die Königin gesagt?»

«Ach, Caroline, mein Herz schlägt nur für dich.»

Seine Augen blickten klar und herzlich. Sein Atem roch ein wenig nach Brandy.

«Was hat sie gesagt?»

«Nichts», gab er zurück, «noch nichts, aber das heißt gleichzeitig, daß sie auch nicht nein gesagt hat.»

«Und das ist alles?»

Von ihren hohen Marmorsockeln blickten die Büsten von Apoll, Sokrates und Vergil auf die beiden herab.

Carolines Brauen zogen sich leicht zusammen. Sie wagte eine weitere Frage. «Was gibt es für einen Ausweg? Was hast du vor? Ich möchte gerne wissen …»

Prinz William fand sie bezaubernder denn je. Aber er konnte unmöglich zugeben, daß er das entscheidende Gespräch mit seinen Eltern nicht geführt hatte, sondern ihm aus dem Weg gegangen war. Dabei war er entschlossen gewesen, schnell zu handeln. Schnell, zu einem guten Ziel.

«Im schlimmsten Falle entführe ich dich», sagte er. «Dann komme ich nachts mit einem Wagen. Ich bin bis über beide Ohren in dich verliebt. Du bist ein herrliches Mädchen.»

Caroline wollte etwas sagen. Der Prinz verhinderte es, indem er ihre Hand küßte und zurücktrat.

«Geduld», sagte er, «nur noch etwas Geduld.»

Dann verbeugte er sich leicht und ging hinüber zum Grafen Brabeck, der gerade ein Landschaftsbild mit geborstenen Säulen im Vordergrund erläuterte. Da bald das Abendessen serviert werden sollte, konnte der Graf nicht wie sonst das eine oder andere Bild von der Wand nehmen und auf einer Staffelei ins günstigste Licht rücken lassen, um es bis ins letzte Detail zu betrachten. Auch seine berühmte Miniatur-Reisegalerie, das kleine Meisterwerk des Malers Kuntze, fand nicht die gebührende Aufmerksamkeit. Das Gespräch kam doch immer wieder auf das Thema der Interventionen zurück.

Graf Brabeck konnte seine Meinung nicht verhehlen, daß ein Krieg mit Frankreich wegen der Uneinigkeit der Souveraine unglücklich verlaufen werde. Er plädierte für die absolute Neutralität Hannovers.

«Wie können wir gegen Frankreich Krieg führen?» schloß er. «Wollen wir unser Paradies zerstören? Sehen Sie sich um, Messieurs, was sehen Sie? Französische Bilder, französische Kleidung, französische Möbel. Was hören Sie? Die französische Sprache. Und was denken wir? Französische Gedanken.»

Graf von Montboissier räusperte sich.

«Unser Gastgeber ist Zivilist, meine Herren», sagte er erregt. «Er versteht nicht, daß wir angreifen müssen. Die Musik, die jetzt gespielt wird, macht das Militär. Wir werden marschieren, um unser Vaterland vor der Revolution zu retten. Und die Revolution hat nichts mit dem Frankreich zu tun, das Graf Brabecks Ideal ist.»

Nach dem Diner hatte General von Linsingen unnachsichtig nach Hause gedrängt. Der Gräfin Brabeck gegenüber hatte er vorgegeben, daß Caroline sich nicht wohl fühle. Ohne einen solchen Vorwand hätte er nicht aufbrechen können, ehe die Fürsten abfuhren. Vater und Tochter hatten im Wagen kein Wort miteinander gesprochen.

Nun stand er an seinem Schreibpult, aber er hatte die Feder wieder hingeworfen. Es war unmöglich. Er konnte nicht an die Königin schreiben und um die Anerkennung dieser Ehe als eine persönliche Gnade bitten. Schließlich hatte sich alles unter seinen Augen ereignet. Man würde sich bei Hofe nur über ihn lustig machen.

Es drängte ihn, so bald als möglich von hier fortzugehen. Wie alle Väter in solcher Lage war er entsetzt darüber, daß er hintergangen worden war. Diese Liebe zwischen dem Prinzen und seiner Tochter scheute das Tageslicht und würde die Schwachen töten. Betrug sich seine Tochter nicht schon wie ein Opfer?

Graf Brabeck hatte ihn beiseite genommen, hatte ihn stillschweigend angesehen und schließlich bedeutungsvoll gesagt: «Johann Wilhelm!»

«Was gibt's», hatte der General gefragt und war dabei ein wenig rot geworden.

«Was ich Ihnen sagen wollte, Johann Wilhelm. Sehen Sie, nun, es wäre nicht schön, falls zum Beispiel an diesen Gerüchten ...»

«Ich verstehe Sie nicht», hatte er geantwortet.

«Ich meine Prinz William ... und Caroline.»

«Caroline?»

«Jawohl. Ganz recht. Geben Sie nur acht. Wie leicht ist der Ruf dahin. Nehmen Sie meine Aufrichtigkeit nicht übel, aber ich denke, daß meine Pflicht als Freund ...»

«Aber was fällt Ihnen ein. Caroline ist ein Mädchen mit strengen Grundsätzen. Und übrigens, die Königin hat gewünscht, daß sie den Prinzen ein wenig aufmuntert.»

«Aber entschuldigen Sie, Johann Wilhelm», hatte Graf Brabeck ihn unterbrochen. «Und Schwiecheldt ... Ich habe meine Augen für mich. Der heutige Tag hat mir darüber Aufschluß gegeben, daß der Prinz und Ihre Tochter ... etwas füreinander übrig haben. Ich habe es bisher nicht glauben wollen.»

Der General hatte dem Grafen keine Antwort mehr gegeben. Er sah es immer deutlicher: Dieser Prinz war vom rechten Wege abgekommen. Er verliebte sich in alle Frauen. Leider gehörte auch Caroline dazu.

Der Graf hatte ihm endgültig die Augen geöffnet. Was

folgte daraus? Konnte er die Verlobung mit Graf Schwicheldt erzwingen und die heimliche Trauung verschweigen? Es war der einzige Ausweg. Er beschloß, ihn zu wählen. War das getan, wollte er zum Regiment gehen. Er nahm ein neues Blatt und schrieb einen Brief an den Herzog von York. Darin stellte er ihm seine Dienste für die Armee zur Verfügung.

Es klopfte an die Tür. Caroline kam herein. Sie war bereits im Schlafrock, unter dem rote Pantöffelchen hervorlugten.

«Vater, verzeihen Sie, daß ich Sie so spät störe. Aber ich muß es Ihnen sagen. Ich bekomme ein Kind!»

Er sah sie an. Ihr Blick war lebhaft und, wie er sich einbildete, voller Entzücken. Der Vater stand wie erstarrt. Wollte sie über ihn triumphieren?

Sie hielt ihm einen Brief hin. Er war vom Prinzen. Während ihrer Abwesenheit hatte ein Bote ihn verspätet gebracht. Stumm nahm der General den Brief und las.

«Caroline, durch Dich habe ich endlich die Wahrheit entdeckt. Ich spiele keine falschen Rollen mehr, ich brüste mich nicht, ich lüge nicht mehr. Ich danke Dir. Auf dem Papier kommt alles so tot heraus. Wir werden uns in Söder wiedersehen. Hätte der König von Frankreich die Revolution nur ernsthaft begünstigt, so gäbe es die jetzigen Unruhen nicht, die Verfassung wäre in Gang. Wir brauchten keine Bündnisse zu seiner Rettung zu schließen, die ja nur bedeuten wird, daß die alten unmöglichen Zustände wiederkehren. Wo haben je Könige ihre Untertanen glücklich gemacht? Ich möchte ein Volk regieren, das mich liebt, nicht haßt.

Caroline, mit Dir vereint kann es mir gelingen. In Kleinigkeiten magst Du Dich leicht ergeben, aber dem Teufel ins Auge zu schauen verstehst Du besser als ich. Nimm meine Hand.

Sicher, das Glück ist nicht im Sturm zu erobern. Aber wir brauchen ja nur die Hand nach ihm auszustrecken. Es ist entschieden. Ich sehe Dich morgen. Heute bin ich schon in Stade und schicke den Brief voraus.

Liebste Caroline. Wir werden uns bald wiedersehen.»

An *einem* Tag solch herbe Schläge! Zuerst die Bestätigung, daß seine Tochter bereits ins Gerede gekommen war. Dann zu hören, daß sie ein Kind erwartete und nichts mehr getan werden konnte, um den Schein zu wahren. Und nun dieser Brief! Der General zitterte vor Zorn und Beschämung.

«Du zeigst mir diesen Brief. Ich möchte hören, welche Erklärung du zu geben bereit bist, zu allem, was ich erfahren mußte», fragte er schließlich. Und da sie nicht gleich antwortete, fügte er hinzu: «Dein Gesicht verrät dich. Du begreifst nicht einmal, daß anständige Leute nicht handeln wie der Prinz! Verstohlen meine Tochter verführen, derartige abscheuliche, nichts besagende Briefe schreiben, denn dies ist ja nicht der erste ... Ach, schert euch doch zum Teufel. Leider kann ich ihn nicht einmal auf die Festung schicken.»

«Ich will Ihnen alle Schererei mit mir ersparen, Vater», erwiderte Caroline. Ihre Stimme verriet nichts. Noch ehe er sie zurückhalten konnte, ging sie hinaus.

Sehr zeitig am kommenden Morgen packte sie zwei Koffer und ließ sie unter dem Namen Gräfin von Hoya durch einen Adenstedter Fuhrmann, der sich nichts anderes dabei dachte, als daß es sich wieder einmal um das Gepäck von Gästen der Herrschaft handelte, nach Hildesheim befördern.

Sie blieb den Tag über dem Vater gegenüber sanft und fast heiter. Der General, sehr übler Laune, glaubte, daß sie zur Einsicht gekommen sei und auf ein Wort von ihm warte, um zu hören, was er beschlossen habe.

Caroline aber nahm im stillen Abschied von Adenstedt und ihrer Familie, von allem, was sie auf der Welt bisher geliebt hatte. Und doch wartete sie nur auf die Stunde, die sie aus ihrer peinlichen Lage befreite. Glücklicherweise brauchte sie nur diesen einen Tag noch zu überstehen. Morgen sollte sie Lord Dutton in Hildesheim treffen, um per Extrapost mit ihm nach Aachen zu reisen, wohin Prinz William sobald es ging kommen wollte. Zunächst müsse er allerdings nach London zurück. Dieser zweite Teil seines Briefes, den sie dem Vater vorenthalten hatte, begann mit den Worten: «Bereite Dich vor, zu reisen.»

20

Aus Caroline von Linsingens Tagebuch
Aachen, 20. September 1791

*I*ch habe Adenstedt verlassen, als bräche ich zu einem Spaziergang durch den Park auf. Es war weder eine Flucht noch eine Reise. Es war ein Schicksal, das sich vollzog. Ich sehe unser altertümliches, würdiges Haus deutlich vor mir. Dreistöckig, sehr geräumig, die zahlreichen Zimmer in den unteren Geschossen eichengetäfelt, mit kostbaren Schnitzarbeiten. Solche Baumstämme, wie sie zu den großen Quadraten des Parketts genommen wurden, gibt es gar nicht mehr.

Niemand hat an mir etwas Außergewöhnliches bemerkt. Aus Hildesheim schrieb ich einige Worte an meinen Vater und teilte ihm mit, daß ich fortgehe und er mir verzeihen möge.

Die Abfahrt aus Hildesheim fiel mir schwer. Das alte Rathaus, das so zierlich störrisch im Wege steht, die Michaelskirche, der Dom, die Stadtmauern. Als wir im Wagen saßen und die sechs Pferde anzogen, mußte ich bereits gegen das Heimweh ankämpfen. Wie oft war ich diese Straßen englanggefahren.

Nach zwei Tagen kamen wir in Aachen an. Wir hatten beschlossen, daß Lord Dutton mich als seine Schwester ausgeben sollte. Zunächst glückte alles vortrefflich. Dutton mietete für mich eine Wohnung in einem hübschen, sauberen

Haus am Marktplatz, in dem auch, wie wir am zweiten Tag feststellten, der Marquis d'Ormesson, Jeans Vater, mit seiner Schwägerin und deren Tochter mehrere Zimmer bewohnte. Richard Dutton quartierte sich in dem daneben gelegenen Gasthof ein, in dem wir auch unsere Mahlzeiten einnahmen, ich in der ewigen Angst, von irgend jemandem erkannt zu werden.

An der *table d'hôte* des Gasthofes «Zum weißen Schwan» saßen fast ausschließlich Franzosen, deren Gemütsverfassung, wenn auch aus anderen Gründen, der meinen nicht unähnlich zu sein schien. Aus Furcht, die Heimat auch aus dem Herzen zu verlieren, beschworen sie Erinnerungen. Herkunft, Sitten und Gebräuche der aristokratischen Familien in Frankreich schienen sie so zu fesseln, daß sie nie müde wurden, davon zu sprechen. In solchen Augenblikken leuchteten die braunen, von tiefen Runzeln umgebenen Augen des alten Marquis d'Ormesson in einer solchen Begeisterung, verwandelte sich das nervöse Zucken seiner Lippen in ein so rührendes Lächeln, daß die Illusionen, in denen er sich wie seine übrigen Standesgenossen wiegte, das einzige zu sein schienen, was den Vertriebenen am Leben und bei einiger Laune hielt.

Das allgemeine Gesprächsthema war die Flucht der königlichen Familie und ihre Verhaftung in Varennes. Es hieß, daß der König und die Königin ihr Unglück mit kalter, würdevoller Langmut ertrugen. Man war empört über das Gerücht, daß der König von Frankreich die Absicht gehabt haben sollte, ins Ausland zu fliehen. Im Gegensatz zu seinen Brüdern hatte Ludwig XVI. nie den Entschluß geändert, keinen Fuß auf fremden Boden zu setzen. Es ist kein Geheimnis, daß er zu den noch königstreuen Regimentern an der Grenze gehen, seine Familie unter ihren Schutz stellen und an ihrer Spitze für Frankreich kämpfen wollte. Doch ein König, dem ein solcher Plan mißlingt, verliert das Vertrauen. Über den entmachteten König fließen zwar Tränen, aber man glaubt nicht mehr an ihn.

Kaum waren wir miteinander bekannt geworden, fragte mich der Marquis d'Ormesson, ob ich wohl in Pyrmont seinen Sohn Jean getroffen hätte. Hiervon konnte ich unverfänglich sprechen, da wir vorgaben, von einer Bäderreise zu kommen. Ich bejahte seine Frage. Ob ich wüßte, warum er so wahnsinnig gewesen sei, nach Paris zurückzukehren? Ich verneinte. Bei den d'Ormessons waren ein sehr tugendhaftes junges Mädchen, die Comtesse de Flahaut. Sie wurde mir als die Braut Jean d'Ormessons vorgestellt. Man habe die Trauung nur so lange hinausgeschoben, bis man wieder in Paris sei. Sie liebt ihn, aber er liebt sie nicht. Sie werden nie zusammenkommen. In den Kinderbüchern kann man vom schönen Prinzen und der tugendhaften Prinzessin lesen, da kommen sie vor, doch niemals im Leben.

25. September

Oft sitze ich am Fenster und beobachte die promenierenden Menschen. Mich fesselt das Bild unbeschreiblicher Pariser Eleganz, und doch weiß ich, daß mancher in einer vergoldeten Kutsche fährt und es treuen Dienstboten überläßt, für den Unterhalt der Pferde zu sorgen, weil alles Geld verbraucht ist, und die Herrschaften selbst versuchen ihr Glück im Spiel. Kaum einer ist unter ihnen, der den Eindruck von Gesundheit und Kraft macht. Gehöre ich auch zu diesen Heimatlosen, bin ich ein Flüchtling wie sie? Ich lebe auf Duttons Rechnung. Oder Williams?

Ich fange an, mir einzubilden, das Kind, das ich erwarte, werde kümmerlich und trübe heranwachsen und keine Geschwister haben. Wo werden wir leben? Direkt neben mir auf der Etage befindet sich ein enger Dienstbotenraum, der vom sauren Geruch nach Kohl getränkt ist. Da sitzen häufig unrasierte Lakaien und ein Kutscher in seinem unverwüstlichen langen Überrock. Sie spielen Karten. Einer singt immer wieder die gleichen Worte.

«*Cœur, mon cœur, pourquoi si triste? Que te fais donc ce chagrin? Il fait beau dans l'Allemagne, Cœur mon cœur, que* ...» Hier bricht der Sänger stets ab und fängt mit dem sinnlosen dumpfen Gesang von vorn an.

Mein Gott, sind denn wirklich nur diese Menschen und ihre Lieder schuld, daß ich mir verlassen vorkomme, obgleich ich auf William warte? Wie lange ist es denn her, daß ich an der Emmer entlangritt, mich im Sattel erhebend, um ein paar Platanenblätter abzureißen? Fühlte ich damals, daß ich lebte? Oder wenn ich in Adenstedt zu den Teichen ging, wo ich bei den drei Akazienbäumen mit den herabhängenden Zweigen saß und zeichnete?

Indem ich von alledem schreibe, sage ich nur, daß ich allein nach William meine Arme ausstrecke. Ich bilde mir immer wieder ein, seinen Schritt auf der Treppe zu hören oder seinen blauen Rock unter den Spaziergängern, sein Gesicht im Fenster einer Kutsche zu sehen. Ich wünsche mir, mit ihm zusammen durch die Wiesen außerhalb der Stadt zu laufen, um den Duft des abgemähten Heus zu atmen. Die Zeit des Wartens, seine regelmäßigen Briefe, es könnte eine Zeit des Glücks sein. Statt dessen verirre ich mich in unnützen Gefühlen und Erinnerungen.

Einen Teil meiner Zeit verbringe ich damit, über Richard Dutton nachzudenken. Was ist er für ein Mensch? Ich sehe ihn täglich viele Stunden. William hat gewünscht, daß er bei mir bleibt. Daraufhin hat Richard Dutton alles, was er geplant und sich vorgenommen hatte, zurückgestellt. Er hat sich darauf eingerichtet, für mich zu sorgen. Nach dem Abendspaziergang ermahnt er mich: «Gehen Sie jetzt zu Bett, Caroline, trinken Sie noch eine Tasse Tee.»

Ich weiß, weshalb er darauf besteht. Er will William berichten, daß hier alles in Ordnung ist. Ich spüre, daß er, indem die Tage vergehen, ungeduldig wird und sich fehl am Platze fühlt. Unser augenblickliches Leben ist voller Spannungen, über die ich mich nicht wundern darf, weil ich hier als seine Schwester gelte.

Heute hörte ich beim Mittagessen in höchsten Tönen über einen sehr jungen Lord Holmepatrick und seinen Freund, Lord Fielding, sprechen, die im Sommer in wenigen Tagen hier Unsummen im Spiel gewonnen und den Löwenanteil ihres Gewinnes sofort wieder an Franzosen im gleichen Alter verteilt haben. Ich unterdrückte meine Aufregung. Ich sah Betty, als James gekleidet, vor mir, ihr Lächeln, ihre Blicke. Warum vergehen meine Tage in unfruchtbarem Tun, so daß ich manchmal glaube, ich drehte mich wie ein Eichhörnchen im Rad, warum ist mein Dasein ein grübelndes Umschauen, während Betty ihr Geschick zu meistern versteht?

27. September

Kurz nach meiner Ankunft tauchte hier in Aachen ein junger Emigrant auf, dessen Name mir nichts sagt, der unter den Franzosen aber offensichtlich sehr bekannt ist. Louis Thomassin, Marquis de Peynier, aus der Provence. Sein keckes, frisches Gesicht machte mich an der Mittagstafel sofort auf ihn aufmerksam. Als ich erfuhr, daß er bis zu seiner Flucht bei der Kriegsmarine gedient hat, war mein Interesse geweckt.

Anfangs glaubte ich, daß er von den Erlebnissen seines Vaters erzählte, um die um ihn versammelten Schicksalsgenossen aufzuheitern und zum Lachen zu bringen. Irgend jemand hatte eine Frage gestellt, die ich jedoch nicht verstand. Jedenfalls kam das Folgende heraus, das ich mit seinen Worten wiedergebe.

«Wie Sie wissen, war mein Vater ebenfalls Seeoffizier. Noch jünger als ich heute bin, kommandierte er während des Krieges 1746 eine Korvette und wurde beauftragt, einen Geleitzug von Rochefort nach Brest zu eskortieren.

Ein Sturm zerstreute die Fahrzeuge und trieb sein Schiff bis nach Martinique, wo es übel zugerichtet ankam. Er fand die Kolonie im vollen Taumel von Festlichkeiten und Illuminationen. Als er anlegte, fragte man ihn, ob er Depeschen für ... Seine Hoheit mitbringe.

‹Für welche Hoheit denn?›

‹Für den Herzog von Modena.›

‹Von dem habe ich noch nie gehört.›

In der ihm vom Kommandanten angewiesenen Wohnung sah er sich einem sehr stattlichen, mit Ordenssternen und Großkordons geschmückten Mann von gebieterischem Auftreten gegenüber.

‹Wie kommt es, Marquis, daß Sie keine Depeschen für mich haben? Ihr Schiff ist also wohl nicht das, welches man mir schicken sollte?›

Mein Vater erklärte ihm, wie er nach Martinique geraten war. Der Herzog von Modena überschüttete ihn nun mit Aufmerksamkeiten und wies ihn an, sofort mit wichtigen Depeschen zurückzusegeln. Die Korvette meines Vaters war nicht mehr seetüchtig. Zum Glück fand sich ein kleiner Schoner im Hafen. Der Herzog übertrug meinem Vater das Kommando und ermächtigte ihn, seine Korvette zurückzulassen. Er zeigte ihm einen Brief, in welchem er dem Marineminister, Herrn de Maurepas, auftrug, meinen Vater zum Kapitän zu ernennen.

Er, der Herzog von Modena, sei durch Heirat der leibliche Vetter des Königs und trete diesem – was noch geheim sei – seine Staaten ab.

Dafür habe man ihm die Souveränität über die Inselgruppe von Martinique angeboten, nebst dem Königstitel. Er habe seine Zustimmung erst nach Besichtigung seiner neuen Residenz geben wollen, sei jedoch sehr zufrieden mit ihr. Er werde nun meinen Vater mit dem ratifizierten Vertrag abschicken.

In Versailles erwarte man diesen schon so ungeduldig, daß der Überbringer der guten Nachricht auf Gnadenerweise jeglicher Art rechnen könne. In einer Nachschrift zu seinem Brief verlangte der Herzog von Modena daher für den Marquis de Peynier, Graf von Narbonne, außer der Ernennung zum Kapitän eines Schlachtschiffes noch das Ludwigskreuz.

Mein Vater erwähnte erfreut ein Schiff, dessen Kommandant abgelöst werden sollte.

‹Dieses Schiff gefällt Ihnen?›

‹Gewiß, Euer Hoheit.›

‹Gut. Ich gebe es Ihnen. Ich werde an Maurepas noch schreiben, daß ich es zur Bedingung mache.›

Der Herzog von Modena war von einem Hofstaat umgeben, den er mitgebracht hatte: Großkammerherr, Großstallmeister, unmöglich alle aufzuzählen. Die ganze Kolonie vom Gouverneur bis zum geringsten Neger gehorchte ihm. Und mein Vater, der anfangs noch recht ungläubig gewesen war, hatte sich am Ende davon überzeugt, daß ein Mann, der Offiziersgrade und Ordenskreuze verteilte, ein wirklicher Souverän sein müsse.

Er stach in See, setzte alle Segel, legte die Überfahrt unglaublich schnell zurück, warf sich vor der Küste gleich in ein Boot, dann auf ein Postpferd und kam, ohne sich eine Ruhepause gegönnt zu haben, bei Herrn de Maurepas in Versailles an. Der Minister war ausgegangen. Mein Vater wollte das Amtsgebäude nicht verlassen, ohne ihn gesehen zu haben. Man setzte ihn in ein Vorzimmer, wo er warten sollte. Ein alter Kammerdiener, dem er durch seine Aufregung und sein hübsches Gesicht aufgefallen war, ließ ihm etwas zu essen bringen. Er schlang es hinunter, dann übermannte ihn die Müdigkeit. Er sank in einen Sessel und fiel in tiefen Schlaf.

Der Minister kam zurück. Niemand dachte an den Marquis de Peynier. Abends, als er seinen Herrn entkleidete, erzählte der Kammerdiener dem Minister von diesem jungen Marineoffizier, der es so eilig gehabt habe, ihn zu sehen.

Herr de Maurepas wußte von nichts. Man erkundigte sich, man suchte und fand den Besucher in seinem Sessel, immer noch schlafend. Er fuhr hoch, trat vor den Minister und überreichte ihm ein dickes Paket.

‹Euer Exzellenz, hier ist der unterzeichnete Vertrag.›

‹Welcher Vertrag?›

‹Der über Martinique.›

‹Martinique?›

‹Der Herzog von Modena schickt mich.›

‹Der Herzog von Modena? Ach, ich beginne zu begreifen. Gehen Sie. Schlafen Sie sich aus und kommen Sie morgen früh wieder.›

Der Minister amüsierte sich köstlich über den jungen Offizier, der, wie er glaubte, auch im Gespräch mit ihm noch weiter geträumt hatte. Aber als er sich in die seltsamen Depeschen vertiefte, glaubte er, seinerseits zu träumen. Alle Behörden der Insel waren in dieser Täuschung befangen, und der Herzog selbst hatte ganz im Ton seiner angemaßten Würde geschrieben.

Am nächsten Morgen empfing Herr von Maurepas meinen Vater sehr freundlich. Er klärte ihn auf, daß der Herzog von Modena ein Abenteurer sei. Im übrigen sei es verständlich, daß ein junger Mann einen Wahn geteilt habe, dem schließlich die ganze Kolonie verfallen sei. Er verzeihe ihm daher, daß er seine Korvette im Stich gelassen habe, die unter der Piratenflagge nun wohl Kaperfahrten machen werde. Das Schiff, auf das ‹Seine Hoheit› ihn ernannt habe, sei inzwischen vergeben. Aber in Anbetracht der Empfehlung des ‹Königs von Martinique› und weil er ja ein tüchtiger Offizier sei, gebe ihm der König eine Fregatte. Er, Maurepas, hoffe, er werde sich mit dieser bald auch das Ordenskreuz verdienen.

Sehr beschämt und von seinen Glücksträumen ernüchtert, doch zufrieden, wegen des Verlassens der Korvette so glimpflich davongekommen zu sein, kehrte mein Vater nach Brest zurück.

Der Herzog von Modena aber hatte sich so fest in seine angemaßten Würden verstrickt, daß er sich nicht mehr rechtzeitig davonmachen konnte. Er wurde auf Martinique verhaftet, als Betrüger entlarvt und auf die Galeeren geschickt.»

Ich habe die Geschichte, die der Marquis de Peynier von seinem Vater erzählte, nicht amüsant gefunden wie die anderen. Sie scheint mir allerdings der Stoff für eine Ballade zu sein. Ein paradiesischer Traum vom Königtum. So viel Gold hängt daran, so viel Silber. Schnee, der zerrinnt. Hymnen erklingen, das heißt Größe. Ach nein, es sind nur Trompeten, von dummen Mündern geblasen. Lobeslieder aus vollen Backen gesungen. Da donnern Kanonen, knattern Gewehre, im Namen des Königs, für den überall gebetet wird. Ein König? Nein, ein Komödiant, der seine Rolle versteht. Ich habe mit der Ballade angefangen, es kam aber nichts dabei heraus. Mutter hat wohl doch recht gehabt: Ich bin mit einem Band Klopstockscher Gedichte in der Hand auf die Welt gekommen.

In der Nacht

Ich bin bestrebt, Anwandlungen von Trübsinn in mir zu dämpfen. Bis jetzt glaube ich, etwas, das ich noch nicht erprobt habe, warte auf mich und es liege in Amerika. Williams Berichte darüber waren für mich Geschichten aus einer exotischen fernen Welt, in der ich mit ihm womöglich eines Tages leben würde, wenn der König und das Parlament die Zustimmung zu unserer Ehe versagen sollten. Nun hat die Erzählung aus Martinique, der Insel über dem Meer, mir das Trügerische solcher Pläne gezeigt. Dabei hatte ich mich sogar in die Vorstellung hineingesteigert, Aachen sei eine Hafenstadt, obwohl der Augenschein mich eines Besseren belehrt. Und doch war mir, als könne von hier aus die Schiffsreise nach Amerika beginnen, so, als stünde ich auf der äußersten Landzunge, auf die mich das Leben bisher geführt hat. Ob das Schiff kommt? Wird der Kommandant nur der Herzog von Modena sein? Andere Zeiten, andere Träume. Dabei fühle ich mich immer noch mit Friedrich Wilhelm von Steuben verwandt. Das Schiff, auf dem er segelte, hieß *L'Heureux* ...

Was für Segel kann ich noch setzen? Wenn wir uns in Marseille einschiffen, gehen wir nach etwa sechsundsechzig Tagen an Land. Wir machen Boden urbar und siedeln. Wenn William nach Hause kommt, binde ich mir eine Schürze um, zünde in unserem kleinen Blockhaus die Lampe an und stelle sie neben den Ausguß, auf den wir sehr stolz sind, weil er im Hause ist. Natürlich heize ich auch den Ofen, und in der Glut backen wir Kartoffeln. Herrlich der Rauch. Und wir haben ganz schwarze Finger von der verkohlten Kruste. Im Sommer stelle ich Rosen auf den Tisch, die gibt es drüben auch. Wir leben ganz à la Rousseau ...

Richard Dutton bringt einen Brief von William. Wohin werden wir reisen?

«Ich habe Dir ziemlich wichtige Neuigkeiten mitzuteilen», schreibt er. «Wie ich den Ausdruck Deines Blickes kenne, wenn Du diese Zeilen liest. Ich brauche nur die Augen zu schließen, gleich steht vor mir der volle Saal in Schloß Ricklingen, die Bühne, ein tropisches Flußufer darstellend, und Du kommst aus den Kulissen hervor in wehenden Schleiern, Blumen in der Hand. Von diesem Augenblick an gehörte ich Dir. Und ich habe mir nicht träumen lassen, daß ich in diesem deutschen Badeort in mein Glück versinke. Diese Liebe zu Dir hat sich meiner mit einemmal bemächtigt wie das Tropenfieber. Sie hat mich gepackt wie der Seeadler einen Fisch und trägt mich fort, wohin sie will, selbst wenn ich mich dagegen wehren wollte.

Ich rechne damit, Dich in der nächsten Woche in meine Arme zu schließen, und kann es kaum erwarten. Lieber heute als morgen möchte ich das schöne Gefühl genießen, das mich zufrieden stimmt, sobald ich in Deiner Nähe bin. Ich will nichts mehr fordern, ruhig annehmen, was mir beschieden ist, und es in Zufriedenheit genießen.»

Das heißt doch, er kommt, er wird bald hier sein. Wie werden wir uns wiedersehen? Aber was hat er erreicht? Ich begreife nicht, warum mir so beklommen zumute ist. Mutter hat wohl doch recht gehabt. «Du bist wie Ariadne», hat sie kurz vor ihrem Tode zu mir gesagt. «Du besitzt den Faden, mit dem du den Weg durch das Labyrinth in deinem Herzen finden kannst. Aber du verstehst ihn nicht zu gebrauchen.»

Ich setzte mich hin und versuchte William zu antworten. Ich zerriß das Blatt. Der Brief klang nach einem deutschen Landfräulein, das die Unvorsichtigkeit begangen hat, aus seinem Gefängnis herauszulaufen und die Hand nach dem schönsten Schmetterling auszustrecken ...

Ich will das eigentümliche Benehmen von Richard Dutton nicht unerwähnt lassen, das er jedesmal an den Tag legt, wenn er mir einen Brief von William aushändigt. Er lächelt ganz unnatürlich, er schaut mir nicht in die Augen und sagt wie in großer Eile: «Guten Tag, Caroline. Da ist ein Brief aus London.» Kaum daß ich mich bedanken kann, so rasch entfernt er sich.

Es fällt mir auf, daß William nichts von seinem Leben in England berichtet hat und nichts über den Fortgang unserer Sache, doch will ich darüber nicht mehr nachdenken.

Freitag

Seit Tagen ist kein Brief aus London gekommen. Als Lord Dutton heute nachmittag an meine Tür klopfte, um mich zur gewohnten Spazierfahrt abzuholen, machte er ein recht besorgtes Gesicht. Ich fragte ihn geradezu, was ihn bedrückte, und empfand eine beklemmende Bangigkeit vor dem, was folgen mußte.

«Caroline, Sie dürfen hier nicht länger auf einen Brief hoffen», sagte er.

«Ich weiß», antwortete ich fast ungerührt, «er hat nichts

erreicht. Die Zeit war zu kurz. Ich darf nicht ungeduldig werden. Wissen Sie mehr als ich, Richard?»

Ich blieb keine Sekunde im unklaren, obgleich er von anderem zu sprechen anfing. Zum Beispiel davon, daß wir hier Gefahr liefen, ins Gerede zu kommen. Herr von Papen habe schon einige zweideutige Bemerkungen gemacht. Der Ruf des Prinzen dürfe nicht gefährdet werden. Der Ruf des Prinzen! Und ich? Duttons Redefluß versiegte nach und nach. Mit seinen großen nachdenklichen Augen sah er mich an und lächelte traurig.

«Sie brauchen kein Mitleid mit mir zu haben. Ich mag das nicht», sagte ich. Er meinte, daß wir jetzt besser ausfahren sollten.

Es war ein herrlicher Tag, warm und ruhig. Alle Welt schien auf den Beinen. Dutton und ich verließen den Wagen, um am Fluß auf dem verborgenen Weg zwischen dem hohen Gras und den Butterblumen entlangzugehen. Er reichte mir seinen Arm. Ich fühlte mich schwindlig und matt. Der Zauber, in dem ich mir ein Nest gebaut hatte, war vorüber. Ich konnte keinen genauen und bestimmten Eindruck dieser vergangenen drei Wochen in mir wachrufen. Plötzlich sprach ich aus, was ich insgeheim schon lange wußte.

«Ich muß nach Hause zurück, Richard, zu meinem Vater. Meine Schuld ist es, daß er in seinem Alter wieder zum Regiment gehen will ... Es ist vorbei mit Amerika, für immer. Es ist besser so, denn was wäre dort aus uns geworden? Ob ich mit Prinz William in England leben werde? Eines Tages, irgendwann? Erst wenn wir wieder zusammen waren, wollte ich ihm sagen, daß ich ein Kind bekomme, jetzt werde ich es ihm schreiben. Er muß es wissen.»

Ich brach in Tränen aus, drehte mich um und lief den Weg zurück. Dutton folgte mir. Erst als wir im Wagen saßen, konnte ich mich einigermaßen zusammennehmen.

«Sie brauchen mich auf der Rückreise nicht zu begleiten. Ich habe Sie schon viel zu lange aufgehalten», sagte ich zu ihm. Es wurde bereits dunkel, aber ich konnte Lord Duttons Züge noch deutlich sehen. Seine Hand berührte meinen Arm.

«Caroline», sagte er endlich, «ich habe versprochen, bei Ihnen zu bleiben, bis ...» Er sagte nicht ‹bis William kommt›. «Ich bleibe. Kein Wort mehr davon.»

Auf meine Frage: «Warum?» bekam ich keine Antwort.

Am nächsten Tag

Wir sind in unserem ersten Nachtquartier in einer kleinen Ortschaft hinter Köln. Es ist spät in der Nacht. Dutton ist von seinem Spaziergang noch nicht zurück. Doch ich will der Reihe nach berichten. Es beruhigt mich, und an Schlaf ist nicht zu denken.

Wir saßen schon um sechs Uhr früh im Wagen und verließen durch das Marschiertor die Stadt Aachen. Die Pferde liefen im Trab, wir jagten durch den Frühnebel, der sich allmählich hob. Ich war gesprächig, weil ich mich darüber hinwegtäuschen wollte, daß ich fast am Ziel gewesen zu sein glaubte und es doch nicht erreicht hatte. Ich sah Lord Dutton nicht an, doch konnte es mir nicht entgehen, daß aus der Ecke des Wagens sein Blick auf mir ruhte.

Unsere Kalesche muß einen ungewohnten Eindruck gemacht haben. Auf dem Bock saß ein wohlgenährter Kutscher mit Dreispitz und Perücke, neben ihm ein schwarzer Diener des Marquis d'Ormesson, den jener nicht mehr ernähren kann. Hinten saßen zwei Lakaien des Grafen von Flahaut, denen Dutton Dienst im Hause seiner Mutter zugesagt hat.

Ich hatte aufgehört, etwas vom Leben zu erwarten. Ein seltsames Gefühl, halb Ahnung, halb Verdacht, tauchte in mir auf. Etwas im Benehmen Lord Duttons gab mir seit einiger Zeit zu denken. Ich ahnte, daß er mehr über William wußte, als er mir sagte. William hatte in einem seiner Briefe ein frivoles Theaterstück erwähnt, *«Oh, What a Lovely War»*, eine sehr amüsante Darstellung eines Feldzugs gegen Frankreich. Er hatte es sich bereits zum drittenmal angesehen. Von Lord Dutton, der den Inhalt dieser Briefe nicht kannte, erfuhr ich, daß Dora Jordan darin auftrat. Es war, als flüstere mir jemand immer wieder ins Ohr: Mach dir nichts vor. Dir steht etwas anderes bevor als eine glückliche Ehe mit dem Prinzen. Deine Wünsche werden sich nie erfüllen. Du hast zuviel Ehrgeiz. Du wirst heimatlos sein und irgendwo in der Fremde sterben.

Solch trübe Gedanken sind mir nicht neu. Schon früher überfiel mich Melancholie, selbst dann, wenn ich mich besonders glücklich fühlte. Es liegt wohl in meiner Natur, daß ich wissen möchte, was nicht zu wissen ist. Nur das Ungewöhnliche sollte mein Leben auszeichnen. Ach, auch auf diesen Seiten kann ich nur die Wahrheit von heute sagen, nicht aber die Wahrheit von damals. Woraus zu schließen ist, daß es weder die Wahrheit von heute noch die von damals gibt. Was bin ich anderes als ‹ein denkendes Schilfrohr›, wie Pascal sagt, das, sollte es vom Weltall erdrückt werden, immer noch höher steht als das Weltall, weil es sich dessen bewußt ist, daß es zerdrückt wird.

Der Posthof, in dem wir abgestiegen sind, ist ein niedriges Gebäude mit einem großen Torweg. Der Wirt, ein gewaltiger Mann mit rotglühendem Gesicht, trat auf uns zu und mußte sich offensichtlich dazu zwingen, sich vor uns zu verbeugen, wie es sich gehört. Als Lord Dutton ihn um Zimmer bat, erklärte er in mürrischem Ton, er habe nur ein Zimmer anzubieten. Widerwillig griff er nach seinem Schlüsselbund, um uns nach oben zu führen. Er weigerte sich, Essen heraufbringen zu lassen; ohne vorherige Bezahlung könne er ‹solchen Herrschaften aus Paris› nichts geben. Das unerfreuliche Mißverständnis war bald aufgeklärt.

In der uns angewiesenen Stube mit zerrissenen braunen Tapeten an den Wänden standen vertrocknete Geranien vor einem Fenster, das noch niemals geputzt worden zu sein schien. Ein hölzernes, grün angestrichenes Bett, zwei von Staub bedeckte Stühle sowie ein Sofa, auf dem Dutton es sich bequem machen wollte. Ich sollte das Bett haben, das ich nicht aufzudecken wagte.

Das Abendessen, vom nun devoten Wirt selbst aufgetragen, war sogar schmackhaft. Bei den Zutaten hatte man nicht geknausert. Der Wein war sauer.

«Auf Ihr Wohlergehen, Caroline», sagte Lord Dutton, bevor er trank.

«Auf Williams Gesundheit», antwortete ich.

Er stellte sein Glas hin und schwieg.

«Ist es denn möglich, sagte er leise, nach einer Pause, «ist es denn möglich, daß Sie immer noch daran glauben, daß der Prinz zurückkommt?»

Ich war weit davon entfernt, an ‹mein Unglück› zu glauben. Dazu sah ich auch keinen vernünftigen Grund. Auf Dora Jordan konnte ich nicht eifersüchtig sein, wie hoch ich auch ihre verführerischen Eigenschaften anschlagen mochte. Zweifelte denn der Lord, der unser Trauzeuge gewesen war, an Williams Versprechen?

«Richard, was sind Sie für ein Mensch?» rief ich aus. «Was würde William dazu sagen!»

Dutton schien völlig verändert. Ich wandte mich ab und wollte ihn mit Ungnade strafen. Wie dumm sich das in meiner Lage ausnahm, war mir nicht bewußt.

Um mir die weiteren Einzelheiten dessen, was folgte, zu ersparen, sage ich daher kurzweg und ohne weiteren Aufschub, daß der Lord mir gestand, er sei vom ersten Tag an leidenschaftlich in mich verliebt gewesen. Ich bat ihn, zu schweigen. Er schien gar nicht zuzuhören. Mit diesem Mann habe ich die Zeit in Aachen verbracht und war ihm dankbar für die Zartheit, mit der er mich behandelt hatte. Ich konnte nicht fassen, was ich hörte.

«Verzeihen Sie mir», sagte er leise. Er brachte ein kleines Lächeln hervor und nahm meine Hand, die ich ihm vor Staunen nicht sofort entzog.

«Trennen Sie sich vom Prinzen, ehe er sich von Ihnen trennt. Er gehört nicht zu den Männern, die für die Ehe geschaffen sind, so glühend er es sich auch wünschen mag. Ich bitte Sie, werden Sie meine Frau.»

Ich hielt mich an der Bettkante fest, da ich eine merkwürdige Erstarrung in den Knien spürte. Ich bildete mir ein, daß er das alles sagte, weil er sich verpflichtet fühlte. Er wollte an des treulosen Freundes Stelle treten, Williams Kind sollte nicht ...

Für diesen Augenblick jedenfals stürzten meine Hoffnungen zusammen. Ich werde die Stunde in diesem schäbigen Zimmer ewig im Angedenken behalten. Richard Duttons Antrag bewirkte, daß ich das Gefühl der Selbstachtung verlor. Er hat mir das Versprechen abgenommen, nicht zu vergessen, was er mir gesagt hat – wie könnte ich das? Er werde so lange in meiner Nähe bleiben, bis sich alles entschieden habe. Dann nahm er seinen Hut. Er wolle einen langen Spaziergang machen. Er hoffe, daß ich längst eingeschlafen sei, wenn er wiederkäme.

An Schlaf ist nicht zu denken. Ehe wir am Morgen die Kutsche besteigen, werde ich Lord Dutton mitteilen, daß ich nie die Absicht hatte, nach Adenstedt zu fahren, sondern ins Kloster Fischbeck an der Weser will.

21

Kloster Fischbeck an der Weser,
letzte Septemberwoche 1791

Das fast tausend Jahre alte Kloster und Damenstift Fischbeck versank seit Tagen im Regen. Es war unmöglich, auszugehen. Die Äbtissin von Dincklage saß in ihrer neu hergerichteten Wohnung in der sogenannten dritten Abtei, einem großen schönen Fachwerkhaus mit einer Steintreppe davor, und machte Eintragungen in das Hausbuch. Sie war glücklicher dran als ihre Vorgängerin, die Äbtissin von Haren, die in ihrer Amtszeit den Hubertusburger Frieden und seine bösen Folgen erlebt hatte: Teuerungen, Geldforderungen und Schulden, dazu starben die acht Stiftspferde am Rotz.

Elisabeth Sybille von Dincklage hatte mit den Einnahmen des Stiftes aus 36 Orten, auch wenn sie immer noch bescheiden waren, neue Ställe für das Vieh bauen können und wieder Pferde angeschafft; sie war eine außerordentlich geschickte Verwalterin des Stifts und seiner Ländereien.

Das Hausbuch war auf der Seite der Einnahmen aufgeschlagen; im Augenblick war die Äbtissin mit den Gartenzinsen, den Wasserzinsen von vier Mühlen und Zinsen von ausgeliehenen Kapitalien beschäftigt. Es fiel ihr leicht, alles im Griff zu behalten. Heute fühlte sie sich besonders munter, sie erwartete ihre Nichte, die vor zwei Tagen unter dem Schutz eines englischen Hofmannes hier angekommen war.

Sie klingelte. Eine alte Dienerin erschien und erhielt den Auftrag, zum Tee Quittengelee und Konfitüre zu servieren. Fast gleichzeitig trat in knarrenden Rindslederstiefeln der Amtmann ein. Ihm wurde befohlen, den Förster davon zu verständigen, daß Seine Lordschaft auf Jagd zu gehen wünsche.

Es herrschte ländliche Stille, nur der Hofhund bellte heiser. Auf dem Tisch unter dem Kristallüster, auf dessen Prismen kein einziger Fliegendreck zu sehen war, lagen an den Ecken, mit abgeflachten kleinen Marmorkugeln beschwert, drei Zeichnungen, die Caroline von der Reise mitgebracht hatte. Eine Flußlandschaft, eine Stadtansicht von Aachen und ein Seiltänzer über Marktbuden, am Ende des Seils ein junges Mädchen mit aufgelöstem Haar, in kurzem Röckchen, die Arme nach vorn gestreckt, auf Zehenspitzen.

Die Äbtissin klappte das Hausbuch zu. Beim Tee würde sie sich die Geschichten ihrer Nichte Caroline anhören, lachen, ihr die Wange tätscheln und erfahren, welche Gründe Johann Wilhelm von Linsingen gehabt haben mochte, seine Tochter nur in Begleitung des inkognito auftretenden Herzogs von Hamilton eine so weite Reise machen zu lassen. Sollte sie nun doch wieder Hofdame werden? Seit dem Abend auf Schloß Ohr dünkte ihr die Nichte verändert. Die Zeit, als Caroline noch in Fischbeck Schülerin war und ihr ihre kleinen Geheimnisse anvertraute, war vorüber. Mit Graf Schwiecheldt mußte etwas schiefgegangen sein. Bei diesem Gedanken, der ihr schon gekommen war, als ein Bote aus Hameln ihr die Ankunft der Nichte gemeldet hatte, seufzte sie.

Es klopfte.

Sie fuhr zusammen und strich die Falten ihres dunkelgrauen Kleides glatt. Caroline trat ein. Noch ehe die Äbtissin etwas sagen konnte, wurde sie stürmisch umarmt.

«Ich habe Ihnen eine wichtige Neuigkeit mitzuteilen, Tante Sybille», sagte Caroline aufgeregt. «Heute habe ich einen Brief bekommen, wie Sie wissen. Von Betty Gumprecht aus Göttingen. Erinnern Sie sich, der Vater ist Bankier. Ich hatte sie gebeten, mich hier zu besuchen. Sie kommt. Ich hoffe, Tante Sybille, Sie sagen nicht nein.»

«Ist das die ganze Neuigkeit, daß du eine Jüdin hierher einlädst? Das ist nicht *comme il faut.*»

Eine Ahnung beschlich die Äbtissin, daß der Friede, der im Stift herrschte, gestört zu werden drohte.

Eine der Stiftsdamen, Eleonore von Freytag, der es gelungen war, ebenfalls zum Tee eingeladen zu werden, kam herein und begrüßte Caroline. Kaum hatte sie die Zeichnungen erblickt, als sie auch schon ausrief: «Eine Künstlerin, eine wirkliche Künstlerin!» Eleonore von Freytag war ein sehr altes Fräulein, sie weinte und jubelte leicht. Sie glühte für die Kunst, von der sie in Wirklichkeit nicht das geringste verstand. Aber sie pries Caroline als Genie, die, wenn schon nicht im Süden unter den Zitronenbäumen, so doch wenigstens in «Aix-les-Bains» gezeichnet habe, wo doch die Römer, die alten Römer ...

«Werden Sie bei uns bleiben? Für immer?»

Die Äbtissin schüttelte den Kopf. In Wirklichkeit hatte sie keine Ahnung, was ihre Nichte vorhatte und warum sie hierhergekommen war.

«Caroline ist nur eingekehrt, um ein paar Tage in der ländlichen Stille auszuruhen», sagte sie mit der gewohnten Herzlichkeit, doch in sehr bestimmtem Ton. «Und jetzt wird uns ein heißer Tee guttun.»

Von draußen hörte man Männerstimmen. Der Förster, ein untersetzter dicker Mann mit viereckigem Gesicht, begrüßte Lord Dutton und überreichte ihm eine englische Jagdflinte, die für Gäste bereitgehalten wurde.

«Gut, gehen wir», sagte der Lord in leidlichem Deutsch. Der Förster pfiff seinem Hund, der aus einer Pfütze gesoffen hatte. Es regnete immer noch.

Die Damen sahen ihnen nach. Die Äbtissin dachte, eine so glänzende Erscheinung wird auf uns und das Stift von oben herabblicken. Zufällig sah sie in den geneigt zwischen den Fenstern hängenden Spiegel, der fast das ganze Zimmer reflektierte, und sah da, wie Caroline den Kopf vorstreckte, die Lippen zusammenpreßte, offenbar ganz sicher, daß alle aus dem Fenster schauten. In ihrem Gesichtsausdruck meinte die Äbtissin einen Wunsch zu lesen. Der Lord war soeben mit dem Förster hinter der Wegbiegung verschwunden. «Kann es denn sein», überlegte sie, während sie am Teetisch Platz nahm. Zu genau wußte sie, wie wenig die deutsche Herkunft des Königshauses in London galt und wie die feine Welt dort auf dessen hannoversche Heimat hinabsah.

Nun pflegte eine Dame ihres Standes und Schlages stets alles mögliche zu erwarten. Sie zählte also, wie sie glaubte, zwei und zwei zusammen und sagte sich, daß Caroline in Lord Dutton verliebt sei. Caroline war ein reizendes Geschöpf, doch kam sie als ernsthafte Partie für einen englischen Hocharistokraten nach Ansicht der Äbtissin kaum in Frage.

Und wenn sie hier sein sollte, weil sie auf meine Fürsprache hofft? spann die Äbtissin ihren Faden fort. Bei ihrem Vater, der, wie ich ihn kenne, auf Graf Schwiecheldt beharren wird?

Die Äbtissin beschloß so zu tun, als bemerke sie nichts, nahm sich indessen vor, die ganze Angelegenheit still und anständig zu einem guten Ende zu leiten, auch auf die Gefahr hin, daß Elisabeth Sybille von Dincklage mit Johann Wilhelm von Linsingen hart aneinander geriet. Caroline paßte nicht zu Schwiecheldt. Als erstes wollte sie dem Lord morgen Carolines Stammbaum zeigen und ihr Herkommen von sechzehn uradeligen Ahnen beschwören. Der Lord würde dann sicher erraten, worüber sie sich mit ihm unterhalten wollte.

Am nächsten Tag fuhr die altertümliche Stiftskutsche, bespannt mit vier dicken Dunkelbraunen, auf dem Bock der ‹Klosterkutscher›, der weißhaarige und beleibte August

Knoche, flott vor der Steintreppe zur ‹dritten Abtei› vor. Weil Caroline ihr Besuch offenbar so wichtig war, hatte die Äbtissin gegen ihre Überzeugung angeordnet, daß Betty an der Poststation in Rinteln mit der Equipage abgeholt werden sollte. Aus den Gesindehäusern waren die Kinder herbeigelaufen, um zu sehen, wer gekommen war. Caroline erwartete Betty an der Türschwelle. Sie lief ihr entgegen.

«Wo ist denn Lord Holmepatrick?» rief sie lachend.

Lord Dutton, der jetzt auch an der Tür erschien, hatte sie noch nie so ausgelassen gesehen. Er erkannte Betty nicht. Sie war recht prächtig gekleidet, ganz in grün und violett schillernder Seide.

Sie traten in das Empfangszimmer. Die Äbtissin stand in der Mitte des Raumes hoch aufgerichtet da, die linke Hand hatte sie auf eine Stuhllehne gelegt und mit der rechten stützte sie sich auf den mit rotem Tuch bedeckten Tisch. Betty küßte die dargereichte Hand.

An der rechten Wand des Zimmers saß Eleonore von Freytag, ihr grünes Kleid stellte das rote Futter und ein rotgestreiftes Unterkleid zur Schau, für eine Stiftsdame ein frivoler Aufzug. Auch der Amtmann war anwesend. Über sein zottiges dunkelbraunes Haar hatte er die Perücke gesetzt, die den Kopf jedoch nicht ganz bedeckte. Die großen harten Hände hielt er auf dem Rücken versteckt.

«Willkommen in Fischbeck», sagte die Äbtissin. Betty wirkte ein wenig zu forsch und unweiblich auf sie. Es ließ sich aber nicht leugnen, daß sie die schönste Person war, die man sich vorstellen konnte. Lord Dutton sah sich sehr ungeniert in diesem Kreis um, offenbar schien ihn der ganze Auftritt zu amüsieren. Der selbstgekelterte Apfelmost, den es zum Willkommen gab, schmeckte sauer. Ach, dieses Deutschland, dachte er.

Die Äbtissin nahm Bettys Auftreten für ein weiteres Zeichen dafür, daß die ruhigen Zeiten vorbei waren, im Großen wie im Kleinen. Außerhalb der Klostermauern hörte man seit geraumer Zeit nichts anderes, als daß die Welt in Trümmer ging. In der Welt des Adels und der Bauern, wo sie sich auskannte, hatte sich vieles verändert. Mit August Knoche konnte sie noch ausführlich darüber sprechen, daß heiße Kartoffelpackungen bei Verschlag anzuwenden wären und nicht Heublumenauflagen, doch hatte er neuerdings immer das letzte Wort dabei. Mit Lord Dutton war nicht einmal über das Zureiten eines Pferdes zu reden. Wofür er sich wohl interessieren mochte? Und es war ihr auch nicht entgangen, daß ihre Nichte noch nicht ein einziges Mal nach der Landwirtschaft des Stiftes gefragt hatte.

Die Äbtissin nahm von einem Meißener Teller verzuckerte Rosenblätter und knabberte daran. Sie war sonst fast nur von alten Frauen umgeben und freute sich, daß die Gäste, die eigentlich gar nicht nach Fischbeck paßten, sie von ihrem Alltagstrott ablenkten.

Lord Dutton fragte Betty Gumprecht, woher sie stamme.

«Ich glaube, mein Vater war ein Alligator und meine Mutter eine abessinische Prinzessin. Eine Sklavin übrigens.» Eleonore von Freytag kicherte. Aber Bettys Worte hatten stolz geklungen, und sie hatte sie in dem Ton gesagt, in dem Fürsten sich bei passender Gelegenheit zur Schau stellen.

«O diese spitze Zunge.» Die Äbtissin drohte Betty mit dem kleinen Finger. «Wie wird es ihr im Jenseits ergehen! Mit glühenden Nadeln ...» Sie vollendete den Satz nicht, denn wie war es doch gleich? Erwartete nicht die Juden ein anderes Jenseits als die Christen?

Betty war keineswegs gekränkt. Mit ihrem beharrlichen, fast aufdringlichen Blick sah sie die Äbtissin an. Elisabeth Sibylle von Dincklage dachte, daß ihr dieses sonderbare Mädchen nie gefallen würde. Diese Jüdin hatte ihre Flügel voll entfaltet. Auch Caroline war wie ein Vogel einfach weggeflogen. Der General hielt sie in einem zu engen Käfig.

Jetzt stand ihre Nichte mit Lord Dutton am Tisch, und sie betrachteten die Zeichnungen. Die beiden sprachen leise miteinander. Sie muß etwas erlebt haben, das ich nicht erraten kann, dachte die Äbtissin. Sie errötete plötzlich über sich selbst. Sie wollte Schicksal spielen. Sie sollte doch wissen, daß das Schicksal allein in Gottes Hand liegt.

Erst nach dem Abendessen im Kreis der Stiftsdamen war Caroline mit Betty allein. Man hatte ihr ein Bett in ihrem Vorzimmer aufgestellt. Caroline hatte sich darauf ausgestreckt, es war mit großgeblümtem, ein wenig verschossenem Seidenzeug bespannt. Gegenüber an der Wand stand auf einem Sockel eine muschelverzierte Stutzuhr. Um einen venezianischen Spiegel schlang sich eine vergoldete Rosengirlande. Daneben hing ein Bild der längst verstorbenen Mutter der Äbtissin von Dincklage als Artemis. Es stammte aus jener Zeit, als die Damen gern als Göttinnen posierten. Eine zartgepuderte Frau in violettem Gewand, die in der rechten Hand Pfeil und Bogen hielt und in der linken eine Schnepfe. Zu ihren Füßen ruhte ein etwas plumper schwarzweißer Pointer.

Das Fenster ging auf den Garten hinaus, so konnte Caroline nicht sehen, daß vorn an der Steintreppe ein Reisewagen hielt, aus dem ein jüngerer Mann mit bleichem, übermüdetem Gesicht ausstieg. Er ließ sich sofort zu Lord Dutton führen.

Betty kam herein. Sie trug ihr orientalisches Hausgewand. Caroline sprang vom Bett und umarmte sie, als sei es selbstverständlich, sich James an den Hals zu werfen. Betty blieb diesmal kühl.

«Sie haben mich eilig herbestellt, hier bin ich. Was wollen Sie von mir? Ich bin sehr gespannt.»

«Ich habe den Prinzen William von Clarence geheiratet, ohne Rücksicht auf meine Familie zu nehmen. Das war ein großes Unrecht und sicher ganz unstatthaft. Aber ich vertraue dem Prinzen. Er hat es sich nur leichter vorgestellt, die Anerkennung dieser Ehe zu erhalten. Ich sitze hier und brauche Geld.»

«Sie haben sich ihm ausgeliefert? Wie konnten Sie das

tun.» Caroline kreuzte die Arme über der Brust, während Betty weiterredete. «Sie schrieben mir aus Aachen. War es dort nicht lustig? Ehe wir über etwas anderes sprechen, möchte ich wissen, was Sie mir über die Sache mit der Wechselfälschung in Göttingen sagen können, die meinem Bruder Jakob angehängt worden ist. Sonst wäre ich ausgerechnet ins Kloster Fischbeck niemals gekommen.» Es war unerhört. Caroline hatte Betty eingeladen, weil sie mit ihr über ihre eigene Lage sprechen wollte, und nun ging es Betty um ihren Bruder.

«Ich weiß von gar nichts», sagte Caroline, «warum hat er das getan? Er ist doch reich genug.»

«Reich genug», äffte Betty sie nach. «Als ob das die Frage wäre. Es ist gar nicht abzuschätzen, wie reich mein Vater und meine Brüder sind. Sie besitzen so viel, daß alle englischen Prinzen nie mehr Schulden machen müßten, wenn sie nur einen Teil der Zinsen dieses Vermögens hätten. Aber darum geht es nicht. Ihr Onkel, der Major von Linsingen, hat das alles eingefädelt. Er hatte keine Bedenken, Jakob zum Sündenbock zu machen. Dann schrieb er mir einen Brief, um mich und am Ende uns alle unter Druck zu setzen. Ich habe nur darüber gelacht, denn ich traute ihm nichts Schlechtes zu.

Es war ein großer Fehler. Ich hatte vergessen, daß wir Juden sind, die trotz ihres Geldes und der scheinbaren Macht am Ende keinen Schutz genießen. Ich fuhr mit Prinz Ernst nach Aachen und habe Jakob im Stich gelassen. Auf die Idee, daß Ihr Onkel und Herr von Stralenheim ein Komplott ausgeheckt haben könnten, kam ich nicht. Jakob wurde angeklagt, schuldig gesprochen, falsche Wechsel ausgestellt zu haben, und eingesperrt. Gleichzeitig hat man ihm zur Flucht verholfen und ihm geraten, sich in Göttingen nie wieder blicken zu lassen. Der Vater wird das kaum überleben.»

Caroline war ganz still geworden. «Daran soll mein Onkel schuld sein? Ich kenne ihn. Dazu ist er nicht fähig, es wäre unehrenhaft. Ich habe ihn seit Pyrmont nicht mehr gesehen. Kurz nachdem wir wieder in Adenstedt waren, bin ich eines Tages heimlich von zu Hause weggegangen. Niemand weiß bisher, wohin.»

Betty ließ nachdenklich den Kopf sinken. «Über Aachen scheinen wir beide nicht hinausgekommen zu sein.»

«Betty», fragte Caroline nach einer Weile, «haben Sie sich von Prinz Ernst getrennt? Sind Sie sehr unglücklich?»

«Der einzige Mensch, der mich gefragt hat, ob ich gelitten habe, war ein französischer Kellner in Aachen. Er kam ins Zimmer und fragte: ‹Haben Sie gelitten?› Ich antwortete erstaunt: ‹Danke. Es geht mir gut.› Er hatte gemeint: ‹Haben Sie geläutet?› Was würde es nützen, wenn ich nachts kein Auge schließe und meinen müßte, ich betrachte in meinem Spiegelbild das Porträt der Melancholie? Ich wollte etwas erreichen und habe es bekommen.»

Caroline blickte zu Boden.

«Liebt Prinz William Sie immer noch?»

Caroline schien diese Frage übelzunehmen.

«Hätte er mich sonst geheiratet? Natürlich liebt er mich, und ich liebe ihn. Er hängt an mir.»

«Ich bekomme ein Kind», sagte Betty. «Das wollte ich nicht.»

«Um Gottes willen, ist das wahr?»

«Was glaubst du denn? Daß ich mir das ausdenke?»

Als Betty wieder du zu ihr sagte, kam es Caroline plötzlich vor, als ob James Holmepatrick sie anlächelte. Die Kerzen waren fast heruntergebrannt. Im Zimmer war es dunkel. Die Peinlichkeit dieses Zusammentreffens war verflogen.

«James», redete Caroline Betty an. «Auch ich werde ein Kind haben. Wo wird es zur Welt kommen?»

«Das fragst du ausgerechnet mich? Dein Onkel hat meinem Vater zu verstehen gegeben, daß es keineswegs sicher ist, ob neue Schutzbriefe für Moses Gumprecht und Ruben Meyer ausgestellt werden. Wohin wird mein Vater sich wenden? Nach Harburg? Geldern? Danzig? Ich war voller Hoffnung, als ich hierherfuhr. Ich glaubte, daß du mit deinem Vater sprechen könntest und mit dem Major. Aber wie finde ich dich vor? Du kannst weder dir noch uns helfen.»

Wie exaltiert sie doch ist, dachte Betty bei sich, als sie sah, daß Caroline sich auf das Bett warf und ihren Kopf in den Kissen vergrub. Sie selbst war nicht so leicht aus der Fassung zu bringen.

«Beruhige dich», sagte sie, «man wird sich schon arrangieren. Und du? Dir schwebte wohl vor, Königin von England zu werden? Warum auch nicht? Dein Sohn könnte eines Tages König sein. Meinem kann das nicht passieren.» Sie faßte Caroline, die in Tränen ausgebrochen war, bei der Schulter.

«Willst du dich lustig machen über mich?» stieß sie schluchzend hervor. «Mein eigener Vater hat Partei gegen mich ergriffen. Ich gestehe dir, daß ich Geld brauche, wenn ich noch länger auf William warten muß. Hier kann ich nicht lange bleiben, und nach Hause will ich nicht zurück. Ich muß dich bitten, mir etwas zu leihen.»

Betty liebte Gefühlsausbrüche nicht. Deshalb spottete sie: «Ohne Sicherheit? Von einer Jüdin? Aber ich nehme an, du hast nicht Betty Gumprecht gefragt, sondern James Holmepatrick. Auf den kannst du dich ganz verlassen.»

Sie schwiegen beide. Auf dem Fußboden und auf den Wänden erschienen im Mondlicht bizarre Schatten. Die Stutzuhr schlug die halbe Stunde. Der Ton klang lange nach, und das Ticken des Pendels glich zum Verwechseln dem Herzschlag eines Menschen. Die Holztäfelungen an den Wänden knackten.

Sie hörten ein Geräusch. Es klang, als ob die schwere Haustür zugeschlagen und verriegelt würde. Caroline fuhr zusammen.

«Was ist das? Neuerdings erschrecke ich bei allem Ungewohnten. Wer kommt oder geht denn mitten in der Nacht?»

«Ich bin sehr müde, und auch du bist schläfrig», sagte Betty. Sie legte sich neben Caroline und umschlang sie mit beiden Armen. Dann setzte sie sich noch einmal auf und zog die Bettvorhänge zu.

«Es wird alles ins rechte Geleise kommen», flüsterte Betty ihr ins Ohr. «Ich weiß auch wie. Morgen reden wir darüber.»

Aneinandergeschmiegt schliefen sie ein. Im Traum irrte Caroline mit William durch enge, unterirdische Gänge, steile Stiegen hinunter, immer weiter in die Tiefe, obschon sie alles daran setzten, nach oben an die frische Luft zu gelangen. Die ganze Zeit über vernahm sie das Weinen eines Kindes. Eine Hand faßte sie bei der Schulter und rüttelte sie einige Male. Sie öffnete die Augen.

Der Morgen dämmerte. Sie sah die Äbtissin vor sich stehen. Sie starrte auf Betty, die sich die Augen rieb. Wo war ihr freundlicher Blick geblieben? Es war lange her, daß ihre Vorgängerin einmal zwei Stiftsdamen zusammen im Bett überrascht hatte. Was sie sah, genügte ihr, und sie glaubte das Rätsel, das ihr die Nichte aufgegeben hatte, durch Zufall enthüllt zu haben.

Hastig richtete Caroline sich auf: «Was ist geschehen? Lieber Gott, was ist mit dir, Tante?»

Sie antwortete nicht gleich, sondern bedeutete Betty, das Zimmer zu verlassen, ohne ihren Gutenmorgengruß zu erwidern.

«Was ist geschehen? Tante Sybille? Sagen Sie doch etwas.»

Die Äbtissin ließ den Bettvorhang los, den sie immer noch gefaßt hielt.

«Du ...» begann sie mit heiserer Stimme, räusperte sich und begann erneut: «Du ... du verbringst die Nacht mit dieser Jüdin? Was soll das heißen?»

«Was das heißen soll? Ich wollte nicht allein sein.»

«Zwei Frauen zusammen!» Sie brachte es nicht fertig, mehr zu sagen. Offensichtlich stellte sich Caroline, als verstünde sie nicht.

«Dein Vater ist hier.»

«Mein Vater?» Caroline sprang aus dem Bett.

«Ja. Das scheint dich zu erschrecken. Er ist auf dem Weg nach England, über Stade. Er hat den Umweg gemacht, um mich zu besuchen. Er ist in tiefster Besorgnis deinetwegen. Ich habe ihm gesagt, daß du hier bist.»

«Sie haben es ihm gesagt. O mein Gott!»

Die Tante wich ihrem Blick aus.

«Er kam, als alle schon zu Bett gegangen waren. Nun verlangt er nach dir. Wir hatten keine angenehme Nacht. Lord Dutton hat spät noch Besuch bekommen von einem Marineoffizier, Kapitän Elphinstone, wenn ich richtig verstanden habe. Er ist schon wieder abgefahren. Kennst du ihn?»

Caroline schüttelte den Kopf.

«Vertrau dich mir an, mein Kind. Es ist besser für dich. Ich kenne doch Johann Wilhelms Jähzorn. Da ist außerdem dieser Brief hier, den ich dir zeigen muß. Bitte, lies ihn. Frau von Stietencron hat ihn an meine Cousine Rheden geschrieben, die ihn mir zusandte. Kannst du mir erklären, was er bedeutet?»

Sie setzte sich auf das Sofa unter dem Bild der Artemis. Ihr Blick fiel auf zwei bestickte indische Pantöffelchen, die fast unter das Bett gerutscht waren.

Caroline las.

«Abends 11 Uhr. Schläfst Du schon, liebste Freundin? Was Du auch träumen magst, es ist nicht so sonderbar wie das, was ich Dir erzählen will. O über die Wege des Lebens! Gestern kamen wir von der Badereise heim. Du weißt, wir ziehen Bad Rehburg dem Treiben in Pyrmont vor, und was muß ich erleben? Wie immer galt mein erster Gang dem Gewächshaus. Nun, ich hatte sowieso den Teufel im Leib, weil ich nach Tische geschlafen hatte, was mich immer unliebenswürdig macht. Aber rate, was ich entdecken mußte: Mein schönes Myrtenbäumchen, jenes, das ich bei Antonies Geburt als Steckling pflanzte für den Hochzeitstag dieses Kindes, und das, wie der Gärtner berichtete, in schönster Blüte stand, war gerupft, geplündert, seiner Blüten beraubt. Und was hat man herausgebracht? Der junge Linsingen war es. Der Ernst. Er lief dem Kandidaten Frehse auf der Dorfstraße in den Weg, wo er sein Pferd im Gasthof untergestellt hatte. Der Frehse – er unterrichtet die Kinder übrigens recht schlecht, seitdem er sich in die Hauslehrerin von Antonie, Fräulein Wiesner, verliebt hat – hat mir die Geschichte so berichtet.

‹Ein Myrtenstrauß, Herr von Linsingen?› hat er gefragt. ‹Sie heiraten doch nicht etwa?›

Das sollte ein Scherz sein, schließlich ist Ernst dazu noch zu jung.

‹Eine Fürstenhochzeit, lieber Frehse›, war die Antwort, ‹aber sagen Sie nichts davon weiter. Es ist diskret. Und die Kirche segnet den Bund!› So ließ er den verdutzten Kandidaten stehen, während er sich laut lachend entfernte. Heute mittag nun bringt mir meine Jungfer einen verwelkten Myrtenkranz. Wo ist er gefunden worden? Am Hylligen Born in Pyrmont, sage und schreibe, und nun das Sonderbarste: Die Person sagte mir, der Jäger vom Grafen Schwiecheldt habe beobachtet, wie die alte Schmedes, die bei der Generalin Linsingen in Diensten stand, diesen Kranz dort hingetragen hat.

Bei unseren Leuten ist das Gerücht nie verstummt, daß die Mutter der Schmedes eine Hexe gewesen sei. Aber der Kranz, der muß irgendwo hergekommen sein. Man munkelt auch was von einer Trauung in der Waldkapelle bei uns. Aber wer? Nun, ich hoffe, Dir bald mehr berichten zu können. Morgen bin ich in Hannover, wo ich Frau von Pestel und die Gräfin Münster sehen werde, die mich mit aller möglichen Freundlichkeit seit Jahren empfangen. Ich höre von ihnen stets, was ich erfahren möchte. Adieu und grüße alle die Deinen, Deine Adelheid.»

«Was sagst du dazu?» erkundigte sich die Äbtissin, als sie sah, daß Caroline den Brief gelesen hatte und immer noch nicht aufblickte.

«Das müßte Ernst uns erklären», erwiderte Caroline. «Hat Vater gesagt, wo er ist?»

«Beim Regiment. Ja, es wird wohl Krieg geben. Als ob die Franzosen nicht gerade erst in Fischbeck geplündert und unsere Felder abfouragiert hätten.»

«Aber Tante, das ist lange her, da war ich noch nicht einmal auf der Welt!»

Die Äbtissin fing wieder an, von Ernst und seinen Dummheiten zu sprechen. Sie saß unbeweglich da, die Hände im Schoß gefaltet. Caroline kleidete sich unterdessen hastig an. Es war ihr gelungen, die Tante abzulenken.

«Was willst du dem Vater sagen?» fragte die Äbtissin.

Caroline sah sie verwundert an. Wirklich, was hatte sie ihm denn zu sagen?

«Du kannst nicht umhin, ihm zu gestehen, was hier heute nacht vorgefallen ist. Er muß alles erfahren. Vielleicht handelt es sich ja um ein wirkliches Laster. Dieser Sache muß auf den Grund gegangen werden.» Frau von Dincklage sprach im Ton einer Anklägerin. Caroline fühlte sich ihr plötzlich überlegen, trotz der Ausweglosigkeit ihrer Situation, die sie empfand. Die Tante tappte im dunklen. Sie kam ihr wie ein altes Kind vor, fast tat sie ihr ein wenig leid. Dennoch sagte sie: «Du kennst den Vater. Bitte, laß mich nicht allein mit ihm.»

Sie mußte die Bitte noch einmal wiederholen, bis die Äbtissin antwortete.

«Also gut. Ich bleibe dabei.»

Als sie dem Vater gegenüberstand, starrte er sie wie teilnahmslos und mit einem Befremden an, als sähe er sie zum erstenmal. Er ließ es nicht zu, daß sie seine Hand küßte, und als sie ihn nach seinem Befinden fragte, murmelte er abwesend: «Ja, ja.»

Da die Äbtissin sich weigerte, ihn mit Caroline allein zu lassen, wobei sie sich auf das Klosterrecht berief, war es schwer für ihn, der Tochter auseinanderzusetzen, was er von ihr verlangte. Auf seine wiederholte Ermahnung «Du wirst nach Adenstedt zurückkommen!» antwortete sie «Nein, ich komme nicht.»

Er hatte vorausgesetzt, daß sie Reue zeigte, und er erfuhr, wie sich alles zugetragen hatte. Er fühlte Mitleid mit ihr, doch konnte er ihr nicht verzeihen oder, wie früher, vertrauen. Den Prinzen schloß er von allen Betrachtungen aus. Er war als Sohn des Königs mit einem anderen Maßstab zu messen. Prinz William war für ihn nicht der gleiche Mann wie der Unverfrorene, der es gewagt hatte, sein Kind zu verführen und damit alle seine Pläne zu durchkreuzen. Nur wenn die Vergangenheit ganz ausgelöscht wurde, bestand Hoffnung, mit Anstand das bisherige Familienleben fortzusetzen. Den Entschluß dazu hatte er gefaßt, während er insgeheim herauszufinden versuchte, wohin seine Tochter verschwunden war.

«Willst du denn nicht selbst das einzig Vernünftige tun?» sagte er. «Wie kannst du das deiner Familie antun? Es verstößt gegen jede Sitte.»

Caroline schüttelte nur den Kopf. «Ich kann nicht zurück», sagte sie tonlos. «Deswegen bin ich ja hierher gekommen. Ich bitte Sie, Vater, ich kann nicht tun, was Sie verlangen. Ich kann nicht.» Sie bedeckte das Gesicht mit beiden Händen. Ohne ein Wort des Abschieds verließ er sie.

«Ach du Arme», murmelte die Äbtissin, als sie zurückkam, nachdem sie den General hinausgeleitet hatte, «er weiß also alles. Du Armselige. Wie lieb hatte ich dich. Ach, und ausgerechnet eine Jüdin.»

Caroline hörte vor Erstaunen über die Worte ihrer Tante auf zu schluchzen. Die Äbtissin war noch nicht zu Ende.

«Ich kann nicht die mindeste Teilnahme für dich aufbringen. Mich wundert, daß du dich nicht schämst. Was ist mit dem Lord? Wenn er erfährt, was für ein geheimes Laster du hast, wird er für diese Schuld kein Verständnis haben.»

Ein Klopfen an der Tür unterbrach sie. Die alte Dienerin meldete, daß Lord Dutton das gnädige Fräulein zu sprechen wünsche. So konnte die Äbtissin nur noch mit Entschiedenheit sagen, daß ‹die Jüdin› keine Nacht länger unter ihrem Dach bleiben dürfe.

Die Luft im Empfangszimmer war stickig. Aus dem anstoßenden Raum drang die Stimme der Äbtissin, die mit dem Amtmann sprach. Die Tür war nur angelehnt. Die Magd, deren Gesicht noch ganz verschlafen war, hatte Richard Dutton eintreten lassen und schloß nun leise die Tür hinter ihm.

«Haben Sie gute Nachrichten bekommen?» fragte Caroline mit Erwartung in der Stimme. «Hat er geschrieben? Was wollte Kapitän Elphinstone?»

Lord Dutton sah zum erstenmal steile Falten zwischen ihren Augenbrauen. Er zwang sich, ihr aufmunternd zuzulächeln. Die Stimmen nebenan waren leiser geworden und in ein Murmeln übergegangen. Dann sprach der Amtmann allein weiter. Er las irgend etwas vor.

Lord Dutton hielt es für angebracht, zunächst nach Carolines Befinden zu fragen. Sie winkte ungeduldig ab und nickte ihm zu, damit er sagte, was er zu sagen hatte.

Er wies auf die angelehnte Tür. Ganz dicht an Caroline herantretend, erzählte er ihr im Flüsterton, was er von Kapitän Elphinstone gehört hatte. Er wiederholte es in dessen Worten. Caroline hörte mit unverändertem Gesichtsausdruck zu.

Was sie zu hören bekam, war, daß Dora Jordan ein Kind von Prinz William erwartete und ihn damit festhielt. Zu Kapitän Elphinstone habe der Prinz selbst gesagt, daß sie eine sehr nette Person sei, sehr anhänglich und besorgt um ihre Kinder. Natürlich sei sie gelegentlich etwas enervierend, aber das gäbe es in allen Verbindungen.

Er selbst wisse genau, daß der Prinz sich an sein Versprechen gebunden fühle. Er betrachte diese Ehe als bindend. Das Entscheidende aber sei – und daher sei die Reise nach Aachen immer wieder aufgeschoben worden –, daß die Königin nun Bescheid wisse. Sie bedränge den Sohn, daß die

Ehe sofort geschieden werden müsse. Das aber sei nur möglich, wenn Caroline damit einverstanden sei. Lord Dutton übergab ihr zwei Briefe, einen von William und einen von der Königin.

Man hörte hinter der Tür Bewegung. Der Amtmann war verstummt. Lord Dutton meinte gehört zu haben, daß er das Zimmer verließ.

Caroline wollte noch immer nicht wahrhaben, daß ihre Ehe wirklich in Gefahr war. Sie befürchtete nur, daß William am Ende einfach auf seine Rechte verzichtete, um unter einem neuen Namen irgendwo mit ihr ein Leben unter seinem Stand zu beginnen.

Sie öffnete zuerst den Brief des Prinzen, sah nach rechts und links und rieb sich leise die Hände.

«Sie frieren», fragte Lord Dutton besorgt.

«Ja», erwiderte sie zögernd, «heute morgen ist es sehr kühl.»

Er sagte ihr, daß sie den Brief jetzt sofort lesen müsse. Gehorsam wie ein Kind setzte sie sich an den Tisch und überflog die Zeilen.

«Seit mehr als acht Tagen habe ich keine Nachricht, weder von Dir noch von Richard. Ich bin darüber sehr beunruhigt. Ich würde befürchten, daß von seiten meiner Mutter, die ich noch immer nicht ganz davon überzeugen kann, daß ich verheiratet bin, auf Dich eingewirkt wird. Doch weiß hier gottlob niemand, wo Du bist. Ich beschwöre Dich, gehe niemals auf irgendein Ansinnen meiner Eltern ein, mich aufzugeben.

Warum ich noch nicht bei Dir bin, wirst Du wissen wollen? Weil ich die Verhältnisse hier klären will. Ich mag nicht wie ein Dieb in der Nacht davonschleichen. Ich werde es aber tun, wenn ich nicht bald zum Ziel komme.

Nur um meine Sehnsucht nach Dir zu liebkosen, besuchte ich Dora Jordan. Guter Gott, wie wenig hält sie dem Vergleich mit Dir doch stand. Wie blind war ich, bevor ich Dich kannte. Ich schreibe Dir dies, um irgendwelchem

Klatsch vorzubeugen, der Dich erreichen könnte. Laß Dich beschwören, bewahre mir Dein bezauberndes Gesicht, wie ich es hier auf Deiner Miniatur, die neben mir auf dem Schreibtisch liegt, vor mir sehe. Ich bin im Grunde die treueste Seele von der Welt. Nun, die Seele ist unsterblich und hat so viele Unendlichkeiten zum Lieben und Adorieren.

Trotz bester Vorsätze ist es nicht möglich, hier so sparsam zu leben, wie ich möchte. Ich bin zu Ausgaben gezwungen, die meine Mittel überschreiten. Bitte in meinem Namen Ruben Meyer aus Göttingen, sofort nach Aachen zu kommen. Auf einem beigelegten Zettel findet er die Summen, die wir für die Reise benötigen. Ich habe auch die Sicherheiten angegeben, die er braucht.

Bei meinem ältesten Bruder in Carlton House, wo ich die meiste Zeit verbringe, wird sehr viel politisiert. Es ist seine Leidenschaft wie das Wetten auf seine Pferde.

Wenn ich Dich nur endlich in meine Arme schließen könnte. Dann wird der Himmel wieder blau sein und die Sonne dringt in meine Adern. Die Trennung dauert schon zu lange.»

In einem PS. teilte William mit, daß er Nachrichten von Mr. Lloyd aus Amerika habe, die jedoch nicht allzu erfreulich seien. Kapitän Elphinstone war mit den Briefen recht lange unterwegs gewesen. Er hatte den Umweg über Aachen gemacht, wo er auch nicht sofort erfuhr, wohin Lord Dutton gefahren war.

Es war dem Lord unbegreiflich, warum Caroline so ruhig blieb. Dora Jordan erwartete angeblich ein Kind von Prinz William und Caroline verzog keine Miene. Er flüsterte noch immer, da die Lauscherin sich noch nicht entfernt hatte.

«Es kann sein, daß es die Spatzen schon von den Dächern Londons pfeifen. Schließlich handelt es sich um Dora Jordan.»

«Ich verstehe Sie nicht, Richard», Caroline schüttelte den Kopf, als störe sie eine herabgefallene Haarsträhne. «Sie sagen das in einem Ton ... Wirklich, was ist schon dabei? Er ist mit mir verheiratet, und das muß geschehen sein, ehe er nach Deutschland kam.»

In Carolines Augen kam ein heller kalter Glanz.

«Sie wollen doch, daß Williams und meine Ehe glücklich wird und Bestand hat. Warum erzählen Sie mir diese Geschichte, die mich nicht interessiert. Erzählen Sie mir lieber, wie er seine Zeit verbringt, wem er trauen kann? Wenn ich um zehn Uhr zu Bett gehe, sitzt er im Theater ...»

Zum maßlosen Erstaunen Lord Duttons plauderte sie leichthin und öffnete, wie nebenbei, den Brief der Königin. Sie las ihn, faltete ihn zusammen und fuhr mit der Plauderei fort, als sei nichts geschehen.

Aus Caroline von Linsingens Tagebuch
Kloster Fischbeck, im Oktober 1791

Die Wochen fließen ereignislos dahin.

Richard Dutton ist trotz Williams Bitte, daß er bei mir bleiben soll, abgereist. Ich ließ ihn gehen, ohne viel dabei zu empfinden. Er fuhr nach Wien und will von dort aus nach Paris. Er hat sich einer Gruppe waghalsiger junger Engländer angeschlossen, die französischen Aristokraten zur Flucht verhelfen, sogar aus dem Gefängnis heraus. Zwei von ihnen sind von den Franzosen erkannt worden und wurden hingerichtet, trotz britischer Proteste.

«Wir sind alle in Gefahr», sagte er zu mir, schon im Reitrock, «aber die meisten von uns sind blind für den eigenen Untergang. Das dressierte Raubtier zeigt die Zähne. In Frankreich hat es seinen Meister angesprungen und ist dabei, ihn zu zerfleischen. Ich will es mir nicht entgehen lassen, zuzusehen, wie die Kulturnation Europas im Kannibalismus versinkt.»

Heute haben Bauarbeiter eine Elle unter dem Fußboden der Kirche sechs alte Gräber gefunden. Sie legten auch mehrere Skelette frei. Ein Krug, der neben einem Schädel lag, hat eine Inschrift aus dem Jahr 1431. Wie gleichgültig wir das, was übrig bleibt, betrachten. Die Arbeiter vesperten. Sie nagten an Rippchen-Knochen und unterhielten sich laut. Die Tante wollte ihre Gebete sprechen und schickte die Arbeiter hinaus. Einer warf im Gehen seinen Knochen zu den anderen in die Grube.

Die Tante hält ein Auge auf mich, selbst Spazierenfahren erlaubt sie nur in ihrer Begleitung. Vater hat ihr das Versprechen abgenommen, daß sie mich streng beaufsichtigt. Bis er aus England zurück ist, soll ich in Fischbeck bleiben. Ach, der Ort, der mir so lieb war und von dem aus ich mit Bettys Hilfe allem zu entfliehen hoffte, ist nun ein Gefängnis geworden.

Ich weiß nicht, ob sie die Post, die ich bekomme, studiert. Lord Dutton hat dem Kutscher eine Menge Geld gegeben, damit er mir die Briefe aus England selbst und ganz geheim aushändigt. William hat mir geschrieben, daß er London nicht verlassen wird, bis er die Einwilligung des Königs zu unserer Heirat habe. Der Herzog von Gloucester unterstütze ihn in allem.

Ich weiß nicht, was die Menschen von mir denken. Ich nehme an, daß sie sich daran erinnern, wie ich gewesen bin. Selbstbewußt, lustig und ... spöttisch. Ich wollte meinem Vergnügen leben. Wo soll ich jetzt hin? Die Tante macht mir deutlich, daß ich hier ein Almosen genieße, aus Güte und Barmherzigkeit. Man darf mich nur nicht fragen, ob dieses Leben leicht ist.

Richard Dutton hat mir den *Courier de Versailles* geschickt. Darin wird der Zug der Fischweiber zum König beschrieben. Sie und ihre mit Beilen, Ästen und Knütteln bewaffneten Begleiter drangen unter Fluchen und Schimpfen ins Schloß ein und wurden durchgelassen. Zwölf Frauen gelangten zum König. Der König umarmte die Anführerin nach hergebrachter Sitte, nachdem er versprochen hatte, dem Mangel und der Teuerung abzuhelfen. Dabei sehe ich nicht die Gesichter von Ludwig VXI. und Marie Antoinette vor mir, sondern die von Georg III. und Königin Charlotte.

Die Poissarden verlangten, zur Königin vorgelassen zu werden und die Kinder zu sehen. Mit plumpen Knicksen treten sie näher. Die Anführerin küßt dem Dauphin, dann der Prinzessin die Hand und erst dann der Königin den Rocksaum. Die Kinder fürchten sich und weinen, sie halten die häßlichen Weiber für Hexen.

Dann sagt Madame Chablis, die Anführerin: «Wir haben der Königin noch was zu sagen. Seine Majestät und Herr Necker werden also die Güte haben, uns mit ihr allein zu lassen. Fürchten Sie nichts, wir wollen nur eins mit ihr schwatzen, über dies und das. Wenn Sie uns nicht trauen, dann nehmen Sie sechs von uns als Geiseln mit, die Weiber sind da ebensoviel wert wie alle Hofdamen, das sage ich euch.»

Der König geht. Nun ermahnen die Weiber die Königin in sehr derben Worten *‹de se mieux conduire à l'avenir›*. Diesmal wollten sie noch durch die Finger sehen, aber es wäre auch das letzte Mal. Sonst ...

«Wir geben Ihnen nur einen freundschaftlichen Rat», sagt Madame Chablis, «und zum Zeichen, daß alles vergeben und vergessen ist und Sie uns unsren kleinen Wunsch erfüllen, wollen wir Sie umarmen. Gnade muß vor Recht gehen.»

Nun umarmen sie die Königin eine nach der anderen.

«Und nun, Gevatterin, laß den König wieder reinkommen.»

Der König erscheint und zeigt sich begierig zu wissen, was verhandelt worden ist.

«Es geht die Männer nichts an, was Weiber unter sich miteinander haben», sagt die Chablis. «Bleiben Sie unser guter König, der sich nicht gegen sein Volk aufhetzen läßt.»

Es klingt wie aus einem alten grausigen Märchen. Aber in Frankreich ist das Unfaßliche bereits eine Tatsache geworden. Könnte morgen in England das gleiche geschehen?

Ich muß an die königlichen Kinder denken, als man der Königsfamilie in Versailles befahl, in den Wagen zu steigen, der sie nach Paris zurückbringen sollte. Die Kinder starrten auf den Zug des Pöbels, der dem Wagen voranging. An der Spitze trugen zwei Weiber grölend die Köpfe der beiden hingerichteten Leibgardisten auf blutigen Stangen. Ein schwarzer Kerl mit langem Bart, aufgestreiften Ärmeln, aufgerissenem Hemd und einer hohen Mütze ging zwischen den beiden, die die Stangen trugen. Er hatte eine große Axt auf der Schulter und zwei Pistolen im Gürtel. Sie nannten ihn *Le sauvage du Faubourg St. Antoine.* Er nahm die Huldigungen der Menge huldvoll entgegen. Seine Heldentat: Er hatte den beiden Gardisten die Köpfe abgehauen.

Die Kinder sahen, daß niemand mehr zu ihrem Schutz da war. Um die Kutsche herum heulten und tanzten mit Laub und Blumen bekränzte Furien, sie sprangen auf den Tritt der Kutsche und beschimpften und verspotteten die Kinder und die Königin. Alle schrien durcheinander: Es lebe die Nation.

Liebe, arme Kinder. Wärt ihr doch nie geboren. Was wird aus euch werden, in dieser von Leidenschaften geschüttelten Welt? Ich denke dabei an mein eigenes Kind, wenn es am Leben bleiben sollte. Der Königin habe ich geschrieben, daß ich niemals in eine Scheidung einwilligen werde, allein um dieses Kindes willen. Und ich mache Pläne, um dieses Kind zu verstecken und zu schützen. Lieber Gott, laß dieses Kind nie einen Thron besteigen.

Wie oft betrachte ich den Sternenhimmel. Dort geht alles nach dem Willen einer höheren Vernunft seinen geordneten Gang. Was aber geschieht auf der Erde?

Ernst hat mir einen Brief geschrieben. Darin steht, alle Welt behauptet, Graf Schwiecheldt habe mich sitzenlassen. «Ganz Hannover» kenne nur diesen Gesprächsstoff. Erwarten die Leute, daß ich mich daraufhin in den Froschteich im Klostergarten stürze? Genug geweint.

Gestern wanderte ich durch das Kabinett der Tante und

schaute mich um. Dabei fand ich einen schmalen Halblederband mit einem Schloß im alten Stil. Der Titel war stark verblaßt. Ich mußte ihn nah an die Augen heben, um ihn lesen zu können. «Von der altertümlichen Kunst der Balsamierung eines Korpus. Dazu beygefüget ein Discursus über den Usus von flüssigen Saeften, wie man dero zur Proservierung von Totem Fleische Nutzen bringend anwenden tut. Gegeben und geschrieben von William Hurst, Professor, und John Crane unter dem Zeichen der drei Heyligen Schriften des Sanct Paulis. Anno Domini 1678.»

Der Text ist einfach und verständlich. Es sind verschiedene Rezepte für die lebensgetreue Konservierung eines toten Körpers angegeben. Für alle braucht man Arsenik. Ein besonderer Absatz gilt dem Gebrauch kosmetischer Mittel, um die Blässe des Todes zu bannen. Als Kind habe ich mir gewünscht, daß mein Körper unversehrt erhalten bleibt. So, glaubte ich, könnte ich dem Tod entrinnen.

Das Wetter ist schon ganz herbstlich, der Himmel meist verhangen und trübe, es weht ein kalter Wind. Je länger mein Aufenthalt hier dauert, desto schwerer wird es mir, an eine Befreiung zu glauben. Die große Wanduhr in der Eingangshalle mit Sonne, Mond und Sternen auf dem Zifferblatt tickt ihr einförmig schnarrendes Ticken. ‹Wenig, wenig› klingt es in meinem Ohr.

Ich kann mich nicht entschließen, Verbindung mit Ruben Meyer aufzunehmen, obwohl William es wünscht. Ehe sie abreiste – nachdem sie sich über Tante Sybille weidlich mokiert hatte –, bot Betty mir Geld an. Ich habe es nicht genommen.

Aus den persönlichen Aufzeichnungen der Äbtissin Elisabeth Sybille von Dincklage
Oktober 1791

Seit einer Weile scheint Caroline mich zu meiden. Sie erlaubt sich indessen keine jener befremdlichen Tollheiten mehr wie in den ersten Tagen ihres Aufenthaltes in Fischbeck. Es scheint mir, sie ist heimlich bekümmert, man sieht sie kaum noch lachen. Seit dem Tod der Mutter ist sie nicht mehr Frauenhänden anvertraut gewesen, die zweite Heirat meines Vetters Johann Wilhelm bedeutet in dieser Hinsicht nichts. Und die sonderbare Erziehung, die sie vorwiegend durch Basilius von Ramdohr erhielt, hat bewirkt, daß sie zu Extravaganzen neigt. Ihr Vater hat von gewissen Hindernissen gesprochen, die ihre Rückkehr nach Adenstedt erschweren, jedenfalls solange er nicht selbst anwesend ist. Ich weiß, warum.

Carolines Lektüre besteht zur Zeit aus französischen Romanen. Diese Wahl vermag ich ganz und gar nicht zu billigen. Sie versteht es ausgezeichnet, sich zu verstellen. Wenn ich auf diese Geschichte in der Stietencronschen Kapelle komme, weicht sie dem Thema aus. Ist der Bruder ebenso verdorben wie die Schwester?

Vor dem Schlafengehen stellte ich eine Kräutermischung zusammen für einen hustenstillenden Tee, den sie allabendlich trinken soll. Sie sah mir dabei zu und erkundigte sich: «Gibt es in der Klosterapotheke auch Arsenik?» Was war das schon wieder? Wie unvorsichtig war es von mir gewesen, dieser ‹Jüngerin aller Wissenschaften› den Schrank einmal zu öffnen, in welchem unter Verschluß verschiedene Gifte aufbewahrt werden. Laudanum unter anderem sowie das Fläschchen mit Pfeilgift, welches mein Bruder aus Amerika mitbrachte.

Ich verbrachte den heutigen Tag mit der Erledigung meiner Geschäfte und einem ausgedehnten Rundgang bis zu unserem freundlichen Dorf mit seiner ehrwürdigen Kirche und dem Storchennest auf dem Turm und der behaglichen Mühle mit dem kreischenden Räderwerk. Die ehrlichen Gesichter der Bauern, die schwerbeladenen Fuhren, die wohlgenährten Ochsen vor den Gespannen, all dies bereitete mir Vergnügen. Dieser ruhige Winkel auf deutschem Boden mit seiner anspruchslosen Genügsamkeit und den sich überall regenden fleißigen Händen erscheint mir eine Gewähr des Friedens.

Als ich heimkam, fand ich den General von Linsingen vor, der gekommen war, seine Tochter zu holen, und auch bereit war, die fremden Dienstboten mitzunehmen.

Als ich eintrat, saßen Vater und Tochter beim Puff-Spiel. Gleich wurde ich Zeuge von sehr unschönen Gereiztheiten zwischen den beiden, die doch sonst ein Herz und eine Seele sind. Sie spielte ohne Eifer. Er warf ihr Desinteresse vor. Immerhin weiß ich von früher, daß er schlecht verlieren kann und dann übellaunig wird.

Ich setzte mich an meine Stickerei. Warum er ausgerechnet den letzten Abend mit diesen Dummheiten verbringen muß, dachte ich.

Caroline bewegte ihre Läufer ganz mechanisch. Dabei war ihr mit einemmal das Glück hold, sie spielte ohne jede Intelligenz und war doch im Vorteil. Johann Wilhelm schüttelte verdrossen die Würfel. Nach einer Weile rief er triumphierend: «Endlich. Ich habe gewonnen.»

«Aha», sagte ich, um die Stimmung aufzulockern, «er wird dir nun Fasten und Bußen auferlegen.»

Eine unangenehme Stille folgte meinen Worten. Plötzlich nahm Johann Wilhelm das Puff-Brett und warf es auf den Fußboden. Ich meinte, daß es nun genug sei, läutete und gab Martha den Befehl, die Figuren aufzusammeln. Da sah ich, daß nicht nur Johann Wilhelms Hände, sondern auch seine Lippen zitterten.

«Verzeihen Sie, Sybille. Sie können das nicht verstehen. Ich bitte nur, daß Sie Nachsicht mit mir haben.» Er preßte zwei Finger an die Schläfe und seufzte mit geschlossenen

Augen. «Ich bin am Ende, Sybille. Man hat es leicht, mir weh zu tun. Warum auch nicht? Lange wird es nicht mehr dauern. Nein, nicht mehr lange.»

Caroline schluchzte und lief aus dem Zimmer. Ihr Vater ging mit großen Schritten auf und ab, während ich aufs Sofa sank.

«Nein, sie bleibt nicht unter meinem Dach. Nein, nein und noch einmal nein», stieß er hervor. Und dabei hatte er die Tochter ohne Schaden wieder.

«Sie sind sehr ungerecht.» Ich war froh, daß Martha längst wieder aus dem Zimmer war.

Er starrte mich an, zog seinen Rock zurecht und reckte sich.

«Sie sollen nicht länger von uns belästigt werden, liebe Cousine», sagte er. «Wir bleiben nicht über Nacht. Wir fahren auf der Stelle. Bitte veranlassen Sie, daß Carolines Koffer gepackt werden.»

Er verbeugte sich steif und küßte meine Hand.

«Ich werde Gott bitten, Ihnen nicht zu zürnen», sagte ich, «denn Sie gehen zu weit. Ich hoffe, daß Sie es nicht zu bereuen haben werden.»

Wortlos drehte er sich um und ging hinaus.

22

Adenstedt, im November 1791

Allen, die Caroline wiedersahen, als sie mit dem Vater nach Adenstedt zurückkehrte, erschien sie verändert.

Sie sprach wenig. Sie bewegte sich langsamer. Ihre Spaziergänge dehnte sie immer weiter aus, meist wählte sie die Landstraße, auf der sie mit Lord Dutton davongefahren war. Nachdenklich ging sie unter dem dichten Dach der Platanen dahin, deren Blätter schon abgefallen waren und deren stachlige Kugeln im Winde hin- und herschwankten. Sie überließ sich ihren Gedanken. Die Zukunft, dieses kurze flüchtige Leben, erschien ihr endlos.

Sie grüßte die Leute, die die Stoppelfelder umpflügten, und sah sie bald in der Erde, die sie bearbeiteten, begraben. Sie horchte auf die Stimmen der Vögel in den Bäumen und die Tierlaute auf den abgeernteten Feldern, die bei ihrem Näherkommen verstummten. In welcher Minderzahl befanden sich die Menschen auf diesem Planeten.

Vor der Natur wurden alle Menschen ungleich und unfrei geboren. Sie unterlagen den Bräuchen und Überlieferungen und besaßen unterschiedliche Gesundheit und Kraft, Intelligenz und Wesensart. Es war nur Schwärmerei gewesen, an Freiheit und Selbstbestimmung zu glauben und an das Prinzip des Schönen. Von alledem hatte Ramdohr sie überzeugt. Jetzt sah sie, daß alles nur eine Illusion, ein großer Irrtum gewesen war.

Und ich? fragte sie sich, bin ich nur dazu ausersehen, daß das Leben sich durch mich fortpflanzt? Hat sonst die Vorsehung keine Verwendung für mich? Sie liebt den Überfluß und erheitert sich an den Kämpfen, aus denen die Stärksten hervorgehen. Und doch würde ich mein Unglück gegen Julianes Glück mit diesem braven Jeinsen nicht eintauschen.

Die folgenden Wochen verschlimmerten ihre Leiden. Sie sah, daß der Vater trauriger, in sich versunken und schwermütig wurde. Er besuchte jetzt die Kirche fast täglich und hatte beinahe das Sprechen verlernt.

Caroline lebte von den Briefen aus England, in denen vieles, aber niemals etwas Entscheidendes stand. In einem beschrieb Prinz William das Empfangszeremoniell für den Herzog von York und seine Braut, die Tochter des Königs von Preußen.

«Wir standen im unteren Saal des York House, der dem Park gegenüber liegt. Hoflakaien brachten den Tee herein. Der Hofmeister reichte die erste Tasse dem Prinzen von Wales, der sie dem König gab. Erst dann bekam der Herzog von York eine Tasse, um sie seiner Braut zu kredenzen, die sie wiederum der Königin präsentierte. Trotz der strengen Etikette war es ein Familienereignis, ähnlich wie die sich anschließende öffentliche Prunkversammlung im *drawingroom*. Ich will sie Dir genau beschreiben.

Die Gesellschaft wurde zunächst in zwei Reihen aufgestellt, nachdem sie sich im Vorzimmer versammelt hatte, um Raum für den Einzug des Königs, der Königin und der übrigen Familie zu schaffen.

In solchen Fällen geht immer der König voran, merkt sich die Personen von Rang auf jeder Seite, hält sich aber in Unterredungen nicht auf. Danach kommt die Königin, die ihrerseits mit den Damen spricht, aber nie mehr als ein bis zwei Minuten mit einer Person, die ihr bekannt ist. Wichtig ist, daß der Oberkammerherr bei solchen Gelegenheiten die Königin führt und ein Hofbeamter jede Prinzessin.

In den Saal gelangt man durch drei Türen, wobei die mittlere nur den Majestäten und den Mitgliedern der königlichen Familie vorbehalten ist. An jeder Seite stehen Hofbeamte. Die Etikette verlangt, daß niemand den Saal betritt, bevor der König und die Königin da sind. Immer bleibt der König rechts, die Königin links. Du wirst das Bild genau vor Dir sehen.

Es gab ein solches Gedränge, daß die Damen über eine Stunde gebraucht haben, um von den Türen in den Cirkel zu kommen, obwohl die Entfernung nur wenige Ellen beträgt.

Weißt Du, was es bedeutet, die Frau des Herzogs von Clarence zu sein? Weißt Du es wirklich? Manchmal fürchte ich, Du könntest es bereuen und wärest dankbar, wenn ich nur der Kapitän Clarence von der *Valiant* wäre.»

Caroline ließ den Brief sinken. Aber ich liebe ihn und er liebt mich, dachte sie. Nur er allein erhält mich noch. Wie schön war es, an jenem 21. August. Was ist zu tun?

Ihre trübe Stimmung paßte zu den Bildern, die sie vor sich sah, wenn er von den Strömen von Flüchtlingen berichtete, die aus Frankreich nach England kamen. Sie überquerten oft in winzigen Booten den Kanal. Sie sah die überfüllten Landstraßen vor sich. Das Gewimmel von Fuhrwerken, so daß man besser zu Fuß vorankam. Ein Satz wollte ihr nicht aus dem Sinn: «Über 3000 Frauen haben gerade noch England erreicht, um in Freiheit ihr Kind zu bekommen.»

Eines Tages sagte der General zu seiner Tochter, er habe die Absicht, mit ihr zu verreisen. Es werde ihm schwer, das zu sagen, aber er denke daran, sich bald von ihr zu trennen. In Adenstedt weiter mit ihr zusammenleben in Erwartung dessen, was bevorstehe, könne er nicht.

So standen die Dinge, als Ernst nach längerer Abwesenheit für ein paar Tage nach Hause kam. Caroline begegnete ihm an der Tür. Sie trat ihm bleich, schweigsam und mit gesenktem Blick entgegen. Er schlug vor, einen Spaziergang zum Wald zu machen, ehe er die übrigen begrüßte. Sie stiegen einen Feldweg hinauf und ließen sich am Waldrand auf einem Baumstamm nieder.

«Wie ist es dir ohne mich ergangen?» begann Ernst. «Ich habe den Auftrag, Remonten zu kaufen und nach England zu bringen. Auf dem Rückweg will William mich begleiten. Er sieht keine andere Möglichkeit, als nach Braunschweig zu gehen. Dort will er dich treffen. Er hat nicht gewagt, dies einem Brief anzuvertrauen. Die Lage, in der er sich befindet, ist sehr prekär.»

Caroline sah ihn von der Seite an.

«Man läßt mich nicht fortgehen.» Sie brachte die Worte nur mit Anstrengung hervor und wiederholte sie. «Man läßt mich nicht fortgehen.»

Etwas, was Ernst nicht begriff, schien in ihr vorzugehen. Er hatte damit gerechnet, daß sie sich über diese Nachricht freute.

Sie sah ihm scharf und fest in die Augen. «Hast du noch eine gute Meinung von mir?» fragte sie. «Mir scheint, daß der Prinz» – sie sagte nicht William – «die größere Rolle in deinem Leben spielt.»

«Was für ein Unsinn. Willst du, daß ich schwöre?»

«Nein, nein», antwortete Caroline, indem sie die Hände zusammenpreßte, «auf gar keinen Fall.»

«Auf keinen Fall», sagte sie noch einmal und wurde dabei ganz bleich. Sie will mich nicht mehr in ihr Inneres blicken lassen, dachte Ernst. Er sah über den kahlen Acker hinunter zu den Bäumen des Parks, die das Haus verdeckten.

Er stand auf, auch Caroline erhob sich. Schweigend gingen sie zurück.

Ernst blieb zwei Tage in Adenstedt, sah seine Schwester aber nur noch flüchtig. Sie fühlte sich nicht wohl, der Kopf tat ihr weh. Auf einen Augenblick nur kam sie herunter, im Hauskleid, mit halbgeschlossenen Augen, blaß, abgezehrt.

«Es ist nichts, es wird vorübergehen, alles wird vergehen, nicht wahr?» sagte sie. Sie lächelte schwach und ging fort.

Sie hatte ihm nicht gesagt, was der Vater plante.

Die folgende Nacht konnte sie nicht schlafen. Juliane, die auf den Wunsch des Vaters ihr Bett bei Caroline aufgeschlagen hatte, bemerkte, wie sie sich hin- und herwarf.

Caroline blieb den darauffolgenden Tag liegen, aß nicht, beklagte sich jedoch über nichts. Gegen Abend stellte sich Fieber ein. Am frühen Morgen weckte Juliane den Vater.

«Kommen Sie zu Caroline», sagte sie, «es geht ihr nicht gut.»

Er kleidete sich an und fand die Tochter fiebernd, in Tränen.

«Was fehlt dir», erkundigte er sich, «bist du krank?» Sie warf sich in seine Arme und flehte ihn an, er solle sie nicht fortschaffen, wenn er wolle, daß sie am Leben bleibe.

Er versuchte, sie zu beruhigen. Vergebens. Der General stand hilflos da.

«So sagen Sie doch etwas, Papa», beschwor ihn Juliane, «sagen Sie ihr, daß es nur ihre Einbildung im Fieber ist. Sie sehen ja, daß sie phantasiert.»

Der Vater versprach Caroline, daß sie nicht von Adenstedt fort solle. Darauf erst schlief sie ein.

Juliane sann darüber nach, ob sie sich entschließen sollte, mit dem Vater zu sprechen. Ihrer Ansicht nach war es das beste, wenn Caroline Adenstedt wieder verließ, um zu sich selbst zu finden. Das schien hier – warum nur? – nicht möglich zu sein. Aber vielleicht gab es etwas, das ihre Schwester hier zurückhielt? Juliane war recht verwirrt, sie sagte sich, daß sie in ‹derlei Geschichten› ganz unerfahren sei und möglicherweise das Falsche tue. Also sagte sie nichts.

Am späteren Vormittag kam Besuch. Es war der Pfarramtskandidat Erytropel, der Erzieher der jüngsten Söhne des Generals Bussche. Niemand hatte ihn erwartet. Er wollte Caroline einen Besuch machen, um ihr einen Band seiner Gedichte zu bringen, die eben verlegt und gedruckt worden waren. Es wurde ihm erlaubt, zu ihr zu gehen. Juliane meldete ihn an.

Carolines Zimmer war abgedunkelt. Sie saß, in ein großes

Umschlagtuch gehüllt, auf einem Stuhl am von Gardinen verhüllten Fenster und wandte ihm das Gesicht zu. Sie hatte eine Hand an die Schläfe gelegt und schien Kopfschmerzen zu haben.

«Gnädiges Fräulein», redete der baumlange Kandidat in einem zu weiten und zu kurzen schwarzen Rock sie an.

Sie richtete sich auf, blickte ihn verwundert an und reichte ihm die Hand.

«Sie bringen mir Ihre Gedichte?» begann Caroline. «Ich freue mich sehr.» Sie verstummte, als sie sah, daß er das Buch auf den Tisch legte und einen Brief aus der Rocktasche zog.

«Wollen Sie sich nicht setzen, lieber Freund?»

«Bitte, lesen Sie diesen Brief. Er ist mir für Sie von einem Boten übergeben worden, einem Engländer namens Jackson. Im höchsten Auftrag, sagte er und wies auf das Siegel. Ich mußte ihm versprechen, zu schweigen. Wenn es nicht für Sie gewesen wäre, hätte ich mich geweigert. Kennen Sie den Mann?»

Caroline nickte. Stillschweigen trat ein. Sie hielt den Brief eine Weile in der Hand, ehe sie ihn öffnete.

«Gnädiges Fräulein», sagte der Kandidat kaum hörbar.

Caroline las. Der Umhang war ihr von den Schultern geglitten, vorgebeugt war sie in den Brief vertieft. Der Ausdruck des Kummers war aus ihrem Gesicht geschwunden. Es schien dem Kandidaten Erytropel nicht passend, länger hier zu sitzen und Zeuge von etwas zu sein, das ihn nichts anging. Er stand auf und ging auf Zehenspitzen aus dem Zimmer. Dabei stieß er an einen Wandschirm. Doch nicht einmal dieses Geräusch ließ Caroline aufblicken.

Der Brief war von Prinz William.

«Ärger, wütender Ärger quält mich. Ich überhäufe mich mit Selbstvorwürfen. Wie konnte ich nur verkennen, warum meine Mutter uns zunächst so gewogen schien? Sie wollte den Weg für die Heirat mit meiner Braunschweiger Cousine freimachen. Unter vier Augen mit ihr erfuhr ich es. Ich stieß sie von mir, als sie mich umarmen wollte.

Montag reise ich ab. Ernst begleitet mich. Am Donnerstag treffen wir in Braunschweig ein, wo ich im Schloß Quartier nehmen muß. Ernst wird Dich am Freitag abholen. Überlaß alles ihm, bis ich Dich in die Arme schließe. Warum habe ich erst so spät erfahren, daß Du ... daß unsere erste Nacht schon Folgen hatte. Ich bin überglücklich.

Es geht mir wieder gut. Bis dahin litt ich an einem hartnäckigen Husten, aber man hat mich nicht einmal zur Ader lassen müssen. Von des Königs eigener, offenbar endgültig überstandener Krankheit ist nirgendwo mehr die Rede.

Nun ist es entschieden. Ich komme nach Braunschweig, das heißt zu Dir. Liebste Caroline, ich hätte schon längst fahren sollen. Ich brenne darauf, Dich in meine Arme zu schließen.»

Juliane kam herein, und Caroline nickte ihr zu.

«Der gute Erytropel hatte es merkwürdig eilig. Er ist wieder fort. Du siehst viel besser aus, Gott sei Dank.» Juliane ging zum Fenster und zog die Vorhänge zurück.

Sie begannen zu plaudern. Reinhardt hatte die Schmedes in ihrem Zimmer eingeschlossen, und dieser Streich hatte allerlei Verwirrungen gestiftet. Schließlich schickte Juliane sich an zu gehen.

«Du bist viel klüger als ich, Caroline», sagte sie nach einiger Überwindung. «Aber ich habe mir etwas überlegt, was ich dir sagen muß. Du bist sehr verschieden von mir, doch es gilt für alle. Unser Leben hängt nicht von uns ab. Aber wir haben einen festen Ankergrund, von dem wir nie losgerissen werden können. Es ist das Pflichtgefühl.»

Caroline beugte schweigend den Kopf, und Juliane deutete es als Einverständnis.

Was bist du doch für eine Puritanerin, dachte Caroline.

Sie blieb den Abend allein in ihrem Zimmer. Sie dachte an William und seine Reise nach Braunschweig. Daß ihr Leben nicht mehr so wie früher war, schrieb sie den ungewöhnlichen Umständen zu. Sie sah nicht, daß der Mensch seinem Schicksal nicht entgeht, weil niemand sich wirklich kennt.

Es hatte sich das Unerwartete ereignet, und sie tat nichts, sich diesem Neuen anzupassen, wie sie es in ihrem bisherigen Leben gelernt hatte.

Das Bild einer goldhaarigen Frau verdrängte plötzlich alle anderen Gedanken. Man konnte sie nicht einmal eine Schönheit nennen. Aber sie hatte ausdrucksvolle dunkle Augen ...

Am Freitag morgen, als alle bis auf Caroline zur Kirche gefahren waren, kam Ernst mit einem gemieteten Wagen und einem fremden Kutscher auf dem Bock. Niemand sah, wie Caroline einstieg und der Wagen davonfuhr. Es regnete, als sollte das ganze Land in den Fluten versinken.

Als die Familie nach Hause kam, schickte der General Juliane nach oben, um nach Caroline zu sehen. Sie war nirgends zu finden. Man saß stumm bei Tisch.

Wo war Caroline? Johann Wilhelm von Linsingen wagte nicht, bei Kielmannseggs, Bussches, Jonquieres, Beaulieus oder Arnswaldts anzufragen. War sie nicht vor ihm geflohen? Vor seinem ständigen Befragen des Hauspersonals und der Gutsleute: ‹Haben Sie nicht meine Tochter gesehen?› Jetzt fürchtete er nur noch eins – daß ihr etwas zugestoßen sein könnte und er sie nie wiedersah.

Sie war vier Tage fort. Als sie zurückkam, ging in Adenstedt alles wieder wie zuvor. Caroline hatte nach dem Wiedersehen in Braunschweig nicht mehr den Wunsch, daß William ständig in ihrer Nähe wäre. Sie quälte die Vermutung, daß sie ihm eine Last sei.

Der Spätherbst war gekommen. Der Ostwind, der sichere Vorbote des Winters, heulte durch die jetzt ganz entlaubten Wälder. Der Regen hatte nicht enden wollen, und die Wege waren grundlos.

Trotzdem begab sich Basilius von Ramdohr in Geschäften von Celle nach Hannover und reiste von dort nach Adenstedt weiter, nachdem er gehört hatte, daß der General von Linsingen und seine Familie noch immer nicht in der Hauptstadt eingetroffen waren.

Jetzt saß er ihm gegenüber. Der General blickte Ramdohr unter seinen buschigen Augenbrauen scharf an.

«Sie hat sich heimlich davongemacht und umhergetrieben», wiederholte er, «sie ist krank. Es ist eine Veränderung mit ihr vorgegangen. Es war ein Fehler, daß Sie sie auf Ideen gebracht haben, die schädlich sind. Sie, Sie haben die Verantwortung für das ganze Unglück.»

Ramdohr sah sprachlos zu, wie der alte Mann sich ereiferte, daß er kaum noch Luft bekam.

«Das ist der Erfolg der modernen Ideen! Ein Mädchen wie Caroline damit vergiften!» weiter kam er nicht und verstummte.

Ramdohr versuchte, ihn zu beruhigen.

«Sie irren sich, Onkel, Sie irren sich. Sie dürfen sich nicht so erregen. Aber wo bleibt denn Caroline? Reinhardt sollte sie doch holen.»

Reinhardt kam wieder ins Zimmer und sagte, Caroline werde gleich kommen. Der General lehnte sich erschöpft im Stuhl zurück. Die Tür ging auf und Caroline trat ein. Ramdohr erhob sich, grüßte und konnte vor Erstaunen kein Wort hervorbringen. Das Rot war von ihren mager gewordenen Wangen verschwunden. Breite dunkle Ringe umrandeten die Augen. Sie sah ihn an, es war kein Glanz in ihrem Blick.

«Wie fühlst du dich?» fragte der Vater ohne Anteilnahme.

«Gesund», antwortete sie und setzte sich mit Ramdohr auf das Sofa.

Ramdohr, der in diesem Haus soviel Lust und Lebensfreude gesehen hatte, wollte es nicht glauben. Gewiß, es gab Gerüchte, daß Carolines Nerven angegriffen seien, aber auf eine so trübe Stimmung war er nicht gefaßt gewesen.

«Wie der Wind heult», sagte Maman, nach draußen horchend. «Bald wird wieder Schnee liegen. Ich werde immer schwermütig, wenn ich nur Grau sehe und das Knarren der Äste höre. Wie schnell ist der Herbst vergangen.»

«Ja, die schönen Tage sind vergangen», sagte der General.

Caroline sah schweigend vor sich hin.

«Aber sie kehren doch wieder», bemerkte Ramdohr.

Er erhielt keine Antwort.

«Sie haben doch sicher inzwischen viel gezeichnet und Verse gemacht», sagte Ramdohr zu Caroline. Er erhielt wieder keine Antwort.

«Und wie geht es Ihnen, liebe Tante?» fragte Ramdohr Frau von Linsingen, denn er wußte nicht mehr, wovon er noch hätte sprechen können.

«Bei meinem Asthma?» seufzte sie. «Ich versichere Ihnen, daß das Alter keine Freude macht.»

Caroline hatte die Hände in den Schoß fallen lassen. «Jugend ist auch keine Freude», murmelte sie, wie für sich selbst. Ramdohr spürte, daß seine Gegenwart sie nur bedrückte.

Ramdohr hatte im oberen Stockwerk das Zimmer zugewiesen bekommen, in dem er immer gewohnt hatte. Er ging zu Bett und schlief sofort ein.

Bald wurde er von Lärm im Haus wieder aufgeweckt. Er sprang aus dem Bett. Laute Ausrufe, Stimmengewirr, Schritte waren zu vernehmen. Türen wurden zugeschlagen. Draußen hörte man Rufen und Geschrei aus der Ferne antworten. Es ist irgendwo Feuer ausgebrochen, dachte Ramdohr und hob den Vorhang am Fenster. Es war aber nirgends eine Röte zu sehen. Im Garten huschten auf den Wegen Leute mit Fackeln vorbei und Windlichtern. Ramdohr trat auf den Flur hinaus und traf auf Juliane.

«Sagen Sie doch, was ist geschehen?» fragte er sie.

«Caroline, sie ist verschwunden, sie hat sich ins Wasser gestürzt!» stieß sie außer sich hervor.

«Was reden Sie da?»

«Der Vater. Er ist schuld. Er hat sie zugrunde gerichtet. Er ist gekommen und hat verlangt, sie soll sofort das Nötigste packen, um mit ihm abzureisen. Die Arme! Helfen Sie doch. Kommen Sie, schnell!» Und sie rannte ihm voran die

Treppe hinab. Das Haus war leer. Alle waren draußen. Nur Reinhardt stand in seinem weißen Nachthemd ruhig unten im Gang, ein Nachtlicht in der Hand. Er wollte Ramdohr etwas sagen, doch der war schon draußen und lief auf den Teich zu, wo die Lichter schimmerten und das verworrene Rufen ertönte.

Es war kein Boot da. Der General watete ins Wasser, jemand reichte ihm eine Stange. Georg hatte den Rock abgeworfen und wollte seinem Herrn nach.

Der Wind war stärker geworden und bewegte die schwarze Oberfläche des Teiches.

«Was geht hier vor», rief Ramdohr.

«So helfen Sie doch», stöhnte der General, «nehmen Sie eine Stange!»

Die Schmedes, vom Laufen außer Atem, hatte sich ins Gras gesetzt und rang nach Luft.

«Ich habe doch gehört, wie der Herr General immer riefen: Und wenn du nicht auf der Stelle deine Sachen packst, dann werde ich, dann werde ich ...» keuchte sie. «Caroline rief: Eher springe ich in den Teich! Dann lief sie aus dem Haus, der Herr General hinterher. Er rief: Du Närrin, komm sofort hierher zurück! Hast du gehört? Als wäre sie der Hund. Ach, das arme Kind. Ach, du arme Seele.»

Ramdohr beugte sich zu ihr hinab. «Warum dieser ganze Aufruhr?»

«Ja, warum? Damit sie alle Bescheid wissen, alle sollen sagen, das Fräulein Caroline, sie ist verrückt geworden. Das ganze Dorf kommt doch gelaufen. Nur darum. Der Herr General, er glaubt's doch selbst nicht, daß sie da im Wasser ist. Er tut nur so.»

Man hatte eine ausgehängte Tür aufs Wasser gebracht, ein Mann stakte damit vom Ufer fort, im unsteten Licht der Laternen.

Ramdohr schauderte, als ein rauher Schrei ertönte.

«Wir haben sie!»

Ein Haken war an etwas hängengeblieben. Es war ein Baumstamm.

«Kommen Sie, Schmedes, wir suchen sie!» sagte Ramdohr. «Sicher haben Sie recht, und ich weiß auch, daß Caroline zu so etwas nicht fähig ist.»

Und sie fanden sie, zitternd vor Kälte und unfähig, etwas zu sagen, im Geräteschuppen, wohin sie sich geflüchtet hatte.

Ramdohr verließ Adenstedt am nächsten Morgen. Vor seiner Abfahrt begab er sich zu Caroline. Sie lag im Bett. Ihr blasses Gesicht hatte einen fremden Ausdruck. Sie sah Ramdohr an, als wolle sie etwas fragen, schwieg aber.

«Caroline, Sie können hier nicht bleiben. Was geht eigentlich hier vor?» Er hatte einen Stuhl herangezogen und saß dicht neben ihr. «Bitte, sagen Sie mir alles, ich ...»

«Es ist unmöglich.»

Er sah, daß sie in diesem Hause nicht bleiben konnte. Er wollte sie zu Graf Brabeck bringen. Er würde sie abholen, sobald er mit dem Grafen gesprochen hatte. Die Schmedes, die in einer Ecke des Zimmers saß, zerfloß in Tränen. Ramdohr ging hinaus. Er begegnete niemandem.

Als er einige Stunden später zurückkam, meldete ihm Georg, daß der General mit seiner Tochter fortgefahren sei, aber nicht hinterlassen habe, wohin.

23

Driburg, im Mai 1792

Am 25. Mai 1792 erblickte in Bad Driburg im Hause des Badearztes Dr. Brandes ein kräftiger Junge das Licht der Welt.

Ein dürftig möblierter Raum, von dem eine verhängte Glastür in das Sprechzimmer des Arztes führte, war für die Wöchnerin in Eile hergerichtet worden. An den braungelben Wänden hingen vergilbte Stiche, Darstellungen von Symptomen gefährlicher Krankheiten. Ein Bücherschrank mit abgegriffenen medizinischen Werken stand neben der Tür, obenauf, wie eine Büste, ein Totenkopf. Über einen einfachen Tisch war eine verschossene rote Samtdecke gebreitet, zwei Stühle mit Armlehnen und schwarzen Roßhaarpolstern hatte man dazugestellt. Auf dem gescheuerten Fußboden lag ein abgetretener Teppichschoner und auf einer Kommode prunkte ein Waschgeschirr aus der Porzellanmanufaktur Fürstenberg mit einem Muster aus kleinen bunten Streublumen. Es roch im Zimmer nach Kampfer und Weingeist. An den Fenstern waren weiße Gardinen aufgesteckt.

In einem einfachen Kiefernholzbett lag unter einer grünseidenen Steppdecke eine junge Frau, die sich unruhig bewegte. Eine vierschrötige Bäuerin, die Hebamme, wischte ihr mit einem feuchten Tuch das Gesicht ab. Wenn die junge Frau den Kopf dem Zimmer zuwandte, fiel ihr Blick auf einen Instrumentenkasten aus Mahagoniholz und eine

Wanne voll Scharpie, wie sie in den Feldlazaretten zum Aufsaugen des Blutes Verwendung fand.

Sie richtete sich plötzlich auf, als wolle sie etwas sagen.

«Ich wünschte ...» murmelte sie und versuchte zu lächeln. «Ich wollte ...» Sie verstummte. Die Hebamme betrachtete sie besorgt.

«Gnädige Frau, es dauert nicht mehr lange.»

Stillschweigen trat ein. Sie hatte die Hand der Hebamme gefaßt und hielt sie fest. Sie atmete schwer und schloß die Augen ...

Vor wenigen Tagen war ihr Ehemann aus England zu ihr gekommen, unter einem falschen Namen, um sie endlich wiederzusehen. Es hatte ihn große Mühe und Umwege gekostet, sie in Bad Driburg zu finden. Es war ihrem Vater während der letzten Monate gelungen, sie vor ihm zu verstecken. Zunächst in der Irrenanstalt in Hildesheim, dann im Kloster Wennigsen, dem Damenstift, wo ihre Stiefmutter bis zu ihrer Heirat Konventualin gewesen war. Zuletzt war ihr Vater mit ihr nach Kassel aufgebrochen, damit das Kind außer Landes geboren wurde. Doch war sie in Driburg so krank geworden, daß an eine Fortsetzung der Reise nicht zu denken war.

Der junge Mann war unerwartet in dieses Zimmer getreten, die Augen auf sie gerichtet. Etwas rührend Hilfloses hatte in ihrer schüchternen Unbeweglichkeit gelegen; kaum hatte sie den Stuhl erreichen können.

«Liebste», hatte er kaum hörbar gesagt.

Langsam schlug sie die Augen zu ihm auf. Er beugte sich nieder und drückte seine Lippen auf ihre Stirn. Er spürte auf seinem Haar die zarte Berührung einer Hand, die wie ein Blatt zitterte.

«Ich gehöre nur dir», flüsterte er kaum hörbar und verfiel ohne Übergang in Beteuerungen: daß er niemals in die von seinen Eltern verlangte Scheidung einwilligen werde, doch überlasse er alles ihr, an ihr sei es, auszuharren. Schon schlang sich sein Arm um sie, da durchzuckte sie plötzlich der Gedanke an die andere, die Schauspielerin, mit der er in Bushy Park zusammenlebte.

«Es wird rasch bekannt sein, daß wir hier zusammenkommen. Weiß Dr. Brandes davon?» Ihre Angst galt der ihr so feindlichen Umwelt, nicht ihm, an dessen Standhaftigkeit sie nicht mehr glaubte.

«Ja», antwortete er. «Es blieb mir nichts übrig, als ihn ins Vertrauen zu ziehen.» Sie wußte, daß Dr. Brandes, der mit ihrem Vater als Feldarzt auf Menorca gewesen war, sich nie gegen ihn stellen würde.

«Ich hätte mich hier nicht hereinschleichen müssen, kaum, daß dein Vater fortgefahren ist, und ich hätte deine Spur nicht verloren, wenn du ... Warum hast du ihm so früh dein Geheimnis verraten? Wer hat dich gezwungen, es auch Richard Dutton zu erzählen? Warum nicht zuerst mir?» Er vermied es, sie anzusehen und ging im Zimmer auf und ab.

Es war schwer, sich in dieser Umgebung an das vergangene Glück zu erinnern. Oder an die Versprechungen, die er ihr zuletzt in Braunschweig gemacht und nicht gehalten hatte.

«Nur du bist es, die ich liebe», sagte er leise, «ich wünsche, daß unser Kind ein Sohn ist, denn ...»

Sie schnitt ihm das Wort ab. «Ich will davon jetzt nichts hören.»

Er kniete vor ihr nieder, um sie zu umarmen. Er mußte fort, er sollte doch pünktlich in Stade sein, um das Schiff nach England nicht zu verpassen. «Ich muß jetzt gehen», sagte er, «es wird mir so schwer, mich von dir zu trennen, aber wir sehen uns bald und glücklicher wieder.»

«Alles ist vorbei», sagte sie leise, «alles. Jetzt müssen wir uns adieu sagen.»

Als er gegangen war, blieb sie lange unbeweglich, wie betäubt. Doktor Brandes fand ihren Zustand schlechter als erwartet. Er ließ sie jedoch nicht zur Ader, da die ersten Wehen viel zu früh eingesetzt hatten.

Ihr Vater war nicht in Driburg. Da die Geburt erst eine Woche später erwartet wurde, war er nach Schloß Ricklingen bei Hannover gereist, wo er sich mit seinen Brüdern treffen wollte. So war sie allein in der Fremde. In ihrem fiebernden Kopf gab es nur einen Gedanken. Das Kind, das sein Erscheinen jetzt ankündigte, würde ein Opfer politischer und persönlicher Interessen, ein Opfer unbekannter Mächte und Pläne sein. Es war noch nicht geboren und schon von Feinden umgeben.

Sie vernahm Geflüster an der Tür. Die Hebamme sagte in bestimmtem Ton: «Die Amme soll allein hereinkommen. Ihr Ehemann hat keinen Zutritt.» Eine Frau wurde an ihr Bett geführt. Die Hebamme unterhielt sich leise mit ihr. Von Geld und von Stillschweigen schien die Rede zu sein, doch Fieber und Schmerzen verhinderten, daß Caroline den Sinn begriff.

Schloß Ricklingen, am gleichen Tag

Zur gleichen Zeit betrat der General von Linsingen das Haus seines Bruders Bernhard Thilo. Er war das letzte Mal vor einem Jahr hier gewesen, bei dem Fest zu Ehren der englischen Prinzen. Er sah seine Tochter Caroline noch vor sich, wie sie am Rand der Bühne Tanzschritte übte und dann heruntersprang, um ihn zu umarmen. Der gelbe Turban Franz von Altens war ihm ebenso wieder gegenwärtig wie der bestickte graue Frack Graf Schwiecheldts.

Er hätte sich bereithalten müssen, anstatt sich von den Ereignissen überrumpeln zu lassen. Dem General wurde der kurze Weg zur Bibliothek schwer und er wischte sich den Schweiß von Stirn und Wangen. Der Diener, der ihm die Türen geöffnet hatte, sah ihm nach und schüttelte bedenklich den Kopf.

«Das führt zu keinem guten Ende», murmelte er vor sich hin. «Hast du bemerkt», wandte er sich, als sie allein waren, an Georg, der seinen Herrn hierher begleitet hatte, «wenn er spricht, blinzelt er mit den Augen, als ob ihn die Sonne blendet? Das ist ein schlechtes Zeichen. Am Morgen vor der Schlacht bei Minden, da war es dasselbe bei meinem Hauptmann. Und kaum zwei Stunden später war er schon tot. Paß bloß auf deinen General auf, Georg, und laß ihn nicht aus den Augen.»

In der Bibliothek stand hochaufgerichtet und unbeweglich Bernhard Thilo von Linsingen. Aus seiner Haltung sprachen das Gefühl von Wichtigkeit und Vertrauen auf sich selbst. Er begrüßte seinen Bruder mit einem festen Handschlag. Neben ihm präsentierte sich der Major in einer neuen Uniform, einen Ausdruck unbestimmter Erwartungen in den Augen. Der jüngste der Brüder, Friedrich, war der einzige unter ihnen, der keine Perücke trug und sein dunkelbraunes Haar zwar frisiert, aber nicht gepudert hatte. Sein dunkelroter Rock war von neuestem Schnitt. Spöttisch sah er sich im Kreise der Brüder um. Ihn schien die Aussicht auf einen geheimen Familienrat zu belustigen, während Bernhard Thilo an allem, was seinen Bruder Wilhelm betraf, mit ganzer Seele Anteil nahm.

Als sich die vier Brüder gesetzt hatten, hob der General die Schultern, räusperte sich, betrachtete die drei jüngeren mit seinen trübe gewordenen Soldatenaugen und begann dann mit der gewohnten festen Stimme irgend etwas Belangloses über die Fahrt und den Zustand der Straßen zu sagen, doch sein Gesicht blieb unbewegt.

In der Bibliothek war es kalt. Der Kamin konnte nicht geheizt werden, da in dem darübergelegenen Raum der Schacht geöffnet worden war, um dort ebenfalls eine Feuerstelle mit einem neuen zweiten Zug einzurichten. Die Abende waren für diese Jahreszeit noch immer zu kühl.

Auf dem großen Tisch in der Mitte des Raumes standen Gläser und Karaffen und ein Zigarrenkasten. Die Herren mußten sich selbst bedienen. Der General hatte darauf bestanden, daß niemand die Bibliothek betreten dürfe, solange er und seine Brüder sich hier berieten. Sie waren seit längerer Zeit nicht mehr zu viert zusammengekommen, niemals aber hatte einer von ihnen eine solche Zusammenkunft anberaumt unter der Bedingung, daß sie absolut geheim bleiben müsse.

Endlich kam der General zur Sache.

Er berichtete seinen Brüdern von der heimlich geschlossenen Ehe seiner Tochter Caroline mit Prinz William, dem Herzog von Clarence. Die Königin verlange nun von ihm, daß er seine Tochter dazu bringe, die Einwilligung zu einer Scheidung zu geben. Die Urkunden seien bereits ausgefertigt, aber Caroline weigere sich, sie zu unterschreiben. Es sei denn, das Kind, das sie erwarte und das in Kürze geboren werde, käme nicht lebend zur Welt.

«Sie denkt sich nichts dabei, mich und die ganze Familie um unseren Ruf zu bringen und um unsere Position bei Hofe. Es wird erklärlicher, wenn ich euch sage, daß ihre Nerven sehr gelitten haben, ja, auch ihre Verstandeskräfte, wie ich befürchten muß. Sie darf nicht mehr handeln, wie es ihr beliebt.»

Das Gesicht des Generals verdüsterte sich noch mehr. Er sah einen der Brüder nach dem anderen an.

«Ich erwarte, daß ihr das, was ich beschlossen habe und was sein muß, auch als eure Angelegenheit betrachtet. Wir müssen uns untereinander schwören, sie vor aller Welt geheimzuhalten. Das gilt nicht nur für uns, sondern auch für unsere Nachkommen.»

Er wandte sich an Bernhard Thilo. «Was sagst du?» Der nickte mit dem Kopf.

«Wenn es sein muß. Nun, wie du meinst.»

«Ich werde meiner Tochter sofort, wenn das Kind da ist, mitteilen, daß es unter der Geburt gestorben ist. Doktor Brandes hat den Totenschein bereits unterschrieben.»

«Aber das darf man doch nicht tun», widersetzte sich Friedrich.

«Du hast also vor, das Kind zu töten?» fragte der Major.

Die Brüder sahen den General an. Es entstand ein kurzes Schweigen.

«Nein», sagte der General, sich aufrichtend. Er legte eine rindslederne Rolle auf den Tisch, öffnete sie und entnahm ihr ein Pergament. «Man kann doch nicht das eigene Enkelkind ... Was für ein Unglück. Dieser verdammte Prinz ... und meine Tochter ...»

Seinen Brüdern war anzusehen, was sie dachten. Unser Bruder, ein alter Soldat, hochgeachtet, vom König geschätzt, hat noch nie etwas Unehrenhaftes getan. Und nun soll er auf einmal nicht mehr der gleiche Mensch sein? Unbegreiflich. Und erst recht, daß wir sein Schicksal teilen sollen.

«Ihr gebt mir die Schuld, daß es so gekommen ist», sagte der General mit fester Stimme. «Aber er hat sie heimlich an sich gelockt. Das bedeutet in euren Augen, daß ich das Mädchen nicht streng genug gehütet habe. Was hast du einmal gesagt, Karl? Mit Stachelhandschuhen sollte man die Frauen festhalten!»

Und er berichtete, wie die Königin von ihm verlangt habe, beide Augen zuzudrücken, und er ihrem Befehl gefolgt war. Er ließ aus, denn er hätte es nicht über die Lippen gebracht, daß ihn diese Liebesgeschichte am Anfang an sein eigenes Erlebnis in Stade erinnert hatte.

«Man kann nicht von mir verlangen», schloß der General, «daß ich das Ansehen der Familie opfere und daß ich euch und mich dem Spott und der Verachtung der Gesellschaft preisgebe.»

«Da lebt man in der Hoffnung, daß der neue Krieg uns nicht heimsucht und an uns vorübergeht», sagte Bernhard Thilo. «Man glaubt, daß man leichter atmen kann. Und nun ... Deine Tochter, ausgerechnet deine Tochter ... Mit welchem Recht, frage ich dich, werden wir da hineingezogen?» Er richtete seinen Blick auf den General und unterstrich seine Worte mit einer Handbewegung, als hebe und senke er seinen Degen.

«Mit welchem Recht erlauben sich denn heute die jungen

Leute alle Freiheiten? Was nehmen sie sich heraus? Wo bleiben die Achtung und der Gehorsam gegenüber den Eltern? Auch meine Geduld ist bald zu Ende. Wir werden schon sehen, werden schon sehen. Das ist nicht alles.» Er verhaspelte sich in wachsender Erregung und brach ab.

Der Major nahm nun das Wort.

«Du hast uns nicht gesagt, was du mit dem Neugeborenen tun willst, wenn es am Leben bleibt. Wenn wir deinetwegen zu Mittätern werden sollen, müssen wir auch ein Wort dazu sagen.»

Es war nicht viel, was der General darauf zu antworten hatte. Weder die von Doktor Brandes gedungene Amme noch die Hebamme kannten Carolines Namen oder Herkunft. Die Amme sollte das Neugeborene stillen, es danach als Findelkind aufziehen und ins Waisenhaus geben. Der General sah seinen Bruder Karl an. Er fühlte sich wie bei einer Kampagne, wenn der Feind die eigene Stellung umzingelt hatte und zum Angriff vorrückte.

«Damit wirst du dich und uns ins Verderben bringen!» begann der Major mit mühsam beherrschter Stimme.

«Wie schnell kann alles herauskommen! Was wirst du dann vor Gericht sagen? Nein, Bruder. Du mußt nicht bei Sinnen gewesen sein. Und Doktor Brandes erst recht nicht.»

Friedrich hatte sich abgewandt und die Hände gefaltet. Der Major sprach.

«Was du vorhast, Johann Wilhelm, ist nicht gut. Du richtest Unheil an, weil du außer dir bist.»

«Aber die Sache ist abgemacht, Karl.»

«Gut, daß ich etwas Besseres weiß.»

«Etwas Besseres?» fuhr es dem General heraus.

Karl von Linsingen schien die gespannte Aufmerksamkeit seiner Brüder zu genießen.

«Es hat sich ein guter Mensch gefunden, der unser Problem lösen wird», sagte er langsam. «Moses Gumprecht aus Göttingen.»

Der Major schenkte sich ein Glas Portwein ein und trank es in einem Zug aus.

«Seitdem sein Sohn Jakob ... flüchtig ist», fuhr er fort, «ist der Alte in Sorge, ob die Regierung seinen Schutzbrief erneuern wird. Immerhin werden zehn jüdische Händler mit ihren Familien die Stadt verlassen müssen und nur drei dürfen bleiben.» Der Major nahm eine Zigarre. «Es gibt Leute, welche die Ansicht vertreten, daß es für Juden mit so riesigem Vermögen wie Moses Gumprecht und seinen Schwiegersohn Ruben Meyer ein leichtes sei, den Schutzbrief zu bekommen. Behüte Gott! Noch haben wir die Macht, sie zu steinigen.» Er zündete die Zigarre an. «Alles, was mit den Gesetzen, die für sie gelten, nicht im Einklang steht, wird einem strengen Urteil unterworfen, falls es sich als notwendig erweist. Besonders, wenn sich Leute wie der junge Gumprecht erlauben, ein wenig zu boshaft zu klatschen.»

«Das kann ich mir vorstellen», versetzte Friedrich. «Wem ist er denn zwischen die Zähne geraten? Etwa dir? Du hast doch beim alten Gumprecht verkehrt?»

Der Major kniff ein wenig die Augen zusammen und fixierte ihn.

«Das kann nur von Nutzen für uns sein. General von Freytag hat die Gumprecht betreffenden Anweisungen aus London bekommen, und Freytag hat mich gebeten, mit dem Alten zu reden, da ich ihn kenne. Moses Gumprecht ist beim König in Ungnade gefallen, trotz seiner großen Verdienste als Hoffaktor.» Der Major sah den General bedeutungsvoll an. «Er befindet sich in der gleichen Lage wie du. Seine jüngste Tochter hat gerade ein Kind bekommen, und es besteht kein Zweifel daran, daß Prinz Ernst der Vater ist. Ein erstaunliches junges Mädchen, diese Betty.» Der Major zog an seiner Zigarre und machte eine Pause.

«Sie hat sich zum Beispiel energisch gegen das Heiraten ausgesprochen. Für sie gäbe es nichts Teureres als die Freiheit, die Freiheit des Gedankens, des Gefühls, der Handlung. Ihr seht ja, was dabei herauskommt.»

Der General zeigte wachsende Ungeduld. «Was hat das alles mit uns zu tun?»

«Sehr viel», sagte der Major. «Ich muß annehmen, daß es in deinen Augen keinen Vergleich zwischen dir und einem Juden gibt, wenn er auch wie du ein Vater ist, dessen Tochter ebenfalls ein Kind von einem Prinzen bekommt. Außerdem macht es sicher einen Unterschied, daß deine Tochter mit ihrem Prinzen verheiratet ist und dein Enkel sogar Thronansprüche hätte, wenn das neue Heiratsgesetz nicht wäre. Aber gerade hier stellt sich das Problem. Ich stimme dir zu, daß wir zu wählen haben. Da ist die Treue unseres Hauses zum König und da ist die Möglichkeit, daß dieses noch nicht geborene Kind Thronanwärter wird. Ein anderes Parlament, ein neuer König, neue Zeiten, neue Gesetze. Ist es nicht so?»

Der General ließ seine Augen auf dem Major ruhen und sagte kein Wort. Er hörte seinem Bruder zu, der seinen Plan entwickelte. Dieser Plan lief, wenn man ehrlich war, auf simple Erpressung hinaus.

Es sollte für Moses Gumprecht nicht bei den üblichen zwanzig Talern zuzüglich der Schreib- und Stempelgebühren bleiben, um sein und seiner Familie Leben, Freiheit und Eigentum sowie die ungestörte Ausübung der mosaischen Religion zu sichern. Für die Erneuerung des Schutzbriefes mußte er mehr tun, wenn er weiterhin sein weitverzweigtes Handels- und Wechselgeschäft sowie die Armeebelieferung betreiben wollte.

Dem Major hatte er bereits sein Wort gegeben, dafür zu sorgen, daß der in den letzten Märztagen in Frankfurt im Hause des Amschel Meyer Rothschild geborene Sohn seiner Tochter Betty den Blicken des Hofes für immer entzogen blieb. Man hatte sich darauf geeinigt, daß Moses Gumprechts Schwiegersohn Ruben Meyer und seine Frau Rösgen Bettys Kind in ihre Familie aufnehmen und es bei der Eintragung ins Synagogenbuch vor dem Rabbiner und beim Gerichtsschulzen als das eigene ausgeben würden. Die

Meyers hatten sich fügen müssen, auch ihnen war mit dem Entzug des Schutzbriefes gedroht worden.

Dem General war anzumerken, daß er nicht verstand, worauf der Major hinauswollte. Außerdem fühlte er, daß sich einer der schmerzhaften Gichtanfälle im rechten Fuß ankündigte.

Ich weiß schon, was nötig ist, ging es ihm durch den Kopf. Es blieb ihm nichts anderes übrig, als etwas Unehrenhaftes zu tun. Dieses größte Opfer, dessen er fähig war, mußte er der Königin bringen. Er sah, während sein Bruder sprach, den bärtigen alten Juden vor sich, wie er den Worten eines Erpressers lauschte, und dieser Erpresser war der Major von Linsingen, den er gut kannte, auch ein Mann von Ehre.

«Und was sagte Moses Gumprecht?» fragte er den Major.

«Er blieb ganz ruhig. Ihm ist nie etwas anzumerken.»

«Und die Tochter?»

«Sie ist nicht gerade im reinen Feuer der Tugend geglüht, und sie ist längst aus Frankfurt fort und wie ich hörte auf dem Weg nach Spanien.» Gumprecht bezweifelte anfangs, daß sie ihm gehorchen wird. Ich riet ihm sehr freundschaftlich, die Folgen zu bedenken, und er antwortete, er werde sie, falls nötig, zur Vernunft bringen.»

In der Bibliothek mit den bis unter die Decke reichenden Regalen war es inzwischen immer dunkler geworden. Eine Wand füllten bis obenhin Folianten und aufeinander gestapelte gebundene Akten, von denen Siegel herabhingen. Dazwischen gab es verschlossene Türen, hinter denen Geheimurkunden aufbewahrt wurden. Hier lagerte das Linsingensche Familienarchiv, auf das alle Mitglieder mit Recht stolz waren. Der General hatte immer wieder seinen Blick dorthin wandern lassen. Von heute an würde ein versiegeltes, geheimes Dokument zu diesem Archiv gehören, dessen Inhalt die jetzt Lebenden und die ihnen nachfolgenden Generationen belastete. Keiner in dieser Reihe würde sich nicht an das Abkommen der Vorfahren halten, jedenfalls nicht, solange das Haus Hannover regierte.

Bernhard Thilo zündete umständlich zwei große Leuchter an.

«Nun genug mit Betty Gumprecht. Laß uns zu unserer Sache kommen.»

Der Major ließ schweigend den Blick in die Runde gehen.

«Vielleicht habt ihr es schon erraten», sagte er schließlich. «Ich werde nach Göttingen fahren und noch einmal Gumprecht aufsuchen. Ich werde ihm sagen, daß ich es bedaure, aber er müsse zur Erlangung seines Schutzbriefes noch eine weitere Forderung erfüllen. Es sei ein zweites Kind da, es müsse unter den gleichen Bedingungen in seiner Familie aufgenommen werden, bei Meyers Bruder Salomon in Hannover.»

«Ein Kind ähnlicher Herkunft.» Der General fuhr zornig auf. Sein Bruder Karl ließ sich nicht beirren. «Es ist die beste aller denkbaren Lösungen. Ist das Kind erst einmal vom Rabbiner in das Synagogenbuch eingetragen und beim Gerichtsschulzen als Geburt im Hause Meyer gemeldet, so gibt es keine Rückkehr mehr. Die Juden schweigen wie das Grab.»

Der General war in sich zusammengesunken. Sein Gesicht sah in der Kerzenbeleuchtung gelb aus.

«Ein Jude. Mein Enkelkind ein Jude», sprach er tonlos vor sich hin. «Ein Jude, der Meyer heißt ...»

«Der alte Gumprecht kann einem leid tun», murmelte der Schloßherr. Es herrschte Schweigen.

Endlich richtete Johann Wilhelm von Linsingen sich auf. «Lies das Schriftstück vor», sagte er zu Bernhard Thilo. Er versuchte, den Verschluß der Rolle zu öffnen, es gelang ihm erst nach einigen Versuchen. Seine Hände zitterten. Bernhard Thilo setzte seine runde Nickelbrille auf, nahm das Papier und begann zu lesen.

«Hiermit verpflichten sich der General der Infanterie Johann Wilhelm von Linsingen und seine Brüder», er überging die einzelnen Namen, Titel und Ränge, «bei voller Vernunft und gesundem Verstand und aus eigenem Willen für sich und ihre Nachkommen, alle Zeit Stillschweigen zu bewahren über alles, was die Person seiner Tochter, Caroline von Linsingen, ihre Ehe mit dem Herzog William von Clarence und eventuelle Nachkommen angeht und allen anderslautenden Gerüchten entschieden entgegenzutreten. Darüber hinaus erklären die Unterzeichneten, daß der Geisteszustand der Betreffenden durch verschiedene Umstände und zuletzt durch eine schwere Erkrankung, der sie in Bad Driburg fast erlag, beträchtlich gelitten hat und daß sie daher in allem, was sie sagt und tut, nicht mehr als zurechnungsfähig betrachtet werden kann.»

Ein Poltern, das von oben zu kommen schien, unterbrach den Vorleser. Die vier Männer blickten unwillkürlich zur Stubendecke, doch nichts rührte sich mehr.

«Was war das?» fragte Friedrich. «Ist da oben jemand?»

«Das sollte mich wundern», sagte der Hausherr. «Das Zimmer über uns ist ausgeräumt. Da sind nur die Maurerwerkzeuge.»

Der Major lachte.

«Erinnert ihr euch, wie wir als Kinder an Poltergeister glaubten? Mit langen weißen Hemden? Einer von ihnen wird es gewesen sein.»

Dann redete er halblaut auf den General ein, der mehrfach beistimmend mit dem Kopf nickte. Johann Wilhelm ergriff die Feder – Schreibzeug stand auf dem Tisch – und schrieb ein paar Sätze unter den von ihm vorbereiteten Text. Sie besagten, daß die Brüder der von Linsingen darin übereinstimmten, daß Carolines Kind bei dem Göttinger Bankier Meyer untergebracht und von ihm als das seine ausgegeben werden sollte.

«Hier, es ist fertig», sagte der General. Jeder der Brüder leistete seine Unterschrift. Der General dankte ihnen. Bernhard Thilo versiegelte die Rolle, in der er das Schriftstück wieder verwahrt hatte, und schloß sie in den eisernen Kasten ein, in dem die wichtigsten Urkunden aufgehoben wurden.

Eine halbe Stunde darauf wurde das Abendessen aufgetragen. Es verlief sehr schweigsam. Bernhard Thilo hatte einige Male gefragt, wo denn Sophie Charlotte sei und weshalb sie nicht erscheine, aber weder Frau Emilie noch der Haushofmeister wußten etwas. Da es schon einige Male vorgekommen war, daß ihr Gedeck unberührt abgeräumt werden mußte, schien ihr Fehlen keine besondere Aufmerksamkeit zu finden.

Kaum war die Tafel aufgehoben, bestieg der General ächzend vor Gichtschmerzen seinen Wagen und ließ sich nach Driburg zurückfahren.

Sophie Charlotte hatte sich in ihrem Zimmer eingeschlossen. Sie stand am Fenster und sah den davonrollenden Wagen ihrer Onkel nach. Sie ballte die Fäuste.

Der Mond war schon aufgegangen, sein Widerschein lag über den Pappeln.

Sophie Charlotte hatte alles belauscht, was ihr Vater und seine Brüder in der Bibliothek besprochen hatten. Wie schon öfter war sie in das ausgeräumte Zimmer darüber geflüchtet, wo sie sich bis zu seiner Abreise gelegentlich mit Jean d'Ormesson getroffen hatte.

Als sie in diesem Zimmer Abschied nahmen, war sie wie außer sich gewesen. «Ich will mit dir fortgehen!»

«Unselige Sophie! Wahnsinnige Sophie», hatte er gestammelt und ihr im gleichen Atem seine Liebe gestanden und ihr geschworen, er werde ihr allein immer treu bleiben. Er werde zurückkommen, um sie zu holen.

Seit Jean fort war und sie sich die Gefahren ausmalte, in denen er sich befand, fühlte Sophie Charlotte sich bekümmert und verwirrt und zugleich von einem ihr unbekannten, erregenden Gefühl beengt, das sie nicht verstand und dabei für bedeutsam und wichtig hielt. In solcher Stimmung hatte sie sich in dieses kalte, ungemütliche Zimmer geschlichen, um ungestört an ihn zu denken.

Sie setzte sich auf einen umgedrehten Holzeimer, der an der aufgestemmten Wand zum Schornstein stand. Durch die Stimmen der vier Männer im Raum unter ihr wurde sie aus ihren Träumereien aufgeschreckt. Sie konnte jedes ihrer

Worte deutlich verstehen. Sie saß wie erstarrt, und nach einer Weile des Zuhörens wiederholte sie flüsternd immer wieder: «O mein Gott, o mein Gott.» Als sie alles begriffen hatte, war sie voller Empörung aufgesprungen und hatte dabei den Eimer umgestoßen. Sie war in krampfhaftes Schluchzen ausgebrochen und aus dem Zimmer gerannt.

Nicht alles, was sie gehört hatte, verstand sie. In ihrem überheizten kleinen Zimmer verriegelte sie die Tür und antwortete nicht, als das Stubenmädchen klopfte und meldete, daß es zum Essen geläutet habe. Sophie Charlotte fühlte, daß sie ihren Vater und die Onkel zu hassen begann. Dabei besaß sie ein gutes Herz, hatte aber ein ungezügeltes Temperament. Sie überlegte, was sie tun sollte, und das Gefühl des Abscheus gegen alle, die zu ihrer Familie gehörten, gegen ihre Unaufrichtigkeit, Feigheit und Hörigkeit gegenüber dem König nahm immer mehr zu.

Sie sah das schöne Gesicht Carolines vor sich, die sie so leidenschaftlich bewunderte. Ihrer Cousine wurde schweres Leid zugefügt, von dem sie sich nie würde erholen können.

Die Alten dachten einzig und allein an sich, an niemanden sonst. Die Eltern waren nicht die Freunde ihrer Kinder, wie sie vorgaben.

Seit dem Erlebnis in dem leeren Zimmer über der Bibliothek träumte Sophie Charlotte nicht mehr von Schleierhäubchen und von bunter Wolle, mit der hübsche Muster ausgestickt werden, von Gedichten in Poesiealben, von Picknicks, Tanzpartien und gemütlichen Familienabenden, an denen vorgelesen wurde oder man beim Kartenspiel saß. Ihr war, als habe man sie mit alledem bisher in Ketten gehalten.

Als der General in Driburg ankam, lag seine Tochter in den Wehen. Im Haus war alles in Bewegung. Der Doktor kam und ging. Wassereimer, aus denen es dampfte, wurden hinaufgetragen. Niemand durfte in die Stube, in der die Wöchnerin lag, außer ihrem Vater, dem Arzt und der Hebamme.

Man sagte, der jungen Frau gehe es schlecht. Der Ortspfarrer wurde gerufen, er kam mit einem Kreuz und einem kleinen Taufbecken, kurze Zeit später ging er wieder. Körbe, Gepäck und zwei Kisten wurden die Treppe heruntergebracht und fortgeschafft. Bald danach trugen der Diener und der Kutscher des Generals einen Kindersarg, den bisher niemand gesehen hatte, obgleich er doch hergebracht worden sein mußte, zum Wagen des Herrn von Linsingen und stellten ihn auf den Rücksitz. Der Kutscher schloß die Wagentüren ab, schwang sich auf den Bock und fuhr in gemessenem Tempo davon.

Als wieder Ruhe eingetreten war, lag die junge Mutter allein in dem wieder hergerichteten Bett. Keine Wiege, kein Kinderkorb stand im Zimmer. In einer Ecke saß eine Krankenwärterin neben einer kleinen Lampe und strickte mit gelber Wolle. Bis auf das Ticken einer Uhr war es totenstill im Raum. Auf dem Nachtschrank stand ein Tintenfaß, daneben der Streusand; ein Stück angebrannter Siegellack lag neben einem kleinen Petschaft und der Schreibfeder.

Im Nebenzimmer lehnte sich ein alter, weißhaariger Mann an den kalten weißen Kachelofen. Er spürte die Tränen nicht, die über sein unbewegtes Gesicht liefen. Nach einer Weile ging er zur Tür und läutete. Dem eintretenden Diener übergab er ein versiegeltes Schreiben.

«Händige dies dem englischen Major aus, der unten wartet, und sorge dafür, daß sofort für ihn angespannt wird», sagte er.

Wieder allein, stützte er den Kopf in die Hände. Er schloß die Augen. Da sah er plötzlich einen festlichen Saal vor sich, wo viele elegant gekleidete Menschen bewundernde Blicke auf einen Vater warfen, der mit seiner schönen Tochter tanzte, als wäre sie seine Braut. Keine von all seinen Hoffnungen war Wirklichkeit geworden, keiner seiner Wünsche hatte sich erfüllt. Nichts blieb als die Schuld, die er auf sich geladen hatte.